Liebe – Trennung - Mord

K. J. Weiss

Liebe – Trennung - Mord

Bibliografische Information der Deutschen Nationalbibliothek:
Die Deutsche Nationalbibliothek verzeichnet diese Publikation in der Deutschen Nationalbibliografie; detaillierte bibliografische Daten sind im Internet über http://dnb.dnb.de abrufbar.

Coverdesign: Ralf B. Franke

Herstellung und Verlag: BoD – Books on Demand, Norderstedt

ISBN 978-3-7386-3913-1

1

Heute Nacht hat es geschneit. Als ich um zehn die schweren Holzroll-
läden hochziehe, liegt die triste Straße, in der ich wohne, unter einer
dicken Schneeschicht verborgen und wirkt fast wie aus einem Winter-
märchen. Die weiße Pracht nimmt der Häuserschlucht die Enge und
lässt die alten, heruntergekommenen Gebäude wieder in neuem Glanz
erstrahlen. Die verrosteten Vehikel, die meine Nachbarn Autos nennen,
ruhen begraben unter den weißen Massen, eines hinter dem anderen,
dass sie wie eine unregelmäßige Mauer die noch nicht gestreute Fahrbahn säumen. Auch der Bürgersteig zeigt sich in jungfräulichem Weiß,
nur ganz vereinzelt verraten Vertiefungen im Schnee, dass der eine oder
andere Frühaufsteher sich bereits durch die noch fallenden Flocken
gekämpft hat.

Seltsam, dieses berauschende Gefühl, das mich sonst jedes Jahr befällt,
wenn es zum ersten Mal geschneit hat, will sich heute gar nicht einstellen. Bisher konnte ich es nie erwarten hinaus zu eilen, um den Schnee
unter meinen Stiefeln zu spüren und mindestens einen Schneeball zu
formen, den ich so weit warf, wie es mir möglich war.

Obwohl ich eigentlich den Sommer viel lieber mag mit seinen langen,
warmen Tagen, hat dieser erste Schnee über all die Jahre hinweg seine
magische Anziehungskraft behalten. Es ist nicht so, dass ich ihn erseh-
ne - dafür fahre ich viel zu ungern bei diesem Wetter Auto - nein, irgendwie habe ich mir diese kindliche Freude erhalten, die auch meine
Söhne, als sie noch klein waren, erfasste und sie hinausstürmen ließ,
ohne an Handschuhe und Mütze auch nur zu denken.

„Du wirst alt", sage ich zu mir, während ich am Küchentisch sitze und
genüsslich meine zweite Tasse Kaffee trinke. Insgeheim aber weiß ich,
dass es daran nicht liegt. Mit allem anderen hat mir Martin auch das
genommen.

Bevor ich dazu komme, die Katzen zu füttern, die auf dem Küchen-
schrank neben mir lauern und hoffen, dass ich vergesse, die Reste meines Frühstücks wegzuräumen, klingelt das Telefon. Topsys Augen ver-
engen sich und ihr Schwanz beginnt rhythmisch hin und her zu
schwingen. Wahrscheinlich denkt sie, ich würde hinüber ins Wohnzimmer eilen und ihnen die ganze Pracht hier überlassen.

„Nichts da." Rasch schraube ich das Nutellaglas zu und stelle es zusammen mit den Butterkeksen zurück in den Schrank. Dann erbarme

ich mich ihrer doch und werfe ihnen die kleinen Stücke zu, die ich bereits auf der Untertasse zur Seite gelegt habe. Dabei muss ich wie immer aufpassen, dass der kleine, freche Kartäuser der alten, phlegmatischen Perserin nicht zuvor kommt und ihren Anteil schon hintergeschlungen hat, bevor sie sich in Bewegung setzt.

In der Zwischenzeit ist der Anrufbeantworter angesprungen. „Hallo, Mama? Ich bin's", höre ich die Stimme meines Sohnes sagen. Florian nennt nie seinen Namen, er ist überzeugt, dass alle ihn auch so erkennen. „Wenn du nach Hause kommst, ruf mich bitte zurück. Es ist dringend."

Er denkt bestimmt, ich muss heute arbeiten. Er hat immer noch nicht verstanden, dass ich sechs Tage arbeite und danach länger freihabe, er meint, ich würde von montags bis freitags arbeiten. Was ich mache, interessiert ihn sowieso nicht sonderlich. Wenn ich anfange zu erzählen, lenkt er unser Gespräch meist schnell in eine andere Richtung. Vielleicht ist es aber auch einfach nur langweilig, ständig diese Geschichten über die alten Leutchen hören zu müssen. Immerhin hat er das meiste bei seinem Zivildienst selbst kennengelernt.

Zu seiner Ehrenrettung sei gesagt, dass ich über ihn und sein Studium auch nur das Nötigste erfahre. Er setzt voraus, dass mich das Thema langweilt, und erzählt allerhöchstens einmal von seinen Kommilitonen und das auch nur, wenn es etwas Lustiges zu berichten gibt. Ich weiß, dass er Informatik studiert und im siebten Semester ist, also fast am Ende des Grundstudiums, und ich kenne zumindest ungefähr seinen Tagesrhythmus, weiß also, wann ich ihn anrufen kann, ohne ihn zu wecken, und weiß, dass er dienstags und mittwochs immer bis spätabends in der Uni bleibt und nicht vor zehn Uhr zu Hause ist.

Miriam, seine Freundin, übernachtet meist nur an den Wochenenden bei ihm. Sie führen eine meiner Meinung nach sehr seltsame Beziehung dafür, dass sie mittlerweile schon fast ein Jahr zusammen sind. Aber ich mische mich da nicht ein, sie müssen ihre Erfahrungen selbst machen, so wie ich die meinen habe machen müssen. Es wäre pure Anmaßung, wenn ich behaupten würde zu wissen, was richtig und was falsch ist. Schließlich habe ich gerade erst selbst erlebt, wie schnell ein langjähriges und in meinen Augen gutes Verhältnis zerbrechen kann.

Eigentlich wollte ich nach dem Frühstück gleich in die Stadt gehen, um Weihnachtsgeschenke zu kaufen. Es gibt dieses Jahr so viele, denen ich verpflichtet bin, und wir haben bereits den zehnten Dezember. Jetzt zögere ich und schiele nach dem Telefon. Ich hasse es nämlich, mich in diesen Kauftrubel stürzen zu müssen, und bin dankbar für jede Art von Ablenkung. Vielleicht sollte ich doch zuerst Florian anrufen. Immerhin ist es das erste Mal, dass er einen sofortigen Rückruf fordert.

Bevor ich danach greifen kann, klingelt das Telefon schon wieder. Mir fällt fast der Hörer aus der Hand, als ich die Stimme meines zweiten Sohnes höre. Thorben ist zurzeit in Amerika und meldet sich nur zu besonderen Anlässen.

„Hi, ich wollte dir Bescheid geben, dass ich den Flug morgen um elf nehme", kommt er auch sofort zur Sache. „Ich bin dann ungefähr um sechzehn Uhr eurer Zeit am Flughafen. Du brauchst mich nicht abzuholen, Florian hat versprochen …"

„Halt, Moment", falle ich ihm ins Wort. „Warum …" Meine Stimme versagt. Es muss etwas passiert sein, wenn Thorben so plötzlich kommen will. „Was ist denn los?", krächze ich, während sich ein eisiges Band um meine Brust legt.

„Dann weißt du es noch nicht?"

Ich verneine kaum hörbar. Er zögert einen Moment, es war noch nie sein Ding, mir Unangenehmes mitzuteilen, das hat er stets seinem Bruder oder Martin überlassen.

„Was?", frage, nein schreie ich ins Telefon. Diese Ungewissheit, was kommen mag, ist schlimmer als der endgültige Schlag.

„Papa ist tot", flüstert er leise, dass es kaum über das Rauschen der Verbindung zu hören ist.

Ich fühle – nichts. Nur leichtes Erstaunen darüber, dass das Schicksal zurückgeschlagen hat. Das kann ich natürlich nicht sagen, auch nicht nach alldem, was passiert ist. Also schweige ich, während ich fieberhaft überlege, wie ich antworten soll.

Thorben hat mein Schweigen völlig falsch interpretiert. „Das muss ein schlimmer Schock für dich sein", fährt er sanft fort. „Immerhin wart ihr lange zusammen. Am besten rufst du gleich Flo an, er wollte heute Morgen zu Hause bleiben. Ich verstehe nicht, dass er noch nicht mit dir gesprochen hat. Er sollte dich gestern schon informieren."

„Ich melde mich sofort bei ihm", verspreche ich schnell, um das Gespräch nicht noch teurer werden zu lassen. „Bis morgen."

Neugier ist alles, was ich verspüre, als ich nun Florians Nummer wähle. Ich habe mit Frohlocken, ja offener Freude meinerseits gerechnet - ich gebe zu, ich habe mir manchmal in meinen Träumen sein Ableben in den unterschiedlichsten Szenarien ausgemalt. Aber jetzt scheinen alle großen Gefühle für Martin erloschen zu sein. Dabei ist das Ganze noch kein Jahr vorbei. Bin ich wirklich schon geheilt oder ist meine Reaktion eher doch ein Schock?

„Ich habe gerade mit Thorben gesprochen", falle ich meinem Sohn ins Wort, als er herumstammelt, um mir die Wahrheit schonend beizubringen. „Er hat angerufen, um mir mitzuteilen, dass er morgen um sechs am Flughafen sein wird."

„Ich versuche seit gestern Abend, dich zu erreichen", verteidigt sich Florian, als hätte er ein schlechtes Gewissen, dass ich die Nachricht von seinem Bruder erfahren habe und nicht von ihm. „Wo warst du?"

„Ich musste arbeiten und bin anschließend mit einer Kollegin auf den Weihnachtsmarkt bummeln gegangen", hangele ich mich an der Wahrheit entlang. „Anschließend haben wir uns bei ihr auf einen Glühwein zusammengesetzt. Da ist es spät geworden. Und gerade eben war ich bei meiner Nachbarin", füge ich hinzu, da ich weiß, dass er einerseits alles ganz genau wissen will, es aber andererseits nicht verstehen wird, dass ich einfach nur in Ruhe zu Ende frühstücken wollte, ohne mich durch ein Gespräch stören zu lassen. „Was ist denn nun genau passiert?"

„Das weiß keiner. Der Notarzt meint, dass es wahrscheinlich ein Herzinfarkt war, der sofort zum Tod führte."

„Aha." Das hätte ich zuallerletzt vermutet. Martin war immer ein sportlicher Typ, der viel für seine Fitness tat. Außerdem ging er, seit ich ihn kenne, regelmäßig zum Arzt und ließ sich durchchecken.

„Aber er wird heute oder morgen noch obduziert", fährt mein Sohn fort. „Das macht man wohl generell, wenn die Todesursache unklar ist."

„Hat Christine dich angerufen?" Das ist die Neue von Martin. Ich kenne sie nur von einem Foto, das ich beim Ausräumen seines Schreibtisches gefunden habe. Es ist vor dem Haus meiner Schwiegermutter aufgenommen worden, Christine stand an unser Auto gelehnt und lachte in die Kamera. Sie sah aus, als wäre sie zu einem großen Bankett geladen: schwarzer, eng anliegender Rock und darüber einen, für den nasskalten Herbsttag, an dem dieses Foto augenscheinlich entstanden ist, völlig ungeeigneten dunkelgrauen Seidenblazer. Die langen, hellblonden Haare hatte sie zu einem eleganten Knoten frisiert, die hellgraue Bluse großzügig geöffnet, sodass das wertvolle Goldcollier, das Martin wohl als Vorauserbe von seiner Mutter bekommen hat, deutlich zu sehen war.

Mir hatte Marlies in all unseren Ehejahren nicht ein Teil von ihrem Schmuck verehrt, wahrscheinlich, weil sie von Anfang an gegen unsere Beziehung gewesen war. Die Neue dagegen schien ihre Zustimmung gefunden zu haben.

Ich schätze diese Christine auf Mitte dreißig, damit ist sie gute zehn Jahre jünger als ich. Ob Martin sich da vielleicht übernommen hatte?

„… nicht", dringt Florians Stimme in meine Gedanken. „Ich rufe Papa immer einmal im Monat sonntags an, seit …, na ja, seit ihr euch getrennt habt."

Nette Umschreibung! Aber ich lasse sie ihm durchgehen, weil ich neugierig bin auf die Fortsetzung seiner Geschichte.

„Dieses Mal war ich eine Woche eher dran, ich wollte mit ihm absprechen, wie wir das mit Weihnachten regeln. Er hatte vor, mit Christine über die Feiertage zu verreisen, wusste aber bei unserem letzten Gespräch noch nicht, an welchem Tag sie losfahren wollten."

Ach ja – neue Frau, neues Glück. Wir sind die letzten Jahre überhaupt nicht mehr in Urlaub gefahren. Martin behauptete immer, zu Hause sei es am Schönsten.

„Und?", dränge ich, als er eine Pause macht und tief Luft holt.

„Christine ging an den Apparat und fing gleich an zu weinen, als ich mich meldete. Es dauerte ziemlich lange, bis ich endlich die ganze Geschichte zusammenhatte. Demnach musste sie am Samstag bis abends arbeiten und hatte mit Papa vereinbart, dass er sie abholen würde. Sie hat gewartet und gewartet und als er nicht kam, versucht ihn telefonisch zu erreichen. Schließlich ist sie allein nach Hause gegangen und hat ihn auf der Couch liegend gefunden. Er war wohl schon länger tot, das sagte zumindest der herbeigerufene Notarzt."

„Hm." Ich weiß, dass Florian sie ziemlich gern hat, trotzdem kann ich mich nicht dazu durchringen, Mitleid mit Christine zu empfinden. Ich musste auch von einem Tag auf den anderen sehen, wie ich allein zurechtkam und meine Situation war mit Sicherheit genauso schlimm gewesen wie ihre, wenn nicht sogar schlimmer. - Allerdings hatte ich eine große Familie, auf die ich mich stützen konnte und die mir half, Martins Verrat zu verarbeiten. Ob sie jemanden hatte, wusste ich natürlich nicht.

„Wirst du zu ihr fahren?", erkundige ich mich vorsichtig.

„Christine hat mich darum gebeten", erwidert er und ich merke ihm an, dass er sich unwohl fühlt. „Ich will nur noch auf Thorben warten und dann gemeinsam mit ihm hinfahren."

„Und er ist einverstanden?" Thorben hat seit meiner Trennung von Martin keinen Kontakt mehr zu seinem Vater. Im Gegensatz zu Florian kann er ihm nicht verzeihen, was er mir angetan hat.

„Ich kann mich schließlich nicht ganz allein um den Nachlass kümmern."

„Ich dachte eigentlich, dass Christine …", beginne ich, dann verstehe ich endlich. Die beiden sind nicht verheiratet, da die Scheidung noch nicht ausgesprochen wurde. „Gibt es kein Testament?"

„Zumindest hat Christine keins gefunden."

„Du solltest Onkel Herbert anrufen", fällt mir ein. „Warte, ich gebe dir seine Telefonnummer." Onkel Herbert ist der Mann von Martins Tante und war der Vermögensverwalter seiner Mutter. Er weiß bestimmt, wie die Jungen vorgehen müssen.

Florian verabschiedet sich mit der Zusicherung, mich auf dem Laufenden zu halten. Ich gehe zurück in die Küche und brühe mir eine weitere Tasse Kaffee auf. Diese neue Lage könnte auch für mich sehr interessant werden. Wenn ich daran denke, wie Martin mit mir umgesprungen ist, verliere ich leicht alle Skrupel, von seinem Tod zu profitieren.

2

Eigentlich hätte ich vorgewarnt sein sollen. Aber die Trennung traf mich völlig unvorbereitet. Gerade noch hatte ich mit Martin am Telefon gestritten, weil er schon wieder Überstunden machte und ich nun zum dritten Mal hintereinander mit unserer schwer kranken Katze allein zum Tierarzt fahren musste. Bei Topsy war ein eitriges Geschwür in der Nase gewachsen, das, bevor wir es endlich entdeckten, bereits den gesamten Kiefer und das Auge befallen hatte. Doktor Brecht war es zwar gelungen, unser vierzehn Jahre altes Mädchen durch eine schwierige Operation zu retten, doch musste sie weiterhin regelmäßig zur Nachsorge, da die Wunden immer noch nässten.

„Toll, jetzt muss ich mit ihr wieder durch die eisige Kälte!", hatte ich ihn angefaucht. „Du weißt hoffentlich noch, dass es eigentlich deine Katze ist?"

Ich hatte nie Tiere gewollt. Er war eines Tages mit dem kleinen, wuscheligen Ding angekommen, das ihm ein Arbeitskollege aufgeschwatzt hatte. Anfangs war ich nicht gerade begeistert. Doch das Kätzchen eroberte mit seiner verspielten und verschmusten Art im Sturm mein Herz und bald konnte ich mir ein Leben ohne es nicht mehr vorstellen. Auch Martin liebte Topsy sehr, besonders da sie ihn als erste Bezugsperson ausgewählt hatte. Wie ein Hund lief sie zur Tür, wenn sie sein Auto kommen hörte, und strich ihm, kaum dass er eingetreten war, um die Beine. Abends lag sie auf seinen Knien und nachts schlief sie in seinem Bett.

Als acht Jahre später der einjährige Kartäuser Mirko dazu kam – unsere Nachbarin hatte ihn ins Tierheim geben wollen - blieb diesem nichts anderes übrig, als sich an mich zu halten. Doch er war ohnehin eher ein Freigeist, der sich zwar gern von mir die nötigen Streicheleinheiten holte, die Nacht aber lieber draußen in der Freiheit verbrachte. Da wir ihn kastriert hatten, ließ ich ihn ziehen und er kehrte auch jeden Morgen brav zurück und verlangte mauzend Einlass, um sich danach einem Verhungernden gleich auf sein Fressen zu stürzen. Gleichwohl liebte ich ihn heiß und innig, auch wenn er nie derart anhänglich wurde wie Topsy.

Diese hatte sich in den letzten Wochen bedingt durch Martins häufige Abwesenheit vermehrt mir zugewandt, die schwere Krankheit brachte dann endgültig den Umschwung. Abends stand sie vor meinem Bett und wartete darauf, dass ich sie hineinhob. Jedes Mal, wenn ich mich hinsetzte, wollte sie auf meinen Schoß.

Natürlich hatte ich mich auch besonders viel um sie gekümmert, Doktor Brecht hatte mir eingeschärft sie genau zu beobachten, da er nicht ausschließen konnte, dass das Gehirn ebenfalls schon von Bakterien befallen war. Zum Glück hatte sich dieser Verdacht nicht bestätigt, trotzdem mussten wir weiterhin regelmäßig zur Kontrolle erscheinen, ein Weg von immerhin fast einer Stunde, wenn man kein Auto zur Verfügung hatte. Und das war bei den frostigen Temperaturen im Januar wahrlich kein Vergnügen, weder für mich noch für die Katze, die in ihrem Tragekorb in den höchsten Tönen jammerte.

Voller Wut auf meinen Mann holte ich die für besondere Gelegenheiten reservierten Leckerchen heraus und begann mit der mühseligen Aufgabe Topsy anzulocken, damit ich sie packen konnte. Sie schien immer genau zu ahnen, wann der nächste Tierarztbesuch anstand, denn obwohl ich den Tragekorb nie vorher holte, blieb sie in ihrem Versteck unter dem Schrank liegen, bis ich mit schlechtem Gewissen den Besen nahm und sie darunter hervortrieb.

Genau in dem Moment, als ich das Türchen verriegelte, klingelte das Telefon. Martin! Mein Gemeckere hatte gewirkt.

Doch was ich dann zu hören bekam, ließ meinen Triumph ins Gegenteil umschlagen.

„Ich verlasse dich", sagte er mit kalter Stimme, nachdem ich mich gemeldet hatte. „Ich komme gleich vorbei und hole ein paar Sachen. Du brauchst nicht auf mich zu warten."

Bevor ich antworten konnte, hatte er aufgelegt. Mit zittrigen Beinen holte ich Topsy aus ihrem Gefängnis. Den Tierarztbesuch musste ich verschieben.

„Was soll das?", empfing ich ihn, als er knapp zehn Minuten später erschien.

Er schien erstaunt, mich zu sehen. Hatte er wirklich erwartet, dass ich das Haus ohne Aussprache verließ?

„Ich trage mich schon länger mit dem Gedanken", erklärte er schroff und drängte sich an mir vorbei.

Nein, so einfach kam er mir nicht davon. Ich folgte ihm ins Schlafzimmer, wo er bereits damit begonnen hatte, einige Kleidungsstücke in seine Sporttasche zu legen, und wartete schweigend auf weitere Erklärungen.

Ohne mich zu beachten, verschwand er im angrenzenden Bad.

„Hast du eine Freundin?", fragte ich ahnungsvoll.

„Zu der ziehe ich gerade", kam es bissig zurück.

„Und wie lange geht das schon?"

„Das hat dich nicht zu interessieren." Mit geradezu hasserfülltem Gesicht tauchte Martin im Türrahmen auf. „Ich verschwinde, und zwar endgültig. Ich habe die Schnauze von dir gestrichen voll."

Fassungslos sank ich aufs Bett. War er verrückt geworden?

„Dauernd stellst du nur Ansprüche an mich, nichts kannst du allein machen. Ich habe es so satt." Er funkelte mich wütend an. „Und statt zu arbeiten, hast du dir hier zu Hause ein schönes Leben gemacht und von meinem Geld gelebt. Ich habe deine Faulheit viel zu lange unterstützt."

Es war, als hätte sich Martin in einen mir völlig Fremden verwandelt. Na gut, er hatte schon immer seine Launen gehabt, und dass ich nichts zu unserem Einkommen beitrug, war seit einigen Monaten ein ständiger Streitpunkt zwischen uns. Trotzdem, diesen Mann, der sich wie ein Halbirrer gebärdete, kannte ich nicht. Das war echter Hass, der mir da entgegenschlug.

Schweigend blieb ich auf dem Bett sitzen und wartete darauf, dass er endlich ging. Ja, ich gestehe, dass ich in diesem Moment richtig Angst vor ihm hatte.

Daher atmete ich erst einmal erleichtert auf, als ich die Haustür schlagen hörte und er mit aufheulendem Motor davonfuhr. Ich zitterte am ganzen Körper, mir war heiß und kalt zugleich. Mit letzter Kraft wankte ich in die Küche und machte mir einen heißen Tee mit Rum.

Der Alkohol belebte mich relativ schnell wieder, sodass ich die Fakten, die ich aus Angst vor einem tätlichen Angriff beiseitegeschoben hatte, erfassen konnte. Nach vierundzwanzig Jahren Ehe hatte mich mein Mann wegen einer anderen verlassen.

Bestimmt war sie der Auslöser für diese Hassattacke gewesen. Bisher hatte Martin noch nie so mit mir geredet, auch nicht in unseren schlimmsten Streitereien, von denen wir nicht gerade wenige ausgetragen hatten. Aber irgendwie hatten wir immer wieder zueinandergefunden, mittlerweile tolerierte ich seine Macken genauso wie er die meinen - davon war ich zumindest ausgegangen.

Topsy, die meine Verzweiflung spürte, sprang mir auf den Schoß und rollte sich zusammen. Mechanisch begann ich sie zu streicheln, während mein Gehirn immer noch versuchte, das gerade Geschehene zu verarbeiten.

Ganz langsam dämmerte mir, dass es in der letzten Zeit schon einige Hinweise gegeben hatte, die mir nur nicht richtig bewusst geworden waren. Ich hatte Martins gereizte Art auf die vielen Überstunden geschoben, die er wegen der Eröffnung einer neuen Filiale schieben musste. Auch sein erhöhtes Schlafbedürfnis, das ihn, kaum dass er zu Hause angekommen war, direkt ins Bett trieb, hatte er damit erklärt. Selbst an den Wochenenden war er im Einsatz und hatte sogar mehrere Treffen mit seinen Freunden absagen müssen.

Jetzt fragte ich mich natürlich, ob diese ganze Geschichte nicht von Anfang an nur vorgeschoben gewesen war. Doch es hatte alles so glaubhaft geklungen. Martin war vor Kurzem zum zweiten Mann in der Geschäftsleitung aufgerückt und ich wusste, dass er zeigen wollte, dass seine Vorgesetzten sich für den Richtigen entschieden hatten. Dieses Projekt war für ihn die Möglichkeit, sich zu beweisen. So hatte er es zumindest mir gegenüber verkauft. Und ich war voll Mitleid über seine Arbeitsbelastung gewesen und hatte ihm alles andere vom Hals gehalten!

Mein Schock verwandelte sich in Wut. Wahrscheinlich hatte er mir zuletzt nur noch Lügen erzählt, während er bereits seinen Auszug plante. Ich-bezogen war er immer schon gewesen, aber eigentlich nicht hinterhältig. Und dieses Verhalten war an Hinterhältigkeit nicht mehr zu überbieten. Wahrscheinlich stimmte nicht ein Wort von dem, was er mir erzählt hatte, sondern er hatte jede freie Minute bei seiner Geliebten verbracht. War er zu feige gewesen, mir von Anfang an reinen Wein einzuschenken, oder hatte er extra so lange gewartet, um gleich von einem gemachten Nest in das nächste hüpfen zu können?

Entschlossen stand ich auf und machte mir eine weitere Tasse Tee mit viel Rum.

Nach der dritten Tasse war ich reif für mein Bett. Ich schlief tief und traumlos in dieser Nacht und wachte erst durch das Klingeln des Weckers auf, den ich nicht abgeschaltet hatte. Automatisch knipste ich die Nachtischlampe an und war schon halb aus dem Bett, als mir die Realität bewusst wurde. Ich brauchte nicht mehr früh aufzustehen und meinem Mann das Frühstück zu bereiten, von nun an war ich nur noch mir selbst verpflichtet.

Trotzdem schlurfte ich in die Küche und setzte Kaffeewasser auf. Mit der Erkenntnis meiner Situation hatte ich wieder angefangen zu grübeln, an Schlaf war nicht mehr zu denken. Wie sollte es weiter gehen?

Die Wohnung mussten wir kündigen, sie war für zwei Personen schon zu groß und für mich allein auch viel zu teuer. Heute war der dreiundzwanzigste Januar. Wir sollten zusehen, dass wir den Brief bis Ende des Monats geschrieben hatten, um nicht unnötig lange Miete zu zahlen. Sollte ich Martin deshalb anrufen oder lieber abwarten, bis er sich meldete?

Unser Hab und Gut konnten wir nur gemeinsam trennen, er würde sich bald sowieso mit mir auseinandersetzen müssen. Denn dass er auf alles verzichten würde, konnte ich mir bei ihm kaum vorstellen. Außerdem hatte er nur das Nötigste mitgenommen. Den größten Teil seiner Kleidung, seine persönlichen Papiere und seine …

Topsy! Was war mit seiner Katze? Ob er sie behalten wollte? Das konnte er mir nicht antun. In den letzten Wochen war sie mir noch mehr ans Herz gewachsen und auch sie hatte ihre obsessive Liebe ganz auf mich übertragen, war ich es doch, die sie die ganze Zeit gepflegt hatte, die sogar nachts stundenlang mit ihr auf dem Arm auf dem Sofa gesessen und über sie gewacht hatte. Und die beiden Tiere zu trennen wäre nicht der richtige Weg. Sie hingen aneinander wie ein altes Ehepaar und würden im Gegensatz zu uns bis zu ihrem oder seinem Ende getreu zusammenbleiben.

Haha! Ich lachte bitter. Genug des Elends, ich würde auf jeden Fall um die beiden kämpfen. Zuallererst aber würde ich mich aufmachen und den fälligen Tierarztbesuch nachholen.

Ich hatte den Gedanken kaum zu Ende gebracht, da kamen mir die Tränen und flossen in Strömen.

Ich konnte den ganzen Vormittag nicht mehr aufhören zu weinen. Jedes Mal, wenn ich mich wieder etwas beruhigt hatte, begann es von Neuem. Erst am Nachmittag hatte ich mich soweit gefasst, dass ich mit Topsy das Haus verlassen konnte.

Kaum zwei Stunden später kam der nächste Schock, als ich zur Sparkasse ging. Weil die Rechnung, die ich immer sofort bezahlte, wesentlich höher ausgefallen war als erwartet, hatte ich mein letztes Geld bis auf zehn Euro ausgegeben. In der Annahme, dass Martins Gehalt bereits eingegangen war, wollte ich mir gleich das Haushaltsgeld für den nächsten Monat mitnehmen. Zu meinem Erstaunen befanden sich allerdings nur knapp hundert Euro auf dem Konto. Um nicht allzu gierig zu erscheinen, begnügte ich mich mit einem Fünfzigeuroschein. Das war ein weiterer Punkt, den ich dringend mit meinem Nochehemann absprechen musste. Er würde mich doch bestimmt die nächsten

Monate unterstützen, bis ich selbst Arbeit gefunden hatte. War er nicht sogar dazu verpflichtet?

Zu Hause angekommen beschloss ich, meine Vermutung zu überprüfen. Besser ich wusste ganz genau, was ich zu erwarten hatte. Nach Martins gestrigem Auftreten war ich mir nicht sicher, ob er nicht jedes Schlupfloch nutzen würde, mir so wenig wie möglich zu zahlen.

Zuerst aber erlöste ich Topsy aus ihrem Gefängnis und gab ihr auf den Stress eine Extraportion Futter. Schnurrend strich sie mir um die Beine. Ich hob sie hoch und drückte mein Gesicht in ihr weiches Fell. Schon wieder kamen mir die Tränen.

Das beharrliche Miauen draußen vor der Küchentür brachte mich zurück in die Gegenwart. Ungnädig verlangte Mirko Einlass und ich beeilte mich, ihn zufriedenzustellen. Danach hatte ich mich soweit wieder gefangen, dass ich meine Recherche beginnen konnte. Der Computer stand in Martins Arbeitszimmer, dem ehemaligen Raum von Florian, den mein Mann gleich nach dem Auszug seines Sohnes für sich beansprucht und in dem er seitdem den größten Teil seiner Freizeit verbracht hatte. Denn zu Hause gearbeitet hatte er in all den Jahren, die wir nun zusammen waren, nie. Erforderliche Überstunden, die bei ihm fast schon zum Alltag gehörten, wurden grundsätzlich im Büro abgeleistet. Daher war ich ja auch nicht stutzig geworden, dass er zuletzt so selten zu Hause gewesen war. Ich wusste, wie zielstrebig er immer noch an seinem beruflichen Aufstieg bastelte.

Das sogenannte Arbeitszimmer war Martins privater Rückzugsort. Hier konnte er in Ruhe im Internet surfen – ohne dass ich ihm versehentlich über die Schulter blickte – hier verwahrte er seine Prospekte von all den Traumautos, die er sich, wenn er richtig viel Geld verdiente, zu leisten gedachte, und hier stand seit Kurzem auch seine Stereoanlage. Mit der Begründung mich nicht länger mit seiner Musik belästigen zu wollen, hatte er im letzten Sommer alle dazugehörigen Teile nebst sämtlicher Abspielmedien hier herübergeschleppt und seither diesen Raum wesentlich häufiger genutzt als das Wohnzimmer.

Vorausgegangen war diesem Umzug ein heftiger Streit. Martin hatte die Angewohnheit stets sehr laut Musik zu hören und nahm dabei keine Rücksicht, ob ich las – ich könnte sie schließlich ignorieren - oder telefonierte – dann musste ich eben das Zimmer verlassen – oder fern sah. Und genau das hatte ich an jenem Abend getan, als er wortlos hereinkam und die Stereoanlage aufdrehte. Schon oft hatten wir darüber gestritten, dass er ständig erwartete, ich solle mich seinen Wünschen fügen. Immerhin hätte ich den ganzen Tag Zeit, meinen Vergnügungen zu frönen, war sein Argument, da könne ich wohl etwas Rücksicht auf ihn nehmen und ihm diese seltene Möglichkeit zur Entspannung gönnen.

Dieses neue Arrangement kam uns im Prinzip beiden entgegen und vor allem hörten die ewigen Streitereien fast völlig auf, was natürlich zu einem großen Teil daran lag, dass wir uns außer zum Essen kaum noch sahen. Wenn ich ehrlich mit mir war, hatten wir zuletzt eher in einer WG als in einer Partnerschaft gelebt.

Ich öffnete die Tür zum Arbeitszimmer. Da stand der Schreibtisch, direkt vor dem Fenster platziert, damit das Licht sich nicht im Monitor spiegelte, davor der Drehstuhl, der mit seiner ausladenden Form und der weichen Polsterung eher einem Chefsessel glich. Die eine Wand nahm ein hohes, breites Regal ein, in dem sich sämtliches Computerzubehör und die DVDs und CDs befanden, die sich im Laufe der Jahre angesammelt hatten, an der anderen stand ein bequemer Sessel, den Martin sich erst zu Weihnachten gekauft hatte, daneben die sündteure Stereoanlage, die sein ganzer Stolz war. Dafür hatte er damals den ersten Kredit aufgenommen, den wir fast fünf Jahre abbezahlen mussten. Obwohl sie mittlerweile zwanzig Jahre alt war, stellte sie immer noch einen beträchtlichen Wert dar und galt unter Musikliebhabern weiterhin als ausgesprochenes Highlight.

So hätte es zumindest sein sollen. Nur waren Computer, Monitor und Stereoanlage verschwunden. Im ersten Moment dachte ich an einen Diebstahl und bekam weiche Knie. Dann entdeckte ich den Zettel, der mitten auf der Schreibtischplatte lag. Voll über Vorahnungen trat ich näher und nahm den Brief auf. In knappen Worten teilte Martin mir mit, dass er beschlossen hatte, einen Teil seines Eigentums an sich zu nehmen. Über die restlichen Sachen könnten wir bei Gelegenheit gemeinsam entscheiden, schließlich wolle er mich nicht in einer völlig ausgeräumten Wohnung zurücklassen.

Ungläubig sah ich mich im Zimmer um. Das Regal schien unberührt, auch das kleine Schränkchen, in dem sich seine Musik-CDs befanden, war noch wohl gefüllt. Ohne mich länger aufzuhalten, eilte ich ins Wohnzimmer. Auf den ersten Blick fiel mir der verschwundene Fernseher, ein mit allen nur möglichen Finessen ausgestatteter Flachbildschirm, auf. In meinem Mund breitete sich ein übler Geschmack aus und mein Magen zog sich zusammen, während ich die Türen unserer Anbauwand öffnete. Ich hatte richtig vermutet, die wertvolle Sammlung alter Fotoapparate fehlte, genauso wie die Spiegelreflexkamera neueren Datums.

Bebend vor Wut durchsuchte ich den Rest der Wohnung, aber weiter schien nichts zu fehlen. Selbst das relativ teure Werkzeug im Keller hatte er verschmäht. Als Letztes betrat ich das Schlafzimmer. Seine Kleidung war ebenfalls noch da, allerdings stellte ich nach einer hastigen Durchsicht meiner Seite des Schrankes fest, dass die alten Taschenuhren, die er teils geerbt und teils erworben hatte und die normalerweise direkt neben meinem Schmuck in einem separaten Kasten aufbewahrt wurden, fehlten. Also hatte er gezielt alles mitgenommen, was einen größeren Wert darstellte.

Fassungslos sank ich auf das ungemachte Bett. Was dachte er sich dabei eigentlich? Hatte er vermutet, ich würde sofort zum Pfandleiher rennen und all das, was ihm lieb und wert war, versetzen? So gut musste er mich doch kennen, dass ich zu dieser Art von Rache gar nicht fähig war.

Wieder half mir der schon erprobte Tee mit Rum über einen weiteren Abend hinweg.

3

Blinzelnd komme ich zurück in die Gegenwart und entdecke meine noch immer gefüllte Tasse. Verärgert darüber, dass ich jetzt genau das getan habe, was ich nie wieder tun wollte, nämlich einen Blick zurückzuwerfen, nehme ich einen viel zu großen Schluck und verbrenne mir prompt den Mund. Hat mich Martins Tod doch mehr mitgenommen, als erwartet?

Ach, was soll's. Energisch stehe ich auf und greife nach meiner Handtasche. Selbst von dieser Nachricht werde ich mir nicht den Tag verderben lassen, sondern meine Pläne, wie ich es mir vorgenommen hatte, durchziehen. Die Geschenke für all meine Lieben auszusuchen, ist anstrengend genug, da kann ich auf nostalgische Rückblicke gut verzichten.

Bevor ich mich endgültig aufmache, schaue ich nun wirklich bei meiner Nachbarin vorbei. Frau Schöller ist zweiundsiebzig und kann das Haus nicht mehr verlassen. Ich habe mir angewöhnt sie zu fragen, ob sie etwas braucht, wenn ich einkaufen gehe, denn von sich aus bittet sie mich nie darum, obwohl wir uns nun schon über ein halbes Jahr kennen und ein sehr gutes nachbarschaftliches Verhältnis haben.

Sie sitzt vor dem Fernseher und strickt Socken. Das kann sie hervorragend, ich besitze selbst bereits vier Paar und muss sagen, es gibt nichts Besseres für diese Jahreszeit.

Ihre Wünsche sind wie immer bescheiden, etwas neue Wolle hätte sie gern und vielleicht eine Tüte gebrannte Mandeln vom Weihnachtsmarkt.

Während ich mich zum Bus aufmache, ertappe ich mich dabei, wie meine Gedanken schon wieder abdriften und sich mit Martins plötzlichem Tod beschäftigen. Eine Vorahnung sagt mir, dass es mehr damit auf sich hat, als ich vermute.

Da ich unter keinen Umständen selbst bei Christine anrufen will, muss ich abwarten, was meine Söhne in Erfahrung bringen werden. Das hält mich allerdings nicht davon ab, am Abend wild mit meiner Schwester über dieses Thema zu spekulieren. Erstaunlicherweise ist sie der felsenfesten Überzeugung, seine neue Flamme hätte etwas damit zu tun.

Das wäre kompletter Unsinn, meinen Florian und Thorben, die am nächsten Abend um kurz nach sieben vor meiner Tür stehen. Sie wollen bei mir übernachten und morgen früh gleich weiterfahren. Mein

Verstand gibt ihnen recht, mein Herz dagegen fühlt gelinde Enttäuschung. Ich wage es mir kaum einzugestehen, aber gegönnt hätte ich es ihm und ihr gleichermaßen. Anscheinend bin ich immer noch voller Hass.

Es ist zehn und ich bin gerade dabei Ordnung zu schaffen, als es Sturm klingelt. Die Jungen haben auf Luftmatratzen auf dem Fußboden genächtigt und sind vor zehn Minuten aufgebrochen. In der Annahme, einer von beiden hätte etwas vergessen, drücke ich auf den Türöffner, ohne mich über die Sprechanlage zu vergewissern, wer draußen wartet, und erschrecke fast zu Tode, denn zwei mir unbekannte Männer kommen die drei Treppenstufen zu meiner Wohnung herauf.

Bevor ich reagieren kann, steht der eine schon vor mir und hält mir seinen Ausweis vor die Nase.

„Frau Kilian? Heller von der Kripo. Mein Kollege und ich hätten gern mit Ihnen gesprochen. Es geht um den Tod ihres Mannes."

Exmannes, hätte ich beinahe automatisch gesagt, verkneife mir aber im letzten Moment diesen dummen Spruch und bitte die beiden herein. Da die Küche der einzige aufgeräumte Ort ist, müssen sie mit den beiden Stühlen dort am Tisch vorliebnehmen. Ich selbst hole mir schnell den kleinen Hocker aus dem Bad.

„Sie wissen doch, dass Ihr Mann am Samstag verstorben ist?", vergewissert Hellers Kollege sich reichlich spät. „Entschuldigen Sie, ich habe mich noch nicht vorgestellt, mein Name ist Schütz."

Ich nicke: „Ja, meine Söhne haben mich informiert, sie sind übrigens gerade auf dem Weg nach Waldbröl."

„Wann haben Sie Ihren Mann das letzte Mal gesehen, beziehungsweise von ihm gehört?" Herr Heller lässt mich nicht aus den Augen, nachdem er die Frage gestellt hat.

„Wir leben in Scheidung, wie Sie vielleicht wissen", weiche ich aus.

„War es eine gütliche Trennung?"

„Nein, das kann man nicht sagen." Ich lache auf. „Er hat mich von einem Tag auf den anderen ohne Geld sitzenlassen."

„Also sind Sie nicht gerade gut auf ihn zu sprechen." Herr Schütz beugt sich interessiert vor.

Ich spüre die Spannung, die sich aufgebaut hat. „Warum interessiert Sie das? Und wieso sind Sie hier … Ich meine, warum ermitteln Sie überhaupt …, ich dachte, Martin ist an einem Herzinfarkt gestorben?"

Bevor einer von beiden etwas sagen kann, weiß ich bereits, was los ist. Kripo! Na klar! Irgendetwas stimmt nicht an den Todesumständen. Wieso hat es bloß so lange gedauert, bis bei mir der Groschen gefallen ist? „Ist er ermordet worden?", platze ich ohne nachzudenken heraus und hätte mir danach am liebsten die Zunge abgebissen. Wann würde ich endlich lernen, mich zurückzunehmen? Es wäre besser gewesen, auf die Antwort des Beamten zu warten. Denn das ist nun wirklich eine völlig abstruse Idee. Warum sollte irgendjemand Martin umbringen wollen?

Klar, Ute und ich haben gestern noch darüber spekuliert, aber das war bloß alberner Quatsch, dummes Gerede. Einerseits waren wir geschockt von der Nachricht, andererseits hätte uns nichts besser in den Kram gepasst, als dass seine neue Beziehung derart tragisch endete. Aber geglaubt haben wir natürlich nicht daran.

Bevor er den Mund öffnet, wirft Herr Heller seinem Kollegen einen kurzen Blick zu und mein Herz macht einen erschreckten Satz. Oder liege ich doch richtig? Ist Martin tatsächlich ermordet worden?

„Herr Kilian ist am Montag obduziert worden", sagt der Kriminalkommissar und lässt mich nicht aus den Augen.

Ich spüre, wie mir der Schweiß ausbricht, dabei gibt es gar keine Veranlassung dazu. Ich habe mit Martins Tod nichts zu tun. Statt eines weiteren Kommentars nicke ich kurz und bedeute ihm mit einer Handbewegung fortzufahren.

„Der Leichenbeschauer stellte fest, dass Ihr Mann an einer Vergiftung gestorben ist." Er verstummt und sieht mich auffordernd an.

Verdächtigen die etwa mich? „Ja, und?", frage ich, obwohl ich ganz genau weiß, warum er diese Pause macht. Er denkt, ich würde vielleicht mit etwas Bedeutendem herausplatzen, das er später gegen mich verwenden kann. Ich lese schließlich haufenweise Kriminalromane und kenne mich mit der Vorgehensweise der Polizei aus. Ich bin mir mittlerweile sicher, dass Martin ermordet wurde und was liegt da näher, als die Frau zu befragen, die verständlicherweise einen riesengroßen Hass auf ihn hat. Bestimmt wird Christine bei ihrer Vernehmung haarklein berichtet haben, was zwischen Martin und mir alles vorgefallen ist. Der Ziege würde ich sogar zutrauen, dass sie wissentlich allen Verdacht auf mich lenkt. „Hat er etwas Falsches gegessen?", frage ich und tue ahnungslos.

„Wie es aussieht, ist Ihr Mann absichtlich vergiftet worden."

„Oh", mir fällt nichts ein, was ich sonst sagen könnte. Abwartend blicke ich von einem zum anderen.

„Wann haben Sie ihn zum letzten Mal gesehen?", fragt Herr Heller noch einmal.

„Bei meinem Auszug aus unserer gemeinsamen Wohnung", erwidere ich und das ist nicht gelogen, schließlich ist aus unserem geplanten Treffen nichts mehr geworden. Seitdem Thorben angerufen hat, weiß ich ja auch warum.

„Und das war am …?"

„Ende März, das genaue Datum müsste ich nachschauen."

„Sind Sie bereits geschieden?"

Was soll das? Ich dachte immer, bevor die Polizei anfängt zu ermitteln, holt sie Erkundigungen ein? Oder wollen sie mich in Widersprüche verwickeln? Glauben die etwa, ich …?

„Nein, der Gerichtstermin ist auf den fünften Januar festgesetzt worden."

„Bekommen Sie Unterhaltszahlungen von Ihrem Mann?"

Ich zwinge mich, ruhig zu bleiben. „Er weigert sich zu zahlen. Ich bin auf staatliche Unterstützung angewiesen."

„Das war ein großer Streitpunkt zwischen Ihnen?"

„Laut meinem Anwalt habe ich einen Rechtsanspruch auf Unterhalt." Ich muss aufpassen, dass ich nicht zu bissig werde. Anscheinend haben die beiden doch schon einiges in Erfahrung gebracht.

„Darüber ist noch nicht entschieden worden?"

„Nein, diese Klage wird gesondert verhandelt, einen genauen Termin gibt es noch nicht."

„Und Sie leben seit der Trennung von Hartz IV?" Der Ton, in dem Herr Schütz diese Frage stellt, gefällt mir nicht. Bei ihm hört es sich so an, als würde ich mich zurücklehnen und dankbar dem Nichtstun frönen.

Bevor ich antworte, atme ich erst einmal tief durch. „Da ich leider keine Ausbildung habe, bin ich schwer vermittelbar", erkläre ich dann. „Zurzeit arbeite ich als ein-Euro-fünfzig-Kraft im Altenheim St. Georg."

„Heute nicht?"

„Ich hatte Wochenenddienst und muss erst wieder morgen hin."

„Von wann bis wann haben Sie am Samstag gearbeitet?" Zum ersten Mal zückt Herr Heller sein Notizbuch.

„Von zehn Uhr bis um sechzehn Uhr dreißig, mit einer halben Stunde Pause um zwei."

Während er sich die Daten notiert, fragt sein Kollege: „Als Sie und Ihr Mann noch zusammenlebten, gab es da irgendjemanden, dem Sie diese Tat zugetraut hätten?"

Ich brauche nicht lange zu überlegen. „Nein, weder auf der Arbeit noch privat. Aber wie gesagt, ich habe seit Ende Januar, also seit er aus unserer gemeinsamen Wohnung ausgezogen ist, nichts mehr mit seinem Leben zu tun."

„Keine Feinde, niemand, dem er sich vielleicht unabsichtlich in den Weg gestellt hat?" Herr Schütz sieht mich durchdringend an. „Kein Nachbar, mit dem er Ärger hatte?"

„Nichts, was eine solche Tat rechtfertigen würde", erwidere ich kopfschüttelnd. „Zumindest, so weit ich weiß."

„Was haben Sie nach der Arbeit gemacht?" Herr Heller hält den Kugelschreiber gezückt.

„Ich bin mit dem Bus nach Hause gefahren, habe auf dem Heimweg eingekauft und war ungefähr um sechs hier. Nachdem ich die Katzen gefüttert und mir mein Mittagessen warm gemacht habe, bin ich kurz zu meiner Nachbarin hinübergegangen. Ich denke, ich war ungefähr um acht wieder hier. Ja, stimmt, die Nachrichten liefen noch. Danach habe ich ferngesehen."

„Gut", er notiert alle meine Angaben und schließt sein Buch. Auffordernd nickt er seinem Kollegen zu und die beiden erheben sich.

„Kommen Sie bitte morgen zu unserer Dienststelle, um das Protokoll zu unterschreiben." Er gibt mir eine Karte mit der Adresse und seiner Telefonnummer. „Ach ja, und Ihre Fingerabdrücke werden wir dann ebenfalls nehmen. Wir benötigen sie für einen Vergleichstest."

Verwirrt bleibe ich zurück. Was sollte das denn heißen? Warum habe ich ihn nicht gleich danach gefragt? Bevor ich ins Grübeln gerate, hole ich mein Notfallhandy, das ich wirklich nur benutze, wenn es unumgänglich ist, hervor, und schreibe an Florian und Thorben eine Kurzmitteilung, die ich absichtlich vage halte, damit sie mir garantiert noch heute antworten. Ich teile ihnen nur mit, dass die Polizei hier war und mich nach einem Alibi gefragt hat, und bitte um ihre Rückmeldung. Dabei muss ich schon wieder grinsen. Sie werden bestimmt aus allen Wolken fallen.

Anschließend wähle ich Utes Nummer, um sie über die Neuigkeiten zu informieren. Sie hat heute ebenfalls frei und ist bestimmt zu Hause.

„Ich wollte dich auch gerade anrufen", sagt sie. „Hast du eigentlich daran gedacht, dass du jetzt Witwe bist?"

Meine Geschichte bleibt mir im Halse stecken. „Mit Rente und so?“, ächze ich.

„Ja, ich habe mich eben im Netz schlaugemacht. Da ihr noch nicht geschieden seid, hast du Anspruch auf die volle Witwenrente.“

Ich fasse es nicht. Auf den Gedanken bin ich bisher gar nicht gekommen. Ich muss sofort Herrn Rehbach anrufen. Er wird bestimmt wissen, was ich als Nächstes unternehmen muss.

„Du, ich melde mich später noch einmal“, falle ich meiner Schwester ins Wort, die mir lang und breit erzählt, wie und wo sie recherchiert hat, um ihre Vermutung zu untermauern. „Ich will versuchen, meinen Anwalt zu erreichen, damit er mir sagen kann, ob ich irgendetwas unternehmen soll.“

Leider ist Herr Rehbach gerade bei einem Gerichtstermin. Die Vorzimmerdame verspricht mir aber, dass er mich später auf jeden Fall zurückrufen wird.

Damit nur ja der Anschluss nicht belegt ist, wage ich nicht mehr zu telefonieren. Es wird fünf, bis der Apparat endlich klingelt. Bis dahin habe ich meine Wohnung gründlich gereinigt, beide Katzen gebürstet und schließlich vor lauter Verzweiflung noch die Fenster geputzt. Ich bin viel zu aufgeregt, als dass ich mich hinsetzen und in Ruhe abwarten könnte, bis mein Anwalt sich meldet.

Hastig erzähle ich ihm alles. „Das ändert die Sachlage allerdings gewaltig“, sagt Herr Rehbach. „Dadurch, dass Sie gesetzlich noch nicht geschieden sind, haben Sie Anspruch auf Witwenrente. Sie sollten Ihr Recht gleich geltend machen. Und vergessen Sie nicht, auch dem Arbeitsamt Bescheid zu sagen.“

Ich weiß nicht, ob ich lachen oder weinen soll. Mit einem Schlag ist alle Aufregung von mir abgefallen und damit vielleicht auch der Schock, der mich mit der Nachricht von Martins Tod getroffen hat. Urplötzlich verspüre ich tiefe Trauer, als könne ich erst jetzt richtig begreifen, dass er unwiederbringlich nicht mehr da ist, dass ich ihn nie wieder sehen werde.

„Hallo Frau Kilian, sind Sie noch am Apparat?“

„Ja“, bringe ich mit Mühe hervor und wische die mir förmlich aus den Augen sprudelnden Tränen weg, dabei kann er sie gar nicht sehen. Und es kommen laufend neue, sodass es sowieso nichts nutzt. „Vielen Dank für die Auskunft, ich melde mich wieder.“

Bevor er mir weitere Fragen stellen kann, lege ich auf. Ich weiß, das ist unhöflich, aber ich bin nicht mehr in der Lage zu sprechen, ein richtiger Weinkrampf schüttelt mich.

Es dauert lange, bis ich mich beruhigt habe. Topsy und Mirko, die mich noch nie so erlebt haben, kommen angesprungen und kuscheln sich an mich, um mich zu trösten. Doch jedes Mal, wenn ich sie anblicke, muss ich wieder an die Jahre meiner Ehe denken. Ich sehe Martin förmlich vor mir – nicht den Martin, der mir mit wutverzerrtem Gesicht lauter Gemeinheiten an den Kopf wirft, sondern den Mann, der jahrelang mit mir in relativer Eintracht zusammengelebt hat, den Martin, mit dem ich Freud und Leid geteilt hatte.

Das Gehirn ist wirklich ein seltsames Ding. Es holt all die schönen Dinge aus der Erinnerung hervor, als hätte es die hässlichen nie gegeben. Was war mit dem boshaften Martin, dem, der mir all die schrecklichen Dinge angetan hatte? Trauere ich auch um dieses Arschloch, zu dem er sich entwickelt hatte?

Um mich abzulenken, halte ich nun ganz bewusst Rückblick auf diese Zeit.

4

Am Morgen nach Martins Ausräumaktion schlief ich länger und hätte daher beinahe das Klingeln des Telefons überhört. Da ich vergessen hatte den Anrufbeantworter einzuschalten, sprang ich mit einem Satz aus dem Bett und rannte in die Diele. Ich weiß nicht, warum ich mich dermaßen beeilte, wen ich am anderen Ende erwartete, mit meinem Nochehemann hatte ich auf jeden Fall nicht gerechnet.

„Hast du daran gedacht, dass wir bis zum Einunddreißigsten die Wohnung kündigen müssen?", fragte er anstelle einer Begrüßung.

„Wir müssen beide unterschreiben", erinnerte ich ihn.

„Deshalb rufe ich an. Ist es dir recht, wenn meine Sekretärin die Kündigung schreibt und ich heute Abend damit vorbeikomme?"

„Du kannst sie mir auch in den Briefkasten werfen und ich schicke sie dann ab", erwiderte ich kühl. Kein Wort von seinem gestrigen Besuch. Keine Erklärung dafür, dass er sämtliche Wertgegenstände an sich gerissen hatte. Und ich war bis auf die zwei Stunden beim Tierarzt den ganzen Tag zu Hause gewesen. Es war schon mehr als seltsam, dass er ausgerechnet genau in der Zeit da gewesen war, in der ich das Haus verlassen hatte. Das hieß doch wohl, dass er mich gestern nicht hatte dabei haben wollen.

„Nein, nein. Ich will dir keine Umstände machen."

Beinahe hätte ich gelacht. Was war denn plötzlich in ihn gefahren? Wollte er vielleicht sehen, ob und wie ich litt?

„Ich möchte mich mit dir zusammensetzen und vernünftig über alles reden", erklärte er in meine Gedanken hinein. „Wir müssen schließlich nicht im Bösen auseinandergehen."

Ich beherrschte mich mit letzter Kraft. Wenn ich jetzt anfangen würde, zu schreien und zu zetern, würde uns das nicht einen Schritt weiter bringen. Und ich wollte schließlich auch wissen, wie er sich diese Trennung vorstellte.

„Wann kommst du?", fragte ich deshalb nur.

„Ich hatte gedacht, so um sieben. Eher kann ich hier nicht weg", sagte er.

„Gut", antworte ich und legte ohne eine Verabschiedung auf. Wenigstens diesen Triumph wollte ich haben.

Den restlichen Tag bis zum Abend verbrachte ich damit, durch die Wohnung zu wandern und mir zu überlegen, was ich von der Einrichtung gerne behalten wollte und wo ich zu Kompromissen bereit war. Da ich mich wahrscheinlich wesentlich verkleinern musste - immerhin hatten wir hier über hundert Quadratmeter - würde ich nur das Nötigste unterbringen können, daher war die ausladende Ledereckgarnitur mit den zwei zusätzlichen Sesseln und dem großen Couchtisch für mich ebenso indiskutabel wie die massive, über vier Meter lange Anbauwand aus Buchenholz. Der alte Esstisch mit den sechs Stühlen war ebenfalls zu groß, er stammte noch aus der Zeit, als wir alle vier unsere täglichen Mahlzeiten dort eingenommen hatten. Seitdem Thorben in Detroit war, hatten Martin und ich in der Küche gegessen, das war viel gemütlicher. Genau, ich würde den kleinen Kieferntisch nehmen und die dazu gehörenden beiden Stühle, die zwar schon alt und verkratzt, aber dafür sehr bequem waren. Und um die Küchenschränke und Elektrogeräte würde ich kämpfen, das Büffet konnte ich notgedrungenermaßen auch ins Wohnzimmer stellen.

Ich begann, mir eine Liste zu machen. Vier Stunden später, als ich eine Mittagspause einlegte, war auf meiner Seite noch eines der Bücherregale hinzugekommen, außerdem die Leselampe aus dem Wohnzimmer, die Schlafzimmerkommode, die hauptsächlich meine Sachen enthielt, meine Matratze und mein Nachttisch. Neben der fast kompletten Wohnzimmereinrichtung gestand ich Martin das restliche Schlafzimmer zu - ich hätte mit dem Doppelbett sowieso nichts mehr anfangen können, und der Schrank war für mich allein auch zu groß - und die Möbel aus seinem Arbeitszimmer.

Strittig blieb die Aufteilung der Bücher, Bilder und Skulpturen. Von Letzteren hatten wir drei Exemplare, die mittlerweile ziemlich wertvoll sein mussten. Zwei davon waren ausnehmend hässlich, aber mit Sicherheit sehr teuer gewesen. Die andere hatten wir uns vor fast zwanzig Jahren gemeinsam zu Weihnachten geschenkt. Wahrscheinlich würde Martin um jedes der Exponate kämpfen. Mich wunderte, dass er sie nicht gestern schon mitgenommen hatte.

Die letzten zwei Stunden zogen sich endlos hin. Immer wieder ging ich im Geiste das Gespräch mit meinem Nochehemann durch. Wo sollte ich nachgeben, um was lohnte es sich zu kämpfen? War ich überhaupt in der Lage, es mit ihm aufzunehmen? Wie würde er mir gegenüber auftreten? Wollte er eine erneute Konfrontation?

Punkt neunzehn Uhr klingelte es. Während ich zur Tür eilte, schob er bereits seinen Schlüssel ins Schloss. Als wäre es die normalste Sache der Welt, trat Martin ein und begrüßte mich mit einem flüchtigen Lächeln.

„Ich habe eine Inventarliste vorbereitet", begann ich zögernd, „ich denke, die sollten wir als Erstes in Angriff nehmen."

„Dafür habe ich heute keine Zeit", winkte er ab, „diesen unwichtigen Kleinkram können wir später noch erledigen. Du hast drei Monate Zeit, dir eine neue Wohnung zu suchen, solange willst du doch bestimmt die Möbel hier behalten. Du siehst, es wäre eher dein Nachteil, wenn ich meine Hälfte jetzt sofort mitnehmen würde."

Mit offenem Mund trottete ich hinter ihm her ins Wohnzimmer. Gegen seine Argumentation kam ich nie an, daran zumindest hatte sich nichts geändert.

„Ich wollte dir einen ganz anderen Vorschlag unterbreiten, der uns beiden gleichermaßen zum Vorteil gereicht." Ohne weitere Umstände ließ Martin sich in einen der beiden Sessel fallen und zog einen Stapel Blätter aus seiner Aktentasche.

Ich hockte mich ihm gegenüber auf die Couch. Irgendwie traute ich dem Frieden nicht. Mein Vorteil? Was war aus seinem Hass geworden, den er doch angeblich auf mich verspürte?

„Du brauchst dir keinen eigenen Anwalt zu nehmen, meiner kann uns beide vertreten", Martin lehnte sich zurück und lächelte schon wieder. „Du bräuchtest dann nichts zu bezahlen. Ich übernehme selbstverständlich seine Gebühren."

Ich spürte einen warnenden Stich in der Magengegend. Mein Ehemann war normalerweise nie freiwillig großzügig. Selbst zum Studium seiner Söhne trug er nichts bei. Was ihnen trotz Bafög fehlte, mussten sie sich erarbeiten. Und da wollte er mir helfen, Geld zu sparen?

„Geht das denn überhaupt?", fragte ich zögerlich und eher, um Zeit zu gewinnen.

„Bei Ehepaaren, die sich einig sind und sich einvernehmlich scheiden lassen wollen, ist das völlig normal", versicherte er mir.

„Ja, ich weiß trotzdem nicht." Meine Gedanken rasten, ich vertraute ihm nicht mehr, sein hasserfülltes Gesicht hatte sich in mein Gehirn eingegraben. Ich konnte einfach nicht glauben, dass er nun bereit war, alles friedlich mit mir zu teilen, vor allem, nachdem er gestern auch noch heimlich den Großteil unserer Wertgegenstände an sich genommen hatte.

„Sieh es doch mal so: Du hast kein eigenes Geld, kein Einkommen, wovon willst du einen Anwalt bezahlen? - Und auch die Gerichtskosten sind bei einer einvernehmlichen Scheidung viel geringer", setzte er nach, als ich schwieg.

„Wie hast du dir das denn vorgestellt?", wollte ich wissen. „Gehen wir gemeinsam zu deinem Anwalt und teilen unseren Besitz in seinem Beisein?"

Er lachte, als hätte ich einen guten Witz gemacht. „Dazu sind wir beide doch wohl auch ohne ihn in der Lage. Nein, er sollte uns eigentlich nur bei der Scheidung vertreten. Den Rest machen wir unter uns aus."

„Dann lass uns die Aufteilung sofort vornehmen und schriftlich festlegen", schlug ich vor.

„Ich habe dir bereits gesagt, dass ich nicht viel Zeit habe." Ärgerlich schüttelte er den Kopf. „Du brauchst nur eben die Papiere hier zu unterschreiben, dann kann ich los."

Ich spürte, wie mein Herz zu rasen begann. Er wollte mich überrumpeln, mich irgendwie übervorteilen, das spürte ich genau. Würde ich aber seinen Vorschlag ablehnen, hätte ich mit Sicherheit eine überaus hässliche Szene zu erwarten. Er würde versuchen, mich verbal fertigzumachen, bis ich glaubte, dass es mein Fehler war. Dieses Prozedere kannte ich aus Dutzenden vorhergegangener Auseinandersetzungen.

„Ich weiß nicht", stammelte ich. „Das geht mir alles zu schnell. Ich habe mich noch nicht einmal an den Gedanken gewöhnt, dass du nicht wiederkommst. Ich muss darüber nachdenken, wenigstens einen Tag."

Martin musterte mich eindeutig verächtlich, was mich allerdings nur noch mehr in meiner Zurückhaltung bestärkte. „Gut, wenn du meinst." Er schob mir ein einzelnes Blatt über den Tisch. „Unterschreib wenigstens die Kündigung der Wohnung, damit ich sie noch heute einwerfen kann."

Mittlerweile war ich derart verunsichert, dass ich die Sätze genau las, bevor ich unterschrieb, doch es hatte alles seine Richtigkeit.

„Übrigens hat mein Anwalt den Vorschlag gemacht, dass wir, wenn du einvernehmlich mit mir die Scheidung einreichst, auf das Trennungsjahr verzichten können. Überleg dir, ob wir das nicht machen sollen. Es ist schnell, unkompliziert und äußerst günstig." Martin sammelte seine Papiere wieder ein und erhob sich. „Ich rufe dich dann morgen an, wann passt es dir?"

„Ich werde mich lieber bei dir melden, ich ... äh ... bin wahrscheinlich das Wochenende über weg", stammelte ich schnell. Immer mehr hatte ich das Gefühl, er wolle mich in die Ecke drängen.

Irritiert hob er die Augenbrauen. „Weg? Wohin denn?"

Am Liebsten hätte ich gesagt, dass ihn das überhaupt nichts anging, aber ich wollte ihn nicht verärgern. Mir war wirklich daran gelegen, dass wir uns gütlich trennten. „Ich fahre zu meiner Mutter, wenn es sich irgendwie einrichten lässt. Sie ist krank", schwindelte ich, auf die Schnelle fiel mir leider nichts Besseres ein.

„Aber Montag bist du wieder da?"

Tja, jetzt hatte ich mich selbst in die Ecke gedrängt. Meine Mutter wohnte im gut vierhundert Kilometer entfernten Hamburg, deshalb fuhr ich sie selten besuchen, und dann normalerweise nie nur für zwei Tage. „Wollte ich eigentlich, aber sie ist ziemlich krank, Ute hat vorhin angerufen", spann ich den Faden weiter. „Ich weiß noch nicht genau, wie lange ich bleibe."

Mist, ich redete mich um Kopf und Kragen. Gerade noch hatte ich gesagt, ich bräuchte einen Tag zum Überlegen, jetzt wurden es immer mehr. Martin musste denken, ich hielte ihn absichtlich hin.

Nervös wartete ich auf seine Antwort, aber er fragte lediglich: „Hast du schon eine Fahrkarte?"

Mist, bestimmt hatte er gesehen, dass ich nur fünfzig Euro abgehoben hatte. Davon konnte ich noch nicht einmal die Hinfahrt bezahlen. „Ich habe eventuell eine Mitfahrgelegenheit bei Freunden von meiner Schwester." Ich sah ihm direkt in die Augen. „Die Rückfahrkarte wollte ich erst später kaufen."

„Hier." Er zückte doch tatsächlich sein Portemonnaie und drückte mir zwei Scheine in die Hand. „Dann brauchst du nicht zum Automaten."

Ungläubig starrte ich auf die zwei Hunderter.

„Und bitte teile mir deine Entscheidung so schnell wie möglich mit. Am besten rufst du mich gleich Montagmorgen im Büro an." Die Hand schon auf der Türklinke drehte er sich erneut zu mir um. „Mein Anwalt hat bereits alles vorbereitet. Sobald ich deine Antwort habe, können wir die Unterlagen bei Gericht einreichen."

Wie, auf einmal ohne meine Unterschrift? „Ich dachte, ich müsse die Formulare unterschreiben", platzte ich prompt heraus.

„Das regeln wir dann schon." Langsam wurde er ungeduldig. „Im Notfall kann ich sie dir auch zu deiner Mutter schicken."

„Ich melde mich am Montag", versprach ich. Das schien ihn zu beruhigen, zumindest lächelte er mir zum Abschied zu. Mein ungutes Gefühl blieb. Irgendetwas an der ganzen Sache stank gewaltig. Warum hatte er es auf einmal mit der Scheidung so eilig?

Unruhig wanderte ich im Wohnzimmer auf und ab. Ich brauchte dringend jemanden, mit dem ich die ganze Geschichte besprechen konnte. Nur fiel mir leider niemand ein. Unter den mit uns befreundeten Paaren war nicht einer, der mir einen unvoreingenommenen Rat erteilen würde, tatsächlich waren diese Beziehungen nur durch die Männer entstanden. Man traf sich zu den Geburtstagen und ging ein paar Mal im Jahr miteinander essen. Einen richtigen Draht hatte ich zu keiner der Frauen, ebenso wenig wie sie zu mir. Die meisten mochte ich noch nicht einmal besonders. Ich war immer nur Martin zuliebe zu den Einladungen mitgegangen, die mich meist mehr oder weniger anödeten. Die Gespräche blieben seicht und oberflächlich, jeder brüstete sich mit seinen neuesten Errungenschaften, die Männer stöhnten über ihre Arbeitsbelastung, die ständig mehr zu werden schien, die Frauen tauschten Tipps über die neuesten Geschäfte in Köln aus, die ich auch dann nicht aufgesucht hätte, wenn ich wie sie mindestens einmal in der Woche zum Vergnügen dorthin führe. Ins Fitnesscenter ging ich ebenfalls nicht und die Haare schnitt ich mir selbst. Wir hatten einfach keine Berührungspunkte.

Meine eigenen Freundschaften waren alle mit den Jahren im Sande verlaufen, obwohl - ein hässlicher Gedanke durchzuckte mich: War es nicht eher so gewesen, dass Martin es jedes Mal darauf anzulegen schien, meine Gäste zu vergraulen?

Es war ja nicht so, dass ich keine eigenen Kontakte aufgebaut hatte. Doch sobald mein Mann zugegen war, hatte ich nichts mehr zu melden. Er riss die Gesprächsführung an sich und ich saß daneben wie ein unterdrücktes Frauchen. Kam es, was selten genug geschah, zu einem Treffen mit Partnern, fand er mit dem entsprechenden Ehemann keinen gemeinsamen Konsens und ließ diesen das auch deutlich spüren, sodass keine zweite Einladung erfolgte.

Später, als die Kinder größer waren und ihre eigenen Wege gingen, fand ich nach und nach mehrere Freundinnen in ähnlicher Situation, mit denen ich ins Kino oder ins Theater ging oder mich ab und an zu einem nachmittäglichen Plausch traf. Die meisten zogen weg, als die Kinder aus dem Haus waren und die Drei, die übrig geblieben waren, hatte ich in den letzten Jahren völlig aus den Augen verloren. Jetzt, wo ich in Not war, dort wieder anzurufen, kam daher nicht infrage.

Blieb meine Familie. Ich schluckte schwer. Mit meiner Mutter wollte ich nicht sprechen und schon gar nicht ihren Rat einholen. Sie war über siebzig und nahm sich jedes kleine Unglück, das ihre Kinder und Enkel traf, viel zu sehr zu Herzen. Das Beste war, sie es über meine Schwester Ute, die ganz in ihrer Nähe wohnte, wissen zu lassen. Mit ihr hätte ich sprechen können. Nur - welches Recht hatte ich, sie mit meinen Problemen zu belästigen? Wie oft hatte ich sie in den letzten Jahren, als sie sich wegen der immer wiederkehrenden Arbeitslosigkeit ihres Mannes bei mir ausheulen wollte, abgewimmelt?

Gut, es war keine böse Absicht gewesen, sondern wirklicher Zeitmangel. Damals ging es Helene schon sehr schlecht, und ich hatte alle Hände voll zu tun. Doch hätte ich mir nicht trotzdem wenigstens ab und zu eine Stunde für sie abringen können?

Zum ersten Mal spürte ich nun, wie wichtig es war, einen Menschen zu haben, an den man sich in Freud und Leid wenden konnte.

5

Das Klingeln des Telefons unterbricht meine Erinnerungen. Hastig springe ich auf und eile ins Wohnzimmer, entweder Ute oder Florian wollen mich sprechen.

Die Anzeige auf dem Display jedoch ruft eher unangenehme Gefühle hervor. Nummer unterdrückt, das gab es bisher nur bei Marlies' und Martins Anrufen!

„Kilian?", melde ich mich zögernd.

„Hallo, Mama", klingt mir Thorbens Stimme entgegen. „Wir haben ein Problem. Papa hat wirklich kein Testament hinterlassen, kannst du dir das vorstellen?"

„Wo seid ihr?", frage ich zurück, seine Worte nur unbewusst wahrnehmend. Ich bin viel zu erleichtert, eine vernünftige Erklärung zu hören, wer da am anderen Ende der Leitung ist. Was ist bloß mit mir los? Glaube ich neuerdings etwa an Geister?

„Wir sind in Omas Haus, Onkel Herbert hat uns den Schlüssel gegeben."

„Mama?" Florian hat den Hörer übernommen. „Weder bei Christine noch bei seinem Anwalt findet sich ein Testament. Onkel Herbert meint, wenn überhaupt, müsste es hier sein. Aber du kannst dir nicht vorstellen, wie es in den beiden Wohnungen aussieht. Papa hat anscheinend alle seine Sachen in einem kunterbunten Haufen unten abgestellt, nichts ist beschriftet. Oben steht Omas ganzer Kram, ebenfalls völlig unsortiert in unzähligen Kartons verpackt."

Unwillkürlich muss ich lachen.

„Das ist nicht lustig", beschwert sich Florian. „Es wird Tage dauern, bis wir alle Kisten durchforstet haben."

„Es wird euch wohl leider nichts anderes übrig bleiben", sage ich immer noch lachend. Irgendwie gelingt es mir nicht, ernst zu bleiben. „Ich kann mir nämlich nur zu gut vorstellen, dass ihr wirklich keins finden werdet. Und damit seid ihr seine Erben und müsst das Haus sowieso ausräumen. Ich …"

„Nur zur Hälfte", fällt Florian mir ins Wort, „die andere steht dir zu."

„Äh." Von einer Minute zur anderen ist meine Heiterkeit verflogen. Das hatte ich gar nicht bedacht. Eigentlich hatte ich mir nur die Werte sichern wollen, die während unserer Ehe angeschafft worden waren.

„Habt ihr beide nicht damals, als wir noch klein waren, ein Testament gemacht?", fragt er geradezu flehend.

„Ich glaube, das haben wir vernichtet", erwidere ich und denke schuldbewusst an die kleine Schatulle, die ich ganz hinten in den Schrank geräumt habe. Natürlich dachten weder ich noch Martin bei seinem Auszug an dieses alte Testament, das wir damals hauptsächlich gemacht hatten, um bei einem plötzlichen Tod die Versorgung der Kinder sicherzustellen. Erst bei meinem Umzug war mir das Papier wieder in die Hände gefallen. Ich weiß nicht, warum ich es nicht zerrissen habe, irgendwie konnte ich mich nicht dazu überwinden.

„Das ist im Moment sowieso völlig unwichtig", fahre ich schnell fort. „Denn es entbindet euch nicht von der Pflicht, nach einem neueren zu suchen. In dem alten stand nichts anderes, als das, was die gesetzliche Regelung ohnedies vorsieht. Zu dem Zeitpunkt, als wir es gemacht haben, ging es in erster Linie um eure Zukunft. Wie ihr vielleicht noch wisst, haben wir darin verfügt, dass Tante Ute sich eurer annehmen sollte, bis ihr erwachsen gewesen wäret."

Das Letzte stimmt, das Erste so nicht. Martin und ich hatten uns gegenseitig als Alleinerben eingesetzt, um das bisschen, was wir unser eigen nannten, dem Partner zukommen zu lassen. Deshalb möchte ich dieses alte Testament auch nicht hervorholen. Wenn, dann sollen die Kinder erben, wie es ihnen rechtmäßig zusteht.

Und überhaupt, wenn ich jetzt mit diesem Testament winke, gerate ich wahrscheinlich wirklich in Verdacht, Martin umgebracht zu haben. Denn dann hätte ich ein erstklassiges Motiv: Die kurz vor der Scheidung stehende Hartz IV-Empfängerin entledigt sich ihres Mannes, um seine Rente zu kassieren und sämtliche gemeinsamen Besitztümer in ihre Hand zu bringen. Nein, der Herr Heller hatte mich schon so komisch angesehen, als hätte er mich auf dem Kieker, da will ich ihm nicht noch zusätzlichen Zündstoff geben.

Ob ich meinen Teil des Erbes beanspruchen werde, weiß ich sowieso noch nicht. Ich kann mir nun, nachdem der erste Schock überwunden ist, einfach nicht vorstellen, von Martins Tod zu profitieren, was andererseits natürlich albern ist, da ich die Witwenrente so schnell wie möglich beantragen will.

„Ach, Mama", stöhnt Florian. „Das ist nicht so einfach, wie du dir das vorstellst. Laut Christine hat Papa fast jedes Wochenende im Haus gearbeitet. Sie wollten nämlich spätestens im Januar selbst einziehen. Aber wenn du das hier siehst – ich habe keine Ahnung, was er wirklich

gemacht hat. Gut, die Schränke sind leer geräumt, aber im Prinzip hat er den Inhalt einfach nur in die Kartons gepackt – ohne jedes System."
Thorben sagt etwas, was ich jedoch nicht verstehen kann.
„Und die Beerdigung müssen wir auch noch organisieren", wiederholt Florian seine Worte. „Onkel Herbert will uns dabei unterstützen, aber …"
Er spricht nicht weiter. Klar, sie wollen, dass ihre Mama kommt und alles richtet. Spontan will ich ihm eine ablehnende Antwort geben. Andererseits – ich kann die Kinder nicht die ganze Arbeit machen lassen und dann meinen Teil des Erbes vielleicht doch beanspruchen. „Ich werde nachfragen, ob ich ein paar freie Tage bekomme", sage ich deshalb.
„Das wäre super", seufzt Florian erleichtert.
„Gib sie mir nochmal", höre ich Thorbens Stimme und dann ganz nah: „Dass Papa ermordet wurde, hat uns Onkel Herbert auch mitgeteilt. Deshalb werden alle Personen aus seinem näheren Umfeld genau überprüft. Du brauchst dir also wegen des Besuches der beiden Kriminalbeamten keine Sorgen zu machen. Das war reine Routine."
„Nein, Christine hat es mir gesagt!", ruft Florian aus dem Hintergrund. „Der Feigling hat im Auto gewartet, weil er ihr nicht von Angesicht zu Angesicht gegenübertreten wollte."
„Auf jeden Fall müssen wir beide morgen zum Polizeirevier und eine Aussage machen", fährt Thorben fort, ohne auf seinen Zwischenruf zu reagieren.
„Wollen sie euch auch die Fingerabdrücke abnehmen?"
„Ich denke schon. Onkel Herbert hat gesagt, dass die Beamten auf dem Gegenstand, der das Gift enthalten hat, Fingerabdrücke gefunden haben, die nicht von Papa stammen."
„Was ist das für ein Gegenstand?"
„Keine Ahnung. Das wusste er selbst nicht. Immerhin haben sie zumindest eine Spur, da wird der Mörder bald gefasst sein." Seine Stimme bricht. Ich kann nachvollziehen, was in ihm vorgeht. Wegen Martins Gebaren mir gegenüber hat er sich mit ihm überworfen und nun ist die Chance, sich wieder mit ihm zu versöhnen, unwiederbringlich verloren. Das tut weh.
„Wie lange kannst du bleiben?", versuche ich ihn abzulenken.
„Wenn erforderlich bis Anfang Januar. Ann folgt in einigen Tagen nach." Allein die Erwähnung ihres Namens reicht aus, ihn freudig zu stimmen. „Wir wollten ohnehin zwischen Weihnachten und Neujahr

für eine Woche kommen." Er macht eine kleine Pause und ich weiß schon, was er sagen wird. „Ich habe mich entschieden, in Amerika zu Ende zu studieren."

Aha, genau, wie ich gedacht hatte.

„Ann und ich werden in eine gemeinsame Wohnung ziehen."

„Ich freue mich für dich", erwidere ich und hoffe, dass er merkt, dass ich es auch so meine. Obwohl es andererseits natürlich traurig ist, dass ich ihn dann kaum noch zu Gesicht bekomme.

„Du musst auf jeden Fall bleiben, bis alles geregelt ist", lässt sich Florian vernehmen.

„Ich bin sicher, dass wir das gemeinsam schnell erledigt haben", sage ich eilig, bevor es zu einem Streit zwischen den Brüdern kommen kann. Genauso unterschiedlich wie ihr Aussehen ist auch ihr Inneres. Der kleinere, stämmige Florian hat die schnell aufbrausende Art seines Vaters geerbt, zwar in abgeschwächter Form, aber wenn er sich gereizt fühlt, greift er oft übertrieben hart an und dann verschließt sich der ruhige, ernste Thorben nur noch mehr.

Mein jüngerer Sohn kommt eher nach mir. Thorben hat meine sachliche Ader und ebenso diese Veranlagung zur Hilfsbereitschaft, allerdings auch meine etwas steife Art, die es uns schwer macht, Kontakte zu finden. Trotz seines guten Aussehens - er ist einen Meter achtzig groß, schlank und hat dunkelbraune Haare und Augen - hatte er vor Ann nur einmal mit sechzehn eine kurze Mädchenfreundschaft. Als diese in die Brüche ging, litt er wochenlang. Deshalb bin ich froh, dass er nun anscheinend gleich die Frau fürs Leben gefunden hat. Die beiden ergänzen sich wunderbar. Ann ist neugierig, kann gut mit Menschen umgehen und hat eine liebe, nette Art, die es einfach macht, sie zu mögen. Ihre Eltern sind ziemlich reich, nur deshalb ist es Thorben überhaupt möglich, in Amerika zu studieren. Sie haben ihn schnell ins Herz geschlossen und sehen in ihm bereits ihren Schwiegersohn.

Florian, obwohl der Ältere, kommt mir im Vergleich mit seinem Bruder immer viel kindischer vor. Sowohl in seinem Studium als auch in seinen oft wechselnden Beziehungen lebt er in den Tag hinein, als wisse er noch gar nicht genau, was er erreichen will. Dabei ist er sehr intelligent und schafft sämtliche Klausuren mit links. Bei den Frauen hat er es leicht, obwohl er bestimmt nicht der In-Typ ist mit seinen rotblonden, zu einem Pferdeschwanz gebundenen Haaren. Dafür hat er eine leichte, ungezwungene Art und ist mit jedermann gleich gut Freund. Und man kann sich wirklich auf ihn verlassen, wie ich selbst nicht nur in letzter

Zeit festgestellt habe. Alles in allem sind meine Söhne, so verschieden sie auch sind, beide gut gelungene Exemplare - zumindest meiner Meinung nach.

Ich verabschiede mich mit dem Versprechen mich, sobald ich Näheres weiß, zu melden und wähle anschließend direkt die Nummer meiner Schwester. Sie muss all die Neuigkeiten als Erste erfahren.

„Das wird ja immer besser", freut sie sich. „Jetzt bist du nicht nur eine Witwe, sondern eine reiche dazu."

„Abwarten", dämpfe ich ihren Optimismus. „Erstens taucht vielleicht doch noch ein Testament auf, das alles Christine zuspricht, und zweitens, selbst wenn die Kinder und ich erben, wer weiß, was wir überhaupt zu erwarten haben. Laut Martin war seine Mutter nicht gerade reich."

„Ja und?" Meine Schwester ist nicht zu bremsen. „Ich denke, das Haus allein ist einiges wert."

„Na ja, man bekommt nicht so viel dafür, wie hier in der Großstadt, aber es dürfte auch nicht wenig sein", stimme ich ihr zu.

„Und die Möbel sind bestimmt mittlerweile echt antik."

Dass Ute sich daran noch erinnert! Ich habe ihr damals zu Beginn meiner Ehe ein einziges Mal von diesem schrecklichen Haus erzählt. Fast alle Möbel stammen von Martins Großeltern und sind durchweg unbequem und düster. Angeblich war es sein Vater, der darauf bestanden hatte, sie zu behalten, aber selbst nach seinem Tod änderte meine Schwiegermutter nichts an der Einrichtung. Das Einzige, was sie sich gönnte, war eine Mikrowelle, damit sie sich ihre Fertiggerichte zubereiten konnte. Denn gekocht hatte sie, seitdem Martin ausgezogen war, nur noch zu besonderen Anlässen.

Langsam lasse ich mich von der Freude meiner Schwester mitziehen, auch wenn ich persönlich von Marlies' Erbe ganz bestimmt nichts haben will. „Zumindest dürften sie einiges wert sein, so gepflegt, wie sie sind."

„Ja, und dazu kommen noch Martins Sammlungen." Sie seufzt theatralisch. „So sehr hat er darum gekämpft und sie nun doch an dich verloren."

„Die sind bei Christine", entfährt es mir, „wie alle seine Sachen."

„Na, dann schick gleich morgen deine Jungen hin sie abzuholen."

„Ute! Das wäre ja, als würde ich ihr nicht trauen!"

„Tust du das denn?"

„Ich kenne sie gar nicht. Wie kann ich da über sie urteilen?"

„Trotzdem, wenn ich du wäre, würde ich gleich noch einmal Florian und Thorben anrufen und sie dahingehend instruieren."

„Das ist mir zu blöd", wehre ich ab. „Stell dir nur vor, es taucht danach doch noch ein Testament zu ihren Gunsten auf."

„Entscheide, wie du meinst", gibt sie nach. „Ich jedenfalls … Ach, genug davon, was meinst du, wer hatte wohl so einen Hass auf Martin, dass er ihn umgebracht hat?"

„Keine Ahnung. Ich kann mir nicht vorstellen, dass es jemand ist, den ich kenne."

„Und er oder sie war so blöd, Fingerabdrücke auf einem Gegenstand zu hinterlassen, der mit seinem Tod zusammenhängt?"

„Sagt Thorben, der es wiederum von Onkel Herbert hat. Mir haben die beiden Beamten nichts davon verraten."

„Du musst mich gleich anrufen, wenn du wieder zu Hause bist", verlangt meine Schwester. „Ich will alles ganz genau wissen. Ist doch spannend, wie in einem Krimi, findest du nicht?"

Nein, das finde ich nun wirklich nicht. Am liebsten wäre mir, wenn das alles überhaupt nicht passiert wäre, auch wenn Martin mir dann weiterhin das Leben schwer machen würde.

Topsy streicht mir um die Beine und schnurrt. Ich hebe sie hoch und presse mein Gesicht in ihr weiches Fell, bis sie zu zappeln beginnt. Gemeinsam gehen wir in die Küche und bereiten unser Abendessen vor.

Anschließend kuscheln wir uns mit Mirko auf die Couch und schmusen ein bisschen. Ich kann nicht verhindern, dass meine Gedanken wieder zum Anfang der Geschichte zurück schweifen. Ja, ich hatte mich unheimlich einsam gefühlt und war mir sicher gewesen, dass ich völlig allein mit meinen Problemen da stand. Es gab niemanden, den ich um Hilfe bitten konnte, noch nicht einmal irgendjemanden, dem ich mein Herz ausschütten konnte.

6

Wie zur Antwort auf meine Gefühle klingelte das Telefon. Ich erkannte die Nummer und sog überrascht die Luft ein, es war Ute.

„Du, Oma kommt Montag ins Krankenhaus, ich wollte dir nur Bescheid sagen." Eine der angenehmen Seiten an meiner Schwester war, dass sie immer sofort zur Sache kam. Bei ihr gab es kein langes Drumherumgerede. Das Einzige, was ich verabscheute, war, dass sie unsere Mutter, seitdem sie selbst Kinder hatte, nur noch als Oma betitelte. Was sollte das? Es war und blieb ihre Mutter.

Dieses Mal jedoch blieb mein Ärger durch den Schock, den diese Nachricht auslöste, gedämpft. „Ist es etwas Schlimmes?", krächzte ich mühsam.

„Genaueres wird sich erst bei der Untersuchung herausstellen", kam die kryptische Antwort.

„Nun erzähl schon!" Das war sonst gar nicht Utes Art, dass man ihr jedes Wort aus der Nase ziehen musste.

„Sie hat heute eine Darmspiegelung machen lassen und da wurde ein großer Polyp festgestellt. Eigentlich wollten die Ärzte sie sofort stationär aufnehmen, aber du kennst sie ja. Vor Montag täten die sowieso nichts, da könne sie bis dahin genauso gut zu Hause bleiben und sich auf den Klinikaufenthalt vorbereiten." Meine Schwester lachte, aber es klang nicht sonderlich fröhlich. „Du kennst sie und ihre Einstellung. Wohnung und Wäsche müssen pikobello sein, bevor man eine eventuell längere Auszeit nimmt."

„Ist … ist der Polyp bösartig?"

„Ich war nicht mit zur Untersuchung, es war nur eine Routinekontrolle. Angeblich wissen sie das noch nicht. Oma sagt, es soll nur vorsichtshalber stationär gemacht werden, da sie wegen der Größe Komplikationen nicht ausschließen können. Eventuell muss sofort operiert werden."

Ich war wie vor den Kopf geschlagen. Auch wenn ich sie kaum sah, hing ich sehr an meiner Mutter.

„Heike? Bist du noch dran?"

„Was vermutest du?", fragte ich leise.

„Ich rechne mit dem Schlimmsten", kam die prompte Antwort. „Und ich glaube sie auch. Besonders, da sie sich seit Längerem wegen der Abführerei vor der längst fälligen Koloskopie gedrückt hat."

Meine Mutter hatte vor acht Jahren Darmkrebs, der damals allerdings sehr früh erkannt worden war. Nach der Operation und einer Chemotherapie galt sie als geheilt, musste aber jedes Jahr eine Kontrolluntersuchung über sich ergehen lassen. Die letzte lag sicherlich schon zwei Jahre zurück. Selbst Ute war es nicht gelungen, sie dazu zu bewegen.

„Soll ich kommen?"

„Nein, tu dir das nicht an. Im Prinzip ist ihr ganzes Wochenende verplant. Kaum dass sie zurück war, hat sie angefangen zu waschen. Morgen will sie gründlich putzen und Sonntag bügeln und für alle Fälle, wie sie sagt, ihre Papiere ordnen. Ich muss morgen bis Mittag arbeiten, anschließend gehe ich rüber und helfe ihr. Den Sonntag werde ich mich dann in alles Notwendige einweisen lassen. Sei mir nicht böse, aber dein Besuch wäre eher eine zusätzliche Belastung für sie."

Ich spürte, wie der Neid in mir hochstieg. Dabei war es völlig normal, dass sie durch ihre Nähe eine ganz andere Beziehung zu unserer Mutter hatte, als ich. Ute war mit dem Leben meiner Mutter eng verbunden, genau wie diese mit ihrem. Anfangs hatte ‚Oma' ihr viel bei den Kindern geholfen und dadurch, kurz nach der Geburt von Utes zweitem Kind verwitwet, neuen Lebensmut gefunden. Bei der Krebserkrankung war umgekehrt meine Schwester ständig für sie da gewesen und hatte sich auch in den letzten Jahren, als die Kräfte meiner Mutter langsam nachzulassen begannen, vermehrt um sie gekümmert. Dadurch waren die beiden natürlich noch näher zusammengewachsen, als es schon vorher der Fall gewesen war.

Ich wollte damit nicht sagen, dass sie mich nicht genauso liebte, aber ich war in ihrem Leben eher eine Außenstehende, ein gern gesehener Gast, den man liebevoll bewirtet, dem man aber nicht seine Sorgen und Kümmernisse anvertraut.

„Ich dachte, du könntest sie vielleicht anrufen", fuhr meine Schwester fort. „Nur sag ihr nicht, dass ich dich informiert habe. Gibt es nicht irgendwelche Neuigkeiten, die du ihr mitteilen möchtest. Das wäre ein guter Einstieg in ein Gespräch."

„Nein, ist es nicht", brach es aus mir heraus. „Das Einzige, was ich ihr erzählen könnte, ist, dass Martin sich scheiden lassen will. Ich kann mir nicht vorstellen, dass ich ihr das antun soll."

„Heike, du armes Ding. Warum hast du mich nicht sofort angerufen?"

„Ich weiß es erst seit drei Tagen. Und ehrlich gesagt war ich bisher nicht in der Lage darüber zu sprechen", selbst jetzt wäre ich beinahe wieder in Tränen ausgebrochen.

„Aber wieso … ich verstehe nicht …"

„Martin hat eine andere", es tat furchtbar weh, das aussprechen zu müssen. „Er ist Mittwoch ausgezogen."

„Erzähl alles!", forderte Ute mich auf.

Nur zu gern kam ich der Aufforderung nach. Haarklein berichtete ich ihr, was passiert war, unser heutiges Gespräch gab ich sogar fast wörtlich wieder.

„So ein Arschloch", kam es, direkt nachdem ich geendet hatte, aus der Leitung. „Was bildet der sich eigentlich ein. Hör zu!" Sie wurde geradezu energisch. „Ich bespreche mich gleich mit Friedhelm. Er hat einen Freund, der ist Anwalt. Bei dem kann er morgen nachfragen, wie der die Sache sieht. So lange unternimmst du gar nichts."

„Du hast im Moment genug Arbeit", protestierte ich. „Und ich will euch nicht auch noch mit hineinziehen."

„Dafür ist die Familie schließlich da. Dass man immer mit Hilfe rechnen kann." Ute meinte das wirklich so, das war nicht zu überhören und ich schämte mich noch mehr, dass ich mich all die Jahre so wenig um meine Verwandten gekümmert hatte.

„Außerdem habe ich das Gefühl, er will dich über den Tisch ziehen. Überleg doch mal, erst geht er hin und holt sämtliche Wertsachen aus der Wohnung und dann will er auch noch am liebsten sofort geschieden werden. Normalerweise hast du zumindest im Trennungsjahr Anspruch auf Unterhalt, wahrscheinlich will er den umgehen."

Von dieser Warte aus hatte ich seinen Vorschlag noch nicht betrachtet. „Bist du sicher? Ich meine, ist er bis zur Scheidung verpflichtet, mich zu unterstützen?"

„Zumindest war es so, als meine Freundin Melanie geschieden wurde. Da sie nicht gearbeitet hatte, musste ihr Mann zahlen und das nicht zu knapp. Natürlich wird von dir erwartet, dass du dich sofort um Arbeit bemühst. Aber bei der derzeitigen Arbeitsmarktlage wird es für dich verdammt schwer werden, einen Job zu bekommen. Du hast keinen Abschluss gemacht, später immer nur als Aushilfe gearbeitet – ich denke, du wirst dich auf eine lange Suche einstellen müssen."

Na, das waren ja tolle Aussichten: Auf der einen Seite hatte ich einen Ehemann, der bemüht war, mich so schnell wie möglich loszuwerden, weil er die Kosten für mich scheute, auf der anderen Seite bestand für mich anscheinend nur die Möglichkeit, mich in die lange Schlange der Arbeitslosen einzureihen. Trotzdem, vielleicht gab es für Martins Verhalten ganz andere Gründe, vielleicht verdächtigten wir ihn zu Unrecht.

„Das glaubst du doch wohl selbst nicht", meine Schwester lachte auf, als ich den letzten Satz laut sagte. „Bisher habe ich mich dir zuliebe zurückgehalten, jetzt sehe ich dafür keine Notwenigkeit mehr. In meinen Augen ist dein Mann ein geldgeiles Arschloch, das in erster Linie nur sich und seine Bedürfnisse sieht. Dazu ist er ein ausgemachter Snob. Meinst du, ich habe nicht gemerkt, dass er auf uns herabsieht? Wir waren ihm nicht adäquat genug, deshalb hat er sich von Anfang an gegen die Besuche bei uns gesträubt."

Gut, dass es keine Bildtelefone gab, sonst hätte Ute gesehen, wie ich rot anlief. Mir gegenüber hatte Martin keinen Hehl aus seiner Abneigung meiner Verwandtschaft gegenüber gemacht, nur hatte ich bisher gedacht, ich hätte es erfolgreich geschafft, ihnen seine Gefühle zu verbergen.

Zu den ersten Familienfeiern hatte ich ihn noch mitschleifen können und er hatte sich zumindest bemüht, nicht negativ aufzufallen. Die meiste Zeit war er stumm an meiner Seite geblieben, wurde er angesprochen, gab er nur kurze Antworten, von sich aus ging er auf niemanden zu.

Meine Familie glaubte mir, dass es eben seine Art sei und dass er sich überall so gebe, und behandelte ihn freundlich und zuvorkommend, er dagegen wurde von Mal zu Mal gereizter und beschwerte sich hinterher bitterlich bei mir über diese öden Feiern, bei denen es für ihn nur darum ginge, die Stunden irgendwie durchzustehen. Schließlich weigerte er sich rundweg, mich zu begleiten. Aber da waren wir schon nach Waldbröl gezogen und ich hatte ähnliche Probleme mit seiner Mutter.

„Komm, ist auch egal", lenkte Ute sofort wieder ein. „Du warst damals mit ihm glücklich, das war die Hauptsache. Und ihr beiden scheint ja gut miteinander ausgekommen zu sein, sonst wärest du bestimmt nicht all die Jahre bei ihm geblieben."

Ich wusste nicht, was ich darauf antworten sollte. Hätte man mich vor einer Woche gefragt, wie unsere Ehe liefe, hätte ich wahrscheinlich mit den Schultern gezuckt und gesagt, dass sie nicht besser und nicht schlechter sei, als andere lange Beziehungen. Jetzt aber meldete sich bereits zum zweiten Mal ein leises Stimmchen und versuchte, mir lauter hässliche Sachen einzuflüstern. Dass meine Schwester mit ihrer Beschreibung gar nicht so unrecht hatte, zum Beispiel, und dass ich mich nicht mit Martin arrangiert, sondern mich ihm meist gefügt hatte, den Weg des geringsten Widerstandes gegangen war, um nicht ständig in Zwist und Streit zu leben.

Mühsam riss ich mich wieder zusammen. „Was soll ich nun wegen Mama machen? Soll ich sie anrufen und ihr das mit der Scheidung verschweigen?"

„Nein", bereitwillig ging Ute auf den Themenwechsel ein. „Besser du meldest dich gar nicht bei ihr. Sonst ist sie hinterher nur beleidigt, dass du ihr nichts erzählt hast."

„Hm." Damit war ich nicht einverstanden. Was, wenn ich sie vielleicht nie wieder sähe? Ich würde mir mein Leben lang Vorwürfe machen.

„Sie ist zäh", versuchte meine Schwester mich aufzumuntern. „Sie wird es garantiert überleben."

Woher wusste sie nur immer, was ich dachte?

„Und bald wirst du es ihr sowieso erzählen müssen. Du willst schließlich nicht, dass sie es von ihren Enkeln erfährt, oder?"

Thorben und Florian! Die hatte ich noch gar nicht informiert!

„Lass uns abwarten, was Friedhelms Freund dir rät und wie Martin dann weiter vorgeht. Wenn die Fronten geklärt sind, kannst du es ihr erzählen. Vielleicht weißt du bis dahin schon, wo du hinziehen willst."

„Daran habe ich bisher noch keinen Gedanken verschwendet", gab ich zu.

„Solltest du aber, zumindest musst du dir überlegen, ob du nicht wieder in deine Heimatstadt zurückkommen willst. Was hält dich schon in diesem Kaff?"

„Immerhin habe ich die letzten zwanzig Jahre hier verbracht", erklärte ich halsstarrig. „Und es ist eine Kleinstadt, kein Dorf."

„Du hast dich oft genug bei mir beschwert, dass du ohne Auto aufgeschmissen bist", fuhr Ute ungerührt fort. „Außerdem hast du hier deine Familie, die dich umsorgen kann, wenn du krank bist. – Oder stell dir vor, du musst ins Krankenhaus. Wer soll sich um die Katzen kümmern?"

Konnte sie nicht verstehen, dass ich bisher viel zu sehr unter Schock gestanden hatte, um mir weitergehende Gedanken zu machen? „Ich habe das ganze Wochenende Zeit darüber nachzudenken", war alles, was ich herausbrachte. Sie hatte ja recht. Ich musste mich wirklich aufraffen und mir überlegen, wie es weiter gehen sollte.

„Gut, ich melde mich morgen oder übermorgen wieder, je nachdem, wann Friedhelm seinen Freund erreicht."

„Danke, bis dann." Kaum hatte ich aufgelegt, schämte ich mich meiner Reaktion. Statt sie anzufauchen, hätte ich ihr zeigen müssen, wie überwältigt ich war, dass ich in ihr einen echten Mitstreiter gefunden hatte.

Sie würde sich bis zum Letzten für mich einsetzen. Womit hatte ich das eigentlich verdient? Noch nicht einmal vernünftig bedankt hatte ich mich bei ihr. Hätte ich ihr nicht deutlicher sagen können, wie sehr ich es gebraucht hatte, mich einmal richtig auszuweinen und wie froh ich über ihre Anteilnahme war?

Beinahe hätte ich wieder angefangen zu heulen, aber ein bisschen von ihrem Kampfgeist war auf mich übergegangen. Energisch blinzelnd presste ich die Tränen zurück und hob den Hörer erneut auf. Wen sollte ich zuerst anrufen, Florian oder Thorben? Und was sollte ich ihnen sagen?

Ob Martin wohl schon mit ihnen gesprochen hatte? Nein, bestimmt nicht. Dann hätten sie sich längst bei mir gemeldet. Oder vielleicht doch nicht?

Den eigenen Kindern mitzuteilen, dass ihre Eltern auseinandergehen, beziehungsweise, dass ihr Vater eine andere Frau kennengelernt hatte und zu ihr gezogen war, ist mit Sicherheit für kein Paar einfach. Langsam legte ich den Hörer zurück in die Station. Ich war auf jeden Fall heute zu feige, darüber mit ihnen zu sprechen.

Am nächsten Tag beschloss ich, zuallererst Licht ins Dunkel unserer Finanzen zu bringen. In Gelddingen war Martin immer sehr verschwiegen gewesen und ich hatte es irgendwann aufgegeben, mich weiter auf endlose Streitereien einzulassen, nur damit ich wusste, wie viel Geld wir zur Verfügung hatten. Mein Mann war der Meinung, dass er, da er das meiste Geld verdiente, entscheiden könne, wie und wofür es ausgegeben werden sollte und war all die Jahre nach diesem Prinzip verfahren.

Bevor ich mit meiner Arbeit begann, stellte ich vorsichtshalber einen Stuhl unter die Türklinke. Da Martin mich in Hamburg vermutete, war es durchaus möglich, dass er diese Zeit, in der das Haus leer stand, nutzen wollte, um weitere Gegenstände an sich zu bringen und mir wäre es bei unserer momentanen Situation nicht recht gewesen, von ihm bei einer Lüge ertappt zu werden. Dann legte ich los.

7

Irgendwann muss ich über meinen Erinnerungen eingeschlafen sein. Mitten in der Nacht wache ich mit steifem Kreuz in einer halb sitzenden Position auf und rolle mich ächzend in eine bequeme Rückenlage. Topsy schmiegt sich an meine Seite, binnen Sekunden bin ich wieder im Land der Träume.

Zum Glück weckt mich das scheppernde Geräusch des Müllwagens. Da ich vergessen habe, die Rollladen herabzulassen und die Türen zu schließen, ist der Lärm laut genug, mich hochschießen zu lassen. Draußen ist es noch dunkel, aber das hat im Winter nichts zu bedeuten. Es kann sowohl sechs als auch acht Uhr sein.

Hastig springe ich von der Couch, zucke zusammen und humpele stöhnend zum Wecker. Meine Muskeln zeigen ihren Protest, die seltsame Schlafposition der Nacht betreffend, deutlich. Ich bin schlicht zu alt für solche Eskapaden.

Halb sieben! Ich muss mich beeilen, um pünktlich auf dem Polizeirevier zu sein.

Nach einer heißen Dusche und zwei Tassen Kaffee fühle ich mich besser. Ich packe meine Brote ein und sause los. Das Präsidium liegt ungefähr eine halbe Stunde Fahrtzeit entfernt, wenn ich den Bus um Viertel nach erwische, kann ich wie vereinbart um acht dort sein.

Ein eiskalter Wind empfängt mich und der Schnee unter meinen Füßen knirscht. Wie immer meide ich die freigeschaufelten Bahnen und halte mich auf den weißbedeckten Flächen. Wie gut ich daran tue, merke ich erst, als ich um die nächste Ecke biege. Die Fahrbahn scheint ziemlich glatt zu sein, die Autos fahren langsam und vorsichtig.

Der Bus hat zehn Minuten Verspätung und obwohl ich mich in den kleinen Unterstand zwischen die Wartenden gezwängt habe, friere ich erbärmlich. Genauso aufatmend wie die anderen, schiebe ich mich in das bereits ziemlich volle Gefährt. Warme Luft schlägt mir entgegen, die ich zuerst als recht angenehm empfinde.

Da wir Richtung Stadt fahren, kommt der Bus gut voran. Hier sind die Straßen schon gestreut und das befürchtete Verkehrschaos bleibt aus. Trotzdem bin ich froh, als ich meinen Bestimmungsort erreiche, und freue mich sogar über die Kälte, die ich nach der verbrauchten Luft drinnen als erfrischend empfinde.

Herr Heller hat mich schon angemeldet, der Pförtner am Polizeipräsidium kennt meinen Namen und weist mir den Weg. Seinen Anweisungen folgend fahre ich mit dem Fahrstuhl ins Untergeschoss und halte mich anschließend rechts. Die letzte Tür steht offen. Ich klopfe an den Rahmen und eine Stimme fordert mich auf einzutreten.

Was immer ich erwartet habe, ich bin enttäuscht. Der Raum sieht aus wie ein normales Büro. Der Beamte ist gerade dabei, eine Kaffeemaschine zu füllen. Ohne sich umzudrehen, fragt er nach meinem Namen und bittet mich Platz zu nehmen.

Erst als das Wasser blubbernd durch den Automaten zu laufen beginnt und der köstliche Duft frischen Kaffees die Luft erfüllt, wendet er sich mir zu. Dann läuft es wirklich so ab, wie ich es aus dem Fernsehen kenne. Innerhalb kurzer Zeit prangen meine Fingerabdrücke auf einem Blatt Papier und ich wische mir mit einem feuchten Tuch die Farbe von den Kuppen.

„Bitte unterschreiben Sie noch das Protokoll Ihrer Aussage", sagt der Beamte und legt mir ein Schriftstück vor. „Dann können Sie gehen." Das sind die einzigen Worte, die ich außer den nötigen Anweisungen, wie ich meine Finger zu halten habe, von ihm höre.

Nach einem Blick auf die Uhr, es ist gerade einmal zwanzig nach acht, mache ich mich auf den Weg nach draußen. Obwohl der Weg von hier bis zum Altenheim fast eine Stunde dauert, werde ich viel zu früh da sein. Vielleicht kann ich die Zeit nutzen, um in der Verwaltung vorzusprechen.

Die Tür zum Ausgang schwingt nach innen auf und Herr Heller kommt herein. Statt mich durchzulassen, macht er eine Handbewegung zur Seite: „Auf ein Wort, bitte, Frau Kilian."

Ich weiß nicht, ich habe ein reines Gewissen - und trotzdem spüre ich, wie sich mein leerer Magen, der gerade vor Hunger noch laut geknurrt hat, zusammenzieht.

„Hatten Sie in Waldbröl einen Kirschbaum?"

Ich schaue ihn verständnislos an. Was soll denn das?

„Soweit ich informiert bin, gehört zu ihrem ehemaligen Haus ein großer Garten. Gab es dort auch einen Kirschbaum?"

„Ja, wir hatten eine kleine Sauerkirsche." Warum leugnen, er kann es jederzeit nachprüfen. Ich kann mir nicht vorstellen, dass die neuen Mieter sie gefällt haben, die Früchte waren ausnehmend wohlschmeckend. Thorben und Florian hatten sich als Kinder die Kirschen immer gleich direkt vom Baum gepflückt, sobald sie reif waren, und dann ein Kernweitspucken veranstaltet, an dem selbst Martin gern teilnahm.

„Hatten Sie auch Tollkirschen?"

„Natürlich nicht", ich verstehe nicht, worauf er hinaus will. „Die sind hochgiftig."

„Ja, mit den Kindern wäre das auch nicht sehr sinnvoll gewesen", nickt er. „Gab es in der Nachbarschaft vielleicht so einen Baum?"

„Nicht, dass ich wüsste." Ob Martin wohl an einer Tollkirschenvergiftung gestorben ist? Soll ich Herrn Heller fragen? Nein, lieber nicht, ich hatte bei seinem Besuch in meiner Wohnung bereits das Gefühl, dass er mich nicht mochte, beziehungsweise meine Reaktion auf Martins Tod, dass ich so kühl und gelassen darauf reagiert habe, sehr seltsam fand. Na ja, er kennt schließlich auch nicht die Hintergründe. Sie interessieren ihn scheinbar gar nicht. Dabei ist es in den Krimis, die ich lese, immer so, dass die Polizisten Wert darauf legen, sich genau über die Beziehungen aller Personen im Umfeld des Opfers mit diesem zu informieren.

„Und Sie haben weiterhin keine Idee, wer Ihrem Mann das angetan hat."

Es ist eine Feststellung, keine Frage, trotzdem fühle ich mich bemüßigt zu antworten. „Nein."

„Das war alles, Frau Kilian", während er sich bereits umdreht, nickt er mir zu.

Pure Erleichterung durchströmt mich - liegt es an seinem abschätzenden Blick oder an seiner kühlen Art, dass ich mich in seinem Beisein dermaßen unwohl fühle - und ich mache mich eilig auf den Weg. Schließlich will ich heute noch viel erledigen.

Als ich um fünf wieder nach Hause komme, habe ich nicht nur zwölf freie Tage vor mir, sondern es ebenfalls geschafft, telefonisch mit der Rentenbehörde und ein weiteres Mal mit meinem Anwalt zu sprechen. Jetzt muss ich noch schnell einen Brief an die ARGE schreiben, um meinen Sachbearbeiter über den neuesten Stand der Dinge zu unterrichten, denn ich werde tatsächlich ab dem nächsten Ersten offiziell zur Rentnerin. Zumindest habe ich den Berater so verstanden. Nur gut, dass der Leitung des Altenheims ein Fall wie meiner noch nicht untergekommen ist. Ich schätze, das ist der Grund, warum ich die Urlaubsgenehmigung ohne Zögern erhalten habe - das, und natürlich mein Angebot, dafür bis zum Ende des Monats jeden Tag zu arbeiten.

Anschließend packe ich einen kleinen Koffer und stelle die Katzenkörbe bereit. Florian wird mich gleich abholen kommen, seine Erleichterung darüber, dass ich zu Hilfe eile, ist so groß, dass er nicht bis morgen warten will.

Gerade hole ich die verderblichen Lebensmittel aus dem Kühlschrank, da klingelt es. Doch statt meines Sohnes erblicke ich meine Nachbarin.

„Kurz bevor Sie gekommen sind, waren zwei Männer an der Tür", berichtet sie, während ich sie am Arm nehme und ins Wohnzimmer geleite, „ein großer, dicker und ein etwas kleinerer mit Halbglatze."

Nach ihrer Beschreibung können es nur die beiden Polizisten gewesen sein. Seltsam, was die wohl wollten?

„Erst sah es so aus, als würden sie im Auto warten", berichtet die alte Dame in verschwörerischem Ton. „Dann haben sie einen Anruf bekommen und sind wieder gefahren."

Bevor ich antworten kann, klingelt es erneut. Dieses Mal schaue ich erst aus dem Fenster. Es ist Florian, der ungeduldig von einem Fuß auf den anderen tritt.

Ich lasse ihn herein und mache die beiden miteinander bekannt. Mein Sohn hat es eilig, er will so schnell wie möglich wieder los, da mit neuem Schneefall zu rechnen ist. Während ich Frau Schöller in ihre Wohnung bringe - ich habe immer Angst, dass sie fallen könnte - verspreche ich ihr, sie anzurufen und ihr alles zu erzählen.

Als ich zurückkomme, hat Florian bereits die Katzen eingefangen, die Rollladen heruntergelassen und die Lichter bis auf das in der Diele gelöscht. Ich greife mir einen der Bastkörbe und die Einkaufstasche mit den Lebensmitteln und will die Tür öffnen, da schrillt die Schelle.

„Nein, nicht", zische ich und erwische Florians Ärmel, bevor er aufdrücken kann. „Das ist bestimmt wieder die Polizei. Wenn wir die reinlassen, kommen wir gar nicht weg."

„Wieso?" Er mustert mich sichtlich irritiert.

„Die stellen endlose Fragen", schwäche ich meine Aussage ab, „wer weiß, wann sie uns gehen lassen."

Es klingelt zum zweiten Mal. „Und wenn sie draußen warten?"

„Ich gehe hinten raus und treffe dich in der Seitenstraße", bestimme ich. „Du nimmst die Einkaufstasche und den Koffer, ich die Katzen. Hier ist der Wohnungsschlüssel, du schließt ab. Aber warte noch zwei, drei Minuten damit."

Bevor er antworten kann, schalte ich das Licht aus und öffne die Tür. Im Halbdunkeln taste ich mich zu den drei Stufen, die in den Hinterhof führen. Im schwachen Licht der Straßenlaternen sehe ich durch die Türverglasung zwei Schemen, die im Eingang warten. Leise schleiche ich die Treppen hinunter und drücke mit dem Ellenbogen die Klinke herunter. In dem Moment klingelt es laut bei meiner Nachbarin. Vor Schreck hätte ich beinahe einen der Katzenkörbe fallen lassen. Topsy faucht, als ein heftiger Ruck durch ihren Körper geht.

Bis Frau Schöller geöffnet hat, bin ich schon zwei Häuser weiter. Im Schatten der Häuserreihe schleiche ich bis zu dem schmalen Weg, der auf den Parkplatz in der Nebenstraße mündet. Florian war schneller. Er hält mit laufendem Motor und abgeblendeten Scheinwerfern direkt an der Straße.

„Was sollte das eigentlich?", fragt er ärgerlich, gibt zu meiner Beruhigung aber bereits Gas und fährt los. „Wir haben schließlich nichts zu verbergen."

„Ich weiß", mittlerweile schäme ich mich meiner Reaktion. „Es ist nur so …", ja, wie soll ich ihm dieses Gefühl erklären? Natürlich habe ich nichts mit Martins Tod zu tun, trotzdem scheint dieser Kommissar Heller mich zu verdächtigen, dabei meine Hände im Spiel zu haben. Oder bilde ich mir das nur ein? Das kurze Gespräch heute Morgen war schon irgendwie komisch. Viel gesagt hat er zwar nicht, doch wenn ich meiner Intuition trauen kann, hat er plötzlich noch mehr Vorbehalte gegen mich entwickelt. Nicht das, was er sagte, sondern sein Blick und seine Körperhaltung hatten sich verändert. Er wirkte – argwöhnisch?

Nur, hätte ich Florian das gesagt, würde er mich für verrückt halten. „Ich habe gestern ausführlich mit den Beamten gesprochen und heute Morgen noch einmal kurz", sage ich deshalb. „Ich hatte einfach keine Lust mehr, ihnen schon wieder Rede und Antwort zu stehen. Wir wollten so schnell wie möglich los und ich habe nicht eingesehen, mich von ihnen aufhalten zu lassen, das ist alles."

Seine Antwort besteht in einem Grunzen. Es hat tatsächlich schon wieder angefangen zu schneien, die Flocken wirbeln so dicht an dicht, dass man kaum die Hand vor Augen sehen kann.

„Sollen wir nicht lieber wieder umkehren?", frage ich. Passen täte mir das gar nicht, aber ich will schließlich nicht, dass wir auf der Autobahn noch in irgendwelchen Schneeverwehungen stecken bleiben. Außerdem ist diese Fahrerei wahnsinnig anstrengend und mein Sohn hat die Strecke heute schon einmal zurückgelegt.

„Wenn es hart auf hart kommt, übernachten wir unterwegs in einem Gasthof", meint Florian zu meiner Erleichterung. Dann versinken wir beide in Schweigen, er, weil er sich konzentrieren muss, ich, weil ich, ich gestehe es, wie ein Luchs mit aufpasse. Wie leicht übersieht man in der Dunkelheit und bei diesen Wetterverhältnissen etwas.

Als wir auf die Autobahn auffahren, werden die Flocken immer weniger. Schließlich hört es ganz auf zu schneien. Die Spuren sind gestreut, bald ist die weiße Pracht völlig verschwunden. Florian lehnt sich zurück, seine Anspannung lässt nach. „Leg mal eine CD ein", fordert er mich auf.

Ich wühle mich im Seitenfach durch mindestens zwanzig verschieden Alben und entscheide mich dann für Silbermond. Mein Sohn grinst zustimmend, als die ersten Takte erklingen, und summt die Melodie mit.

Ich dagegen versuche die Musik auszublenden, meine Wahl ist nur auf diese Band gefallen, weil ich weiß, dass er ihre Lieder ganz besonders mag. Also lehne ich mich zurück, schließe die Augen und krame weiter in meinen Erinnerungen.

8

Ich brauchte Stunden um das Chaos, das Martin hinterlassen hatte, zu durchstöbern. Die Kontoauszüge waren sowohl über den gesamten Wohnzimmerschrank als auch in den Schubladen seines Computer-schreibtisches verteilt, einige fehlten völlig. Ich hatte schon länger die Vermutung, dass er sie stets einfach an den nächsten, erreichbaren Ort legte, ohne sich jemals die Zeit zu nehmen, sie vernünftig zu ordnen.

Im Schlafzimmerschrank fand ich dann, versteckt unter seinen ausrangierten Hemden, die er nur noch ganz selten in seiner Freizeit trug, weitere Bankunterlagen. Ich sammelte alle Papiere zusammen und setzte mich damit in die Küche zu einem verspäteten Mittagessen, das aus Resten vom Vortag bestand.

Der Appetit verging mir schnell. Die Kontoauszüge, die ich so gut wie möglich chronologisch sortierte, zeigten mir, dass mein Mann besonders im letzten Jahr weit über seine Verhältnisse gelebt hatte. Das war eigentlich nichts Neues für mich. Von jeher hatte Martin immer alles haben wollen, was er sah, egal was es kostete und egal wie unsinnig diese Anschaffung in meinen Augen auch war.

„Ich lege nun einmal Wert auf diese Dinge", pflegte er zu sagen, wenn ich meckerte, dass es unbedingt ein Bossanzug oder ein Hemd von Joop sein musste. „Wozu soll ich mich abrackern, wenn ich nicht die Früchte meiner Anstrengungen genießen darf?"

Was hätte ich darauf erwidern sollen? Obwohl mir dieser sorglose Umgang mit dem Geld nie behagte, fand ich keine guten Argumente, die ihn umstimmen konnten. Irgendwann gab ich es ganz auf und schluckte nur noch, wenn er wieder einmal einen Kredit aufnahm – für ein sündhaft teures Auto, das exakt seinen Ansprüchen genügte, für den allerneuesten Computer, für den ersten, den zweiten, den dritten Fotoapparat, jeweils mit sämtlichem Zubehör versteht sich, und, und, und.

Trotz allem hatte er sich bisher immer so weit unter Kontrolle gehabt, dass er jedes Darlehen pflichtschuldigst abtrug, bevor er ein neues beantragte. Jetzt aber entdeckte ich nach sorgfältigem Studium aller Unterlagen, dass er vor vier Monaten den laufenden Kredit über fünfzehntausend Euro, der erst zu einem Drittel abgetragen gewesen war, aufgestockt hatte. Die neue Summe betrug, ich traute meinen Augen kaum, fünfzigtausend Euro. Was um Himmels willen hatte er mit dem Geld gemacht?

Fassungslos saß ich vor meinem kalt gewordenen Bohneneintopf. Martin hatte in letzter Zeit - zumindest soweit ich wusste - keine größeren Anschaffungen mehr getätigt. Eigentlich war ich davon ausgegangen, dass er das am Ende des Monats übriggebliebene Geld in die Rückzahlung des Darlehens stecken würde. Stattdessen hatte er noch mehr Schulden gemacht!

Dass ich gleichzeitig zwischen den Unterlagen einen Umschlag mit dem Foto seiner neuen Freundin gefunden hatte, fiel kaum noch ins Gewicht, ich war viel zu erschüttert, um mehr als einen Blick darauf zu verschwenden.

Irgendwann raffte ich mich auf und begann noch einmal systematisch jeden Schrank, jede Schublade zu durchsuchen, sogar im Keller und in der Garage, die sich zwei Häuser weiter befand, sah ich nach.

Natürlich fand ich nicht einmal eine einzige Rechnung, die den Verbleib dieser Riesensumme annähernd erklären konnte. Wahrscheinlich hatte er das, was immer er gekauft hatte, gleich zu seiner Mutter oder seiner Geliebten gebracht. Oder er benötigte das Geld für seinen Neuanfang. Ich runzelte die Stirn. Das würde ja heißen, dass für ihn bereits Mitte September die Trennung von mir beschlossene Sache gewesen war! Nein das konnte nicht sein!

Gerade als ich das Tor schloss, kam der Vermieter auf mich zu. „Ziehen Sie aus, Frau Kilian? Oder hat Ihr Mann beschlossen, ganz auf das Autofahren zu verzichten?" Er lachte meckernd, als hätte er einen besonders guten Witz gemacht.

Aha, anscheinend hatte Martin die Garage bereits gekündigt. Ich beschloss, bei der Wahrheit zu bleiben, es würde sich eh bald genug herumsprechen. „Mein Mann hat sich von mir getrennt", sagte ich daher. „Wir werden die Wohnung auch aufgeben."

„Darauf wäre ich nicht gekommen", verdattert kratzte sich Herr Griese die Glatze. „Sie waren doch immer so ein harmonisches Paar."

‚Ich war genauso überrascht wie Sie', hätte ich beinahe geantwortet, setzte dann aber lieber nur eine betrübte Miene auf und zuckte mit den Schultern.

„Ist bestimmt ganz schön schwer für Sie, nach all den Jahren noch einmal ganz neu anfangen zu müssen."

Er bewies mehr Einfühlungsvermögen, als ich gedacht hatte. „Zum Glück habe ich eine Familie, die mich unterstützt", erklärte ich und wandte mich zum Gehen, bevor mich wieder das heulende Elend übermannen konnte. Ich verstand mich selbst nicht mehr. Eigentlich hatte ich eine rasende Wut auf Martin entwickelt, der mich eiskalt vor vollendete Tatsachen stellte, nachdem er wahrscheinlich heimlich seinen Auszug schon über Wochen vorbereitet hatte. Trotzdem brach ich jedes Mal, wenn ich über unsere Trennung sprach, in Tränen aus und konnte gar nicht mehr aufhören zu weinen.

„Bringen Sie mir die Schlüssel dann am Freitag rüber oder soll ich sie mir holen?", rief Herr Griese hinter mir her.

Stirnrunzelnd drehte ich mich um. Ich glaubte, mich verhört zu haben. „Nächsten Freitag?", vergewisserte ich mich.

„Ja, das ist der Einunddreißigste", der Mann blickte leicht verwirrt. „Ich habe doch schon einen Nachmieter für Februar und der will die Garage sofort ab dem Ersten nutzen."

„Wann hat mein Mann denn gekündigt?"

„Fristgerecht einen Monat im Voraus, also Ende Dezember."

Ich musste wohl sehr blass geworden sein, denn Herr Griese trat rasch auf mich zu und umfasste meinen Arm. „Ist Ihnen nicht gut, Frau Kilian?"

Mehrmals tief Luft holend riss ich mich zusammen und zwang mich zu einem Lächeln. „Eine leichte Magenverstimmung, ich gehe jetzt besser wieder hinein und trinke noch einen Tee. Und keine Sorge, ich bringe Ihnen meinen Schlüssel persönlich vorbei." Ganz so unsinnig war mein Verdacht anscheinend nicht.

Beim Betreten der Wohnung fiel mein Blick auf das blinkende Telefon, das einen eingegangenen Anruf signalisierte. Den Hörer schon in der Hand kam mir ein weiterer Vorfall in Erinnerung. Wie war das noch gewesen? Martin hatte den Telefonanbieter wechseln wollen, weil wir dadurch angeblich bei gleicher Leistung wesentlich weniger zahlen würden. Das Formular lag bei uns zu Hause, nur war mein Mann durch seine Arbeitsbelastung nicht in der Lage, es pünktlich abzugeben. Deshalb hatte er mich kurzfristig als neuen Vertragspartner eingetragen und unterschreiben lassen und ich war es gewesen, die den Antrag abgegeben hatte. Auf wen der Anschluss liefe, wäre egal, er müsse schließlich so oder so die Rechnung bezahlen, hatte er zu mir gesagt. Und ich blöde Kuh hatte ihm geglaubt und ohne zu prüfen, das von ihm bereits fertig ausgefüllte Formular unterschrieben. Dabei hätte ich schon damals stutzig werden müssen. Seit wann achtete Martin darauf, ob er irgendwo Geld sparen konnte?

Und was war mit seiner Kündigungsfrist? Seit dem ersten Januar lief der neue Vertrag, er hatte also mindestens drei Monate vorher kündigen müssen. Das wäre also spätestens Ende September gewesen.
Jetzt musste ich mich erst einmal setzen. Konnte das wirklich sein? Dass Martin seinen Auszug bereits seit dem Frühherbst plante?
Nein, langsam wurde ich wohl übertrieben misstrauisch. Trotzdem stand ich mit zittrigen Beinen wieder auf und stakste zum Wohnzimmerschrank, in dem sich der Aktenordner mit unseren gesamten Unterlagen befand. Ich hatte den neuen Vertrag selbst abgeheftet, natürlich ohne ihn zu lesen. Das holte ich jetzt nach. – Zu spät, viel zu spät. Ich hatte einen Zweijahresvertrag mit einer Internetflatrate unterschrieben, musste aber jedes einzelne Telefongespräch bezahlen. Ich, die ich keinen Computer mein eigen nannte!
Zitternd vor Wut saß ich da und überlegte, was ich als Nächstes tun sollte. Denn das war pure Absicht gewesen, was Martin da mit mir gemacht hatte. Unser alter Vertrag beinhaltete freies Surfen und freies Telefonieren und war lediglich fünf Euro teurer gewesen. Da er aber wusste, dass ich mindestens einmal im Monat meine Schwester und meine Mutter anrief und diese Gespräche häufig länger dauerten, war ihm sicherlich bewusst, dass wir durch den neuen Vertrag mit Sicherheit höhere Rechnungen zu erwarten gehabt hätten.
„Er hat mir absichtlich diesen Vertrag untergeschoben", sagte ich zu Ute, die mich Gott sei Dank auf meine Bitte hin sofort zurückrief. „Jetzt kann ich noch nicht einmal mehr mit euch telefonieren."
„Quatsch!" Meine Schwester war rigoros wie immer. „Mich kostet das Telefonieren nichts, wir machen es so wie heute, du meldest dich nur kurz und ich rufe zurück."
„Aber überleg doch mal. Diese Bosheit, die dahintersteckt. Nicht nur dass er bereits vor Monaten geplant hat, mich zu verlassen. Das Ganze sieht auch noch aus wie ein Rachefeldzug gegen mich, mit der Absicht mich zu schädigen, wo es nur geht."
„Wieso, muss er nicht weiterhin für dich aufkommen? Also zahlt er auch weiterhin deine Gespräche."
Ich lachte bitter. „Tja schön wär's. Ich bekomme eine Menge X an Unterhalt und muss damit auskommen. Da kann ich mir mit Sicherheit keine großen Sprünge leisten. Das heißt, die Telefonrechnung darf nicht so hoch ausfallen. Florian und Mama werde ich kaum noch anrufen können – und Thorben erst recht nicht. Ach, ich weiß auch nicht,

ich fühle mich total beschissen, das sieht doch so aus, als hätte Martin vor, Krieg gegen mich zu führen."

„Lass uns abwarten, was Friedhelms Freund zu der ganzen Sache zu sagen hat. Der wollte sich heute noch melden. Ich rufe dich an, sobald ich Bescheid weiß."

Ute hatte gut reden. Wie ein gefangener Tiger wanderte ich in der Wohnung auf und ab. Martins Verrat und die Tatsache, dass er seinen Auszug anscheinend von extrem langer Hand vorbereitet hatte, schmerzte fast mehr als die eigentliche Trennung.

Irgendwann hatte ich mich so weit wieder beruhigt, dass ich damit begann, die Bankunterlagen dorthin zurückzubringen, wo ich sie gefunden hatte. Während ich die letzten Kontoauszüge in seine Nachttischschublade stopfte, berührten meine Finger plötzlich etwas Hartes. Neugierig geworden zog ich die Lade ganz heraus. Hinter diversen Taschentüchern und zwei getragenen Socken lag seine goldene Breitling. Anscheinend war er zu faul gewesen, sie nach der Silvesterparty, auf der er sie getragen hatte, in seine Kollektion einzusortieren und hatte sie anschließend vergessen.

Instinktiv schlossen sich meine Finger um das Gehäuse und ich zog sie heraus. Da hatte ich ein unerwartetes Pfand gefunden. Ohne lange zu überlegen, stopfte ich die Uhr in die Tasche meines Bademantels. Dort würde Martin garantiert nicht suchen.

Nicht, dass ich bewusst vorgehabt hätte, ihm die Breitling zu unterschlagen. Es war ein sehr wertvolles Sammlerstück und ich wusste, wie sehr sein Herz gerade an diesem Exemplar hing. Aber nachdem, was ich heute entdeckt hatte, kam mir dieser Fund wirklich gelegen. Zum ersten Mal hatte ich das Gefühl, nicht nur die Unterlegene zu sein. Zumindest konnte ich damit einen gewissen Druck auf ihn ausüben, wenn es zu weiteren Bosheiten seinerseits kommen sollte.

Ich hatte gerade mit gutem Appetit mein Abendessen verspeist, als das Telefon klingelte. Ute hatte schlechte Nachrichten. „Du, ich habe selbst mit Alexander, das ist der Anwalt, von dem ich dir erzählte, gesprochen. Du sollst dich bloß nicht auf eine sofortige Scheidung einlassen. Damit gefährdest du deinen Unterhaltsanspruch. Solange ihr getrennt lebt, muss er für dich aufkommen. Nach der Scheidung hast du allein für dich zu sorgen, das heißt, wenn du bis dahin keine Arbeit gefunden hast, musst du Arbeitslosengeld beantragen."

„Ich habe die letzten Jahre doch gar nicht gearbeitet", protestierte ich. „Ich kann mir nicht vorstellen, dass ich einen Anspruch darauf habe."

„Du fällst dann automatisch unter Hartz IV", beruhigte mich Ute. „Früher hättest du Sozialhilfe bekommen."

„Hm, und im Trennungsjahr muss Martin zahlen?"

„Genau. Warum solltest du ihm entgegenkommen? Du schneidest dir nur ins eigene Fleisch und hilfst ihm, Geld zu sparen."

„Meinst du, das weiß er ebenfalls?"

„Natürlich", Ute schnaubte verächtlich. „Wahrscheinlich hat er gedacht, er könnte dich über den Tisch ziehen. Bisher hast du ja immer gemacht, was er wollte."

Ich schluckte – nicht nur wegen ihres Verdachts Martin betreffend, nein, es war schon ziemlich beunruhigend, diese Erkenntnis, die mir selbst erst vor Kurzem gekommen war, aus ihrem Mund zu hören.

„Warum hast du mir deine Meinung über ihn und die Art, wie wir unsere Ehe führen", eine nette Umschreibung für das, was sie wirklich gesagt hatte, „nicht schon viel früher mitgeteilt?"

„Weil du doch nicht auf mich gehört hättest."

Stimmt, ganz am Anfang meiner Beziehung mit Martin hatte sie mir zu verstehen gegeben, dass sie diesen neuen Typ an meiner Seite nicht mochte. Nachdem jedoch feststand, dass wir zusammenbleiben wollten, hatte sie auf die spitzen Bemerkungen verzichtet, die sie ihm jedes Mal gesteckt hatte, sobald er eine ihrer Meinung nach unpassende Äußerung von sich gab. Und dann hatten sie sich ja zuletzt jahrelang nicht mehr gesehen, zu den üblichen Familienfeiern war ich allein oder zusammen mit den Kindern angereist und über Martin wurde kaum gesprochen. Auch am Telefon hatte ich nie über unsere Beziehung geredet, sie über die ihre aber ebenso wenig. Trotzdem schien sich ihre Meinung über ihn nie geändert zu haben.

„Jeder muss nach seiner Fasson glücklich werden", fuhr sie fort. „Ich hatte bisher das Gefühl, dass dir deine Stellung hinter ihm statt neben ihm absolut passend schien."

„Du übertreibst!"

„Heike, bitte. Wer hat bei euch sämtliche Entscheidungen getroffen? Ihr habt euch noch nicht einmal bei größeren Anschaffungen miteinander beraten. Was Martin haben wollte, hat er sich gekauft, ob das Geld da war oder nicht. Bei deinen Wünschen und denen der Kinder sah es dagegen ganz anders aus."

„Es war schließlich sein Geld", flüsterte ich und biss mir auf die Zunge. Zu spät, sie hatte es gehört.

„Ja und? Dafür hast du seine Söhne großgezogen und Haus und Garten in Ordnung gehalten."

Sie würde es nie verstehen, es war sinnlos mit ihr darüber zu diskutieren. „Dieses Mal werde ich mich gegen ihn stellen", erklärte ich mit Nachdruck. „Gleich Montag früh rufe ich ihn an und teile ihm mit, dass ich zwar in eine Scheidung einwillige, aber nicht auf das Trennungsjahr verzichten werde. Hast du euren Freund gefragt, ob ich mir ebenfalls schon einen Anwalt nehmen muss?"

„Er meint, du kannst damit warten, bis du dann irgendwann die Scheidungsklage deines Mannes erhältst. Normalerweise kann er die erst nach dem erfolgten Trennungsjahr einreichen. - Wie sieht das eigentlich aus, hast du genug Geld um ihn zu bezahlen oder hat Martin bereits alles an die Seite gebracht?"

Ich war so geschockt, wie nahe sie der Wahrheit gekommen war, dass ich überhaupt nicht kontern konnte. „Ich muss das noch kontrollieren", brachte ich mit Müh und Not heraus und beendete schnell das Gespräch mit der Versicherung, mich sofort zu melden, wenn es etwas Neues gäbe.

An die Kosten für die Scheidung hatte ich überhaupt nicht gedacht, beziehungsweise, bis ich die Kreditunterlagen gefunden hatte, war ich davon ausgegangen, dass die Anwälte aus unserem gemeinsamen Vermögen bezahlt würden. Und was nun? Musste ich stattdessen jetzt auch noch für diese horrende Summe aufkommen, die mein Mann sich geliehen hatte?

9

Montagmorgen stand ich noch vor sieben Uhr auf und wartete dann völlig nervös darauf, endlich bei Martin im Büro anrufen zu können. Seit ich mich entschieden hatte, nicht auf seinen Vorschlag einzugehen, graute mir vor diesem Gespräch. Bis auf zwei Schreiben an Thorben und Florian, in denen ich ihnen knapp die momentane Situation schilderte, hatte ich gestern nichts Großartiges zuwege gebracht, dauernd stand mir die bevorstehende Konfrontation mit meinem Nochehemann vor Augen. Denn dass er meine Weigerung nicht kommentarlos hinnehmen würde, war mir nur zu deutlich bewusst.

Na, immerhin hatte ich endlich den längst überfälligen Brief an Sebastian, unseren Hausbesitzer, geschrieben. Zwar ließ er die Wohnung über einen Makler vor Ort verwalten, an den Martin auch die Kündigung geschickt hatte, trotzdem wollte ich nicht, dass er es von diesem erfuhr, dafür hatten wir uns jahrelang zu nahe gestanden.

Um neun Uhr fasste ich mir endlich ein Herz. Schon nach dem dritten Läuten ging er persönlich an den Apparat, wahrscheinlich hatte er Anweisung gegeben, mich gleich durchzustellen. Ich haspelte mein Sprüchlein ohne innezuhalten hinunter: Dass ich nach reiflicher Überlegung zwar in die Scheidung einwillige, aber auf dem Trennungsjahr beharren würde und lieber auch einen eigenen Anwalt zurate ziehen wolle.

„Wenn du meinst, ich käme doch noch zu dir zurück, hast du dich geirrt", antwortete er sichtlich irritiert. „Mein Entschluss steht fest. Warum kannst du dich nicht damit abfinden?"

Haha! Dachte er wirklich, ich würde ihn nach allem, was er mir angetan hatte, noch wiederhaben wollen? „Du bist derjenige, der ausgezogen ist", sagte ich kühl, „ich von mir aus, wäre nie auf diese Idee gekommen. Deshalb lass uns das normale Prozedere einhalten."

„Gut, wie du willst." Seine Stimme war nicht mehr als ein wütendes Zischen. Ich war froh, dass ich ihm nicht persönlich gegenüberstand. „Allerdings hast du dir damit auch noch den letzten Rest Sympathie verscherzt, den ich für dich hegte."

Ich antwortete lieber nicht auf diese Äußerung, sonst wäre wahrscheinlich wieder der übliche Riesenkrach aus diesem Gespräch geworden.

„Ich habe mich übrigens bei den Stadtwerken abgemeldet, du musst dich dann ab dem ersten Februar selbst anmelden", fuhr er wesentlich ruhiger fort. „Die Wohnungskündigung ist bereits angekommen, der Makler wird sich mit dir zwecks Besichtigungsterminen in Verbindung setzen, sobald er Interessenten gefunden hat. Meine Postanschrift habe ich ebenfalls schon umgemeldet. Falls trotzdem noch Briefe für mich eintreffen sollten, schicke sie mir bitte ins Büro, ich gebe dir dann das Porto wieder."

Sehr großzügig, dachte ich, verkniff mir aber jede weitere Bemerkung dazu. „Wie stellst du dir die Aufteilung der Möbel vor?", fragte ich stattdessen.

„Das hat doch noch Zeit."

„Ich muss schließlich auch planen", ließ ich nicht locker.

„Ich werde mich früh genug melden", er wurde langsam ungeduldig. „Hör mal, ich habe jede Menge zu tun, für diesen Kleinkram habe ich jetzt wirklich keine Zeit. Ist sonst noch etwas Wichtiges?"

Ich unterließ es, ihn zu fragen, ob er seinen Söhnen bereits von der Trennung erzählt hatte. Das war mit Sicherheit ebenfalls unnötiger Kleinkram. Auch die Katzen erwähnte ich nicht. Mittlerweile war ich fest entschlossen, alle beide zu behalten, wollte ihm diese Entscheidung jedoch erst in letzter Minute mitteilen. Doch wahrscheinlich legte er sowieso keinen Wert auf die beiden. Er hatte nicht einmal gefragt, wie es Topsy ging und ob der Tierarzt meinte, dass sie endlich über den Berg sei!

Dass ich von dem Kredit wusste, wollte ich ebenfalls nicht erwähnen, denn weder sollte er von meiner Spioniererei erfahren, noch war ich mir sicher, ob ich dafür überhaupt mit aufkommen musste, immerhin hatte er zu diesem Zeitpunkt bereits erste Vorbereitungen getroffen, sich von mir zu trennen. Deshalb verneinte ich und legte nach einer letzten Bitte, sich nicht allzu lange Zeit zu lassen, um unser Hab und Gut zu trennen, auf. Da würde ich wohl gleich heute Morgen noch zu den Stadtwerken gehen, damit ich nicht in drei Tagen auf einmal ohne Strom und Gas da stand. War das eigentlich rechtens, was Martin da machte?

Leider ja, erklärte mir der zuständige Sachbearbeiter, obwohl ihm bisher persönlich noch kein Fall untergekommen war, bei dem eine der beiden Parteien derart gehandelt hatte.

Zum Glück hatte ich die Zählerstände abgelesen und konnte meine Neuanmeldung sofort unterschreiben. Ob die Beträge denn weiterhin vom alten Konto abgebucht werden sollten, fragte der Mann sichtlich verwundert, als ich unsere Bankdaten in das dafür vorgesehene Feld eintrug.

„Ich denke doch", erwiderte ich und konnte seine Gedankengänge nicht mehr nachvollziehen. „Ich habe Vollmacht."

„Nun, dann würde ich mich an Ihrer Stelle lieber versichern, dass der Inhaber das Konto nicht in der Zwischenzeit aufgelöst hat."

„Sonst ergibt die Neuanmeldung überhaupt keinen Sinn", erklärte er, als er mein zweifelndes Gesicht sah. „Für mich sieht es so aus, als wolle er ganz gezielt Ihre und seine Unkosten trennen. Was läge da näher, als mit den Einkommen genauso zu verfahren. Hat er das denn nicht mit Ihnen besprochen?"

Ich gestand meine Unwissenheit und versprach, mich umgehend zu erkundigen. Statt Martin noch einmal anzurufen – warum ihn eventuell auf Ideen bringen, die mir nur schadeten – ging ich auf dem Rückweg an unserer Sparkasse vorbei und schob meine Karte in den Geldautomaten, in der Absicht, das mir zustehende Geld für den nächsten Monat gleich abzuheben. Ich hatte mir gedacht, dass ich wohl ein Drittel seines Nettogehaltes für meine laufenden Ausgaben beanspruchen könnte. Mein Mietanteil, Strom, Gas, und Telefon wurden abgebucht, blieben mir ungefähr vierhundert Euro in bar. Damit würde ich gut auskommen.

Die Karte verschwand und ich wurde aufgefordert, mich an die Mitarbeiter zu wenden. Mit hochrotem Kopf – natürlich hatten sich hinter mir mehrere Leute angestellt, die dieses Ereignis mitbekamen, wie peinlich – wandte ich mich ab und betrat den Innenraum der Sparkasse. Zu meinem Glück war der Schalter leer und die freundliche Angestellte nahm mich gleich mit in einen separaten Raum, als sie hörte, worum es sich handelte.

Eine halbe Stunde später machte ich mich, versehen mit einem eigenen, neu eingerichteten Konto, wütend noch einmal zu den Räumen der Stadtwerke auf. Martin hatte mir direkt nach unserem Telefongespräch die Kontovollmacht entzogen, die freundliche Sparkassenmitarbeiterin hatte mir geraten, so schnell wie möglich alle Firmen zu informieren, die eine Einzugsermächtigung besaßen. Das hieß für mich, dass ich anschließend noch bei der Telefongesellschaft vorbei gehen musste. Ach ja, und Martin würde ich ebenfalls informieren, damit er wusste, auf welche Kontonummer er mir meinen Unterhalt zahlen sollte.

Erst um ein Uhr kam ich völlig durchgefroren wieder zu Hause an. Seit gestern war der Winter mit eisigen Minustemperaturen zurückgekehrt und ich hatte meine Wege, da der Bus wegen der Glätte nicht fuhr, zu Fuß zurücklegen müssen. Ich war völlig erschöpft und sehnte mich nach einer heißen Suppe. Kaum hatte ich die Wohnung betreten, sah ich den blinkenden Anrufbeantworter. Siedend heiß durchzuckte mich die Angst. Ute! Bestimmt war mit Mama irgendetwas passiert.

Ohne mich damit aufzuhalten Mantel und Stiefel auszuziehen, stürzte ich zu dem Gerät und drückte die Abspieltaste. Eine mir fremde Stimme wünschte mir einen guten Tag und bat wegen meiner Versicherungsangelegenheiten um dringenden Rückruf. Das war alles, Gott sei Dank.

Mittlerweile strichen die Katzen miauend um meine Beine. Daher beschloss ich, zuerst ihnen und mir einen kleinen Imbiss zu gönnen.

So gestärkt rief ich die angegebene Nummer zurück. Danach hatte sich die Mahlzeit in einen großen Kloß verwandelt, der schmerzhaft auf meinen Magen drückte. Meine Unfallversicherung und die kleine Lebensversicherung, die Martin auf meinen Namen abgeschlossen hatte, waren von ihm bereits Ende Oktober gekündigt worden, heute hatte er unsere Hausratversicherung und die gemeinsame Haftpflicht zum dreißigsten April gekündigt. Die Agentin hatte wissen wollen, ob ich nicht vielleicht doch daran dächte, mich weiter zu versichern. Ihre Telefongespräche mit meinem Ehemann seien nicht sehr ergiebig gewesen, er hatte behauptet, ich sei an einem Fortlaufen der Verträge nicht interessiert.

Ich war viel zu entsetzt gewesen, um gleich antworten zu können, hatte aber versprochen, mich morgen bei ihr zu melden. Jetzt saß ich in der Küche und konnte die Augen nicht mehr vor der Wahrheit verschließen. Martin hatte die Trennung von mir schon seit Monaten akribisch geplant. Was mich am meisten daran erschütterte, war, dass mir in dieser Zeit nichts Besonderes an ihm aufgefallen war. Er hatte sich wie immer verhalten, das heißt, bis auf die vielen Überstunden, die zuletzt angefallen waren. Aber da er ja einen guten Grund dafür gehabt hatte – er hoffte auf eine nächste Beförderung – war ich mit dieser Erklärung zufrieden gewesen.

Ich überlegte weiter. Irgendetwas musste es doch geben, was mir an unserer Beziehung hätte auffallen können. Es war unmöglich, dass Martin sich mir gegenüber nichts hatte anmerken lassen, während er schon eifrig gegen mich intrigierte.

Angestrengt grübelnd ließ ich die letzten Monate erneut ablaufen. Ende September hatte er einen heftigen Streit vom Zaun gebrochen, wieder einmal war es um ,meinen Unwillen' zu arbeiten gegangen. Danach hatte er fast sechs Wochen nur noch das Nötigste mit mir gesprochen. Das gehörte aber in unserem Zusammenleben mittlerweile zur Normalität. Am Anfang unserer Beziehung war ich nach so einem Streit spätestens am nächsten Tag zu Kreuze gekrochen, ob ich ihm Recht war oder nicht. Ich hatte einfach diese Atmosphäre nie lange ertragen können. Im Laufe der Zeit war ich abgehärteter geworden, nun gab ich ebenso wenig nach wie er. Meist gingen wir einfach irgendwann wieder zur Normalität über - bis zum nächsten Streit.

Anfang November dann hatte er angefangen bis spät abends zu arbeiten und musste angeblich auch an den Wochenenden in die Firma. Das ging bis zu den Feiertagen so. Kurz vor Heiligabend fing er sich einen Magenvirus ein und verbrachte Weihnachten im Bett. Ich hatte ihn mehrmals erbrechen hören und er sah wirklich bleich und leidend aus. Sollte er mir das Ganze nur vorgespielt haben?

Direkt am Siebenundzwanzigsten war er wieder ins Büro gefahren und abends durch die gerade erst überstandene Krankheit völlig erschöpft ins Bett gefallen, so wie die darauffolgenden Tage ebenfalls. Aber halt! Silvester waren wir gemeinsam auf der Party von Bettina und Frank gewesen und hatten anschließend – mein Gesicht ließ hochrot an vor Scham – zu Hause eine kleine, private Feier zu zweit abgehalten. Gut, wir hatten beide reichlich dem Alkohol zu gesprochen, trotzdem konnte ich mich am nächsten Morgen an sämtliche Details noch gut erinnern.

Martin war, als er aufwachte, ziemlich mürrisch gewesen, ich hatte seine Gereiztheit jedoch auf seinen Brummschädel geschoben und ihn auch noch von vorne bis hinten verwöhnt.

Zu diesem Zeitpunkt war er schon seit mehreren Monaten mit meiner Nachfolgerin zusammen, hatte meine Versicherungen und die Garage bereits gekündigt und den Telefonanschluss auf mich ummelden lassen! In den Tagen bis zu seinem Auszug war er bis auf ein Wochenende, an dem Florian uns besucht hatte, weil dieser Martins Hilfe bei irgendwelchen Schwierigkeiten mit seinem Auto brauchte, nie vor zwanzig Uhr zu Hause gewesen und hatte sich, kaum dass er sein Abendbrot gegessen hatte, in sein Arbeitszimmer zurückgezogen, weil er, wie er sagte, kaum noch Luft hatte, etwas für sich zu tun. An den Samstagen und Sonntagen war er wirklich ständig im Einsatz gewesen. Zweimal musste er über Nacht bei seiner Mutter bleiben, weil es ihr nicht gut ging und an dem Samstag mit seinem Sohn hatte er bis spät abends an dessen altem Gefährt herumgebastelt. Sonntags musste er seinem Freund Rainer beim Umzug helfen und es war fast Mitternacht, als er endlich zurückkam.

Ich blöde Kuh! Gutgläubig hatte ich alles, was er mir auftischte, geschluckt. Wahrscheinlich war er in Wirklichkeit jede freie Minute bei seiner neuen Freundin gewesen und seine Freunde und seine Mutter hatten ihn gedeckt.

Jetzt, da ich es wusste, fielen mir immer mehr seltsame Begebenheiten ein. Dass seine Freunde neuerdings ihre Geburtstage nur noch unter den Männern in der Kneipe feierten, zum Beispiel. Oder dass er abends während seiner Überstunden sein Handy ausgeschaltet hatte, weil er keine Störungen gleich welcher Art wollte. Oh, ich hätte mir vor Wut auf mich selbst jedes Haar einzeln herausreißen können. Wie dumm muss man sein, um da nicht eins und eins zusammenzuzählen.

„Du hast es halt nie von ihm erwartet", sagte Ute, als sie mich abends anrief. „Deshalb warst du nicht misstrauisch."

„Nein, ich hatte gedacht, ich würde es ihm anmerken, wenn es einmal dazu käme. Aber er war wie immer."

„Und du bist dir sicher, dass zuerst die Freundin war und dadurch in ihm erst der Gedanke zur Trennung wachgerufen wurde?"

Ich seufzte tief und vernehmlich. „Es ist nur ein Gefühl, ich kann es dir nicht erklären. Wie ich ihn kenne, wäre er von allein nie auf die Idee gekommen, mich zu verlassen. Dafür hatten wir uns viel zu sehr miteinander arrangiert."

„Das heißt, wenn er die Versicherungen Ende Oktober gekündigt hat, muss er dich seit …" Ute zögerte, ihre Vermutungen auszusprechen.

Ich hatte da weniger Skrupel. „… seit mindestens vier Monaten betrügen, denk an den Telefonanschluss. Wahrscheinlich jedoch eher länger, da ich mir nicht vorstellen kann, dass er zu einer Frau ziehen würde, die er gerade erst frisch kennengelernt hat."

„Aber hast du nicht … ich meine, sein Verhalten … er muss doch …"

Ich erlöste Ute aus ihrer Verlegenheit. „Na ja, wir waren halt ein altes Ehepaar und in den letzten Monaten war Martin durch die vielen Überstunden ständig müde." Ich hüstelte. Ganz so einfach war es wirklich nicht, mit der eigenen Schwester über dieses Thema zu sprechen. „Trotzdem muss ich deine unausgesprochene Frage leider bejahen, es ist das ein oder andere Mal noch vorgekommen."

„Dieser Schweinehund!"

„Dem kann ich nur aus tiefstem Herzen zustimmen", murmelte ich.

„Wo willst du denn nun hinziehen?", fragte meine Schwester. „Ich meine, da Oma uns wohl noch eine Weile erhalten bleibt, könntest du vielleicht anfangs zu ihr in die Wohnung ziehen, um dir dann in Ruhe irgendwo in der Stadt etwas zu suchen."

„Ich bin mir noch nicht sicher, ob ich nicht lieber hier wohnen bleibe", schwindelte ich. Bisher hatte ich keinen weiteren Gedanken an meinen Umzug verschwendet. Zu viel war in der Zwischenzeit auf mich eingestürzt. Zum Glück war die Sorge um meine Mutter von mir genommen. Sie hatte den Eingriff gut überstanden und, obwohl die Histologie noch ausstand, waren die Ärzte sicher, dass der Tumor gutartig war.

„Heike, du musst dich bald entscheiden", drängte meine Schwester. „Günstige Wohnungen fallen nicht vom Himmel. Und sie sind schneller weg, als du gucken kannst."

„Ich denke fast an nichts anderes mehr."

„Weißt du, was Martin dir an Unterhalt zahlen will?"

„Ich habe nicht noch einmal versucht, mit ihm zu sprechen. Meine neue Kontonummer erhält er morgen per Einschreiben. Ich denke, dass ich spätestens Ende der Woche über das Geld verfügen kann. Bis dahin komme ich gut über die Runden, ich habe noch die gesamten zweihundert Euro, die er mir für die Zugfahrkarte gegeben hat."

„Was? Wie viel brauchst du denn im Monat?!"

„Ich weiß, das hört sich viel an, aber ich habe morgen noch einmal einen Termin beim Tierarzt", verteidigte ich mich. „Dort muss ich sofort bar bezahlen."

„Wie geht es Topsy?"

„Ich glaube, sie wird wieder ganz gesund", ich bückte mich und streichelte die Perserin, die mir, als hätte sie genau verstanden, dass es um sie ging, schnurrend um die Beine strich. „Sie ist wieder ganz die Alte, zumindest finde ich das."

„Und Martin? Will er sie zu sich nehmen? Es ist doch eigentlich seine Katze."

„Das werde ich zu verhindern wissen", brauste ich auf. „Die ganze Zeit während ihrer Krankheit hat er sich nicht um sie gekümmert, sondern alles mir überlassen. Jetzt hat sie ihre Liebe auf mich übertragen, sie folgt mir auf Schritt und Tritt, wenn ich zu Hause bin. Der Umzug wird schon schwer genug für die Tiere, da muss sie nicht noch mehr leiden."

„Hm, das heißt, du brauchst eine Wohnung, in der Tiere erlaubt sind."

„Ach, es sind schließlich Katzen und keine Hunde", darüber machte ich mir die wenigsten Sorgen. „Sie bellen nicht, sie müssen nicht raus – da wird kein Vermieter etwa gegen haben."

„Sei dir da mal nicht zu sicher", unkte Ute. „Ich …"

„Erst einmal muss ich wissen, was ich will", unterbrach ich sie. Zu meiner Mutter in die Wohnung kam auf keinen Fall infrage. Ich liebe sie, aber mit ihr zusammenleben kann ich nicht, dafür sind wir viel zu verschieden. Außerdem hatte ich schon bei meinem letzten Besuch bemerkt, dass sie langsam so eine Art Altersstarrsinn entwickelte. Alles musste seinen gewohnten Gang gehen, jeder Tag wurde genau durchgeplant. Von Unerwartetem wurde sie in Aufregung versetzt, Kleinigkeiten, die danebengingen, machten sie bereits nervös. Sie würde komplett durchdrehen, wenn sie mich und meine zwei Katzen beherbergen müsste.

„Überlege es dir schnell", mahnte Ute. „Und denke auch einmal darüber nach, wie es ist, wenn du krank wirst oder gar ins Krankenhaus musst. Hast du da jemanden, der dir helfen könnte?"

„Nein."

„Siehst du, ich habe recht. Am besten ziehst du in unsere Nähe, dann ist immer jemand da, der sich im Notfall um dich kümmern kann."

Natürlich hatte sie die besseren Argumente. Trotzdem sträubte sich alles in mir, Waldbröl zu verlassen. Hier hatte ich gut zwanzig Jahre gelebt, ich kannte sämtliche Straßen und Geschäfte. Es war klein und überschaubar und ich fühlte mich wohl hier. Bei meinen Besuchen in Hamburg war ich immer wieder froh gewesen, hierher zurückzukehren und genoss die Stille und die Gemächlichkeit nach diesen Ausflügen doppelt so sehr. Und jetzt sollte ich selbst in diesen Großstadtdschungel ziehen? Allein bei dem Gedanken daran bekam ich Herzrasen.

10

Florian wird langsamer und nimmt die nächste Ausfahrt.

„Ich brauche unbedingt einen Kaffee", erklärt er und lenkt den Wagen auf den Parkplatz von Burger King, der praktischerweise direkt an der Landstraße neben der Autobahn liegt.

Er bestellt sich zusätzlich noch einen großen Burger und will mich einladen, auch etwas zu essen, aber ich habe keinen Hunger und begnüge mich mit einem Kaffee. Wir setzen uns in eine der Nischen, denn hier drinnen ist es warm und außerdem ziemlich leer. Es ist mittlerweile halb neun, keiner fährt bei diesem Wetter freiwillig draußen herum.

„Wie weit seid ihr gekommen?", frage ich meinen Sohn, während er sich mit Heißhunger über den Burger hermacht. Seinen Kaffee hat er überhaupt noch nicht angerührt.

„Wir sind nicht über eine erste Durchsicht hinausgekommen", verkündet er, nachdem er die Reste in seinem Mund mit einem großen Schluck Kaffee hinuntergespült hat. „So, wie es aussieht, befinden sich Papas persönliche Sachen alle in der unteren Wohnung. Omas sind …"

„Wie?" Ich beuge mich vor. „Wieso untere Wohnung?"

„Wusstest du nicht, dass sie das kleine Appartement im Keller haben ausbauen lassen?" Er schaut mich ungläubig an, als ich nur den Kopf schüttele. „Na ja, vielleicht hat Papa das auch erst in diesem Jahr machen lassen. Es sieht alles noch ziemlich neu aus. Gewohnt hat da auf jeden Fall bis jetzt keiner."

Oder Martin hatte sich dieses Nest gebaut, als er beschloss, mich zu verlassen. Wahrscheinlich hatte er deshalb den Kredit aufgestockt! – Aber warum war er dann nicht mit seiner neuen Flamme direkt dort eingezogen?

„In Omas Wohnung sind die Schränke alle ausgeräumt, aber die Kartons sind überhaupt nicht durchsortiert, als hätte Papa alles, so wie es kam, aus den einzelnen Fächern herausgenommen und eingepackt."

Typisch Martin! Das hatte er zu Hause genauso gehalten. Deshalb hatte ich mich bis zuletzt um alles Wichtige gekümmert - mit Ausnahme der Bankangelegenheiten und seiner persönlichen Unterlagen, da hatte er sich nicht reinreden lassen. Ich konnte mir nur zu gut vorstellen, was für ein Chaos mich erwartete.

„Papas Kram sieht allerdings nicht viel besser aus. Thorben und ich haben bisher jeder einen Karton geschafft, du glaubst nicht, was es da zu sortieren gibt!"

Doch, ich kann es mir lebhaft vorstellen. „Was sagt denn Onkel Herbert? Er müsste eigentlich wissen, ob Martin ein Testament gemacht hat."

„Er weiß von keinem." Florian legt den Kopf schief und lächelt reichlich gequält. „Er meint, Papa hätte wahrscheinlich gar nicht daran gedacht."

Aha, noch einer, der Martin durchschaut hat! Mein Exmann war in solchen Sachen liederlich, genau wie seine Mutter. Ich hätte darauf wetten können, dass sie auch kein Testament gemacht hatte.

„Das muss wohl in der Familie liegen", bestätigt Florian mit seinen nächsten Worten meine Gedanken, „Auch Oma hat erst im letzten Moment auf Onkel Herberts Anraten hin eins verfasst, obwohl sie wusste, dass sie bald sterben würde."

Irritiert runzle ich die Stirn: „Es war also kein unerwarteter Tod?" Bisher hatte ich gedacht, Marlies wäre an einem plötzlichen Herzinfarkt oder etwas Ähnlichem gestorben.

„Nein, sie hatte Krebs. Der ist allerdings erst so spät entdeckt worden, dass nichts mehr zu machen war."

Florian hat begonnen, mit den Fingern ungeduldig auf den Tisch zu trommeln. Er hat aufgegessen und ausgetrunken und will weiterfahren. Ich leere ebenfalls meinen Becher und erhebe mich. In einträchtigem Schweigen gehen wir zurück zum Auto.

Es dauert noch weitere zweieinhalb Stunden, bis wir vor dem Haus meiner Schwiegermutter vorfahren. Mittlerweile ist es fast elf. Auf dem letzten Stück hat es wieder angefangen heftig zu schneien und wir sind nur im Schritttempo vorwärtsgekommen. Deshalb seufzt Florian erleichtert auf, als er den Motor abstellt, und reckt und streckt sich ausgiebig, bevor er aussteigt.

In der Zwischenzeit habe ich bereits die Katzenkörbe gegriffen und bin auf dem Weg zur Haustür, die sich öffnet, bevor ich klingeln kann. Thorben nimmt mich in die Arme und drückt mich kräftig. „Vielen, vielen Dank, dass du uns nicht im Stich gelassen hast."

Trotz seiner Worte bin ich über die überschwängliche Begrüßung etwas erstaunt. Mein jüngerer Sohn neigt nicht gerade zu Gefühlsausbrüchen, selbst mir gegenüber nicht, obwohl ihn und mich ein ziemlich enges

Verhältnis verbindet. Und schließlich haben wir uns erst vor zwei Tagen gesehen.

Bevor ich ihn fragen kann, was los ist, nimmt mir Florian von hinten die Katzenkörbe aus den Händen, schiebt mich durch die Tür und verschwindet mit den beiden Kleinen in die Küche. Thorben greift sich meinen Koffer und die Tasche, die sein Bruder auf der Eingangsstufe abgestellt hat, und trägt sie die Treppe hinauf. Topsy und Mirko lugen neugierig um die Ecke. Mit zwei langen Sätzen ist der Kater an mir vorbei und in der Dunkelheit verschwunden.

„Lass ihn", stoppt mich Florian, als ich nach ihm rufe und ihn wieder hinein locken will. „Gönn ihm doch die lang entbehrte Freiheit."

Resigniert schließe ich endlich die Tür und versuche, mir meinen Unmut nicht anmerken zu lassen. Er hätte mich wirklich vorwarnen können, dass er die Katzen sofort hinauslässt. Andererseits kann eigentlich nichts passieren, das Haus meiner Schwiegermutter liegt am Ende der Straße genau am Waldrand. Noch ruhiger geht es nicht. Hier herrscht kaum Autoverkehr, da kann Mirko nicht viel passieren.

„Christine hat angerufen", informiert uns Thorben. „Sie will, dass wir beide morgen Nachmittag vorbeikommen und die Sachen von Papa abholen. Und am Vormittag müssen wir zu Onkel Herbert, um die Formalitäten für die Beerdigung abzuklären. Die Polizei hat den Leichnam freigegeben."

Er schaut mich Hilfe suchend an, aber ich schüttele den Kopf. „Das schafft ihr mit seiner Unterstützung bestimmt allein. Ich werde mich in der Zwischenzeit lieber hier um die Chaosbewältigung kümmern."

Wir machen noch schnell eine Runde durch das Haus. Zuerst führen die beiden mich hinunter in die Souterrainwohnung. Ich bin vorher nie in den Räumen gewesen, weiß aber aus Martins Erzählungen, dass das Appartement, das er sich damals eingerichtet hatte, nur aus zwei kleinen dunklen Zimmern und einem Minibad mit Dusche bestand. Anscheinend ist hier unten tüchtig renoviert worden, denn was ich jetzt zu sehen bekomme, ist ziemlich beachtlich. Nach vorn zur Straße liegen eine geräumige Küche, ein relativ kleines Zimmer und das Bad, das mit allen Schikanen ausgestattet und selbstverständlich mit Dusche und Wanne bestückt ist. Zum Garten hin befinden sich das große Wohnzimmer und das Schlafzimmer. Martin hat die Rückseite des Hauses ausschachten lassen, um eine große Terrasse anlegen zu können, wie ich im Schein der Außenbeleuchtung sehen kann. Überhaupt ist die gesamte Wohnung bezugsfertig. Der Boden ist mit Kacheln gefliest und die Wände mit weißem Rauputz gestrichen. In jedem Zimmer hängen Birnen von der Decke, es sieht aus, als würde schon morgen der neue Mieter einziehen. Im Schlafzimmer stapeln sich jede Menge Kartons, sonst gibt es bisher allerdings keinen Hinweis auf den, der hier leben will.

„Das sind Papas Sachen", sagt Florian, „und zwar die, die wir noch nicht durchgesehen haben." Er deutet auf mehrere kleine Häufchen Papier direkt vor dem Fenster: „Unsere bisherige Ausbeute."

„Wir mussten ja alles genau durchlesen", rechtfertigt sich Thorben, der an meiner Miene erkannt hat, dass ich ziemlich entsetzt bin über das Resultat ihrer Arbeit. „Du kannst das bestimmt viel schneller. Du kennst dich aus."

Ich trete näher an die Kartons heran und betrachte sie. Tatsächlich, ich habe mich nicht getäuscht, es sind die, in die ich damals bei unserer Trennung sein Hab und Gut gepackt habe. Er hat wohl zu Christine nur das Notwendigste mitgenommen.

Mit einem kleinen Stoßseufzer wende ich mich ab. Jetzt muss ich doch alles gründlich durchsortieren.

Da die Wohnung einen separaten Eingang hat, müssen wir wieder durch die eisige Kälte zurück. Klägliches Miauen empfängt uns. Selbst Mirko ist es zu ungemütlich draußen. Laut schnurrend macht er einen wohligen Buckel, als uns die Wärme des Hauses entgegenschlägt.

Mittlerweile bin ich so müde, dass ich am Liebsten auf den Rundgang durch die Zimmer verzichten möchte. Doch Florian geht schon voraus und knipst die Lampen an. Mit einem unbehaglichen Gefühl folge ich ihm. Das Haus meiner Schwiegermutter hatte von Anfang an etwas Bedrückendes für mich, ich habe mich hier nie wohlgefühlt.

Dabei ist es von außen ein schönes Gebäude, mit seinem sandfarbenen Anstrich, den braunen Sprossenfenstern und dem roten Ziegeldach sieht es aus wie eine stattliche Villa. Innen allerdings wirkt es eher düster und unwohnlich. Das liegt natürlich größtenteils an den dunklen Möbeln, die die kleinen Zimmer geradezu erdrücken. Martins Großvater hat das Haus gebaut und für sich und seine Familie eingerichtet. Seine Eltern haben diese Möbel komplett übernommen und weitere dazu angeschafft, sodass kaum noch Platz zum Bewegen bleibt. Mein erstes Empfinden, als mein zukünftiger Mann mich hierher brachte, um mich seiner Mutter vorzustellen, war pures Erstaunen, wie man überhaupt derart vollgestellte Zimmer so sauber bekam. Denn wann immer ich eingeladen wurde, glänzte das Haus von oben bis unten, selbst der viele Nippes, der herumstand, war völlig staubfrei.

Ich gestehe, ich habe es ausprobiert und bin, als meine Schwiegermutter hinausging und den Kaffee holte, ohne dass Martin es mitbekam, mit den Händen über einige Dinge gefahren. Ich habe dabei einfach Interesse geheuchelt und mehrmals entzückt aufgequiekt, als wäre ich von alldem hier schlichtweg begeistert.

Jetzt sind die Möbel leer geräumt, davor türmen sich die Kartons. Anscheinend hat Martin einfach alles, so wie es kam, aus den Schränken genommen und weggepackt.

„Ich habe mir heute die Kisten im Wohnzimmer vorgenommen", bestätigt Thorben meine Vermutung und zieht mich weiter durch den Durchgang vom Esszimmer ins Wohnzimmer. „Es ist alles ein einziges Durcheinander von Papieren. Ich glaube, Oma hat sämtliche Schreiben, die sie jemals bekam, aufgehoben. Da sind noch die Originalunterlagen über jeden einzelnen Kredit, den Opas Eltern und sie selbst aufgenommen haben. Außerdem gibt es allein drei Ordner voll mit Handwerksrechnungen und unzählige weitere mit Versicherungsunterlagen."

Die Polster der altdeutschen Couchgarnitur sind unter Aktenbergen begraben, auf dem wuchtigen Eichentisch türmen sich Dutzende dünner Hefter. Drumherum stehen dicht an dicht teils gefüllte, teils leere Kartons. Ich seufze tief. Das wird eine Heidenarbeit.

„Es ist nicht ganz so schlimm, wie es aussieht", versucht Thorben mich aufzumuntern. „Ich habe den ganzen Kram schon vorsortiert. Du musst nur noch die einzelnen Schreiben durchgehen."

Nur! Hat er überhaupt eine Vorstellung davon, wie anstrengend das ist?

„Was ist da drin?", fragt Florian und stößt mit dem Fuß gegen eine der randvoll gefüllten Kisten.

„Äh", Thorben beugt sich vor und studiert sein Gekrakel an der Seite. „Porzellanfiguren", sagt er und beugt sich über die nächste, „hier sind Gläser drin und hier", er deutet auf den ganz außen stehenden Karton, „Kerzen und Kerzenhalter. Mann, Oma ist wirklich ein Jäger und Sammler gewesen. Ich glaube, ich habe mit dem ganzen Zeug allein acht Kisten gefüllt."

Ich unterdrücke mühsam ein Gähnen und lobe ihn ausführlich für die tolle Arbeit. Anscheinend hatte Martin auch hier einfach nur alles aus den Schränken geräumt. Noch nicht einmal eingewickelt waren die teuren Sachen, wie mein Sohn entrüstet bemerkte.

Was hatte Christine eigentlich getan? Danebengestanden und Anweisungen gegeben? Oder war sie in den Akt des Ausräumens gar nicht einbezogen worden? Vielleicht hatte sie ihm allerdings auch gesagt, dass diese Arbeit allein sein Ding sei. Ich kichere in Gedanken. Wahrscheinlich hatte sie gleich von Anfang an für eine gerechte Verteilung der Pflichten gesorgt, so nach dem Motto, du kümmerst dich um deinen und ich mich um meinen Kram.

Florian zieht mich ungeduldig weiter ins nächste Zimmer, den kleinen Salon. Ich weiß wirklich nicht, warum meine Schwiegermutter in diesem Riesenhaus all die Jahre ganz allein wohnen geblieben war. Außer der Küche, dem Wohnzimmer und dem Schlafzimmer oben hatte sie keine weiteren Räume benutzt, na ja, vielleicht einmal, wenn sie Besuch bekam. Aber das war laut Martin auch nicht oft der Fall gewesen. Und sie hatte bis zuletzt keine Putzfrau!

Sie will mir mein Erbe erhalten, hatte mein Mann stets geantwortet, wenn ich die Sprache darauf gebracht hatte. Haha! Im Prinzip hätte sie uns dann damals auch das Haus für eine geringe Miete überlassen können, als wir beschlossen, mit unseren Kindern hier ins Dorf zu ziehen. Aber nein, sie blieb in dem Riesenkasten hocken und Martin musste ständig antanzen, wenn es um Reparaturen und Gartenpflege ging.

Die Müdigkeit macht sich immer deutlicher bemerkbar, ich will nur noch in mein Bett. Mit einem einzigen Blick streife ich die drei großen Kartons, ohne mich weiter für ihren Inhalt zu interessieren. Gott sei Dank ist dieses Zimmer der Dame des Hauses gewidmet. Das heißt, dass sich hier bestimmt nur Nippes angesammelt hat.

In das Arbeitszimmer werfe ich nur einen Blick: Weitere Akten und jede Menge Bücher, wie erwartet. Die Küche schenke ich mir heute Abend. Die werden wir sowieso als Letztes ausräumen.

„Florian und ich haben uns Matratzen in Papas ehemaliges Kinderzimmer gelegt", erklärt mir Thorben auf dem Weg nach oben. „Wir dachten, dass du bestimmt auch keine Lust hast, in Omas Bett zu schlafen. Deshalb haben wir dir die Schlafcouch aus Papas Zimmer in den Ankleideraum gestellt. Ich hoffe, es ist dir Recht."

„Was ist mit dem Gästezimmer?", frage ich stirnrunzelnd. Es ist zwar in all den Jahren nie benutzt worden, aber ich weiß mit Sicherheit, dass es eins gibt.

„Da hatte Oma sich ein Atelier drin eingerichtet", Florian dreht schnell den Kopf weg, damit ich sein Grinsen nicht sehe. „Mit Staffelei und so."

71

„Aha." Ich verbeiße mir jeden weiteren Kommentar.

„Es stinkt entsetzlich nach Farben, obwohl wir gleich nach unserem Ankommen alle Tuben und Töpfchen entsorgt haben", Thorben schnauft empört. „Die meisten waren noch nicht einmal verschlossen." Sie haben mein Bett bereits bezogen, sodass ich nur noch hineinfallen muss. Doch kaum bin ich nach einer hastigen Katzenwäsche in die Laken gesunken und dehne meine verkrampften Glieder, fängt mein Hirn wie wild an zu arbeiten und versucht, Pläne für den morgigen Tag zu machen.

Um mich abzulenken, zwinge ich meine Gedanken zurück zu meinen Erinnerungen. Darüber werde ich garantiert einschlafen. Wo war ich noch stehengeblieben? Ach ja, ich musste überlegen, ob ich hier oder in der Stadt bei meiner Familie auf Wohnungssuche gehen wollte.

11

Die ganze Woche quälte ich mich mit dieser Entscheidung herum. Florian, der mich Dienstagabend völlig entsetzt über unsere Trennung anrief, war ebenfalls der Meinung, ich solle zumindest in die Nähe meiner Verwandten ziehen.

„Vor allen Dingen läufst du da nicht Gefahr, ständig auf Papa zu stoßen", hatte er gemeint. Er könne sich nicht vorstellen, dass ich das besonders gut verkraften würde. Weiter äußerte er sich nicht zu Martins Tat, ich hatte den Eindruck, dass er meinte, es wäre ausschließlich eine Sache zwischen seinem Vater und mir und er und sein Bruder seien nicht davon betroffen. Immerhin bot er mir seine Hilfe meinen Umzug betreffend an.

Umso erstaunter war ich, als er Samstagmittag plötzlich vor der Tür stand, einen großen Karton vor der Brust balancierend. „Ich habe dir einen kleinen Computer besorgt", erklärte er und drängte mich zurück in die Diele. „Ich dachte, da du im Moment jedes Telefongespräch bezahlen musst, wäre das eine große Hilfe für dich." Ächzend setzte er den Karton in Martins ehemaligem Arbeitszimmer ab. „Außerdem kannst du dann im Internet nach Wohnungsangeboten suchen", ergänzte er, während er sich bereits daran machte, das Ding aufzubauen.

Ich war gerührt. In den letzten Jahren, seitdem er sein Studium in Heidelberg angefangen hatte, war Florian selten einmal bei uns vorbeigekommen und dann meist nur, wenn er irgendetwas von uns wollte. Ich hatte mich insgeheim bereits damit abgefunden, dass wir nur noch Randfiguren in seinem Leben waren. Deshalb hatte ich meinen Brief auch ziemlich neutral gehalten und ihm nur mitgeteilt, dass Martin zu seiner neuen Freundin gezogen sei und mich um die Scheidung gebeten habe und dass ich in dem neuen Telefontarif, in den ich leider gerutscht sei, jedes Gespräch bezahlen müsse. Daher würde ich ihm diese Nachricht schriftlich zu kommen lassen, genau wie seinem Bruder Thorben.

„Danke, das ist sehr lieb von dir." Neugierig beobachtete ich, wie er die einzelnen Kabel miteinander verband. „Meinst du, ich kann damit umgehen?"

Er sah auf und grinste mich an. „Mama, ich habe bis morgen Mittag Zeit, dir alles Nötige beizubringen. Zur Not kannst du sämtliche Arbeitsschritte aufschreiben."

Erst als er ein zweites Mal zu seinem Auto ging, kam mir ein unangenehmer Gedanke zu Bewusstsein. Was, wenn er für den Computer Geld haben wollte? Dann musste ich ihm irgendwie erklären, dass ich keins hatte. Von Martin war immer noch kein Unterhalt eingegangen, ich konnte wirklich keinen Cent entbehren, mir grauste schon vor den Abbuchungen der Telefongesellschaft und meines Stromanbieters, die bestimmt im Laufe der nächsten Woche erfolgen würden.

„Was …, was willst du denn für den ganzen Kram haben?", fragte ich mit derart krächzender Stimme, dass Florian, der gerade den Monitor auf den Schreibtisch wuchtete, innehielt und mir einen besorgten Blick zuwarf.

„Nichts, oder vielleicht eine kleine Spende für unsere Kaffeekasse an der Uni", sagte er, als er wieder zu Atem gekommen war. „Das sind alles ausrangierte Teile von meinen Kumpels, daraus haben wir dann den Computer zusammengebaut. Und der Monitor ist eine Spende von Uli, für das alte Röhrengerät hätte er sowieso nichts mehr gekriegt."

Die Erleichterung musste mir wohl deutlich im Gesicht gestanden haben, denn er kam auf mich zu und drückte mich in den bequemen Sessel, den Martin sich in das Zimmer gestellt hatte. „Jetzt rück mal mit der Sprache raus, was zahlt Papa dir an Unterhalt."

„Bisher noch gar nichts", gab ich zu. „Deshalb bin ich ja so unruhig. Nächste Woche werden die laufenden Kosten von meinem neuen Konto abgebucht und ich weiß nicht, wie ich sie bezahlen soll."

„Was, neues Konto?" Mit zusammengekniffenen Augen starrte er auf mich herunter. „Erzähl!"

Nachdem ich ihn auf den neuesten Stand gebracht hatte, schüttelte er ungläubig den Kopf. „Das hätte ich nun nicht von Papa gedacht. Warte", er griff zu seinem Handy, „ich rufe ihn sofort an."

„Nein, misch dich bitte nicht ein", versuchte ich ihn zu bremsen. „Ich kann das alleine regeln."

Doch er ignorierte mich völlig und hatte die Nummer schon eingetippt. „Hi. Hör mal, ich habe da eine super Wohnung für Mama in Aussicht. Was zahlst du ihr denn an Unterhalt? Ich wollte erst wissen, ob sie sie sich leisten kann, bevor ich sie anrufe." Er zwinkerte mir zu.

„Na klar, warum soll sie nicht in meine Nähe ziehen?" Er begann, ungeduldig mit der Hand zu wedeln. „Hör mal, das wird mir zu teuer, nenn mir bitte die Summe, dass ich Bescheid weiß, ob ich versuchen soll, ihr die Wohnung festzuhalten."

Wieder lauschte er eine Weile, während sein Gesichtsausdruck immer finsterer wurde. Schließlich beendete er das Gespräch abrupt ohne Abschiedsworte. „Er will dir keinen Unterhalt zahlen", knirschte er zwischen zusammengebissenen Zähnen hervor. „Er meint, das Trennungsjahr wäre in seinen Augen bereits gelaufen und außerdem hätte er nun lange genug für dich gezahlt, du müsstest langsam einmal für dich selbst sorgen."

Gut, dass ich bereits saß, meine Muskeln wurden von einem Moment auf den anderen so schwach, dass mir vermutlich die Beine weggeknickt wären. „K… k… kann er das denn?"

Florian war blass vor Zorn. „Du musst dir sofort Montag einen Anwalt nehmen", sagte er, statt mir auf meine Frage zu antworten. „Und anschließend gehst du zur ARGE und beantragst Unterstützung." Er hielt einen Moment inne und betrachtete mich mit gerunzelter Stirn. „Kommst du an die Sparbücher ran oder hat er die alle mitgenommen?"

„Es gibt keine Guthaben, nur Schulden", informierte ich ihn mit brüchiger Stimme.

„Wie …", er brach ab und schüttelte den Kopf. „Ist auch egal. Hast du noch Geld."

„Ich habe genau einhundertfünfunddreißig Euro. Dein Vater hat mir kurz nach unserer Trennung zweihundert gegeben, weil ich ihm vorgeflunkert habe, ich würde zur Oma fahren."

„Woher dann dieser plötzliche Sinneswandel?", fragte Florian argwöhnisch.

„Ich glaube, das liegt daran, dass ich mit einer sofortigen Scheidung nicht einverstanden war", gestand ich mit gesenktem Blick. „Deine Tante Ute meinte, mir stände Unterhalt zu und ich wäre blöd, wenn ich darauf verzichten würde, zumindest, bis ich Arbeit gefunden hätte. Schließlich fielen die freien Stellen nicht vom Himmel."

„Das sehe ich genauso, vor allem, da du ja die letzten Jahre nicht gearbeitet hast."

Er sah wohl an meinem Gesichtsausdruck, dass ich zutiefst gekränkt war über diese Worte, und verbesserte sich sofort: „Du weißt, was ich meine. Du warst nicht offiziell auf Steuerkarte angestellt, daher hast du weder Anspruch auf Arbeitslosengeld, noch kannst du einem zukünftigen Arbeitgeber mit Zeugnissen dienen. Deshalb hast du es besonders schwer."

„Aber ich bekomme trotzdem Unterstützung?"

„Früher bekamen Fälle wie du Sozialhilfe, jetzt ist die ARGE dafür zuständig", belehrte mich Florian. „Die zahlen deine Miete und deine Heizung und geben dir Geld, dass du über die Runden kommst. Außerdem werden sie versuchen, dir möglichst schnell einen Job zu vermitteln."

Ich atmete erst einmal auf, verhungern musste ich also nicht und Gas und Strom würde man mir mangels Zahlungsfähigkeit auch nicht abschalten.

Fast die gesamte, restliche Zeit ließ ich mich von meinem Sohn in die Geheimnisse der Computerwelt einführen. Bisher hatten sich meine Kenntnisse darauf beschränkt, das Schreibprogramm zu nutzen und im Internet zu surfen. Für Fehlermeldungen und deren Behebung war Martin zuständig gewesen. Nun aber hatte ich niemanden mehr, der mir diese Schritte abnehmen konnte. Daher versuchte Florian, mir im Schnellverfahren das nötige Wissen zu vermitteln.

Anscheinend stellte ich mich gar nicht mal schlecht an, denn am Sonntagmittag, nachdem er drei meiner selbst gemachten Pfannekuchen gegessen hatte, lehnte sich mein Sohn zurück und nickte beifällig. „Die meisten Probleme kannst du bestimmt allein lösen. Wenn du unsicher bist, schaust du zuerst in deinen Aufzeichnungen nach, ob du die Erklärung dort findest. Wenn nicht, ruf kurz durch, ich melde mich umgehend bei dir."

Er erhob sich und reckte sich. „Ich glaube, ich hätte nicht so viel essen sollen."

Bevor er losfuhr, versorgte ich ihn mit einem starken Kaffee, dann stand ich winkend an der Tür. Sein Besuch hatte mir gut getan, ich fühlte mich nicht mehr ganz so allein.

Wie auf Stichwort klingelte das Telefon. Ute! Wie hatte ich meine größte Stütze vergessen können.

Doch es war meine Mutter, die sich besorgt nach meinem Befinden erkundigte. Mittlerweile wusste sie, was geschehen war. Ute hatte sie behutsam unterrichtet und sie war natürlich sauer auf uns beide gewesen, dass wir sie nicht eher eingeweiht hatten. Nun rief sie jeden zweiten Tag an, um mich aufzubauen. Ich berichtete ihr von meinen Wochenendaktivitäten, verschwieg ihr aber, was Martin zu Florian gesagt hatte und dass ich morgen auf die Suche nach einem Anwalt gehen wollte. Auch von meinem Vorhaben mich beim Arbeitsamt zu melden, sagte ich nichts. Sie regte sich immer viel zu schnell auf. Besser, sie erfuhr es erst, wenn ich die Sachlage geklärt hatte.

Am Montag stand ich um kurz vor halb acht vor den verschlossenen Türen der ARGE. Mit mir warteten mindestens zwanzig weitere Personen. Hoffentlich schickte man mich nicht unverrichteter Dinge wieder weg.

Ich musste fast vier Stunden warten, bis eine der Mitarbeiterinnen Zeit für mich fand.

„Normalerweise müssen Sie erst einen Termin beantragen", klärte sie mich auf.

„Das hat man mir bei der Anmeldung schon gesagt", erwiderte ich, „mir geht es in erster Linie um den Antrag auf Unterstützung. Mein Mann ist vor zwei Wochen aus unserer Wohnung ausgezogen und will mir nun weder Unterhalt zahlen, noch fühlt er sich für Miete, Strom und Gas weiter verantwortlich. Wir haben keine Sparguthaben, ich sitze völlig auf dem Trockenen."

„Dann füllen Sie am besten noch heute diesen Vordruck aus", sie reichte mir ein dickes Bündel Papiere über den Tisch. „Ohne diese Angaben können wir nichts unternehmen. Das Einzige, was ich machen kann, ist, Sie schon einmal in unsere Datei aufzunehmen." Sie warf mir einen forschenden Blick zu. „Haben Sie denn noch etwas Geld?"

„Zum Glück ist mir meine Mutter beigesprungen und hat mir fünfhundert Euro geliehen, damit genug für die laufenden Abbuchungen auf meinem Konto ist." Ich brauchte mich gar nicht besonders zu bemühen, ein verzweifeltes Gesicht zu machen, wie Ute es mir geraten hatte. Angesichts von Martins Verrat und der Demütigung diesen offenzulegen, war ich wieder den Tränen nah. „Allerdings hat meine Mutter nur eine kleine Rente und kaum Ersparnisse. Allzu lange kann sie auf das Geld nicht verzichten."

„Nun, wenn Sie sich mit dem Ausfüllen beeilen, wird Ihr Anspruch in ungefähr vier Wochen geregelt sein. Es liegt an Ihnen."

„Danke", ich erhob mich zögernd, war das alles?

„Eines noch", rief die Frau mir nach, als ich die Tür öffnen wollte. „An Ihrer Stelle würde ich sofort einen Anwalt aufsuchen. Natürlich ist Ihr Mann unterhaltspflichtig und die Hälfte der Miete muss er auch bezahlen. Drohen Sie ihm mit einer Klage!"

„Ohne Geld?"

Sie musterte mich offensichtlich mitleidig. In ihren Augen war ich wohl ein ausgemachter Volltrottel. „Dafür gibt es das Armenrecht. Sie brauchen nichts zu bezahlen", klärte sie mich langsam und deutlich sprechend auf, als wäre ich nicht nur unwissend, sondern auch etwas langsam im Denken. „Und machen Sie vorne an der Anmeldung gleich einen neuen Termin."

Während ich zu Hause hastig zwei Butterbrote aß und dazu eine Tasse Kaffee trank, blätterte ich das Branchenverzeichnis auf Anwälte in meiner Nähe durch. Ich musste sehr sparsam sein in nächster Zeit und konnte mir keine Busfahrten mehr leisten. Das Katzenfutter, das ich auf dem Rückweg mitgebracht hatte, hatte ein großes Loch in mein Budget gerissen und die Katzenstreu für diesen Monat musste ich ebenfalls noch kaufen. Meine Mutter war mir schon sehr entgegengekommen und ich wollte ihr das Geld so schnell wie möglich zurückgeben. Natürlich hatte sie Ersparnisse, aber die waren fest angelegt und die Zinsen daraus bedeuteten für sie die Möglichkeit, sich ab und zu etwas Extravagantes leisten zu können, ich hatte kein Recht ihr dies zu nehmen. Und meine Schwester lebte selbst von der Hand in den Mund. Seitdem Friedhelm erneut arbeitslos war, mussten sie jeden Cent zweimal umdrehen.

Zwei Büros lagen in der Nähe, ein drittes war ebenfalls noch zu Fuß zu erreichen, auch wenn es dazu einen strammen Marsch von ungefähr einer Stunde brauchte. Ich beschloss, mit dem nächstgelegenen anzufangen.

Auf dem Weg hatte ich mir bereits zurechtgelegt, was ich sagen wollte, doch als ich die Kanzleiräume betrat und auf die Anmeldung zusteuerte, hatte ich alles wieder vergessen. Die junge Frau hinter dem Schreibtisch sah mich auffordernd an und noch immer brachte ich keinen Ton heraus. Zum Glück klingelte in diesem Moment ihr Telefon und mit einem entschuldigenden Lächeln nahm sie das Gespräch an.

„Wie kann ich Ihnen helfen?", wandte sie sich drei Minuten später an mich.

Diese drei Minuten hatten gereicht, um mich einigermaßen zu fangen. Zwar stotternd, aber zumindest in logisch aufgebauten Sätzen, brachte ich mein Anliegen vor.

Leider, leider, sie wirkte ehrlich betroffen, sie seien für den nächsten Monat komplett ausgebucht, sie könne mir erst für Anfang März einen Termin geben. Wenn mir das reichen würde?

Halb und halb hatte ich damit gerechnet, dass sie mich rundweg ablehnen würde. Daher überlegte ich wirklich einen Moment, ob ich nicht vielleicht so lange warten konnte. Gab es überhaupt Anwälte, die nicht ausgebucht waren? Und wenn doch, war das dann nicht eher ein schlechtes Zeichen?

Mit einer halbherzigen Versicherung, dass ich mich morgen noch einmal melden würde, verließ ich den Raum und trat zurück auf die Straße. Es war erst früher Nachmittag, ich wollte es zumindest bei den nächsten zwei Kanzleien versuchen, bevor ich mich entschied.

Die nächsten Räume, die ich betrat, zeigten mir mit ihrem teuren, gepflegten Ambiente im Vorhinein, dass ich hier falsch war. Trotzdem wagte ich es, um einen Termin zu bitten. Wie erwartet, hatte keiner der Partner, es handelte sich um die größte Sozietät vor Ort, in den nächsten Monaten freie Kapazitäten.

Blieb mir noch die dritte Kanzlei. Voller Hoffnung marschierte ich weiter. Es war eigentlich ein schöner, windstiller Tag mit Temperaturen um die null Grad. Dementsprechend war ich auch angezogen: gefütterte Winterjacke, Jeans und Stiefel. Ich schritt rasch aus, die Bewegung hielt mich warm. Trotzdem fühlte ich mich völlig durchfroren, als ich die nächste Adresse erreichte. In dem Schaufenster einer Bäckerei, die direkt neben dem Eingang des Anwaltsbüros lag, musterte ich mich in der spiegelnden Fensterscheibe. Meine Haare waren durch die Kapuze, die ich auf halbem Weg aufgesetzt hatte, völlig zerdrückt, die Nase glänzte in einem kräftigen Rot in meinem ansonsten blassen Gesicht, der Anorak ließ mich wesentlich dicker erscheinen, als ich war. Alles in allem bot ich keine besonders eindrucksvolle Figur.

Wieder wurde mir mit wenigen Worten bedeutet, dass sich keine Möglichkeit eines schnellen Termins ergab. Hier betrug die Wartezeit sogar acht Wochen. Bei allen drei Gesprächen war es ähnlich gelaufen, erst nickte die Dame an der Anmeldung mitfühlend, wenn ich von der Trennung und den ausbleibenden Unterhaltszahlungen erzählte, sobald ich erwähnte, dass ich bei der Agentur für Arbeit gewesen sei und diese mir empfohlen hätten, einen Anwalt zu nehmen und damit das Wort Armenrecht im Raum stand, wurde bedauernd abgewunken. War ich durch diese Tatsache ein Mensch zweiter Klasse geworden, lag es an meiner mangelnden Durchsetzungskraft oder gab es mehr Streitfälle, als ich mir vorstellen konnte?

12

Mittlerweile war es fast fünf. Würde sich ein weiterer Versuch heute noch lohnen? Ich sah in meiner Adressenliste nach. Der nächste Anwalt war von hier aus nur zehn Straßen entfernt. Wenn ich Glück hatte, war die Kanzlei noch geöffnet. Und für die Rückfahrt könnte ich mir vielleicht eine Busfahrt leisten. Besser jedenfalls, als morgen noch einmal den weiten Weg zu machen.

Gerade hatte ich die Tür erreicht, da trat ein großer, gepflegt wirkender Mann mit einer Aktentasche heraus. Ich konnte einem Zusammenprall nur durch einen schnellen Schritt zurück entgehen. Ein leiser Laut der Enttäuschung entschlüpfte mir, ich war definitiv zu spät. Bevor ich mich abwenden konnte, sprach er mich an. „Wollten Sie zu mir? Entschuldigen Sie, ich habe Ihren Namen leider vergessen."

Erstaunt musterte ich ihn genauer. Ja, irgendwoher kannte ich ihn, hatte ihn mindestens einmal gesehen, nein, bei dieser Gelegenheit auch mit ihm gesprochen. Nur, wann und wo war das gewesen?

„Rehbach, ich bin der Schwiegersohn von Frau Fischer. Wir haben uns bei ihrer Beerdigung kennengelernt. Sie haben sich immer so rührend um sie gekümmert. Meine Frau ist Ihnen noch heute dankbar für Ihre Hilfe."

Richtig, die alte Frau Fischer im Haus gegenüber. Die Tochter war berufstätig und hatte wenig Zeit. Da war es für mich selbstverständlich gewesen, meine Hilfe anzubieten. Bald hatte sich daraus eine tägliche Verpflichtung ergeben und im Jahr, bevor sie starb, war ich bis auf die Wochenenden zweimal am Tag für je eine Stunde zu ihr gegangen, hatte sie zum Arzt gebracht und war mit ihr einkaufen gefahren, hatte ihr Essen gekocht und das Nötigste in der Wohnung erledigt. Frau Rehbach hatte mir für den Notfall sogar ihre Telefonnummer gegeben, die ich dann jedoch nie benötigte. Ihre Mutter war bei einem Routineeingriff gestorben, sie hatte auf dem Operationstisch einen Herzstillstand erlitten.

„Das ist schon lange her", wehrte ich verlegen ab.

„Wollten Sie zu mir?", fragte er, als ich keine Anstalten machte weiterzusprechen.

„Ja, das heißt nein, eigentlich ist es wohl viel zu spät. Ich …"

„Unsinn", er drehte sich bereits um und zückte seinen Schlüssel. „Meine Frau würde mich umbringen, wenn sie erführe, dass ich Sie habe gehen lassen." Er hielt mir galant die Tür auf.

Ich folgte ihm in einen behaglich eingerichteten Warteraum mit einer relativ kleinen Anmeldung. Von diesem gingen drei weitere Türen ab. Herr Rehbach steuerte bereits auf die ganz linke Tür zu, trat ein und machte Licht. „Kommen Sie, nehmen Sie schon einmal Platz, ich will eben noch die Heizung wieder hochdrehen."

Nach den Temperaturen draußen kam es mir wohlig warm vor. Aufatmend ließ ich mich in den bequem aussehenden Besucherstuhl fallen. Während er seinen Mantel auszog und noch einmal kurz den Raum verließ, sah ich mich um. Das Zimmer war nicht sonderlich groß und mit bis an die Decke reichenden Regalen, die mit Büchern, Karteikästen und allerlei Krimskrams gefüllt waren, zugestellt. Der verbleibende Platz reichte gerade noch für den Schreibtisch und die drei Stühle, zwei für die Mandanten und ein großer Ledersessel, der allerdings schon ziemlich verschlissen wirkte, für ihn selbst.

Der köstliche Geruch von Kaffee zog in meine Nase und da tauchte der Anwalt mit einem kleinen Tablett auf. „Es ist leider nur aufgewärmter", entschuldigte er sich, während ich bereits gierig nach der gefüllten Tasse griff. „Zucker, Milch?"

„Nein, ich nehme ihn schwarz." Ohne darauf zu warten, dass er sich setzte, nahm ich den ersten Schluck. Seine Sekretärin schien den gleichen Geschmack wie ich zu haben. Er war aromatisch und ziemlich stark, genau wie der, den ich zu machen pflegte.

„Nun, wie kann ich Ihnen helfen?" Herr Rehbach hatte mittlerweile ebenfalls Platz genommen und seine Tasse vor sich abgestellt.

„Ich weiß gar nicht, ob Sie das noch wollen, wenn ich Ihnen erzählt habe, dass ich völlig mittellos bin", platzte ich heraus. Besser eine schnelle Abfuhr, als dass ich mir unverdiente Hoffnung machte.

„Dafür gibt es die Kostenbeihilfe des Staates", er sah mich ungerührt an. „Am besten berichten Sie mir alles, was Sie für erwähnenswert halten. Ich habe Zeit", fügte er hinzu, als er meinen skeptischen Blick bemerkte, „beziehungsweise ich nehme sie mir für Sie gerne."

„Ihre Schwiegermutter hat mich für meine Hilfe bezahlt", protestierte ich schwach.

„Aber nicht für Ihre gleichbleibende Freundlichkeit und Fürsorge. Das ist in unserer heutigen Zeit schon etwas Besonderes."

Ich zierte mich nicht länger und begann zu erzählen.

Herr Rehbach unterbrach mich kein einziges Mal und machte sich auch keine Notizen. Daher erwartete ich fast, nachdem ich geendet hatte, dass er mir nun erklären würde, diesen Fall nicht übernehmen zu können. Umso erstaunter war ich, als er nun begann, mich mit Fragen zu bombardieren. Ob wir Gütergemeinschaft hatten, wollte er wissen, und an welchem Tag mir mein Mann gesagt hatte, dass er mich verlassen wolle und was seine genauen Worte gewesen seien. Das veranlasste mich dazu, ihm von dem Gespräch zu erzählen, dass Florian mit seinem Vater geführt hatte.

Herr Rehbach, der vorher sichtlich entspannt in seinem Stuhl gesessen hatte, richtete sich kerzengerade auf. Ob mir sein Verhalten vorher schon merkwürdig vorgekommen sei, wann wir das letzte Mal mit Freunden ausgegangen waren, ob wir oft Besuch gehabt hätten, wie wir das mit dem Einkaufen und Kochen gehandhabt hatten. Seine Fragen prasselten nur so auf mich ein.

Ich beantwortete alle wahrheitsgemäß, nur als er wissen wollte, wann wir zum letzten Mal miteinander geschlafen hatten - wortwörtlich sagte er ehelicher Beischlaf – wurde ich rot und verstummte. Das ging ihn nun wirklich nichts an.

„Frau Kilian, ich würde nicht fragen, wenn es nicht wichtig wäre. Ich vermute, Ihr Mann will darauf hinaus, dass seine Trennung von Ihnen schon vor längerer Zeit, wahrscheinlich wird er angeben, vor ungefähr einem Jahr, stattgefunden hat, deshalb muss ich das alles wissen."

„Aber das stimmt doch gar nicht!", rief ich völlig verdutzt. „Bis er mir von seiner Trennungsabsicht am Telefon erzählte, wusste ich von nichts."

„Das müssen Sie auch nicht", erklärte er völlig gelassen, „es reicht, wenn er innerlich die Trennung vollzieht, er muss es Ihnen nicht sagen."

„Das ist ja wohl das Letzte", fuhr ich auf. „Heißt das, er muss nur behaupten, er habe sich bereits vor einem Jahr von mir getrennt und kommt damit durch?"

„Ganz so einfach ist es nicht. Er muss schon beweisen können, dass sie beide zuletzt getrennt von Tisch und Bett gelebt haben."

„Aber das stimmt doch nicht!"

„Gut, haben Sie Zeugen?" Und als ich ihn verständnislos ansah. „Darauf zielten meine Fragen ab. Wenn andere Menschen mitbekommen haben, dass sie zusammen einkaufen gegangen sind, gemeinsam Partys besucht und Freunde zu sich eingeladen haben, wenn also irgendjemand bestätigen kann, dass sie bis zur Trennung wie ein ganz normales Ehepaar zusammenlebten, kommt er damit nicht durch."

Ich war immer noch wie betäubt. „Können Sie mir das Ganze noch einmal von vorn erklären? Irgendwie verstehe ich immer noch nicht, was Martin vorhat."

„Den Worten nach, die er zu ihrem Sohn gesagt hat, will er wohl versuchen zu behaupten, dass das Trennungsjahr bereits abgelaufen war, als er auszog. Damit, so hofft er wohl, bräuchte er Ihnen keinen Unterhalt mehr zu zahlen."

„Aber warum hat er dann versucht, mich zu einer sofortigen Scheidung zu überreden?"

„Weil das natürlich für ihn die beste Lösung gewesen wäre. Hätten Sie zugestimmt, wäre das Verfahren schnell und einfach erledigt gewesen und er damit frei von sämtlichen Verpflichtungen Ihnen gegenüber. Durch Ihre Weigerung müsste er nun ein weiteres Jahr für Sie aufkommen. Das wiederum erscheint ihm aus irgendeinem Grund als unzumutbar, weshalb er auf die Idee mit dem bereits abgelaufenen Trennungsjahr gekommen ist. Nur ist das nicht so einfach, wie er denkt. Er muss zumindest Beweise beibringen, die diese Behauptung stützen."

„Ha! Das wird ihm nicht gelingen." Ich lachte bitter. „Unsere Ehe mag nicht die beste gewesen sein und anscheinend trug er sich ja wirklich schon länger mit dem Gedanken, mich zu verlassen. Aber er hat bis zuletzt die Annehmlichkeiten genossen, die das Zusammenleben mit mir mit sich brachten. Zeugen dafür kann ich bringen. Weihnachten zum Beispiel ist unser Sohn Florian mit seiner Freundin da gewesen. Er weiß, dass ich Martin, der fast die ganze Zeit krank im Bett lag, umsorgt habe und ich ebenfalls im Schlafzimmer schlief. Und Silvester waren mein Mann und ich gemeinsam auf einer Party bei seinen Freunden. Und …", ich dachte angestrengt nach. Waren wir wirklich zuletzt nicht mehr gemeinsam einkaufen gefahren, hatte er keinen seiner Bekannten zu uns eingeladen, waren wir nicht einmal mehr zusammen aus gewesen?

„Das war's wohl schon, was ich zu bieten hätte", sagte ich etwas kleinlaut. „Anscheinend hat Martin wirklich versucht, sich außerhalb des Hauses nicht mehr mit mir blicken zu lassen. Und was sich in unseren eigenen vier Wänden abspielte – ich habe natürlich nach wie vor den gesamten Haushalt geführt - da steht dann Aussage gegen Aussage. Ich kann Ihnen nur immer wieder versichern, dass wir weiterhin völlig normal zusammengelebt haben – mit allem Drum und Dran." Ich wurde rot. „Wenn Sie verstehen, was ich meine."

„Immerhin haben Sie zwei gute Beispiele gefunden, an die wir uns halten können. Vielleicht fällt Ihnen bei längerer Überlegung noch mehr ein." Er lächelte mir aufmunternd zu. „Ich vermute, diese beiden Ereignisse waren nicht von ihm geplant?"

„Nein", jetzt fiel es mir wie Schuppen von den Augen, „Martin hatte unserem Sohn persönlich abgesagt, weil er sich zu krank für Besuch fühlte und auch nicht wollte, dass dieser sich ansteckt. Florians Kommen war für uns beide eine Überraschung. Mit der Party lief es ähnlich. Ich habe die Freundin unseres Gastgebers vier Tage vorher beim Einkaufen getroffen. Da sind wir auf die Feier zu sprechen gekommen. Ich weiß noch, wie sauer ich auf Martin war, dass er vergessen hatte, mich zu informieren. Ich bin überhaupt nicht auf die Idee gekommen, dass er mich absichtlich nicht dabeihaben wollte."

„Wie reagierte er, als sie ihn darauf ansprachen?"

„Zuerst behauptete er, dass die Männer allein unter sich feiern wollten und nur die Freundin des Gastgebers anwesend wäre und das auch nur gezwungenermaßen. Da ich mir das nicht vorstellen konnte, drohte ich, bei den anderen Frauen nachzufragen. Das gab ihm den Anlass, einen Streit anzetteln zu können, in dessen Verlauf er sich schlichtweg weigerte, mich mitzunehmen. Erst zwei Tage später gab er sich ziemlich mürrisch geschlagen. Auf der Party war er kaum an meiner Seite, die meiste Zeit hat er mit seinen Freunden zusammengesessen, das entspricht aber eher dem Verlauf jeder unserer Feiern und ist daher nichts Besonderes. Allerdings", ich hielt kurz inne und merkte, wie sich die Röte brennend über mein Gesicht ergoss. „Er hatte ziemlich viel getrunken und ich war auch nicht mehr ganz nüchtern. Deshalb haben wir uns für die Rückfahrt ein Taxi genommen. Kaum dass wir losgefahren fahren, wurde er anhänglich, nahm mich in den Arm und murmelte, dass die letzten Jahre so schlimm nun doch nicht gewesen wären. Er wollte dann tatsächlich im Wagen anfangen zu fummeln und ich bin zuletzt ziemlich laut geworden, um das zu unterbinden."

„Gut, sehr gut", Herr Rehbach nickte zufrieden. „Den Taxifahrer werde ich ausfindig machen. Wie ging es weiter?"

„Wir hatten zuhause ehelichen Beischlaf", flüsterte ich auf meine Hände hinunter. „Vielleicht war er deshalb am nächsten Morgen besonders unausstehlich."

„Ich denke, das hat er seinem Anwalt unterschlagen", mein Gegenüber stülpte nachdenklich seine Unterlippe vor. „Oder sie rechnen damit, dass wir diesen Ausrutscher nicht werden beweisen können. Brauchen wir auch definitiv nicht", er strahlte mich an. „Ihr Sohn wird in Ihrem Sinne aussagen und wie gesagt, bei nur drei Taxiunternehmen in der Stadt werde ich den Fahrer relativ leicht finden."

„Sie meinen also, ich sollte nicht nachgeben?"

„Junge Frau", beinahe hätte ich gelacht, er war bestimmt nicht mehr als zehn Jahre älter als ich, „natürlich werden wir für Ihr Recht kämpfen. Sie sind seit fast fünfundzwanzig Jahren verheiratet, da kann er Sie nicht von heute auf morgen mit nichts in der Hand zurücklassen. Außerdem, so wie ich Sie verstehe, hat sich sein Verhalten erst in den letzten Monaten geändert. Da zu beweisen, dass das Trennungsjahr bereits gelaufen ist, wird meines Erachtens nach unmöglich für ihn sein."

„Und dann hat er mir empfohlen, eine genaue Liste zu machen und alle Details aufzuschreiben, an die ich mich noch erinnern kann", berichtete ich meiner Schwester, die, kaum dass ich wieder zu Hause angekommen war, angerufen hatte. „Wann wir zusammen Essen waren zum Beispiel, wann wir im letzten Jahr gemeinsam auf Partys gegangen sind, wie oft er mich zum Einkaufen begleitet hat und so weiter. Dazu soll ich eine genaue Liste der Gegenstände und ihres ungefähren Wertes erstellen, die Martin mitgenommen hat. Er sagt, dass alles zur Hälfte mir gehört und unser gemeinsames Vermögen genau geteilt werden müsse."

„Das ist nur recht und billig", erwiderte Ute prompt. „Meiner Meinung nach hast du von Anfang an mehr zu dieser Ehe beigetragen als er."

„Ich weiß nicht, irgendwie komme ich mir wie ein Dieb vor, immerhin hat er die ganze Zeit gearbeitet."

„Heike, ich bitte dich! Du hattest die Kinder, das Haus und den Garten, Helene und deine ganzen Nebenjobs. Rechne einmal deine Arbeitsstunden gegen seine auf!"

„Na ja, anfangs hat Helene mir geholfen statt umgekehrt", verteidigte ich Martin schwach. „Wie oft sind die Kinder bei ihr geblieben, wenn ich einkaufen gefahren bin und meist ist sie nachmittags auf ein, zwei Stunden runtergekommen und hat sich gemeinsam mit mir um sie gekümmert."

„Du hast ihr eben Familienanschluss gegeben. Meinst du nicht, dass sie sich darüber eher gefreut hat?", konterte meine Schwester. „Und die letzten Jahre mit ihr waren nun wirklich kein Zuckerschlecken. Du hast ihr alles doppelt und dreifach zurückgegeben."

„Das war der Punkt, warum wir so wenig Miete zahlen mussten", erinnerte ich sie.

„Siehst du, damit hast du jahrelang zu eurem Einkommen beigetragen", triumphierte Ute. „Schreib das gleich für deinen Anwalt auf!"

Sie hatte mir damit das Stichwort gegeben, dieses Gespräch beenden zu können. Mit der Versicherung mich sofort hinzusetzen und mit der Liste zu beginnen, legte ich auf. Stattdessen setzte ich mich jedoch in die Küche und kochte mir einen heißen Tee, dem ich einen großen Schluck Rum beimischte.

Mir war bei der ganzen Sache nicht wohl. Obwohl es immer noch wehtat, akzeptierte ich langsam, dass Martin sein Leben von meinem lösen wollte. Natürlich gefiel mir die Art und Weise, wie er vorging, nicht, trotzdem wollte ich ihn nicht ausnehmen. Mir würde es schon reichen, wenn er mich die ersten Monate unterstütze, bis es mir gelungen war, auf eigenen Beinen zu stehen. Unsere Ehe, die Jahre mit ihm – ich hatte so viele positive Erinnerungen daran. Sollte ich diese tatsächlich mit unschönen Geldstreitereien belasten? Immerhin war Martin lange Zeit mit mir durch dick und dünn gegangen. Gemeinsam hatten wir die anfänglichen Durststrecken gemeistert und es waren hauptsächlich seine Träume, die durch die Geburt unseres Sohnes platzten. Mit dem Motorrad quer durch Amerika hatte er nach dem Studium fahren, danach das vorteilhafteste Angebot, woher auch immer es kam, annehmen wollen, um genug Geld zu verdienen, dass er sich all die Urlaube in ferne Länder leisten konnte, die ihm vorschwebten.

Wie anders war dann alles gekommen.

13

Laute Stimmen wecken mich aus einem traumlosen Schlaf. Es ist bereits hell im Zimmer, ein Blick auf meine Armbanduhr verrät mir, dass es schon zehn vorbei ist. Mist! Warum hat mich denn keiner geweckt? Mit einem Satz springe ich aus dem Bett und klaube meine Sachen vom Boden. Dieses sogenannte Ankleidezimmer ist ein Witz. Eigentlich ist es ein schmaler, langer Raum, deren eine Wand mit einem riesigen, bis fast an die Decke reichenden Kleiderschrank zugebaut ist, der bis an das kleine Fenster an der Kopfseite vorragt. An der anderen Wand befinden sich normalerweise eine überbreite Kommode und ein überdimensionierter Schuhschrank, in dem locker achtzig Paar Schuhe Platz finden. Diese beiden Möbelstücke haben meine Söhne hinausgetragen, um Platz für das Bett zu schaffen. Statt einer Tür gibt es nur einen dunkelbraunen Vorhang, der zwar blickdicht ist, aber nicht die Geräusche von draußen schluckt. Daher kann ich hören, wie Florian mit jemandem unten in der Diele spricht. Es ist eine fremde Männerstimme, die ich noch nie gehört habe.

Bevor ich fertig angezogen bin, schiebt sich der Vorhang zur Seite und Thorben quetscht sich durch den schmalen Raum zwischen Bett und Schrank. „Pscht! Keinen Ton!", zischt er, als er dicht vor mir steht. „Bleib hier drin, bis ich dich rufe!"

Ich versuche ihn am Ärmel festzuhalten, aber er weicht schnell zurück und schüttelt nur den Kopf. Dann ist er wieder verschwunden.

Beunruhigt setzte ich mich auf das Bett. Was geht da unten vor sich? Mehr als leises Gemurmel ist nicht zu verstehen, mit Mühe kann ich erkennen, dass es nicht ein, sondern zwei Fremde sind, die mit meinem Sohn sprechen. Jetzt mischt sich eine weitere Stimme ein. Thorben hat sich zu ihnen gesellt. Er erinnert seinen Bruder daran, dass sie um elf bei Onkel Herbert sein müssen. Was Florian antwortet, höre ich nicht, doch geht das Gespräch unvermindert weiter.

Das ist wirklich zu blöde. Warum soll ich nicht einfach hinuntergehen und nachschauen, wer da gekommen ist? Mein Magen fängt an zu knurren, als mich der liebliche Duft frisch gefilterten Kaffees erreicht. Anscheinend haben meine Söhne das Frühstück schon zubereitet.

Ein leichtes Schaben und Kratzen unter dem Bett lässt mich hochfahren. Mit Mühe kann ich einen lauten Ausruf unterdrücken. Ich weiche bis an den Vorhang zurück und lasse dabei den Blick nicht vom Herd der Geräusche los.

Topsys pelziges Gesicht blickt mir entgegen. Wieder muss ich mich zusammenreißen, still zu bleiben. Dieses Mal muss ich ein erleichtertes Lachen unterdrücken. Und ich dachte schon, hier gäbe es Ratten oder Mäuse.

Mit einem eleganten Satz springt die Katze auf das Bett und fängt an sich zu putzen. Ich hatte sie längst im Haus unterwegs vermutet. Bei uns daheim schläft sie immer am Fußende und lässt sich gern direkt nach dem Aufwachen streicheln. Als ich sie heute Morgen nicht entdecken konnte, hatte ich angenommen, sie wäre bereits hinunter in die Küche gelaufen. Sie hat nämlich ständig Hunger und lässt keine Möglichkeit aus, sich zusätzliche Nahrungsquellen zu erschließen.

Lauter werdende Stimmen lenken meine Aufmerksamkeit zurück in die Diele. Es hört sich tatsächlich so an, als würden die Fremden sich verabschieden. Trotzdem warte ich, auch nachdem ich die Haustür habe klappen hören, ab. Thorben ist eben richtig aufgeregt gewesen, besser, ich halte mich an seine Anordnung.

Schritte stapfen die Treppe hinauf und ich setze mich neben Topsy auf das Bett. Der Vorhang wird zur Seite geschoben und Thorben blickt erleichtert lächelnd auf mich herab. In dem Moment klingelt es unten. Mit einem Ruck zieht er die Stoffbahnen wieder zu und läuft zurück.

Langsam wird es mir zu bunt. Wenn das so weiter geht, bekomme ich nie mein Frühstück. Entschlossen springe ich auf und mache mich auf den Weg. Noch bevor ich die Treppe erreicht habe, höre ich, wie unten die Haustür erneut ins Schloss fällt. Vielleicht war das nur der Briefträger.

Thorben kommt mir auf halber Treppe entgegen. „Warte noch einen Moment", flüstert er leise und lauscht mit schräg gelegtem Kopf.

„Sie sind weg", vermeldet Florian aus dem Wohnzimmer. „Sie sind gerade abgefahren."

„Wer?", will ich ungeduldig wissen.

„Die Polizei", erwidern beide gleichzeitig und blicken mich an, als wüsste ich nun genau Bescheid.

Das Gegenteil ist der Fall. Ich werde immer verwirrter. „Und wieso sollte ich mich da nicht blicken lassen?"

Thorben sieht zu Boden und bleibt stumm. Auch Florian zögert mit der Antwort. Langsam wird es mir wirklich zu bunt. „Was wollten die? Nun sagt schon!"

„Sie wollten dich sprechen."

„Und? Warum habt ihr mich nicht gerufen?"

„Komm erst mal mit in die Küche, das Frühstück ist fertig." Florian nimmt mich am Arm und zieht mich hinter sich her. Der Tisch ist gedeckt, sogar Brötchen liegen in dem kleinen Bastkorb. Thorben eilt geschäftig zur Spüle und holt die Kaffeekanne, gießt ein, bringt die vergessene Milch und setzt sich endlich. Unbehaglich blickt er von mir zu seinem Bruder.

„Es ist alles sehr merkwürdig", beginnt Florian zögernd. „Ich habe das Gefühl, die verdächtigen dich."

„Was, mich?" Mir bleibt prompt der erste Bissen im Hals stecken.

„Ich habe keine Ahnung, wie sie darauf kommen", beteuert Florian. „Tatsache ist, die beiden Beamten wussten, dass du für ein paar Tage weggefahren bist. Angeblich haben sich neue Fragen ergeben und sie müssten dich dringend sprechen."

„Ich verstehe immer noch nicht", stirnrunzelnd blicke ich von einem zum anderen. Sie glauben doch wohl etwa nicht auch …

„Ich habe nichts mit dem Tod eures Vaters zu tun", sage ich mit fester Stimme. „Ich bin ihm das letzte Mal bei unserem Scheidungstermin begegnet."

„Einer seiner Freunde sagt, ihr hättet euch gerade erst getroffen, um irgendwelche Dinge auszutauschen. Zumindest erzählte ihm Papa das", Florian kann mir bei diesen Worten nicht in die Augen blicken.

„Ja, wir hatten eine Verabredung getroffen, für den Samstag, an dem er gestorben ist. Aber dann musste ich das Wochenende arbeiten und wir verschoben das Treffen auf Sonntagabend. Ich hatte mich in der Stadt mit ihm verabredet und war ziemlich sauer, als er nicht auftauchte.".

„Ich dachte, du wärest mit einer Freundin unterwegs gewesen." Florian ist sichtlich irritiert.

„Das habe ich nur gesagt, weil ich Angst hatte, du würdest die Situation missverstehen", verteidige ich mich. „Es sollte nur ein Versuch sein, unsere finanziellen Angelegenheiten gütlich zu regeln." Ich seufze innerlich. Jetzt muss ich ihnen den Diebstahl gestehen. „Als ich die Schränke ausgeräumt habe, ist mir seine Lieblingsuhr in die Hände gefallen", beschönige ich das Ganze, „und ich habe sie, statt sie ihm zu geben, mitgenommen. Sie war mein Pfand, versteht ihr?"

Jetzt ist es an ihnen, mich völlig verständnislos zu mustern.

„Euer Vater hat damals, kurz nachdem er ausgezogen ist, sämtliche Wertgegenstände aus unserer Wohnung geholt. Nur die Uhr vergaß er.

Ich habe sie an mich genommen, weil …" Ich suche nach Worten. „Er war absolut unfair zu mir", beginne ich noch einmal. „Das wisst ihr genauso gut wie ich. Da habe ich eben nicht eingesehen, ihm das letzte unserer Wertgegenstände auch noch freiwillig zu überlassen. Jawohl unserer", ich funkele sie an. „Mein Anwalt sagt, alles, was in der Zeit unserer Ehe angeschafft wurde, ist unser gemeinsames Eigentum."

„So hattest du ein Druckmittel", nickt Thorben.

Meint er das ernst? Können die beiden wirklich verstehen, was Martin mir angetan hat? „Ich wollte sie ihm irgendwann zurückgeben, ich hatte nie vor, sie für mich zu behalten oder zu verkaufen", beteuere ich.

„Also habt ihr euch nicht getroffen", vergewissert sich Florian.

„Nein, wir haben am Freitag miteinander telefoniert." Eine Erinnerung durchzuckt mich. „Zuerst war seine Sekretärin am Apparat, er hatte wohl Angst, dass ich gleich auflege, wenn ich seine Stimme höre."

„Trotzdem muss er in letzter Zeit irgendetwas von dir bekommen haben", beharrt mein Sohn, „etwas, wo deine Fingerabdrücke drauf sind."

„Was? Wieso?"

„Überleg doch mal", er beugt sich über den Tisch. „Papa ist vergiftet worden. Wir alle mussten unsere Fingerabdrücke abgeben. Was liegt da näher, als zu vermuten, dass sein Mörder diese zurückgelassen hat."

Langsam beginne ich zu begreifen. „Du meinst, weil die Polizei gestern bei mir war und dann heute hier aufgetaucht ist, verdächtigen sie mich? Aber ich habe nichts damit zu tun!"

„Zumindest bist du die Einzige, die sie unbedingt näher befragen wollen. Ja, ich denke, du stehst unter Verdacht."

Das ist ein Hammer! Was soll ich jetzt bloß machen?

„Ich habe den Beamten gesagt, ich hätte dich zum Bahnhof gebracht und anschließend die Katzen abgeholt, um sie mit hierhin zu nehmen. Du wolltest eine Freundin besuchen, den Namen wüsste ich leider nicht. Aber du hättest versprochen, dich bei uns zu melden. Außerdem habe ich ihnen deine Handynummer gegeben, allerdings erst, nachdem Thorben das Gerät ausgeschaltet hat." Er grinst mich an. „Zum Glück hattest du deine Handtasche unten im Wohnzimmer stehen lassen."

Ich bin fix und fertig. Das kann alles nicht stimmen!

„Ich habe euren Vater seit seinem Auszug nicht mehr getroffen", wiederhole ich. „Post hat er, seitdem ich hier wohne, auch nicht mehr von mir geschickt bekommen und natürlich auch kein Päckchen." Ich blicke sie nacheinander fest an. „Mal ganz davon abgesehen, dass ich trotz allem, was er mir angetan hat, nie auch nur mit dem Gedanken gespielt habe, mich zu rächen, geschweige denn ihn zu töten. Und mittlerweile hatte ich mich längst mit der Situation abgefunden, von meiner Seite gab es keine Wut- und Hassgefühle mehr."

Beide nicken, ohne zu zögern.

„Wir glauben dir, aber die Polizisten kennen dich nun mal nicht so gut wie wir", Thorben lächelt mich kläglich an.

Einen letzten Schluck Kaffee genehmige ich mir, dann stehe ich entschlossen auf. „Ich werde gleich zur Wache fahren und diesen Verdacht ausräumen. Ich habe nichts mit Martins Tod zu tun. Das muss ein Missverständnis sein."

„Nein!" Beide Jungen springen auf. Thorben stellt sich in den Durchgang zur Diele und Florian hält meinen Arm fest. „Lass uns abwarten, was Onkel Herbert zu der ganzen Geschichte meint", sagt mein Sohn mit Nachdruck. „Er wird wissen, wie wir uns am Besten verhalten sollen."

„Außerdem können wir heute Nachmittag Christine befragen", stößt Thorben in dasselbe Horn. „Vielleicht bekommen wir sogar raus, wie und womit Papa vergiftet wurde."

„Das ist lächerlich", ich bin nicht überzeugt. „Und überhaupt weiß Tante Ute ebenfalls, dass ich zu euch wollte."

„Ich werde sie auf dem Weg anrufen und ihr das Gleiche erzählen, was ich der Polizei gesagt habe, du hättest dich wohl im letzten Moment umentschieden."

„Ich weiß nicht", irgendwie behagt mir dieses Vorgehen nicht. „Ich bin schließlich unschuldig. Was kann mir da schon passieren?"

„Bitte, Mama!" Zu meinem grenzenlosen Erstaunen nimmt Florian mich in den Arm und drückt mich ganz fest. „Thorben und ich wissen das. Tu bitte trotzdem, was wir für das Beste halten."

Es ist fast elf, sie müssen los, wenn sie nicht zu spät kommen wollen. Ich gebe mich geschlagen und verspreche, bis zu ihrer Rückkehr zu warten, nicht ans Telefon und an die Haustür zu gehen und mich draußen nicht blicken zu lassen. Werde ich also hier in der Wohnung anfangen.

Kaum sind sie weg, setzte ich mich vor die Akten im Wohnzimmer.

Ganz so schlimm, wie erwartet, ist es nicht. Mit einem Blick sehe ich, dass es sich bei den oben liegenden Papieren um die Erstverträge einer Krankenversicherung handelt, meine Schwiegereltern waren privat versichert. Die jedes Jahr anfallende Rechnung ist ordentlich davor geheftet. Der nächste und der übernächste Ordner enthalten sämtliche

Änderungen und Zusatzverträge, die ihnen jemals zugeschickt worden sind.

Ich stapele sie an der Wand. Sie können allesamt in den Reißwolf. Genauso ist es mit den folgenden Akten. Ich arbeite mich durch ihre sämtlichen jemals abgeschlossenen Versicherungen: Hausrat, Haftpflicht, Leben, Unfall, Auto eins, zwei drei und vier – meine Schwiegereltern haben die gesamte Korrespondenz aufgehoben. Danach folgen Ordner mit sämtlichen Rechnungen ihrer privaten Anschaffungen, selbst die Formulare eines im Jahre 1965 abgewickelten Unfalls finden sich.

Trotzdem komme ich alles in allem schnell voran und habe innerhalb von drei Stunden alle Unterlagen durchgearbeitet.

Da ich zum Frühstück nur ein halbes Brötchen herunterbekommen habe, gehe ich zurück in die Küche und gönne mir zwei Hälften dick belegt mit Schinken. Dazu wärme ich mir eine Tasse Kaffee in der Mikrowelle auf. Topsy streicht mir schnurrend um die Beine und ich nehme sie hoch und setze sie auf meinen Schoß. Sie rollt sich zu einer kleinen Kugel zusammen und genießt mein Streicheln. Nur gut, dass sie mittlerweile so auf mich fixiert ist. Die neue Umgebung scheint ihr völlig egal zu sein.

Da fällt mir auf, dass ich Mirko heute noch gar nicht zu Gesicht bekommen habe. Wahrscheinlich haben ihn die Jungen gleich morgens hinausgelassen und er genießt seine wiedergewonnene Freiheit. Hoffentlich steht er nicht jeden Moment vor der Tür und verlangt mauzend hereingelassen zu werden. Ach was soll's. Dann locke ich ihn eben nach hinten zur Terrassentür, da kann mich keiner sehen.

Wo bloß die Jungen bleiben? Hat Onkel Herbert sie vielleicht noch zum Mittagessen eingeladen? Was muss er denn alles mit ihnen besprechen?

Ich ertappe mich dabei, wie meine Gedanken abzuschweifen beginnen. Die Erinnerungen haben mich schon wieder eingeholt, hier in diesem Haus, in dem Martin so viele Jahre seines Lebens verbracht hat. Wie war das noch gewesen? Ach ja, ich war gerade vom Anwalt zurückgekommen und hatte mich erst einmal aufgewärmt.

Schon bin ich wieder in die Vergangenheit eingetaucht.

14

Ich goss mir eine zweite Tasse Tee ein und gab wieder einen tüchtigen Schuss Rum dazu. Das Frösteln, das mich auf dem Heimweg erneut befallen hatte, ließ endlich nach und ich begann, mich zu entspannen. Aufseufzend lehnte ich mich zurück und erlaubte meinen Gedanken an den Anfang, den Beginn unserer Freundschaft zu wandern.

Ich war im fünften Semester, als ich Martin auf einer Party meiner Kommilitonen kennenlernte. Sein Cousin hatte ihn mitgebracht, ein Typ, mit dem ich bisher kaum mehr als zwanzig Worte gewechselt hatte. Zufällig unterhielt ich mich gerade mit Bettina, der Freundin seines Freundes, deshalb steuerte er mit Martin im Schlepptau auf uns zu. Mir nickte er nur kurz zu, unterbrach mich mitten im Satz und verwickelte Bettina in ein Gespräch.

Martin und ich standen stumm daneben. Schließlich nahm er mich einfach an der Hand und zog mich weg. Wir verstanden uns auf Anhieb, waren binnen zwei Wochen ein Paar und es dauerte keine drei Monate, da war er aus dem Studentenwohnheim in mein Appartement gezogen.

Martin hatte erst seine Bundeswehrzeit abgeleistet und war daher im ersten Semester. Er studierte Betriebswirtschaft, ich Biochemie. Das waren aber auch die einzigen Unterschiede, sonst ergänzten wir uns geradezu perfekt. Beide liebten wir es auszuschlafen und den Tag gemächlich zu beginnen. Wir mochten dieselbe Musik und lasen die gleichen Bücher, beide nahmen wir es mit dem Haushalt nicht so genau und gingen lieber mit unseren Freunden aus, um nächtelang zu tanzen und zu diskutieren.

Klar, dass das Studium darunter litt. Wir schafften es jeweils nur mit Ach und Krach, die jeweiligen Scheine zu bekommen. Doch das störte uns nicht sonderlich, schließlich hatten wir beide unser Ziel vor Augen und wussten genau, was wir erreichen wollten und dass wir irgendwann einmal auf eigenen Füßen stehen mussten. Nur hatten wir es beide nicht sehr eilig auf diesem Weg.

Das änderte sich schlagartig, als ich zwei Jahre später schwanger wurde. Eigentlich war ich nur zum Arzt gegangen, weil ich mich ständig unwohl, abgeschlagen und müde fühlte. An eine Schwangerschaft dachte ich überhaupt nicht. Umso entsetzter war ich, als ich ein paar Tage später das erste Ultraschallbild in den Händen hielt. Mein Internist hatte mich nach einer flüchtigen Untersuchung trotz meines Protestes – ich nahm schließlich die Pille - gleich an einen Frauenarzt überwiesen, der relativ schnell diesen Verdacht bestätigte. Ich war bereits Mitte des vierten Monats. Die Pille, die ich fleißig weiter genommen hatte, war schuld an den leichten Blutungen, die ich bis zuletzt gehabt hatte.

Ich war von dieser Nachricht völlig erschlagen. Später, irgendwann nach meinem Studium hatte ich natürlich Kinder haben wollen, aber doch nicht jetzt! Martin sah die Sache gelassener. Wir waren schließlich selbst schuld. Wenn man einen Magen-, Darmvirus gehabt hatte, sollte man bis zur nächsten Periode zusätzlich verhüten, das war uns bewusst gewesen. Nur an der Umsetzung hatte es mehr als einmal gehapert.

„Wir schaffen das schon", meinte Martin tröstend, als ich völlig aufgelöst nach Hause kam. „Man kann auch mit Kind weiter studieren."

Vielleicht hätte es tatsächlich geklappt. Florian war ein ruhiges, zufriedenes Baby, das viel schlief und kaum schrie. Ich nahm also tatsächlich kurz nach seiner Geburt mein Studium wieder auf. Meist schlummerte er während der Vorlesungen, im Notfall fand sich immer der eine oder andere Kommilitone, der sich kurzfristig um ihn kümmern konnte. Ansonsten übernahm Martin ohne zu Klagen seine väterlichen Pflichten, damit ich mein Pensum schaffen konnte.

Leider, leider spielten unsere Hormone in dieser Zeit ebenfalls verrückt. Obwohl er jeden Tag das Ergebnis unserer Schludrigkeit vor Augen hatte, war Martin in den Dingen der Verhütung sehr nachlässig. Er benutzte die verhassten Kondome nur ungern und zog es vor aufzupassen, wie er immer sagte. Ich hatte von Anfang an meine Zweifel an der Zuverlässigkeit dieser Methode, doch als es deswegen zu unserem ersten, großen Streit kam, gab ich nach. Vierzehn Monate nach Florian kam Thorben zur Welt.

Natürlich war mir auch dieses Mal nicht rechtzeitig aufgefallen, dass ich schwanger sein könnte. Dass die Periode sich durchaus erst mehrere Monate nach einer Niederkunft wieder einstellte und die Tatsache, dass ich eigentlich eher abgenommen als zugenommen hatte – mein Gewicht war in der ersten Schwangerschaft extrem hochgeschnellt – erschwerte diese Feststellung für mich. Beschwerden hatte ich auch keine, weder Müdigkeit noch Übelkeit. Ich war eigentlich nur zum Gynäkologen gegangen, weil ich mit ihm über die Möglichkeit einer vernünftigen Verhütung, die ich kontrollieren konnte, sprechen wollte. Ha, ha! Wäre es einem anderen als mir passiert, hätte ich bestimmt schallend gelacht.

Dieses Mal schäumte Martin vor Wut, als ich mit dem Ergebnis vom Gynäkologen kam. Seltsamerweise kam nicht einmal die Rede darauf, dass er eigentlich die Schuld an allem trug und dass dadurch nicht nur seine Zukunft, sondern vor allem auch meine betroffen war. Mit zwei kleinen Kindern ein derart anspruchsvolles Studium zu schaffen, war Utopie. Nein, Martin sah nur sich und seine verlorenen Träume. Er stürzte in eine schwere Krise und verließ uns sogar für zwei Monate, um bei seiner Mutter unterzukriechen.

Ja, seine Mutter. Von Anfang an hatte ich das Gefühl gehabt, dass sie mich nicht mochte. Bei unseren gelegentlichen Besuchen nahm sie mich kaum wahr, sondern hatte nur Augen für ihren kostbaren Jungen. Ich weiß, dass sie ihn damals, nachdem wir uns entschlossen hatten, kurz vor Florians Geburt zu heiraten, vor diesem Schritt eindringlich warnte. Jetzt aber schien sie seltsamerweise auf meiner Seite zu stehen. Sie besorgte Martin kurzerhand einen Job und redete ihm gut zu, sodass er eines Tages plötzlich wieder auftauchte und mir freudestrahlend erklärte, er hätte nicht nur eine Arbeit, sondern auch eine entsprechend große Wohnung für uns gefunden.

Ich stand dem ganzen mit gemischten Gefühlen gegenüber. Einerseits freute ich mich riesig, dass er zu uns zurückgekehrt war – ich liebte ihn immer noch wie am ersten Tag - andererseits wollte ich nicht unbedingt in eine Kleinstadt ziehen, in der zusätzlich auch noch seine Mutter lebte. Außerdem hätte ich mich gefreut, wenn er mich nicht einfach vor vollendete Tatsachen gestellt hätte.

Zu diesem Zeitpunkt stand die Geburt von Thorben kurz bevor. Aber die Vermieterin wollte mich, bevor sie den Mietvertrag unterschrieb, unbedingt erst kennenlernen. Das hatte folgenden Grund. Sie überließ uns die Parterrewohnung mit Garten zu einem mehr als günstigen Preis, unter der Bedingung, dass wir, das hieß, in diesem Falle wohl ich, sie unterstützen würden, wenn sie altersbedingt nicht mehr in der Lage war, sich selbst zu versorgen. Ihr Sohn hatte eine gute Stellung in München und war allerhöchstens bereit, sie zu sich zu holen. Sie aber wollte so lange wie möglich ihre Selbstständigkeit behalten, was ich vollkommen verstehen konnte. Nur, was kam da auf mich zu?

Frau Marquardt, „nennen Sie mich bitte Helene", stellte sich als quicklebendige Sechzigerin heraus, die weit rüstiger war, als ich erwartet hatte. Wir verstanden uns auf Anhieb. Sie war begeistert von Florian und konnte hervorragend mit ihm umgehen, er liebte sie vom ersten Augenblick an. Auch das Arrangement, das wir trafen, war in meinen

Augen vernünftig und erfüllbar. Martin und ich würden uns um den Garten und das etwas heruntergekommene Zweifamilienhaus kümmern und anfallende Reparaturen, so weit es möglich war, selbst erledigen. Darüber hinaus sollte ich einspringen, wenn sie krankheitsbedingt nicht in der Lage sein sollte, sich um ihren Haushalt zu kümmern.

„Ich erwarte bestimmt keine Rundumpflege", hatte sie mir erklärt. „Wenn ich zu gebrechlich oder gar senil werde, gehe ich lieber in ein Altenheim. Ich möchte niemandem zur Last fallen."

Die Miete war mit fünfhundert Mark für eine Hundert-Quadratmeterwohnung mit großem, eingezäunten Garten selbst zu diesen Konditionen unverschämt günstig, mir gefiel die ruhige Seitenstraße, die trotzdem nicht zu weit vom Zentrum entfernt war, ich mochte Helene. Daher stimmte ich dem Ganzen zu und setzte meinen Namen neben Martins unter den Mietvertrag.

Ich habe es nie bereut. Statt mich um sie zu kümmern, war es Helene, die mir in den ersten, schwierigen Jahren beistand. Wir waren direkt nach Thorbens Geburt umgezogen, am nächsten Tag begann Martins erster Arbeitstag. Da stand ich nun zwischen den wenigen Möbeln, die wir unser eigen nannten, in einer unrenovierten Wohnung, mit einem Baby und einem Kleinkind und konnte allein sehen, wie ich uns ein wohnliches Heim herrichtete. Mein Mann war durch die ungewohnte Arbeit abends viel zu erschöpft, um mir zu helfen.

Ohne Helene wäre ich wahrscheinlich durchgedreht. Jeden Tag, außer an den Wochenenden, wenn Martin zu Hause war, kam sie direkt nach dem Frühstück herunter und half mir. Während ich Raum für Raum renovierte, spielte sie mit Florian, wiegte Thorben in den Schlaf und kochte unser Mittagessen. Meinen Dank wies sie entrüstet von sich. Sie würde sich viel lebendiger fühlen, seitdem wir da seien, erklärte sie mit leuchtenden Augen, und dass ich die Hilfe gebrauchen könnte, wäre nicht zu übersehen.

Ich wusste genau, worauf sie anspielte. Meine Schwiegermutter, obwohl jünger als Helene, hatte sich noch nicht einmal sehen lassen. Martin erledigte mit mir und den Kindern zusammen an den Samstagen die Einkäufe, da ich ohne Auto nicht zu den Supermärkten hätte gelangen können und wir, aufgrund der Schulden, die wir durch unseren Umzug und der Anschaffung einiger Möbel machen mussten, äußerst sparsam lebten. Anschließend half er mir beim Einrichten, schleppte die schweren Schränke und baute Neugekauftes zusammen. Die Sonntage brauchte er zum Erholen, wie er sagte. Da besuchte er seine Mutter und frischte alte Freundschaften wieder auf. Ich blieb lieber mit den Kindern zu Hause. Die ganze Woche über hatte ich kaum Zeit, mich um sie zu kümmern. Daher genossen wir diesen Ruhetag umso mehr.

Nach und nach wurde unser Zuhause wohnlich. Die Kinder bezogen ihre eigenen Zimmer und auch wir verlegten unsere Betten zurück ins Schlafzimmer. Als der Wohnraum endlich in einem frischen Gelb erstrahlte, war ich glücklich. Jetzt warteten nur noch die Diele und die Küche auf einen Neuanstrich, aber das hatte Zeit. Es war bereits Frühsommer und der Garten musste hergerichtet werden. Unter der Anleitung von Helene lernte ich Blumen von Unkraut zu unterscheiden, die einzelnen Obstbäume zu erkennen, den Zaun zu flicken und den Rasen zu mähen. Als Martin schließlich im August einen Sandkasten unter dem alten Apfelbaum aufbaute, war ich rundherum zufrieden.

Mein Mann dagegen wurde mit jedem Tag nörgeliger. Dadurch, dass er keinen Abschluss hatte, verdiente er nicht besonders viel Geld. Es reichte so eben, uns zu ernähren, große Sprünge konnten wir uns nicht leisten. Die alten Freunde dagegen, mit denen er sich mittlerweile wieder regelmäßig traf, hatten ihre Ausbildungen beendet, zum größten Teil noch keine Familie, manche noch nicht einmal eine feste Freundin. Da blieb genug zum Ausgeben übrig. Wir dagegen schoben immer noch Schulden vor uns her.

„Ich könnte mitarbeiten“, schlug ich ihm eines Abends, als er besonders deprimiert war, vor.

„Wann denn? Etwa nach fünf, damit ich nach dem stressigen Tag im Büro überhaupt nicht mehr zur Ruhe komme?“, fauchte er.

„Ich dachte an die Wochenenden“, langsam ließ ich die Zeitung, in der ich geblättert hatte, sinken. Florian war mittlerweile zwei, Thorben fast ein Jahr alt. Nun, da die gröbste Arbeit im und am Haus getan war, hatte ich Lust auf etwas Neues. Ein Wiedereinstieg in mein Studium war unmöglich, was hätte ich mit den Kindern machen sollen? Und außerdem konnten wir das Geld, das ich dazu verdiente, gut gebrauchen.

„Ach, und du meinst, du bekommst sofort einen Job“, fragte er sarkastisch.

„Bei Burger King suchen sie Mitarbeiter zur Aushilfe“, ich ließ mich nicht aus der Ruhe bringen. „Die brauchen bestimmt auch Leute für samstags und sonntags.“

„Wie stellst du dir das vor?" Martin starrte mich geradezu entgeistert an. „Meinst du etwa, ich kümmere mich dann den ganzen Tag um die Kinder?"

„Ich dachte, wir brauchen das Geld", warf ich ein.

Gutes Argument, ich sah, wie er nachdachte. „Könnten wir nicht Helene fragen, ob sie die beiden nimmt?"

„Martin!", zischte ich empört. „Sie hat mir wirklich genug geholfen. Darf ich dich daran erinnern, dass es eigentlich umgekehrt sein sollte?"

„Fragen kostet nichts."

„Nein", ich widersprach ihm äußerst selten, aber in diesem Fall würde ich hart bleiben. Erst nachdem Helene ihr altes Leben wieder aufgenommen hatte, sah ich, wie viel sie für mich zurückgestellt hatte. Normalerweise war sie nämlich ständig unterwegs; montags und donnerstags ging sie zur Gymnastik, mittwochs in die Sauna und alle vierzehn Tage samstags kegeln. Die restliche freie Zeit verbrachte sie im Altenheim um die Ecke. Sie spielte mit den Bewohnern Schach und Karten, las einer Blinden Liebesromane mit schauderhaft klingenden Titeln vor oder schob ihre ehemalige Nachbarin, die nach einem Schlaganfall halbseitig gelähmt war, im Rollstuhl spazieren.

„Könnte nicht deine Mutter einspringen?"

„Heike, ich bitte dich", entrüstet schüttelte er den Kopf. „Sie geht schließlich selbst arbeiten, da braucht sie ihr Wochenende."

‚Vier Stunden am Tag', dachte ich störrisch. Marlies – ich hatte es nie über mich gebracht, sie Mutter oder Oma zu nennen – war seit über zwölf Jahren Witwe. Ihr Mann, ein Universitätsprofessor, hatte sie gut versorgt zurückgelassen. Sie musste wirklich nicht arbeiten gehen, die Rente, die sie bekam, war fast so hoch wie das, was wir zu viert zum Leben hatten. Außerdem besaß sie ein großes Haus mit, seit Martins Auszug unvermieteter Einliegerwohnung!

Eigentlich gehörte, soweit ich wusste, die Hälfte davon ihrem Sohn, aber er hatte damals, nach dem plötzlichen Herztod seines Vaters, auf seinen Anteil verzichtet, da die Eltern sich in ihrem gemeinsamen Testament gegenseitig als Erben eingesetzt hatten. Er würde später alles bekommen, hatte ihm seine Mutter erklärt und er, der immer mit verklärtem Gesicht davon sprach, dass sie ihn schließlich allein großgezogen hatte – er war zu diesem Zeitpunkt vierzehn! – hatte sich mit diesem Anspruch zufriedengegeben.

Überhaupt war seine Mutter unantastbar, kein schlechtes Wort und sei es noch so berechtigt, durfte fallen. Und von mir schon gar nicht. Ich war nie gut genug für ihren Sohn gewesen. Schon bei unserem ersten Kennenlernen hatte sie demonstrativ Abstand zu mir gewahrt und das hatte sich in all den darauf folgenden Jahren nicht geändert. Ihre Enkel dagegen schien sie, soweit es ihr möglich war, zu lieben. Allerdings standen sie in der Rangreihenfolge weit hinter Martin und es reichte ihr, die beiden alle zwei Monate einmal für ein paar Stündchen am Nachmittag zu sehen, am besten natürlich ohne mich.

Marlies arbeitete an den Vormittagen als Bürokraft bei ihrem Schwager. Er ist Vermögensverwalter, übrigens auch der von Helene. So hatte Marlies auch von der freien Wohnung erfahren. Was sie dort eigentlich tat, wusste ich nicht, auf jeden Fall machte sie immer ein großes Getue darum, als sei besagter Onkel Herbert ohne sie völlig aufgeschmissen. Allerdings hatte mir Martin erzählt, dass sein Vater, er war Dozent an der Uni in Köln gewesen, sie als Studentin in einem seiner Seminare kennenlernte und sich Hals über Kopf in sie verliebte. Sie heirateten direkt nach ihrem Abschluss und kurz darauf wurde sie mit Martin schwanger. Bis zum Tod ihres Gatten, der gute fünfzehn Jahre älter war, kümmerte sie sich ausschließlich um den Haushalt und das Wohlbefinden der Familie, Erfahrungen in irgendwelchen anderen Bereichen hatte sie daher kaum sammeln können.

Naja, meine Schwiegermutter tat jedenfalls immer schwer beschäftigt. Dass sie einmal freiwillig bei uns auftauchte, war bisher noch nie vorgekommen. Seitdem wir hier wohnten, war sie erst einige wenige Male bei uns gewesen und das auch nur für ein Stündchen zu Kaffee und Kuchen, wobei sie mich und die Kinder fast völlig ignoriert hatte. Daher konnte ich mir natürlich kaum vorstellen, dass sie für ihren Sohn am Wochenende die Enkel hüten würde. Aber wenn er schon Helene ins Spiel brachte, konnte ich mit diesem Vorschlag zumindest gleichziehen.

„Lass uns abwarten, ob sie dich überhaupt nehmen", schlug Martin vor. „Dann werden wir weitersehen."

Sie wollten mich, am liebsten sogar für volle acht Stunden. Damit Martin nicht zu sehr gestresst wurde, einigten wir uns auf fünf. So ging ich samstags und sonntags von acht bis eins Hamburger verkaufen. Nach dem Mittagessen, das ich vorgekocht hatte, erledigten wir unseren Wocheneinkauf, anschließend spielte ich mit Florian und Thorben, während mein Mann sich erholte. Sonntags verschwand er direkt nach meinem Eintreffen zu seiner Mutter, die neuerdings, seitdem ich arbeitete,

an diesem Tag für ihn kochte. Anschließend traf er sich mit diversen Freunden, von denen ich die meisten kaum kannte.
Durch meinen, wenn auch geringen Verdienst gelang es uns nach und nach tatsächlich nicht nur die Schulden abzubauen, sondern zusätzlich einige Anschaffungen zu tätigen, die nicht unbedingt notwendig aber durchaus wünschenswert waren. Ich bekam endlich eine Gefriertruhe und war nicht mehr auf die zwei Fächer des alten Kombigerätes angewiesen. Unsere alte, durchgesessene Couch wurde durch eine moderne Dreiergruppe ersetzt und ich kaufte aus dem Nachlass einer Bekannten von Helene einige Schränke, um die spärliche Möblierung unserer Wohnung aufzufüllen.

15

Das Geräusch der sich öffnenden Haustür lässt mich hochfahren. Als Erstes schießt Mirko herein und stolziert mit hoch erhobenem Schwanz zu seiner Futterschale, die ich längst gefüllt habe. Ihm folgen Thorben und Florian, letzterer ist bepackt mit mehreren kleinen Schüsselchen.

„Hier!", er stellt die Tupperdosen vor mich auf den Tisch. „Das ist für dich, mit schönem Gruß von Tante Hilde. Onkel Herbert hat uns noch zum Essen mitgenommen. Deshalb kommen wir so spät."

Ah, Geschnetzeltes, Spätzle und Salat und ein Himbeersoufflee als Nachtisch. Ich lasse es mir schmecken. Meine Söhne setzen sich mir gegenüber und warten schweigend, bis ich aufgegessen habe.

„Die Beerdigung ist organisiert", berichtet Thorben dann. „Sie findet nächste Woche Mittwoch statt. Onkel Herbert hat wohl alles bereits im Vorfeld arrangiert, deshalb geht es so schnell. Die Anzeigen erscheinen morgen in den Zeitungen, er meint, persönliche Nachrichten bräuchten wir nicht zu verschicken. Derselbe Pastor, der auch bei Oma war, wird kommen."

„Außerdem haben wir mit ihm über das fehlende Testament gesprochen. Er sagt, wenn keins mehr auftaucht, sind wir die Alleinerben", ergänzt Florian.

„Und habt ihr ihn gefragt? Wegen dieser Polizeigeschichte?" Das erscheint mir im Moment viel wichtiger.

„Klar, aber er weiß auch nicht, was die von dir wollen. Er hat seit seiner eigenen Vernehmung nichts mehr von ihnen gehört. Zum Glück hat er Beziehungen im Präsidium, er will sich heute noch bemühen, etwas zu erfahren", sagt Thorben.

Das hätte ich mir eigentlich denken können. Herbert Kramer ist hier in Waldbröl ein bekannter Mann mit guten Verbindungen. Er ist schon Mitte sechzig, zeigt allerdings keinerlei Interesse daran sich aufs Altenteil zurückzuziehen. Obwohl er es bestimmt nicht mehr nötig hat zu arbeiten. Doch sein Geschäft und vor allem der Umgang mit seinen Kunden gehen ihm über alles. Und da er ein ziemlich gutes Gespür für gewinnbringende Geldanlagen hat, mangelt es nicht an dankbaren Klienten.

„Er kommt heute Abend vorbei, um mit dir persönlich zu sprechen."
Florian tippt fragend an mein halbvolles Schälchen mit dem Himbeer-soufflee. „Magst du nicht mehr?"

Ich schiebe es ihm über den Tisch. „Leider bin ich satt, sonst würde ich weiteressen. Es ist himmlisch."

„Du könntest es für später in den Kühlschrank stellen."

Auf mein Kopfschütteln beginnt er, gierig zu essen. „Und wir sollen versuchen, ob wir nicht über Christine etwas Wichtiges herausbekom-men", sagt er mit vollem Mund. „Zum …"

„Zum Beispiel müsste sie wissen, worin das Gift war", fällt Thorben ihm ins Wort und wirft seinem Bruder einen giftigen Blick zu. „Du sprühst beim Sprechen. Lass mich erzählen! Onkel Herbert meint, da sie Papa gefunden hat und das Verbrechen in ihrer Wohnung gesche-hen ist, hat sie wahrscheinlich mitbekommen, was die Polizei als Be-weismittel beschlagnahmte", wendet er sich wieder an mich. „Vor al-lem, da ja anscheinend kein Anfangsverdacht bestand. Also werden die Beamten erst später nach dem Gift gesucht haben. Wahrscheinlich musste sie ihnen die Reste von allem, was er an diesem Tag gegessen und getrunken hatte, mitgeben."

„Ja und wie passe ich da ins Spiel?", wende ich ein. „Ich habe ihm be-stimmt kein Fresspaket geschickt."

„Wir wissen noch gar nicht, ob unsere Theorie die Richtige ist", wirft Florian, der mittlerweile aufgegessen hat, ein. „Vielleicht war es auch gar nichts, was er zu sich genommen hat, vielleicht sind wir total auf dem Holzweg. Lass uns abwarten, bis wir mit Christine gesprochen haben. Wir sind um fünf mit ihr verabredet."

„Ist sie immer noch krankgeschrieben?", kann ich mir nicht verkneifen zu fragen.

„Nein, sie muss heute nur bis mittags arbeiten", grinst Florian, wird aber sofort wieder ernst. „Onkel Herbert hat gemeint, wir sollen bitte zur Sicherheit alle Papiere von Papa bis heute Abend durchgehen. Meinst du, das schaffen wir?"

„Wenn ihr jetzt gleich die Kartons heraufbringt und mir, bis ihr gehen müsst, helft, könnte ich zumindest das Wichtigste durchackern." Ich stehe auf und stelle die leeren Tupperdosen in die Spüle. „Bringt den ganzen Kram ins Wohnzimmer, da ist Platz."

Bis ich die Schalen ausgewaschen und abgetrocknet habe, sind schon die ersten vier Kartons auf dem Tisch gelandet. Gerade schleppt Flori-an schnaufend zwei weitere heran. „Wenn du wieder runtergehst, nimm gleich die Akten dort an der Wand mit", weise ich ihn an. „Die habe ich schon durchgearbeitet. Das ist alles Papiermüll."

„Wow, du bist echt schnell", staunt mein Sohn und tut, was ich ihm aufgetragen habe. Thorben spanne ich genauso ein. Da habe ich gleich wieder Platz zum Aussortieren.

In der Zwischenzeit beginne ich damit, den ersten Karton leer zu räumen. Meine gestrige Vermutung bewahrheitet sich, Martin hat die Kisten, ohne den Inhalt noch einmal durchzusehen, hier abgestellt. So weiß ich ungefähr, was ich finden werde.

In der einen Stunde, die die Jungen anschließend noch Zeit haben, kommen wir zügig voran. Im Prinzip sortieren wir einfach nur das, was wichtig ist, aus. Ein Testament finden wir natürlich nicht, das hätte ich bei meiner damaligen Suche auch mit Sicherheit nicht übersehen. Aber geordnet werden muss der ganze Kram leider trotzdem.

Schließlich lassen sie mich mit dem Rest allein und ich wühle mich unverdrossen durch das Gemisch aus Blättern, Briefumschlägen und sämtlichem Kleinkram, den mein ehemaliger Mann völlig ungeordnet in seinen Fächern unseres Wohnzimmerschrankes gelagert hatte. Und ich sortiere weiter: einen Karton mit Stiften und Bürozubehör, einen weiteren mit diversen Computerteilen - vielleicht haben Thorben oder Florian Interesse daran - der, der für den Abfall vorgesehen ist, quillt schon über. Ich weiß wirklich nicht, warum Martin sämtliche alten Prospekte und Anleitungen von Geräten, die wir schon gar nicht mehr besaßen, aufheben musste. Dazu kommen jede Menge Computerzeitschriften der letzten zehn Jahre.

Noch fünf Kartons! Gerade habe ich mir den ersten herangezogen, da klingelt es an der Tür. Gewohnheitsmäßig springe ich auf und laufe Richtung Diele. Buchstäblich im letzten Moment fällt mir ein, dass ich nicht öffnen darf. Sofort fängt mein Herz wild zu pochen an. Wer mag das sein?

Auf Zehenspitzen schleiche ich zurück ins Wohnzimmer, da schellt es erneut. Mein Herz beginnt zu rasen. Instinktiv drücke ich mich neben dem Fenster an die Wand und lausche mit angehaltenem Atem. In der Küche fängt Mirko klagend an zu mauzen und ich falle fast in Ohnmacht.

Noch einmal ertönt die Klingel, lang und anhaltend diesmal. So sehr ich mich auch anstrenge, ich kann nichts Weiteres hören, keine Schritte, keine Stimmen, nicht das leiseste Geräusch dringt von außen herein.

Eine Viertelstunde vergeht und ich stehe immer noch mit an die Wand gepresstem Rücken da. Ich traue mich einfach nicht, mein Versteck zu verlassen. Was, wenn es tatsächlich die Polizei ist und sie stehen genau vor dem Fenster und sehen mich? Dann muss ich doch öffnen.

Ich warte weiter, bis ich nicht mehr stehen kann. Langsam lasse ich mich an der Tapete entlang auf den Boden rutschen. Ha, da steht verdeckt hinter der Couch ein weiterer Karton. Den kann ich mir näher heranziehen. Geduckt krabbele ich über den Boden. Bald bin ich so vertieft in meine Arbeit, dass ich die Bedrohung völlig vergessen habe.

Diese Papiere kenne ich nämlich überhaupt nicht. Und im Gegensatz zu seinem sonstigen Durcheinander hat Martin sich die Mühe gemacht, alles vernünftig zu ordnen.

Nun bin ich fast froh, dass er den gleichen Tick alles aufzuheben hatte wie seine Mutter. Zum Beispiel finde ich fein säuberlich abgeheftet die Bankunterlagen aus seiner Studienzeit und einen schriftlichen Vertrag zwischen ihm und seinem Onkel Herbert, in dem der sich bereit erklärt, ihm während des Studiums einen festen monatlichen Betrag als Unterhalt zu zahlen. Allerdings sind diese Zahlungen auf fünf Jahre begrenzt, mit der Option um Verlängerung für ein weiteres Jahr, sollte Martin in dieser Zeit seinen Abschluss schaffen.

Langsam beginne ich zu ahnen, warum er damals tatsächlich angefangen hat zu arbeiten und werde noch nachträglich blass vor Zorn. Meine Rechnung ergibt nämlich, dass unser Thorben in diesem fünften Jahr geboren wurde.

Zu diesem Zeitpunkt und eigentlich bis zum heutigen Tag hatte er mich in dem Glauben gelassen, nur seiner Familie zuliebe auf ein Weiterstudieren verzichtet zu haben. Bis zuletzt hatte ich mich schuldig gefühlt, wenn er das Gespräch auf seinen fehlenden Abschluss brachte.

Tatsache war jedoch, dass er ziemlich geschlampt hatte und mindestens noch vier weitere Semester benötigt hätte, um fertig zu werden. Aber dass seine Zahlungen ausliefen, war mir nie bekannt gewesen. Schließlich hatte ich nicht einmal gewusst, dass er von seinem Onkel unterstützt wurde. Ich hatte immer geglaubt, seine Mutter würde sein Studium finanzieren. War sie vielleicht gar nicht so wohlhabend gewesen, wie ich gedacht hatte?

Ich beschließe Onkel Herbert heute Abend direkt danach zu fragen und greife nach dem nächsten Stapel Papier.

Doch meine Gedanken verharren weiter bei dem, was ich da gerade herausgefunden habe. Martin hatte mich von Anfang an belogen und mich anschließend auch noch vor vollendete Tatsachen gestellt. Gut, ich hatte ihm gleich erzählt, dass ich von zu Hause unterstützt wurde, aber in den Semesterferien Vollzeit und während des Semesters Teilzeit arbeiten musste, um über die Runden zu kommen. Sein monatliches Salär dagegen schien völlig ausreichend zu sein, er war nie gezwungen gewesen, sich etwas dazu zu verdienen.

Als dann Thorben unterwegs war und er ein Riesentheater abzog, hatte er wiederum mit keinem Wort erwähnt, dass sein Unterhalt auslief. Es war nur darum gegangen, wie wir es schaffen sollten, von dem Bisschen, was er erhielt, zu leben, bis er sein Studium beendet hatte. Dabei sagten diese Belege etwas ganz anderes: Martin erhielt jeden Monat tausend Mark. Mit dem Kindergeld und dem, was er nebenher hätte verdienen können, wären wir bestimmt ausgekommen. Oder wusste er da bereits, dass sein Onkel den Zeitraum nicht mehr verlängern würde? Tja, statt mit mir vernünftig über unsere Situation zu reden, flüchtete er sich zur Mama. Und ich harrte in unserer Wohnung aus und wusste nicht, wie es weitergehen sollte und ob er überhaupt wieder zu uns zurückkam. Dazu machte ich mir die größten Vorwürfe, dass ich mich auf diese mehr als nachlässige Verhütung eingelassen hatte. Ich gab in erster Linie mir die Schuld an dieser neuen Schwangerschaft und war fast zu Tränen gerührt, als er sich nicht nur mit mir versöhnte, sondern auch zusätzlich schon eine relativ gute Lösung für unsere Probleme gefunden hatte.

Ein neuer Gedanke durchzuckt mich. Vielleicht war das Ganze von vorne bis hinten Theater gewesen, vielleicht hatte er sehr wohl dieses zweite Kind geplant. Immerhin wäre ein paar Monate später sein Schwindel sowieso aufgeflogen. Klar, ihm musste ja schon länger bewusst gewesen sein, dass sich der Geldhahn schloss. Unter Umständen hatte er sogar gedacht, Onkel Herbert würde sich durch unsere Zwangslage einwickeln lassen.

Je mehr ich darüber nachdenke, umso wütender werde ich. Ich fühle mich hintergangen, richtig hereingelegt. Immerhin war ich zum damaligen Zeitpunkt knapp vor meiner Promotion. Ein weiteres Jahr hätte mir gereicht, um mein Studium zu beenden. Wenn er sich um die Kinder gekümmert hätte und ich …

Es macht keinen Sinn weiter darüber nachzudenken. Es ist, wie es ist. Entschlossen greife ich wieder nach dem nächsten Papier.

‚Und mein Vater hätte uns bestimmt für ein Jahr ein Darlehen gewährt‘, denke ich rebellisch, während meine Augen den Inhalt des Briefes vor mir überfliegen. Dann lenken mich die Zeilen dermaßen ab, dass ich alles andere darüber vergesse. Meine Augen werden größer und größer. Es handelt sich um einen Liebesbrief an Martin, geschrieben von einer Anna. Ich schaue nach dem Datum und rechne nach. Dieser Arsch! Das war genau zu der der Zeit, als ich angefangen hatte mehr zu arbeiten, um seine Schulden abzutragen!

Tief Luft holend versuche ich mich zu beruhigen und zähle die Briefe. Es sind acht Stück und sie reichen weit ins nächste Jahr hinein. Das heißt, mein Mann hatte mich, während ich wie eine Besessene schuftete, über Monate hinweg betrogen. Der Inhalt ist eindeutig und lässt keine andere Deutung zu. Anna schwärmt geradezu von den Stunden, die sie in seinen Armen verbracht hat - total schwülstig. Was konnte er nur daran gefunden haben, dass er diese Zeilen aufgehoben hatte? Und warum waren sie mir nie untergekommen? Ich hatte doch beim Ausräumen der Schränke sämtliche Papiere zumindest flüchtig überflogen.

Widerstrebend betrachte ich das Papier in meiner Hand. Und was mache ich jetzt damit? Thorben und Florian sollen von dieser Verfehlung nicht auch noch erfahren. Also reiße ich die Briefe in klitzekleine Stücke und schiebe den Haufen weit unter das Sofa. Bis die Möbel abgeholt werden – ich kann mir nicht vorstellen, dass einer meiner Söhne Wert darauf legt, sie zu behalten – habe ich die Schnipsel längst beseitigt.

Eigentlich will ich diesen seltsamen Karton sofort weiter untersuchen, aber meine Wut ist noch nicht verraucht. Dieser Fehltritt ist Jahre her und schmerzt trotzdem, selbst wenn mir damals gar nichts an Martins Verhalten aufgefallen war. Wahrscheinlich lag es daran, dass wir uns kaum gesehen hatten. Die Arbeit, der Haushalt und die Kinder – da blieb für meinen Ehemann nicht viel Zeit übrig.

16

Florian ging seit dem Sommer in den Kindergarten, noch ein Jahr und auch Thorben würde morgens untergebracht sein. Dann konnte ich mehr arbeiten. Davon, dass ich mein Studium noch einmal aufnehmen würde, war schon lange keine Rede mehr. Wir konnten es uns einfach nicht leisten, selbst auf das bisschen, was ich verdiente, zu verzichten. Die Kinder kosteten gar nicht mal so viel. Sie waren in diesem Alter mit Secondhandkleidung - was ich von Anfang an gemacht hatte - und gut erhaltenem, gebrauchtem Spielzeug leicht zufriedenzustellen. Martin dagegen musste angeblich zu Repräsentationszwecken teure Anzüge, mit Vorliebe Designerware, tragen und natürlich nahm er nicht einfach nur ein paar belegte Brote mit ins Büro. Nein, entweder holte er sich Wurst- und Käsebrötchen beim Bäcker – das war die billige Variante – oder er hängte sich an die Sammelbestellung der Belegschaft an – „Heike, ich kann mich nicht immer ausschließen" - die beim Imbiss zwei Straßen weiter bestellte. Abends erwartet er dann jedoch trotzdem noch eine komplette, warme Mahlzeit und wehe, es gab einmal keinen Nachtisch.

Machte ich ihm Vorhaltungen, reagierte er gekränkt. Hatte er nicht sein Studium wegen der Familie abgebrochen? Ging er nicht jeden Tag arbeiten, um uns zu unterhalten? Und da wollte ich ihm das bisschen, was er sich gönnte, auch noch nehmen!

Wahrscheinlich haben wir Frauen es da wirklich einfacher. Für uns ist es kein Problem, das Wohl der Kinder an die erste Stelle zu rücken und uns zurückzunehmen. Aber wir sind mit ihnen auch bereits vor der Geburt fest verwurzelt. Männer dagegen bauen meist erst nach und nach eine Beziehung zu ihren Sprösslingen auf. Deshalb fällt es ihnen wesentlich schwerer, die Egoistenrolle beiseitezuschieben.

Florian war gerade einen Monat im Kindergarten, da brach sich Helene den rechten Arm, ein komplizierter Bruch, der operiert werden musste und ihr für sechs Wochen Gips bescherte. Endlich konnte ich ihr zumindest einen Teil alldessen, was sie für mich getan hatte, zurückzahlen.

Kaum war sie wieder genesen, bekam Florian Windpocken und anschließend Thorben ebenfalls, sodass weitere sechs Wochen mit Krankendiensten gefüllt waren. Dann hatte ich vierzehn Tage Ruhe, bis der Ältere sich mit Rachenscharlach ansteckte und diesen natürlich an den

Jüngeren weitergab. Ich glaube, in diesem ersten Kindergartenjahr waren unsere beiden Jungen öfter krank, als in der gesamten Zeit davor.

„Das ist völlig normal", beruhigte mich Helene. „Sie haben noch nicht genug Abwehrkräfte gegen all die Keime, denen sie jetzt ausgesetzt sind."

Wie lange das denn dauerte, wollte ich wissen, bis sie abgehärteter wären?

Sie lachte und meinte, dass würde erst im Laufe der Jahre nachlassen.

„Wie soll ich halbe Tage arbeiten gehen, wenn die Kinder so oft krank sind?", fragte ich Martin. „So viel Urlaubsanspruch habe ich nicht."

„Ach, uns wird bestimmt etwas einfallen", wehrte er unwirsch ab und widmete sich seiner Zeitung. „Sicher werden sie mit der Zeit widerstandsfähiger."

„Und wenn nicht?"

Mein Mann verschanzte sich weiter hinter seiner Zeitung und schwieg. Seufzend widmete ich mich wieder den Stellenangeboten. Hier, das klang vielversprechend: Das kleine Kaufhaus in der City suchte eine Kraft, auch ungelernt, für halbe Tage. Allerdings ab sofort. Bis Thorben in den Kindergarten kam, dauerte es aber noch drei Monate. Ob sie sich vielleicht auf diesen Termin einlassen würden?

Das Glück war mir hold. Zwar musste ich zum nächsten Ersten beginnen, doch es gelang mir, die Leiterin des Kindergartens von meiner Zwangslage zu überzeugen, sodass unser Sohn vorzeitig aufgenommen wurde. Da Kindergarten und Arbeitsstätte in entgegengesetzter Richtung lagen, ergab sich nun morgens ein ziemliches Gehetze, trotzdem packte ich es relativ gut. Bei den verschiedenen Krankheiten, die weiterhin nicht ausblieben, sprang, nachdem mein Urlaub und die freien Tage der Krankenkasse aufgebraucht waren, Helene ein.

„Ich bitte dich", sagte sie, als ich ihr Angebot anfangs nicht annehmen wollte, „für mich ist das eine nette Abwechslung. Ich würde mich bestimmt nicht anbieten, wenn es mir zu anstrengend wäre oder meine Zeit zu sehr beschnitte."

Daran hatte ich meine Zweifel, sie wusste genau, wie dringend wir das Geld brauchten. Schließlich hatte ich diesen Halbtagsjob nur angenommen, weil ich dazu gezwungen gewesen war. Einen Monat bevor ich anfing zu arbeiten, hatte nämlich meine Schwiegermutter ihr Darlehen zurückverlangt, eine Anleihe, von der ich bis dato keine Ahnung gehabt hatte, dass wir sie überhaupt getätigt hatten.

Es war anlässlich der Feier zu Martins Geburtstag gewesen. Nachdem die anderen Verwandten sich verabschiedet hatten, war sie mit Martin auf der Terrasse sitzengeblieben. Während ich begann, das Geschirr abzuräumen, hörte ich mit halbem Ohr ihrem Geplauder zu. Wieder einmal beklagte sich meine Schwiegermutter über ihre vielen Verpflichtungen.

Schweigend lief ich hin und her und wurde erst aufmerksam, als ich sie in scharfem Tonfall sagen hörte, ihre Geduld sei nun wirklich am Ende. Immerhin seien fünftausend Mark auch für sie kein Pappenstiel.

„Wiederhole das bitte noch mal", mit wackeligen Knien ließ ich mich in einen der verwaisten Gartenstühle fallen.

Sie musterte mich irritiert. „Martin ist nicht schwerhörig und er weiß genau, was ich meine."

„Ich seltsamerweise nicht." Fragend sah ich von einem zum anderen.

Martin wich meinem forschenden Blick aus und sah hinunter auf seine Hände. Marlies beobachtete uns stumm. „Ich will das Geld zurück, das ich euch für das Auto geliehen habe", sagte sie schließlich, „das ist ja wohl nach drei Jahren nicht zu viel verlangt."

„Da hast du recht", presste ich mit letzter Kraft heraus, obwohl es bereits bei ihren ersten Worten in mir zu brodeln begonnen hatte und dachte: ‚Na warte, Martin.' Laut dagegen sagte ich: „Jede einzelne Mark, die ich demnächst verdiene, wird für die Rückzahlung dieses Darlehens beiseitegelegt. Spätestens nächstes Jahr haben wir die Summe zusammen."

Ich wartete ihre Antwort nicht ab, sondern sprang auf und räumte hastig die letzten Gläser in die Küche. Anscheinend hatte ich aus Versehen auch ihres mitgenommen, denn wenige Minuten später rauschte sie, ohne sich von mir zu verabschieden, davon.

„Musst du immer …", begann Martin, der, nachdem er sie zur Tür gebracht hatte, in der Küchentür erschien.

„Du hast mir erzählt, sie hätte dir das Geld für das Auto geschenkt", unterbrach ich ihn wütend. „Du hast mich belogen."

„Äh", er rieb sich kurz den Nacken und ging dann seinerseits zum Angriff über. „Die alte Karre war ein Wrack, das kurz vor dem Auseinanderfallen stand. Wir brauchten ein Neues."

„Du weißt genau, dass ich zu diesen Bedingungen niemals dem Kauf dieses Wagens zugestimmt hätte."

„Eben weil ich das wusste, habe ich es dir nicht gesagt", er musterte mich aus zusammengekniffenen Augen. „Du hättest dich wieder mit dem Einfachsten und Billigsten zufriedengegeben."

„Dafür drückten uns jetzt keine Schulden", trumpfte ich auf.

„Ja und?", er zuckte die Schultern. „Sie brauchte das Geld bisher nicht. Sonst hätte sie sich bestimmt eher gemeldet."

„Ja verstehst du denn nicht?" Ich hätte platzen können vor Wut. „So kommen wir nie auf einen grünen Zweig."

„Ach", er winkte geradezu lässig ab, „darauf kommt es nun wirklich nicht an. Wir haben beide Arbeit, jede Bank gibt uns Kredit."

Ich atmete tief durch, er verstand es wirklich nicht. „Gut", sagte ich so ruhig wie möglich. „Ich werde also veranlassen, dass mein Gehalt auf ein Extrakonto geht. Dieser Betrag ist ausschließlich für deine Mutter bestimmt."

Wie ich bereits vermutet hatte, reagierte er mit Unverständnis und war nach diesem Gespräch mehrere Tage beleidigt.

Wenn dieser Streit wenigstens Früchte getragen hätte! Doch drei Monate später kam Martin mit seinem ersten Computer nach Hause. Ein Schnäppchen, wie er stolz berichtete. Ich befand mich im Garten, als er das Paket aus dem Auto wuchtete und so bekam unsere Vermieterin all die bitteren Worte, die ich ihm an den Kopf warf, mit.

„Du wirst wahrscheinlich immer aufpassen müssen", meinte sie mitfühlend, als ich sie am nächsten Tag über den Anlass unseres Streits aufklärte.

„Ich kann es einfach nicht nachvollziehen", wie ein gefangener Tiger lief ich in ihrem Wohnzimmer auf und ab. Der Gedanke an seinen Leichtsinn brachte mich schon wieder in Rage. „Da gehe ich halbtags arbeiten, damit wir von unseren Schulden runterkommen und er macht munter neue."

„Dein Mann kann nicht mit Geld umgehen", nachdenklich nippte Helene an ihrem Kaffee. „Es wäre besser, wenn du das Finanzielle übernehmen würdest."

„Habe ich versucht, er lässt mich nicht." Ich biss mir auf die Lippe, aber die Worte waren mir bereits herausgerutscht. Normalerweise redete ich mit anderen nicht über unsere Situation, ich war der Meinung, dass dies eine Sache zwischen Martin und mir war. Zudem hatte ich sonst ständig die Kinder um mich, wenn ich mit Helene sprach. Heute waren sie ausnahmsweise beide zu einem Kindergeburtstag eingeladen und ich war dermaßen sauer, dass ich irgendjemandem mein Herz ausschütten musste. Helene schien das zu ahnen, sie hatte mich im Hausflur abgefangen und auf eine Tasse Kaffee eingeladen.

„Martin hat mir unmissverständlich klargemacht, dass er, da er der Hauptverdiener ist, unsere Finanzen kontrolliert. Das ist nicht unser erster Streit zu diesem Thema gewesen."

Helene schüttelte energisch den Kopf. „Du darfst ihm das nicht durchgehen lassen, Heike. Du hast genau die gleichen Ansprüche auf das Geld wie er."

Ich konnte einen langen Seufzer nicht unterdrücken. „In der Theorie hast du recht, nur an der praktischen Umsetzung hapert es. Er kann meine Sichtweise einfach nicht verstehen. Martin lebt nach dem Motto, was ich haben will, das kaufe ich mir. Er hat mir einmal gesagt, er will im Hier und Jetzt leben und nicht mühsam sparen, damit er sich im Alter Wünsche erfüllen kann. Vielleicht sterbe ich früh oder werde durch einen Unfall zum Krüppel, war sein Argument bei unserem letzten Disput, dann habe ich nie richtig gelebt."

„Er ist ein Idiot", sagte Helene inbrünstig.

„Ich weiß", mein Seufzen wurde lauter. „Trotzdem liebe ich ihn."

„Irgendwann reicht das nicht mehr", prophezeite sie mir.

Ich nahm ihr ihre Worte nicht übel. Ich wusste, dass sie nur mein Bestes im Sinn hatte. In den letzten Jahren war Helene mir eine gute Freundin geworden. Mit ihr konnte man über alles reden, sie war im Tagesgeschehen up to date und ließ mich gleichzeitig an ihrem Erfahrungsschatz teilhaben. Nicht etwa, dass ich sie als Mutterersatz sah – obwohl, eigentlich war sie beides in einem.

„Die Situation ist für Martin nicht einfach", verteidigte ich ihn. „Ihm fehlt einfach die Zeitspanne, die normalerweise zwischen Uniabschluss und Familiengründung liegt."

„Die hattest du auch nicht", Helene blieb völlig unbeeindruckt.

„Bei mir ist das was anderes. Als Mutter kommen immer die Kinder an erster Stelle."

Sie war nicht überzeugt, das sah ich ihr an, aber sie wechselte das Thema und erzählte mir von einer lustigen Begebenheit, die sich im Altenheim zugetragen hatte. Das war das tolle an Helene, selbst wenn sie sich im Recht glaubte, ließ sie mir meine Meinung und trumpfte nie auf, wenn sich im Nachhinein herausstellte, dass sie es auch hatte.

Mit sechs kam Florian in die Schule und das war es dann mit meinem Halbtagsjob. Wir hatten nicht bedacht, dass er als Erstklässler nicht mehr zuverlässig von acht bis halb eins betreut wurde, dieses Angebot kam erst viel später, als unsere Jungen bereits aus dem Alter, in dem sie diese Leistung benötigten, heraus waren.

Das Auto war abbezahlt, aber nun stand mein Mann vor der Arbeitslosigkeit. Im Zuge der Rationalisierung war sein Arbeitsplatz weggefallen. Martin nahm das Ganze ziemlich locker, er hatte bereits seit Längerem mit einem Wechsel geliebäugelt und war zuversichtlich, schnell etwas Neues zu finden. Trotzdem nahm ich erneut einen Job bei Burger King an, dieses Mal von abends acht bis Mitternacht, fünf Tage in der Woche.

Als Martin sechs Monate später festangestellt wurde, musste ich wieder kündigen. Der Not gehorchend hatte er als Außendienstmitarbeiter in einem Versicherungsunternehmen angefangen, dadurch war er oft abends unterwegs. Und entgegen seiner Meinung wollte ich nicht andauernd Helene belästigen. Ein Babysitter wäre viel zu teuer geworden, ich hatte wirklich keine andere Wahl.

Leider gelang es mir nicht, einen Wochenendjob zu bekommen, daher versuchte ich mich im Verteilen von Prospekten. Das konnte ich am Samstagmorgen erledigen und war früh genug wieder zu Hause, um die Kinder den Rest des Tages zu betreuen. Nur war das, was ich dabei verdiente, gerade mal ein Tropfen auf den heißen Stein.

Meinen Vorschlag unter der Woche die Tageszeitung auszutragen, lehnte Martin ab, obwohl diese Arbeit wesentlich mehr Geld gebracht hätte und für uns geradezu ideal gewesen wäre. Ich hätte das Auto zur Verfügung gehabt und wäre alles in allem vielleicht zwei Stunden morgens weg gewesen, wenn die Kinder noch schliefen. Allein die Vorstellung, er müsse vielleicht aufstehen und sich um sie kümmern, zu diesem Zeitpunkt wurden sie beide immer noch ziemlich häufig krank, gab den Ausschlag.

Er würde lieber versuchen mit dem, was er verdiente, auszukommen, versprach er mir. Alle weiteren Wünsche müssten eben zurückgestellt werden, bis wir etwas mehr Geld zur Verfügung hätten.

Natürlich war mir klar, dass er dieses Versprechen nicht lange halten würde. Doch ich muss sagen, anfangs gab er sich wirklich Mühe, sodass am Monatsende immer ein, wenn auch kleiner Geldbetrag übrig blieb. Dass dieser nicht gespart wurde, sondern für irgendwelche Kinkerlitzchen draufging, ließ ich ihm durchgehen. Immerhin hatten wir im Moment keine Schulden und es sah auch nicht so aus, als würde sich daran etwas ändern.

17

Na ja, im Prinzip lag es natürlich in erster Linie an meinen haushälteri-
schen Fähigkeiten, dass wir längere Zeit schuldenfrei geblieben waren.
Ich hatte gelernt, mit minimalem Budget auszukommen, kaufte nur
Angebote aus der Werbung, züchtete Kräuter in unserem Garten und
machte das Obst ein, damit wir das ganze Jahr über genug Vitamine
bekamen. Die Kleidung der Kinder erstand ich immer im Schlussver-
kauf auf Vorrat. Second-hand hatte sich mit dem Schuleintritt des Großen erledigt. Ich wollte nicht, dass er vielleicht gehänselt wurde, weil
jemand seine abgelegten Klamotten an ihm wieder erkannte. Hatte ich
mich verschätzt und Florian wuchs schneller als erwartet, war da noch
Thorben, der die Sachen tragen konnte. Unter Helenes Anleitung lernte
ich viele günstige Gerichte zu kochen, die trotzdem allen schmeckten.
Den Kuchen am Wochenende backte ich selbst und meine Nutellaplä-
tzchen als Nascherei zwischendurch – ich kaufte die Schokocreme
Kartonweise im Sonderangebot – waren bei allen Kindern beliebt.
Wahrscheinlich half mir diese Erfahrung später, mit dem Geld von der
ARGE auszukommen. Ich hatte bisher nie das Gefühl, großartig verzichten zu müssen. Gut, große Sprünge kann man damit nicht gerade
machen und es dauert schon einige Zeit, bis man sich genug an die
Seite gelegt hat, um im Notfall mal eine teurere Anschaffung tätigen zu
können. Aber gerade in der Großstadt gibt es viele Möglichkeiten billig
zu leben. Brauchte ich neue Kleidung, klapperte ich die Secondhandlä-
den ab oder streifte über die Flohmärkte, Lebensmittel kaufte ich in
alter Manier nach der wöchentlichen Werbung und die leider nötig
gewordene Waschmaschine gebraucht bei eBay. Den Lohn aus meinem
ein-Euro-fünfzig-Job legte ich komplett auf die hohe Kante, um mir ein
Polster zuzulegen. Seit ich allein lebe, kann ich endlich darauf achten,
genug Reserven zu haben.
Mühsam schüttele ich die Erinnerungen ab und konzentriere mich
wieder auf meine Arbeit. Als Nächstes finde ich eine Mappe, die vollgestopft ist mit Rechnungen. Ich habe sämtliche Unterlagen zu Martins
Sammlungen gefunden. Zu jeder einzelnen Uhr gibt es eine Expertise
vom Fachhändler. Ich werde blass, als ich die Wahrheit schwarz auf
weiß vor mir sehe. Er hat noch viel mehr Geld in diese Stücke gesteckt,
als ich vermutet habe. Auch von den Fotoapparaten finde ich die
Kaufabwicklungen. Mittlerweile können mich die horrenden Preise

nicht mehr überraschen. Dies ist einfach ein weiterer Punkt, wo er mich betrogen und belogen hat.

Irgendwie bin ich wirklich ganz froh, dass wir schon fast geschieden sind. Ich denke, wenn wir bei seinem Tod noch zusammengelebt hätten, wäre ich im wahrsten Sinne des Wortes außer mir gewesen. Mal sehen, was ich noch alles finde.

Meine Angst, die mich seit dem Klingeln hinter der Couch hielt, ist vergessen. Ich bin viel zu neugierig, was dieser Karton an weiteren Überraschungen für mich birgt.

Als Nächstes kommt ein Aktenordner zum Vorschein. Darin sind die Bedienungsanleitungen der Kameras abgeheftet. Ich lege ihn zu seinem Vorgänger. Florian, Thorben und ich müssen gemeinsam entscheiden, was wir mit diesen Objekten machen, wobei ich mir nicht vorstellen kann, dass meine Söhne darauf Wert legen. Das Beste wird sein, wir verkaufen den ganzen Kram und teilen das Geld, da wird eine ganze Menge zusammenkommen.

In der Erwartung endlich auf die entsprechenden Werte zu stoßen, beuge ich mich über den Karton. Statt der kleinen Schachteln, in denen Martin seine Uhren aufbewahrte, stoße ich auf einen weiteren Aktenordner. Ganz oben ist das Testament seiner Mutter eingeheftet, dahinter finde ich die Aufstellung der Bank über ihre Vermögenswerte und schlucke erst einmal aufgeregt. Zum Zeitpunkt ihres Todes besaß sie das schuldenfreie Haus und knapp einhunderttausend Euro in Wertpapieren. Alleinerbe war ihr Sohn Martin, der sich damals beim Tod seines Vaters bereit erklärt hatte, auf seinen Anteil an der Erbschaft zu ihren Gunsten zu verzichten. Sein Vormund, niemand anderes als Onkel Herbert, hatte diesen Entschluss mit seiner Unterschrift besiegelt.

Ohne mein Zutun sinkt der Ordner auf meine Knie hinab. Diese Neuigkeiten muss ich zunächst verdauen. Marlies war ja richtig reich gewesen! Warum hat Martin nie mit mir darüber gesprochen?

Ein hässlicher Gedanke schleicht sich in meinen Kopf, doch bevor ich ihm nachgehen kann, höre ich, wie sich der Schlüssel im Schloss dreht. Meine Söhne sind zurück. Ein Blick auf die Uhr verrät mir, dass es fast sieben ist.

„Ich dachte schon, wir kommen dort gar nicht mehr weg", stöhnt Thorben und lässt sich in den ihm nächststehenden Sessel fallen.

„Warum sitzt du denn hinter der Couch?", will Florian wissen, fährt allerdings, ohne mir Zeit für eine Antwort zu lassen, fort: „Jetzt habe ich diese Christine zum ersten Mal richtig kennengelernt. Die hatte alle

Sachen von Papa schon in Kartons verpackt, kannst du dir das vorstellen?"

„Nicht ein Teil wollte sie zur Erinnerung behalten", ergänzt Thorben.

„Wobei", er sieht mich stirnrunzelnd an, „hast du hier irgendwo seine Stereoanlage gesehen? Oder den großen Flachbildfernseher? Und wo befindet sich sein Computer?"

„Sie behauptet nämlich, diese Dinge nie zu Gesicht bekommen zu haben, genauso wenig wie seine Uhrensammlung und die alten Fotoapparate", fällt Florian ihm ins Wort. „Mensch, wir haben doch Omas gesamte Wohnung nach diesem Testament durchsucht, da wären uns zumindest die großen Geräte aufgefallen."

„Ich glaube, sie hat sie verkauft", nickt Thorben, „um wenigstens auf diese Art von der Beziehung zu profitieren." Er zieht ein grimmiges Gesicht. „Sie hat uns tatsächlich die Ohren vollgeheult, dass sie in dieser Gemeinschaft diejenige war, die nur gegeben hat. Kannst du dir das vorstellen?"

„Und wir mussten auch noch nett und verständnisvoll bleiben, weil wir doch rauskriegen wollten, ob sie eventuell relevante Tatsachen über den Tathergang weiß", schnaubt Florian.

„Was habt ihr denn nun herausbekommen?", frage ich.

„Also, sie ist nach Hause gekommen, da lag Papa in zusammengekrümmter Haltung vor dem Sofa und war nicht ansprechbar. Sie hat sofort den Notarzt gerufen, der konnte aber nur noch seinen Tod feststellen. Weil dem das Ganze irgendwie verdächtig vorkam, haben die Sanitäter die Polizei informiert."

„Halt, Moment", unterbreche ich ihn. „Wieso hieß es dann anfangs, Martin hätte einen Herzinfarkt gehabt?"

„Na, weil Christine dachte, dass das nicht sein kann. Dass er ermordet wurde, meine ich." Florian schüttelt den Kopf. „Sie ist einfach davon ausgegangen, dass die sich irren."

„Weiß sie, wie und woran er gestorben ist?"

„An dem Abend stand eine Flasche Schnaps auf dem Tisch, aus der zwei oder drei Pinnchen fehlten. Glas und Flasche wurden von der Polizei beschlagnahmt und untersucht. Danach stand fest, dass er eindeutig vergiftet worden war."

„Aber was wollen die von mir?" Ich verstehe immer noch nicht.

„Nun", Thorben rutscht unruhig hin und her. „Angeblich hat Papa abends regelmäßig dem Alkohol zugesprochen. Das hat Christine überhaupt nicht gepasst und daher hat sie ihre eigene Bar abgeschlossen, damit er sich nicht ohne ihr Einverständnis bedienen konnte. Sie sagt, dass diese besagte Flasche aus euren Altbeständen stammt, die er in einem großen Karton mitgebracht habe. Deshalb hättest nur du sie mit Gift versehen können."

„Sie ebenfalls", empöre ich mich.

„So ähnlich habe ich auch reagiert", Florian grinst, wird aber sofort wieder ernst. „Daraufhin rückte sie mit der Neuigkeit heraus, dass die Polizei aber nur deine Fingerabdrücke auf der Flasche sichergestellt hat."

„Und woher weiß sie das?"

Thorben schnaubt verächtlich: „Weil sie anscheinend mit einem der Beamten inzwischen näher bekannt ist. So ganz ist sie nicht mit der Sprache rausgerückt. Da sie rot angelaufen ist und herumgedruckst hat, ist das die wahrscheinlichste Erklärung für mich."

In dem Moment klingelt es an der Tür und wir fahren alle drei erschreckt zusammen. „Als ihr unterwegs ward, hat es schon einmal geschellt", berichte ich und senke dabei meine Stimme, obwohl eigentlich gar kein Grund dazu besteht. Ich weiß nicht, ich habe so ein komisches Gefühl, mit Herzklopfen und Flattern im Bauch.

Thorben scheint es ähnlich zu gehen, er wird blass um die Nase, springt auf und zieht mich hinter sich her zur Treppe. „Wir warten oben, im Notfall verstecke ich sie im Schrank", flüstert er seinem Bruder, der uns gefolgt ist, zu.

Florian wartet, bis wir verschwunden sind, bevor er zur Tür geht. „Ach, die Polizei", sagt er laut genug, dass wir ihn verstehen können, „und dann gleich so viele. Worum geht es denn?"

Die Antwort ist ein leises Gemurmel.

„Haben Sie denn einen Durchsuchungsbefehl?", fragt Florian.

Thorben zuckt erschrocken zusammen und reißt mich weiter. Mit wildem Kopfschütteln befreie ich mich und renne ins Ankleidezimmer, wo mein unausgepackter Koffer steht. Das Bett habe ich zum Glück direkt am Morgen gemacht. Oben drauf ist nur eine kleine Kuhle von Topsy.

Als ich mich umdrehe, wäre ich fast in meinen Sohn hineingerannt, der mir hektisch das Gepäck abnimmt und hinüber ins Schlafzimmer stürmt. Ich folge ihm leise, mit einem Ohr lausche ich auf die Geräusche von unten.

Weiteres Gemurmel, dazwischen immer wieder Florians Stimme. Etwas Zeit bleibt uns noch.

Thorben hat den großen Kleiderschrank geöffnet und schiebt gerade die Rückwand auseinander. Mit einem aufmunternden Winken ruft er mich herbei. Ich zwänge mich durch den entstandenen Spalt in den schmalen Raum dahinter.

„Ich lasse dich raus, sobald sie weg sind", sagt er und will die Spanplatte wieder schließen.

„Halt! Was machst du mit meinen Sachen?", zische ich leise.

„Die packe ich in die Kartons mit Omas Kleidung, den Koffer stelle ich zu ihren auf den Schrank."

„Am besten lässt du Mirko raus und sperrst Topsy in der Küche ein, damit sie mich nicht verraten", kann ich gerade noch sagen, da wird es dunkel. Angespannt stehe ich in dem schmalen Raum und lausche auf die Geräusche von draußen. Leicht gedämpft vernehme ich kratzende Geräusche, einen leisen Fluch, dann nichts mehr.

Kurz darauf schabt es oben auf dem Schrank und ich falle fast in Ohnmacht. Dabei kann ich jetzt aufatmen, Thorben scheint alles verstaut zu haben. Ich höre, wie er das Schlafzimmer verlässt und plötzlich aufschreit. „Meine Güte, habt ihr mich erschreckt! Wer sind die Herren und was wollen Sie, Flo?"

„Das sind Zivilbeamte, sie suchen nach Mama", erklärt Florian. „Ich habe ihnen schon heute Morgen gesagt, dass sie nicht hier ist, aber sie glauben mir wohl nicht. Sie durchsuchen das ganze Haus, unten sind auch welche."

„Warum hast du mich nicht gerufen", fragt Thorben. „Ich habe gar nicht mitbekommen, dass es geklingelt hat. Wir sortieren gerade den Nachlass unseres Vaters und unserer Großmutter", fügt er erklärend hinzu. „Mein Bruder arbeitet unten und ich hier oben."

Ich wusste gar nicht, dass meine Söhne so gute Schauspieler sind. Man merkt ihnen wirklich nichts an – keine Angst, keine Erregung – sie scheinen genau das zu sein, was sie zu sein vorgeben: Zwei junge Männer, die ein Haus ausräumen.

„Wissen Sie, wo Ihre Mutter sich aufhält?", fragt einer der Männer.

„Ich denke sie ist bei einer Freundin", spielt Thorben den Unwissenden. „Wie kommen Sie überhaupt auf die Idee, dass sie hier ist?"

„Jemand hat sie ins Haus gehen sehen", erwidert derselbe Mann. „Können wir bitte anfangen?"

„Moment", ein lautes Miauen ertönt. „Ich sperre die Katze besser in die Küche. Sie ist zu alt für diese Art von Aufregung." Thorbens Stimme wird leiser und mir bricht der Schweiß aus. Puh, das ist gerade noch einmal gut gegangen. Topsy kann sehr hartnäckig sein. Wenn sie sich in den Kopf gesetzt hat, mich zu finden, sucht sie so lange, bis sie bei mir ist. Sie hätte sich niemals täuschen lassen.

Ich kann nur hoffen, dass Thorben auch an Mirko denkt. Der Kater würde zwar nie auf die Idee kommen, nach mir zu schauen, aber er ist sehr verspielt und hat keine Angst vor Fremden. Wenn man ihn ließe, würde er sich auf seine Art an diesem Abenteuer beteiligen und mich dabei vielleicht unabsichtlich verraten.

Dass die Polizisten von selbst auf das Geheimnis der doppelten Wand kommen, glaube ich eigentlich nicht. Man muss es wirklich wissen und zusätzlich den entsprechenden Mechanismus kennen, sonst würde man es nie vermuten.

Der Schrank ist ziemlich breit und aus massivem Holz, mit ausladenden Schnitzereien an den Türen und an der Kopfleiste. Die Eltern meines Schwiegervaters haben ihn nach ihren Vorstellungen anfertigen lassen. Warum sie auf diese Idee mit der doppelten Rückwand gekommen sind, weiß angeblich keiner mehr. Meine Schwiegermutter fand es eher lästig, dass meine Söhne, als sie klein waren, am liebsten dort gespielt haben. Das war das Einzige, was ich sie Martin je habe vorwerfen hören, dass er den beiden das Versteck gezeigt hatte. Wenn es nach ihr gegangen wäre, hätten sie in diesem Haus überhaupt nicht gespielt, sondern brav im Wohnzimmer gesessen, bis es Zeit wurde zu gehen.

Ich höre Schritte näher kommen, sie betreten das Schlafzimmer und kommen geradewegs auf den Schrank zu. Trotz meiner Gewissheit, sicher versteckt zu sein, halte ich den Atem an und verkrampfe mich, als sich die Türen knarrend öffnen. Und wenn ihnen jemand einen Tipp gegeben hat? Der Jemand, der ihnen verraten hat, dass ich hier bin, vielleicht?

Nein, das hoffe ich jedenfalls. Meine Schwiegermutter sprach nie davon. Martin hat es von seinem Vater erfahren und musste diesem versprechen, keinem seiner Freunde davon zu erzählen. Das Ganze sei ein Familiengeheimnis und nur deren Mitglieder dürften davon wissen, erzählte er mir, nachdem meine Söhne mir die Besonderheit des Schranks gezeigt hatten. Von sich aus hätte er mich wohl nicht eingeweiht. Auf diesen Gedanken sei er gar nicht gekommen, sagte er zu seiner Verteidigung. Ich hätte schließlich nichts davon, wenn ich es wüsste.

Langsam werde ich schwach auf den Beinen. Dieses starre Stehen auf einer Stelle, ohne dass man sich anlehnen kann, ist ziemlich anstrengend. Noch immer rumoren die Männer in dem Zimmer herum und ich traue mich nicht, mich zu bewegen. Wobei, viel Platz ist hier sowieso nicht. Wenn ich mich ganz eng zusammenpresse, kann ich es eventuell schaffen, in die Hocke zu gehen, mehr ist nicht drin. Aber da die Beamten die Geräusche, die ich dabei machen könnte, vielleicht hören, verkneife ich mir einen Stellungswechsel.

Was machen die bloß so lange hier? Der Schrank, die Kommode und die Nachttischchen sind leer, das Bett ist abgezogen, es gibt im ganzen Zimmer sonst keinen Platz mehr, der als Versteck geeignet wäre.

Kaum habe ich den Gedanken zu Ende gebracht, verlassen sie den Raum. Langsam rutsche ich in eine kauernde Stellung hinab, die wesentlich bequemer ist, und stelle mich auf eine längere Wartezeit ein. Wenn sie jedes Zimmer derart gründlich durchsuchen, wird es noch eine Ewigkeit dauern, bis sie das Haus verlassen. Um mich abzulenken, krame ich weiter in meinen Erinnerungen.

18

Bald reichte das Geld wieder vorne und hinten nicht. Ich war sauer, gefrustet, verzweifelt. Zum Glück fand Helene einen Ausweg. „Die alte Frau Schmidt von schräg gegenüber sucht jemanden, der ihr zur Hand geht. Wäre das nicht etwas für dich?"

So kam ich zu meiner Altenarbeit. Bei Frau Schmidt waren es die Fenster und Böden, die geputzt und gewischt werden mussten, ihr Freund Herr Matthes suchte jemanden, der ihn bekochte, sein Nachbar benötigte Hilfe im Garten. Ich hatte gar nicht gewusst, wie begehrt und wie gut bezahlt diese Hilfen waren. Bald war mein Terminkalender so voll, dass ich Neukunden bedauernd ablehnen musste.

„Es ist deine liebe Art, die die Menschen anzieht", meinte Helene lächelnd. „Du bist geduldig und höflich, gleichbleibend fröhlich und freundlich. Das findet man selten heutzutage."

Sie freute sich sichtlich mit mir, dass ich endlich genau den Job gefunden hatte, den ich trotz Kindern mit seltsamen Stundenplänen – mittlerweile war auch Thorben in die Schule gekommen – ausüben konnte. Denn jetzt bestimmte größtenteils ich, wann und wie lange ich arbeitete. Waren die Jungen nachmittags verabredet, konnte ich sie zu ihren Freunden bringen und anschließend bei einem meiner Klienten vorbeischauen, gingen sie zum Schwimmunterricht oder zum Fußball, blieb während des Trainings genügend Zeit, das ein oder andere für oder mit meinen Alten zu erledigen. Musste ich durch einen Krankheitsfall einmal unvorhergesehen einspringen, konnte ich Thorben oder Florian oder auch beide, mitnehmen. Sie spielten dann leise in einer stillen Ecke, dass der Kranke nicht gestört wurde.

In der Zwischenzeit war es Martin gelungen, einen ihn wesentlich mehr ansprechenden Bürojob zu ergattern. Seine Laune hob sich sichtbar und damit auch meine, denn in den letzten Monaten war er so unausstehlich gewesen, dass die Jungen und ich ehrlich gesagt froh waren, wenn er außer Haus weilte. Außerdem verdiente er jetzt besser, sodass ich seiner Meinung nach meine Arbeit einschränken konnte, denn im eigenen Haushalt war viel liegen geblieben, vom Zustand des Gartens ganz zu schweigen.

Daher konnte ich einerseits seine Forderung durchaus verstehen, andererseits liebte ich meine Tätigkeit, ich mochte meine Alten, die ebenfalls mit erstaunlicher Anhänglichkeit an mir festhielten. Ich wollte keinen von ihnen freiwillig aufgeben und sie brauchten mich doch auch.

Schließlich einigten wir uns darauf, dass wir die normale Fluktuation – so nannte Martin es - abwarten sollten. Drei meiner Klienten waren schon über achtzig, seiner Meinung nach würden sie bestimmt nicht mehr lange durchhalten. Und danach würde ich eben keine Neuen mehr annehmen.

Meine Arbeit für Helene hielt sich weiterhin in Grenzen. Ab und zu half ich ihr im Haushalt, aber nur, wenn der jährliche Hausputz anstand, die Gardinen abgenommen und nach dem Waschen wieder aufgehängt werden mussten oder sie ein Zimmer renovieren ließ. Das Einzige, was sich eingeschlichen hatte, war unser regelmäßiger gemeinsamer Einkauf am Samstag. Statt mit Martin fuhr ich jetzt mit ihr zum Einkaufscenter und manchmal auch in das etwas weiter entfernte riesige Einkaufsparadies, wo sich Geschäft an Geschäft reihte. Trotzdem blieb das, was ich für sie tat, im Verhältnis zu unserer geringen Miete ein Tropfen auf den heißen Stein.

„Irgendwann wird sich das ändern", versicherte mir Helene, wenn mich mein schlechtes Gewissen wieder zu arg quälte und ich ihr anbot, sie solle die Miete doch erhöhen. „Und selbst, wenn es zu keiner großen Gegenleistung deinerseits kommt, wenn ich bis zu meinem Tod gesund und munter bleibe – was mir persönlich am liebsten wäre – würde ich es nicht bereuen, diesen Vertrag mit dir geschlossen zu haben. Allein die Gewissheit, dass ich im Notfall versorgt bin, ist es mir wert. Und du weißt, dass ich es mir leisten kann, ich habe genug Geld. Außerdem", sie lächelte verschmitzt, „habe ich euch in den Jahren lieb gewonnen. Du und deine Söhne, durch euch bin ich jung geblieben. Es ist, als hätte ich noch einmal eine Familie gehabt."

Mir ging es mit ihr genauso und für Florian und Thorben war sie die erklärte Lieblingsoma. Na ja, im Prinzip war sie die Einzige, zu der sie regelmäßig Kontakt hatten. Meine Schwiegermutter ließ sich meist nur zu den Geburtstagen und anderen Festlichkeiten blicken und selbst dann blieb sie auf ihren Sohn fixiert.

Meine Mutter sahen wir nur, wenn wir uns zweimal im Jahr auf die Reise zu ihr machten. Seit mein Vater kurz nach Thorbens Geburt gestorben war, kränkelte sie vor sich hin und traute sich die weite Fahrt zu uns nicht zu. Selbst das kleine Lebensmittelgeschäft, das Papa und sie bis zu seinem Tod so erfolgreich geführt hatten und das mich in den Genuss versetzte ohne Bafög, ausschließlich mit ihrer Unterstützung zu studieren, hatte sie aufgeben müssen. Und Telefongespräche waren vielleicht für die erwachsene Tochter, aber kaum für kleine Kinder ein einigermaßen adäquater Ausgleich. Kurz gesagt, Helene war für sie und mich ein wahrer Segen, das sagte ich ihr auch oft genug, wenn ich mehr schon nicht tun konnte.

Vor allen Dingen hatte ich in ihr eine Verbündete gegen Martin. Er und sie waren von Anfang an nicht miteinander zurechtgekommen. Mein Mann nörgelte über ihre zupackende Art und ihre, nach seiner Meinung ständige Anwesenheit. Sie konnte angesichts seiner abwehrenden Haltung kein Verhältnis zu ihm aufbauen und wollte das auch bald gar nicht mehr. „Er benimmt sich wie ein Pascha", unterstützte sie mich, nachdem ich angefangen hatte, mich bei ihr auszuheulen. „Das macht er aber schon seit Jahren. Du warst nur viel zu blind, das zu sehen."

Man musste Helene dabei zugutehalten, dass sie mich die ersten Jahre stillschweigend unterstützt und mich ihre Abneigung gegen Martin nie hatte spüren lassen. Sie war stets bereit, mich zu trösten, hatte sich aber völlig aus unseren Meinungsverschiedenheiten herausgehalten, bis auf die eine oder andere leise Kritik, auf die ich damals jedoch nie hörte und die sie daraufhin sofort einstellte. Erst als ich viel, viel später begann, ihn langsam ohne den verklärten Blick der Liebenden zu sehen und mich sein Verhalten mehr und mehr in Rage brachte, redeten wir offener.

„Er ist ein ausgemachter Egoist", stellte ich wieder einmal wütend fest. „Ich, ich und noch mal ich, nur seine Bedürfnisse und seine Ansichten zählen."

„Was hat er dieses Mal angestellt?", fragte Helene resigniert. In letzter Zeit war sie es gewohnt, dass dieses Thema mindestens einmal in der Woche auf den Tisch kam.

„Er hat schon wieder ein neues Auto gekauft. Dabei ist das alte erst acht Jahre alt und noch top in Schuss." Vor ohnmächtiger Wut traten mir die Tränen in die Augen.

„Ich dachte, ihr würdet noch an dem Kredit abbezahlen, den ihr für das neue Wohnzimmer aufgenommen habt?" Helene warf mir einen ungläubigen Blick zu.

„Deshalb hat er den Wagen auf Leasingbasis gekauft und den alten als Anzahlung gegeben", gab ich zurück und imitierte dabei seinen Tonfall. Helene konnte ein Schmunzeln nicht unterdrücken. „Du wirst ihn nie ändern."

„Das ist mir klar, trotzdem bin ich sauer." Ich holte tief Luft. „Und weißt du, was das Schlimmste ist? Ich liebe ihn immer noch."

Und er mich, da war ich mir hundertprozentig sicher. Auch Florian und Thorben hingen an ihm und er an ihnen. Es war ja nicht so, dass Martin nur schlechte Seiten hatte. Wenn er sich mal um die Kinder kümmerte, dann hatten die drei viel Spaß. Er war kreativ, voller toller Spielideen und verstand es, den Jungen das Gefühl zu geben, er hätte bei ihren Unternehmungen genau so viel Spaß wie sie. Zudem war er handwerklich geschickt und konnte fast alles reparieren. Allerdings war er sowohl zu dem einen wie auch zu dem anderen nur selten zu bewegen. Zum Teil lag die Schuld bei mir. Ich war leider anfangs dem antiquierten Glauben verfallen, er, der Mann, der schließlich für uns alle arbeiten ging und das Geld verdiente, müsse geschont werden. Daher hatte ich lange Zeit klaglos alles andere gemanagt, als die Kinder klein waren und ich nur wenig arbeitete genauso wie in den letzten Jahren, in denen ich einen erklecklichen Anteil an unserem Einkommen dazu trug.

Dass er sich schwer tat sich umzustellen, war normal, jahrelang hatte ich seiner Faulheit Vorschub geleistet, jetzt stellte ich plötzlich Forderungen. Freiwillig würde er sein bequemes Leben nicht aufgeben, aber ich war an dem Punkt angekommen, an dem ich nicht mehr bereit war, Kompromisse einzugehen. Entweder er übernähme endlich auch einen Teil der Haus- und Erziehungsarbeit oder ich würde meine Altenbetreuung nun doch deutlich einschränken.

Natürlich hoffte ich, dass diese Drohung ausreichen würde, denn eigentlich war ich immer noch nicht willens, einen meiner Kunden freiwillig aufzugeben. Dazu lagen sie mir alle mittlerweile viel zu sehr am Herzen. Ihm gegenüber würde ich natürlich anders argumentieren, so etwa nach dem Motto: Beschnitt ich mein Klientel, hätten wir weniger Geld zur Verfügung, könnten uns also weniger leisten. Das würde ihm bestimmt nicht passen.

Natürlich war mir klar, dass ich die Änderungen, die mir vorschwebten, nicht erzwingen konnte, sondern in kleinen Schrittchen vorwärtsgehen musste. Trotzdem war ich guten Mutes. Wenn ich mich wirklich bemühte, würde sich bestimmt einiges ändern lassen, vielleicht sogar dieser Hang zu übermäßiger Geldausgabe.

Wie ich erwartet hatte, funktionierte mein Trick. Als ich ihm vorrechnete, inwieweit unser Einkommen schrumpfen würde, wenn ich meine Altenarbeit begrenzte, erklärte er sich brummend dazu bereit, dann doch lieber einen kleinen Teil der Hausarbeit zu übernehmen. So schwer wäre das schließlich nicht.

In der ersten Woche machte er den Wocheneinkauf und holte einmal die Jungen vom Sport ab, der Rest blieb wie gewohnt an mir hängen. Am Samstag verschwand er gleich nach dem Frühstück, weil er eine vierzehn Tage vorher getroffene Verabredung hatte, die er angeblich nicht mehr verschieben konnte, und kam erst zum Abendessen zurück. Den Sonntag verbrachte er wie gewöhnlich bei seiner Mutter, während ich mich abmühte, sowohl den Jungen als auch dem Haushalt gerecht zu werden.

‚Na, warte‘, dachte ich, zunächst noch amüsiert über sein Gehabe. Montagabend legte ich ihm einen Plan vor mit den Dingen, die er in dieser Woche zu erledigen hatte. Es war nicht wirklich viel, ungefähr eine halbe Stunde Arbeit pro Tag. Nur hatte ich natürlich nicht einkalkuliert, dass er zwischendurch mit Freunden telefonieren, im Internet surfen und ganz dringend mehrere DVDs kopieren musste. Und zu allem Ärger versagte am Donnerstag der Computer und die Reparatur zog sich über das ganze Wochenende hin.

In der folgenden Woche musste er plötzlich jeden Tag Überstunden machen – und war dann natürlich viel zu erschöpft, um noch irgendetwas zu tun.

Nicht mit mir! Ich erledigte ebenfalls nur das Nötigste und teilte ihm am Samstagmorgen, nachdem ich die Jungen zu einem Spiel auf den Fußballplatz gebracht hatte, mit, dass wir dieses Wochenende einen gemeinsamen Hausputz machen würden. Murrend holte er sich den Staubsauger und begann zu saugen, während ich in den einzelnen Zimmern Staub putzte. Wir schafften unsere Arbeit tatsächlich bis zum Mittagessen, das ich bereits am Tag zuvor vorgekocht hatte.

„Ich fahre gleich mit Helene einkaufen“, teilte ich Martin mit. „Du könntest mit den Jungen in den Park gehen, da ist heute Kinderfest.“

„Ich muss mich erst von der Arbeit erholen“, gab er mit mürrisch verzogenem Gesicht zurück. „Eine Stunde Ruhe brauche ich jetzt mindestens.“

Thorben und Florian ließen sich mit einem Kindervideo vertrösten. Ich machte mich guten Gewissens auf den Weg. Wenn ich mich beeilte, schaffte ich es noch, ein paar Fenster zu putzen, bis sie zurück waren. Vor sechs Uhr rechnete ich nicht mit ihnen.

Umso größer war mein Erstaunen bei meiner Rückkehr alle zu Hause zu finden. Einträchtig saßen sie nebeneinander auf der Couch und sahen einen weiteren Film.

Ich spürte, wie der Ärger in mir hochstieg. „Seid ihr schon zurück?", fragte ich, obwohl ich mir die Antwort schon denken konnte.

„Pscht", zischte Florian und biss sich vor Aufregung auf den Daumen.

„Wir sind gar nicht weg gewesen", erklärte Martin leise. „Die Kinder wollten lieber noch einen Film sehen."

‚Eher du!' Ich drehte auf dem Absatz um und verließ den Raum, bevor ich platzte. Das war mal wieder typisch mein Mann. Etwas mit den Jungen zu unternehmen, war ihm zu anstrengend. Da ließ er sie lieber vor der Glotze sitzen, bis sie müde genug waren, ins Bett geschickt zu werden. Ich hätte heulen können vor Wut. Denn es war nicht das erste Mal, dass er so reagierte. Jedes Mal wenn ich ihn dazu verdonnerte, etwas mit Florian und Thorben zu unternehmen – und das kam wirklich nicht oft vor – brach er entweder bei dem gemeinsamen Spiel einen Streit vom Zaun, um dann, wenn sie schließlich weinten oder beleidigt waren, Schulter zuckend das Spiel zu beenden und in seinem Zimmer zu verschwinden oder er setzte sich mit ihnen gemeinsam vor den Fernseher und sah stundenlang mit ihnen irgendwelche Filme, die ich ihnen in diesem Alter niemals erlaubt hätte anzuschauen.

Aber ich zwang mich dazu, jeden Kommentar zu unterlassen, sonst hätte es nur wieder Streit zwischen uns gegeben. Stattdessen fuhr ich, noch bevor Martin aufgestanden war, mit Helene, Thorben und Florian am nächsten Tag in den Tierpark nach Köln. Sollte er doch sehen, wie er zu seiner Mutter kam!

„Es ist verlorene Liebesmüh", meinte Helene, nachdem ich ihr wieder einmal mein Leid geklagt hatte. „Finde dich damit ab, du wirst ihn nie ändern."

„Das will ich gar nicht", entgegnete ich entrüstet. „Er soll mich einfach nur ein wenig unterstützen, das ist wohl nicht zu viel verlangt." Ich zwang mich zu einem Lächeln und winkte zu Thorben und Florian hinüber, die ausgelassen auf dem Spielplatz herumtobten.

„Er sieht das anders", gab Helene ruhig zurück. „Ich glaube nicht, dass du mit deiner Aktion irgendetwas erreichen kannst."

„So schnell gebe ich nicht auf", erwiderte ich. Mein Kampfgeist war ungebrochen.

Drei weitere Wochen versuchte ich mein Bestes. Doch Martin ließ mich gnadenlos auflaufen. Seine Ausreden, sich vor der Hausarbeit zu drücken, wurden nie weniger. Mal musste er dringend einem Freund bei einem Computerproblem helfen oder bei einer unaufschiebbaren Reparatur am Auto, dann hatte er seiner Mutter versprochen mit ihr zum Arzt zu fahren – dreimal in zwei Wochen! Zwischendurch hatte er eine Erkältung und verschwand direkt nach dem Nachhausekommen im Bett, wo er es sich mit dem kleinen Fernseher gemütlich machte. Kaum war er wieder fit, verwandte er seine gesamte Freizeit darauf, einen Ausflug für seine Freunde zu organisieren, der angeblich schon seit Monaten geplant war. Als er endlich einmal Zeit hatte, sich um unsere Dinge zu kümmern, waren so viele Kleinigkeiten aufgelaufen, die ich nicht erledigen konnte, dass er mindestens eine weitere Woche brauchen würde, alles aufzuarbeiten – wenn nicht erneut etwas Unerwartetes dazwischen kam.

Ich resignierte. Mein Aufstand hatte nicht das Mindeste bewirkt.

Was war ich doch naiv gewesen. Menschen ließen sich nicht einfach ändern, jeder Erwachsene war ein Individuum, hatte seine festen Grundsätze, seine eigenen Maßstäbe und Wertvorstellungen, an die er glaubte. Ich aber war selbst nach meinem Gespräch mit Helene noch felsenfest überzeugt gewesen, meinen Mann nach meinem Geschmack ummodeln zu können.

Martin hat mir dann auch meine Haltung ihm gegenüber in einem späteren Streit vorgeworfen, dass seiner Meinung nach ich diejenige wäre, die völlig falsche Ansichten hätte, ich wäre herrschsüchtig und kleinkariert und wolle unbedingt in allem die Oberhand behalten. Tja, jedes Ding hat zwei Seiten.

19

Drei Monate nach dem Beginn meiner kleinen Revolte hatte Helene ihren ersten Schlaganfall. Als ich mittags wie verabredet zu ihr hochging, saß sie blass und verstört in ihrem Sessel. Die Hose, die ich ihr abstecken sollte, lag in der Tüte vor ihr auf dem Tisch. Mich durchzuckte ein Riesenschreck. Meine Helene wirkte auf einmal richtig eingefallen und alt.

„Was ist mit dir?" Ich kniete vor ihr nieder und ergriff ihre Hände.

„Ach, es ist nichts Schlimmes, ich fühle mich heute schon den ganzen Morgen nicht gut", versuchte sie abzuwiegeln. „Wahrscheinlich, weil ich heute Nacht kaum geschlafen habe."

Entsetzt sah ich den Speichelfaden, der aus ihrem herabhängenden Mundwinkel ran. „Helene, wo hast du kein Gefühl?", fragte ich ohne Umschweife.

„Es ist nur eine Schwäche in der linken Hand", wehrte sie ab.

„Ich rufe deinen Hausarzt."

„Nein!" Es war, als fiele sie noch mehr in sich zusammen. „Bitte, ich will nicht ins Krankenhaus."

Schon fast am Telefon ging ich noch einmal zu ihr zurück. „Ich vermute, du hattest einen leichten Schlaganfall", klärte ich sie behutsam auf. „Damit ist nicht zu spaßen. Es sind dringend weitere Untersuchungen erforderlich und Medikamente brauchst du auch."

Sie widersprach nicht mehr. Während ich mit Doktor Helms telefonierte, senkte sie den Kopf, aber ich hatte die Tränen, die ihre blassen Wangen hinunterliefen, gesehen.

„He", ich drückte sie an mich. „Du weißt, dass ich mich um dich kümmern werde. Wir haben schließlich einen Vertrag."

Sie reagierte auf meinen Versuch zu scherzen nur mit einem lauten Aufschluchzen. „Ich will nicht im Krankenhaus sterben, ich will zu Hause bleiben."

Es dauerte fast eine Viertelstunde, bis ich sie beruhigt hatte. Nur gut, dass sich der Krankenwagen durch den heftigen Schneefall verspätete. Als es klingelte, hatte ich gerade erst die notwendigen Kleinigkeiten für den Klinikaufenthalt zusammengepackt.

Ich begleitete sie ins Krankenhaus und blieb auch während der Untersuchungen an ihrer Seite, geistesgegenwärtig hatte ich mich als ihre Nichte ausgegeben, sodass man mich duldete. Mein Verdacht bestätigte sich, aber der behandelnde Arzt meinte, es wäre für Helene noch glimpflich ausgegangen. Bis auf eine leichte Lähmung der linken Hand und den hängenden Mundwinkel konnte er nichts Gravierendes feststellen. Trotzdem musste sie natürlich da bleiben und wurde sofort an einen Tropf gehängt, um die Durchblutung zu verbessern.

Mittlerweile hatte sie sich wieder beruhigt und sah dem Aufenthalt relativ gelassen entgegen, vor allem, nachdem ich ihr versichert hatte, sie jeden Tag zu besuchen.

Es war früher Abend, als ich unsere Wohnung betrat. Martin und die Jungen waren durch den Zettel, den ich vor meinem Aufbruch auf die Fußmatte gelegt hatte, informiert. Bleich und geschockt hockten sie im Wohnzimmer, noch nicht einmal der Fernseher lief. Selbst meinem Mann war die Sorge anzusehen.

Nachdem ich sie beruhigt hatte, informierte ich Sebastian, den Sohn von Helene. Wir kamen überein, dass er erst einmal weiter auf Nachrichten von mir warten sollte, da das Schlimmste überstanden schien.

Doch in der Nacht bekam Helene einen zweiten, weit schwereren Schlaganfall und als ich am nächsten Morgen ihr Krankenzimmer betrat, war sie auf die Intensivstation verlegt worden.

Es folgten bange Wochen, Helene lag tagelang im Koma, zeitweise schien es, als würde sie nicht mehr daraus erwachen. Schließlich kämpfte sie sich doch zurück ins Leben, aber ihre gesamte linke Körperhälfte blieb gelähmt. Auch die anschließende Rehakur brachte nur unwesentliche Fortschritte, Helene blieb auf den Rollstuhl angewiesen.

Zum Glück war ihr die Sprache geblieben. Der Mundwinkel hing weiter und sie musste sich anstrengen sich zu artikulieren, aber zumindest konnten wir miteinander reden. Sebastian kam weiterhin regelmäßig vorbei und sprach ihr, die bar jeder Hoffnung war, Mut zu, sich nicht aufzugeben.

Es begann eine für uns beide sehr anstrengende Zeit. Helene war keine einfache Patientin, sie, die Ausgeglichene, wurde launisch und mürrisch. Statt sich zu freuen, dass sie in ihrer gewohnten Umgebung bleiben konnte, forderte sie ständige Aufmerksamkeit. Selbst Sebastian, der jedes zweite Wochenende kam, wurde es bald zuviel. Und er wusch ihr kräftig den Kopf, was ich trotz unserer besonderen Beziehung nie gewagt hatte.

„Du hast es nicht nötig, dich von ihr herumkommandieren zu lassen“, sagte er mit lauter Stimme, nachdem er mich hochgeholt und in die Küche bugsiert hatte, sodass Helene, die im Wohnzimmer saß, ihn hören konnte. „Mutter kann froh sein, dass du dich dermaßen um sie kümmerst. Meine Frau hätte sie längst in ein Heim gegeben." Er blinzelte mir verschwörerisch zu. „Und das werden du und ich auch bald tun, wenn sie sich nicht ändert. Kein Mensch kann von dir eine Rundumbetreuung verlangen."

„Aber unser Vertrag", flüsterte ich leise. Jahrelang hatten wir zu einer Minimiete hier gewohnt, dagegen wogen meine bisherigen Dienste nicht viel.

„Darin geht es um Handreichungen, nicht darum, dein ganzes Leben auf sie auszurichten", gab er ebenso leise zurück, um dann lauter fortzufahren: „Ich rechne dir das hoch an, Heike, was du hier leistest. Auf Dauer kannst du das jedoch nicht durchhalten, vor allem nicht, wenn Mutter sich weiterhin so gehen lässt."

Seine Worte wirkten. Helene sprach nie mit mir darüber, aber schon am nächsten Tag empfing sie mich mit einem Lächeln.

Natürlich gab es Rückfälle, doch zumindest bemühte sie sich, mir das Leben nicht mehr unnötig schwer zu machen. Immerhin hatte ich neben ihr noch drei weitere Klienten, die ich zusätzlich betreute. Es handelte sich dabei um jene, die mir von meinen Anfängen geblieben waren, allen anderen hatte ich schweren Herzens kündigen müssen. Nur gut, dass Florian und Thorben mittlerweile schon dreizehn und zwölf waren und somit in der Lage, die eine oder andere Verpflichtung im Haus zu übernehmen und sich weitgehend selbständig im Ort zu bewegen.

Ein Jahr später war Helene wieder soweit, zumindest in der Wohnung mithilfe eines Rollators zu laufen. Durch die zunehmende Beweglichkeit wurde sie ausgeglichener, die schweren Depressionen, die sie seit dem Schlaganfall gequält hatten, ließen nach. Zeitweise blitzte schon wieder die fröhliche Frau durch, die ich all die Jahre gekannt hatte.

Zu ihrem fünfundsiebzigsten Geburtstag ließ Sebastian einen Treppenfahrstuhl einbauen. Dadurch wurde vieles einfacher. Jetzt konnte ich Helene vormittags, wenn ich meinen eigenen Haushalt machte, herunterholen und mich mit ihr unterhalten. Im Sommer fand sich ein schattiges Plätzchen im Garten, von dem aus sie dem Treiben auf der Straße zuschaute. Selbst Florian und Thorben gewöhnten sich an, sich ihrer Nennoma regelmäßig zu widmen. Und sie wusste bald besser Bescheid über die gängigen Video- und Computerspiele als ich.

Schließlich kaufte Helene ein Auto, sodass sie bald wie eh und je mit mir einkaufen fahren konnte. Dadurch wurde auch vieles andere einfacher, wir waren nicht mehr auf die Krankentransporte angewiesen, um zum Arzt oder zur Physiotherapie zu kommen und konnten endlich auch den weiter entfernten Spezialisten aufsuchen, von dem sie viel Gutes gehört hatte. Nach einer eingehenden Untersuchung verschrieb er zusätzliche Medikamente, machte ihr aber keine Hoffnung, dass sich ihr Zustand noch einmal ändern würde. In ihrem Fall kam es nur noch darauf an, weitere Schlaganfälle zu verhindern.

Nach diesem Ergebnis war Helene eine Woche total deprimiert und weigerte sich, ihre Wohnung zu verlassen. Solche Hoffnung hatte sie in diesen Besuch gesetzt, ihre Erwartungen viel zu hoch geschraubt, obwohl Sebastian und ich versucht hatten, sie vorzuwarnen. Immerhin hatte ihr Sohn bereits im Krankenhaus die Konsultationen des Chefarztes bezahlt, um seine Mutter optimal versorgt zu wissen und auch das Rehabilitationszentrum nach dessen Vorschlägen ausgesucht. Eigentlich war uns klar gewesen, dass das, was sie erreicht hatte, schon mehr war, als man ihrem damaligen Zustand nach erwarten durfte, doch Helene war optimistisch gewesen, weit mehr schaffen zu können.

Dieses Mal war ich es, die sie behutsam in die Realität zurückführte. In mehreren langen Gesprächen über den Sinn von Leben und Leiden brachte ich sie dazu, über ihre Situation nachzudenken.

„Jeder von uns muss selbst entscheiden, was noch erträglich ist, womit wir meinen, leben zu können", sagte ich abschließend. „Es gibt Schicksale, die schreien geradezu nach Erlösung und ich bin der Meinung, wenn derjenige es will, sollte man ihm erlauben zu gehen. Aber", ich sah sie ernst an, „das ist eine Sache, die jeder Einzelne zuerst mit sich allein ausmachen muss, denn was für den einen nur noch bloßes Existieren ist, ist für den anderen durchaus noch lebenswert."

Danach sprachen wir eine Woche lang nicht mehr über dieses Thema, aber ich konnte sehen, wie es in ihr arbeitete. Langsam bekam ich Angst. Hoffentlich hatte ich Helene richtig eingeschätzt, sonst stand ich da und musste sehen, wie ich eine Möglichkeit fand, ihr beim Sterben zu helfen. Denn natürlich wäre ich auch dazu bereit gewesen, wenn sie wirklich diesen Wunsch gehabt hätte. Allerdings hatte ich keine Ahnung, was ich genau tun konnte und ehrlich gesagt, graute mir vor dieser Konsequenz.

Am zehnten Tag nach unserem Gespräch rief Helene mich abends hinauf. Mit klopfendem Herzen öffnete ich die Tür – obwohl sie am Telefon nichts gesagt hatte, wusste ich instinktiv, dass ihre Entscheidung gefallen war – und trat ein. Lächelnd blickte sie mir entgegen, vor ihr auf dem Tisch standen eine geöffnete Flasche Sekt und zwei gefüllte Gläser.

„Ich glaube, das Leben hat mir noch einiges zu bieten", erklärte sie und prostete mir zu. „Es wäre schade, wenn ich die mir verbliebene Zeit einfach wegwerfen würde."

Ich konnte ihr nur aus tiefstem Herzen zustimmen. Sie war bei klarem Verstand, konnte sich, wenn auch mühsam, artikulieren und sich in kleinem Rahmen noch selbständig bewegen. Das war mehr, als viele ihrer Altersgenossen von sich sagen konnten.

Mit ihrer Entscheidung kamen Helenes Fröhlichkeit und Gelassenheit zurück. Sie nahm sogar ihre Besuche im Altenheim wieder auf. Dreimal in der Woche fuhr ich sie nachmittags mit dem Auto für drei Stunden dorthin. Natürlich war sie nicht mehr in der Lage vorzulesen oder einen der Bewohner beim Spaziergang zu begleiten, doch konnte sie sich mit ihren lieb gewonnenen Freunden treffen und an den Aktivitäten des Heimes teilnehmen, was ihr zusätzliche Lebensfreude brachte. Für sich selbst lehnte sie eine Unterbringung weiterhin kategorisch ab. „Ich will meine Eigenständigkeit behalten", erklärte sie, wenn jemand sie darauf ansprach, und zwinkerte mir zu.

Ich kannte ihre Meinung zu diesem Thema zur Genüge. Nach dem, was sie bei ihren Besuchen gesehen und erlebt hatte, war es für sie wirklich kein Ausweg. „Eher sterbe ich, als dort zu enden", hatte sie mir mehr als einmal anvertraut.

„Solange wir hier wohnen bleiben, kümmere ich mich um dich", versprach ich dann regelmäßig und meinte es auch so. Unsere Beziehung war im Laufe der Jahre noch tiefer geworden, ich hätte es nie über mich gebracht, sie abzuschieben. Und dass Martin in eine andere Stadt ziehen würde, war im Prinzip unvorstellbar – auch nicht des Geldes wegen. Zwar hatte er in der Zwischenzeit noch zweimal den Arbeitsplatz gewechselt – manchmal hatte ich das Gefühl, er hielt es nirgendwo lange aus, immer war ihm nach einiger Zeit alles zu langweilig – aber er wollte in der Nähe seiner Freunde und seiner Mutter bleiben, die ihm mit Sicherheit genauso viel bedeuteten wie mir Helene. Außerdem kam zu der günstigen Miete hier noch das Pflegegeld, das ich bekam. Zusammen mit dem Verdienst, den ich von meinen restlichen Klienten erhielt, hätte er schon eine hoch bezahlte Stelle finden müssen, um diesen Verlust auszugleichen. Da wir weiterhin regelmäßig am Rande des Bankrotts balancierten, war dieser Gedanke abwegig.

Ich hatte es schon seit Langem aufgegeben, mich gegen seine Ausgaben zu wehren. Erstens erzählte er mir meist erst hinterher, wenn ich nichts mehr ändern konnte, von seiner Neuanschaffung und zweitens hatten wir einen Kompromiss geschlossen. Alles, was ich verdiente, kam auf mein eigenes Konto, sodass ich, obwohl ich einiges davon regelmäßig in den Haushalt stecken musste, zumindest einen Notgroschen in der Hinterhand behielt, der uns bereits zweimal vor dem Gerichtsvollzieher bewahrt hatte. Vor allem aber stritten wir nicht mehr ständig wegen unserer Geldangelegenheiten und ich hatte es geschafft, Martins Verschwendungssucht vor den Jungen zu verbergen.

Zum Glück schienen sie dieses besondere Gen nicht geerbt zu haben und waren mit ganz normalen Dingen zufriedenzustellen, was nicht hieß, dass ich ihnen jeden Wunsch erfüllte. Hochwertige Geschenke gab es nur zu den Geburtstagen und zu Weihnachten, zwischendurch allerhöchstens mal das Geld für eine Kinokarte oder einen Kirmesbesuch. Hatten sie über ihr Taschengeld hinaus, das sich ebenfalls in einem gemäßigten Rahmen bewegte, weitere Wünsche, konnten sie jederzeit Autos waschen, Rasen mähen und Hunde ausführen. Ich kannte genug wohlhabende Rentner, die gern verlässliche Jugendliche damit betrauten.

20

Mehrere Jahre lang blieb Helenes Zustand relativ stabil, die dann auftretende Verschlechterung schob man eine ganze Weile auf die trotz der Medikamente zunehmende Verkalkung des Gehirns. Erst, als er bereits inoperabel war, entdeckten die Ärzte den Hirntumor. Aber wahrscheinlich hätte man in ihrem Alter, sie war mittlerweile weit über achtzig, den Eingriff sowieso nicht mehr gewagt.

„Sie hat allerhöchstens noch ein Jahr zu leben", teilte der behandelnde Arzt Sebastian und mir mit, Helene selbst wollte seltsamerweise den genauen Befund nie wissen.

Überhaupt stellte ich in diesem letzten Jahr mit ihr fest, mit wie wenig ein Mensch im Grunde noch zufrieden sein kann. Zuerst war es die Beweglichkeit, die immer mehr eingeschränkt wurde, bis sie schließlich ständig auf den Rollstuhl angewiesen war und selbst um auf die Toilette zu kommen, Hilfe brauchte. Als Zweites ließ ihre Sehkraft rapide nach, bald konnte sie weder lesen noch fernsehen. Sie war damit zufrieden, Radio und Hörbücher zu hören, kein Wort des Jammerns drang über ihre Lippen.

Dabei hatte ich mir insgeheim Sorgen gemacht, sie würde spätestens jetzt die Erlösung von ihrem Leiden von mir fordern. Stattdessen blieb sie selbst dann zufrieden, als es ihr nicht mehr möglich war, das Krankenbett, das ich besorgt hatte, zu verlassen. Ihre einzige Angst bestand darin, ins Krankenhaus oder ins Altenheim verlegt zu werden und die zweimal, die sie doch kurzfristig in die Klinik musste, waren durch tränenreiche Ergüsse geprägt. Sonst war sie ein geduldiger Patient, wobei ich dazu sagen muss, dass ihr Hausarzt ihre Schmerzmittel bei Beschwerden sofort erhöhte, um ihr zusätzliches Leid zu ersparen. Die Nachtpflege, die Sebastian besorgt hatte, wurde kaum gefordert.

Drei Monate vor ihrem Tod sprach mich Helene das erste und einzige Mal auf ihre Krankheit an. „Heike, ich möchte nicht im Krankenhaus sterben", sagte sie mit abgewandtem Gesicht, während ich sie gerade windelte. Da sie nur noch sehr schlecht Worte formen konnte, dachte ich im ersten Moment, ich hätte mich verhört und reagierte nicht. Mühsam quälte sie sich ein weiteres Mal, um ihre Bitte zu formulieren. Viel mehr brachte sie nicht heraus, aber ich erkannte an ihrem flehenden Blick, wie wichtig ihr meine Antwort war.

Sanft nahm ich ihre Hand. „Ich spreche mit dem Arzt und mit Sebastian. Wenn es irgendwie in meiner Macht steht, werde ich deinen Wunsch erfüllen."

Tränen der Dankbarkeit füllten ihre Augen und sie brachte ein winziges Lächeln zustande. Danach schlief sie völlig erschöpft ein. Es war das letzte Mal, dass sie mit mir gesprochen hatte. Ihr Zustand verschlechterte sich immer mehr, meist dämmerte sie nur noch vor sich hin. Sie schluckte gehorsam in kleinen Mengen pürierte Nahrung und Flüssigkeit, zu mehr war sie nicht mehr imstande. Die Stunden, die sie verschlief, wurden mehr und mehr.

Die letzten Tage ihres Lebens verbrachte ich fast ununterbrochen an ihrer Seite wachend. Martin und Thorben – Florian lebte damals schon in Heidelberg im Studentenwohnheim – versorgten sich ohne zu klagen selbst. Beiden war klar, dass es sich bis zu Helenes Ende nur noch um Tage handeln konnte.

Obwohl stark erkältet, schlief ich auch nachts neben ihr auf dem Sofa, da die Pflegerin mit einer Grippe krank zu Hause lag. Ich weiß nicht, ob sie es überhaupt noch wahrnahm, schon vor einer guten Woche hatte sie das Bewusstsein verloren. Trotzdem klammerte ich mich an den Gedanken, dass sie meine Nähe spürte und saß an ihrem Bett, hielt ihre Hand und erzählte ihr kleine, unwichtige Dinge. Zweimal hatte mir der Arzt schon angeboten, sie zum Sterben ins Krankenhaus einzuweisen, doch ich hielt an meinem Versprechen, das ich ihr gegeben hatte, fest. Helene sollte zu Hause bleiben.

In dieser Nacht, genau wie in den vorhergehenden, hatte ich mir für alle zwei Stunden den Wecker gestellt, um regelmäßig nach ihr zu sehen, deshalb bemerkte ich die Veränderung ziemlich schnell. Während ihre Atemzüge immer stockender wurden, hielt ich sie in meinen Armen, zitternd vor Fieber und Elend, denn es war für mich das erste Mal, dass ich das Ende eines Menschen miterlebte. Fast eine halbe Stunde dauerte der Kampf, den der geschwächte Körper leistete, dann war Helene tot.

Ich rief den Arzt zur Ausstellung des Totenscheins, informierte Sebastian und beauftragte das Bestattungsunternehmen mit der Abholung der Toten. Danach brach ich zusammen. Der Husten hatte sich in eine Lungenentzündung verwandelt, das Antibiotikum schlug nicht an, auf das nächste reagierte ich allergisch, sodass ich am ganzen Körper juckenden Ausschlag bekam und sofort ins Krankenhaus gebracht wurde.

Mehr als zwei Wochen später entließen die Ärzte mich zurück in die häusliche Obhut und das auch nur, weil meine Mutter sich bereit erklärt hatte, für eine Weile zu uns zu ziehen. Denn gleichzeitig hatte sich bei mir nun ein Asthma entwickelt, das auf Medikamente sehr schlecht anschlug. Erst hohe Dosen Cortison brachten Besserung.

Als uns meine Mutter einen Monat später wieder verließ, atmeten Martin und ich gleichermaßen auf. Sie ist lieb und nett und würde alles für mich tun, aber für längere Zeit mit ihr leben, kann ich nicht, dafür ist sie einfach zu bestimmend. Hat sie sich etwas in den Kopf gesetzt, wird es auch durchgeführt, allen widrigen Umständen zum Trotz. Und mich behandelt sie gern weiterhin wie ein kleines Kind, dem man vorschreiben muss, was es zu tun und zu lassen hat. Ich hoffe nur, ich werde im Alter nicht genauso.

Natürlich war ich ihr für ihr Kommen dankbar, ohne sie hätte ich wahrscheinlich gar nicht durchgehalten. Mit ihrer Ruhe und Gelassenheit half sie mir über die schlimmen Anfälle von Atemnot hinweg und wachte darüber, dass ich all meine Medikamente regelmäßig nahm. Sie kümmerte sich um den gesamten Haushalt, damit ich genug Ruhe zum Erholen hatte, und wusch zuletzt noch all die Wäsche, die Florian zum Semesterschluss mitbrachte.

Nur ihre eigene, instabile Gesundheit – dieser eine Monat hatte sie viel Kraft gekostet - und die Versicherung meiner Söhne sich in ihrer studienfreien Zeit um mich zu kümmern, brachte sie dazu mich zu verlassen. Denn von echter Heilung war ich noch weit entfernt. Das Cortison hatte mich aufgeschwemmt und meinen Magen angegriffen. Versuche, die Dosis zu reduzieren, scheiterten jedes Mal an den sich häufenden Asthmaanfällen. Ich fühlte mich matt und müde, die kleinste Anstrengung machte mich fix und fertig. Der Beginn des Frühlings und der einsetzende Pollenflug erhöhten die Beschwerden dermaßen, dass mein Hausarzt mich kurzerhand zur Kur an die See schickte.

Danach war ich zumindest fähig, mich einigermaßen um Haushalt und Garten zu kümmern. Zuallererst stand allerdings die Wohnungsauflösung von Helene an. Sebastian hatte es nicht übers Herz gebracht, diese allein auf sich zu nehmen. „Du willst bestimmt das eine oder andere als Erinnerung behalten", hatte er mir am Telefon erklärt. „Deshalb warte ich, bis du wieder in der Lage bist, gemeinsam mit mir das Mobiliar zu sichten."

Also fühlte ich mich genötigt, die Sache anzugehen, sobald es meine Gesundheit erlaubte, schließlich wollte Sebastian die Wohnung gern wieder vermieten. Das Haus musste er laut Helenes testamentarischer Bestimmung nämlich behalten, da wir Wohnrecht auf Lebenszeit hatten – natürlich zu unserer Minimiete.

Es brach mir das Herz, aber das meiste von Helenes Sachen landete im Container. Ihre Möbel waren uralt, die wollte noch nicht einmal mehr die Caritas nehmen und ihre Kleidung ebenso wenig. Den Schmuck nahm Sebastian für seine Frau und die beiden Töchter, die vielen Bücher und Hörspiele drängte er mir auf, da er wusste, wie gern ich las.

Helenes persönliche Dinge, ihre Fotoalben, die liebevoll verpackten Briefe ihres verstorbenen Mannes und all die kleinen Erinnerungen von ihren Reisen, die sie aufbewahrt hatte, wanderten ebenfalls in den Müll. Es tat mir in der Seele weh, aber was hätte ich sonst damit machen sollen?

Das Einzige, was ich mir aus ihrer Hinterlassenschaft aussuchte, war ein Landschaftsbild, das ich schon immer bei ihr bewundert hatte und das gut in unser Wohnzimmer über die Couch passen würde. Zusätzlich bekam ich die kleinen Figürchen ihrer Hummelsammlung, die sie mir testamentarisch vermacht hatte. Das Auto, das sie damals gekauft hatte, damit sie beweglich blieb, hatte sie mir schon vor ihrem Tod überschrieben. Das nutzte mittlerweile Thorben, der noch bei uns wohnte, um jeden Tag zur Uni nach Köln zu fahren.

Bis die Wohnung leer geräumt war, dauerte es fast drei Wochen, dafür war sie, kaum dass Sebastian sie inseriert hatte, schon vermietet. Ein alleinstehender Handelsvertreter, der unter der Woche kaum zu Hause war, zog ein. Er war Anfang dreißig und feierte fast jedes Wochenende lautstarke Partys, die bis in die Nacht dauerten. Zumindest, bis wir uns nach mehreren Bitten um etwas Ruhe, die er geflissentlich überhörte, bei Sebastian beschwerten. Danach wurde es ruhiger, dafür ging er uns nun aus dem Weg, beziehungsweise vermied es, uns zu begegnen. Mehr als einmal hörte ich seine Tür wieder zuklappen, wenn ich in den Hausflur trat.

Sonst war mein Leben relativ eintönig. Weiterhin durch das Asthma und die dadurch bedingten starken Medikamente behindert, schaffte ich mit Ach und Krach die Hausarbeit, für alles andere hatte ich nicht die Kraft und Energie. Und Helene fehlte mir - wie sehr, merkte ich erst jetzt. Die letzten Jahre hatte ich mehr Zeit mit ihr verbracht als mit Martin.

Das wurde mir auch erst in diesem Moment richtig bewusst. Für mich hatte sich fast alles um die Kinder, den Haushalt und meine Arbeit gedreht, die wenige Freizeit, die mir blieb, versuchte ich zum Lesen und Handarbeiten zu nutzen. Mein Mann dagegen verbrachte die ersten Stunden nach seiner Heimkehr Musik hörend oder sich vom Fernseher berieseln lassend auf der Couch und widmete sich anschließend seinen Hobbys, surfte im Internet oder traf sich mit seinen Freunden in der Kneipe um die Ecke auf ein Glas Bier. Samstags erledigte er die am Haus angefallenen Arbeiten, wenn er sie nicht an Thorben weiter delegieren konnte, dann machte er einen Mittagsschlaf und abends stand meist eine Feier oder ein Kinobesuch oder zumindest ein Essen mit irgendwelchen seiner Freunde an.

Früher, nachdem die Kinder alt genug waren allein zu bleiben, hatte ich ihn oft begleitet. Als Helenes Krankheit schlimmer geworden war, war ich meist zu Hause geblieben und nun, seitdem es mir so schlecht ging, hatte ich überhaupt keine Lust mehr mitzukommen. Ich war froh, wenn ich einen anfallsfreien Abend auf der Couch verbringen konnte.

Auch an den Sonntagen sahen wir uns kaum. Morgens nach dem Frühstück fuhr er zu Floh- oder Antikmärkten, um nach weiteren Sammelobjekten zu suchen und anschließend zu seiner Mutter, wo er den Rest des Tages verbrachte. Kam er zurück, war es Zeit für seinen Krimi und meist blieb er dann vor dem Fernseher sitzen, bis er ins Bett ging.

Wann hatten wir uns dermaßen auseinander gelebt? Selbst wenn wir uns bei den Mahlzeiten am Tisch gegenübersaßen, gab es kaum noch etwas, über das wir reden konnten. Anfangs versuchte ich, mit ihm über das Tagesgeschehen zu sprechen, fragte nach seiner Arbeit oder gab irgendwelche Kommentare zu besonders dubiosen Zeitungsartikeln ab, um ihn in eine Diskussion zu verwickeln, aber fast immer endeten diese Gespräche in Streit. Generell war seiner Ansicht nach meine Meinung viel zu sehr von dem beeinflusst, der über das Thema geschrieben oder gesprochen hatte - ich verbrächte viel zu viel Zeit vor dem Radio und hörte die dümmsten Sendungen, war sein Lieblingskommentar. Und überhaupt hätte ich viel zu wenig Ahnung von dem, was in der Welt vorginge, als dass er mit mir darüber diskutieren könne.

Bald zog ich es vor zu schweigen und zur Untermalung lieber der von ihm gewählten Musik zu lauschen, oder ich aß, wann immer es möglich war, bereits mit Thorben, der leider fast ständig außer Haus war und fast nur noch zum Schlafen nach Hause kam. Mit ihm fanden sich immer interessante Gesprächsthemen und er fragte mich in vielen Dingen nach meiner Meinung. Selbst mit Florian, den ich nur in den Semesterferien sah und mit dem ich höchstens einmal in der Woche telefonierte, tauschte ich mich mehr aus als mit Martin.

Diesem war anscheinend nur ein Thema wichtig, wann ich endlich wieder mitarbeiten würde. Sein Dispositionskredit war wohl mittlerweile bis zum Anschlag ausgereizt, das vermutete ich zumindest nachdem, wie er herumdruckste, wenn ich mir über seinen Kontostand Klarheit verschaffen wollte. Und er hatte trotzdem Wünsche über Wünsche, die er sich erfüllen wollte.

Ich könnte doch wenigstens versuchen zu arbeiten, bekam ich mindestens einmal täglich zu hören. Bei meinen Alten käme es gewiss nicht so darauf an, ob ich hundertprozentig fit wäre. Dass ich kaum in der Lage war, die eigene Arbeit im Haus zu schaffen, übersah er geflissentlich.

Zum Winter verschlimmerte sich mein Zustand noch mehr. Der Arzt stellte eine starke Hausstauballergie fest, zudem fand er eine ganze Reihe von Lebensmitteln, die ich nicht mehr vertrug. Strenge Diät, Schutzüberzüge für Bettwäsche und Matratze und noch mehr Medikamente sorgten ganz langsam für Besserung. Nur meine Psyche litt immer mehr. Endlich konnte ich Helene verstehen, wie schlimm es nach dem Schlaganfall für sie gewesen sein musste. Die körperlichen Einschränkungen waren für einen agilen Menschen nur schwer zu ertragen, vor allem, wenn man nicht wusste, ob sich dieser Zustand jemals wieder bessern würde.

21

Laute Stimmen und Türenschlagen sind zu hören, anscheinend geht die Polizei endlich. Mühsam stemme ich mich hoch, meine Muskeln protestieren gequält. Ich bin wirklich zu alt, um in einer solchen Position längere Zeit zu verharren.

Schritte kommen näher und ich höre, wie die Schranktüren sich öffnen. Dann endlich schiebt sich die falsche Rückwand zur Seite und ich kann Thorbens besorgtes Gesicht erkennen. Hätte er mich nicht gestützt, wäre ich wahrscheinlich der Länge nach hingefallen.

„Du bist ganz weiß, Mama", sagt er, während er mich behutsam auf den Boden herabsinken lässt.

„Ich habe Krämpfe in beiden Beinen", ächze ich und versuche mich aufzusetzen, damit ich sie massieren kann.

Doch Thorben hat schon seine Hände auf meine Muskeln gelegt und beginnt sie zu kneten.

Stöhnend lasse ich mich zurücksinken. Dann ist Florian da und hält mir ein übel riechendes Glas unter die Nase. „Trink das", verlangt er, als ich versuche, meinen Kopf wegzudrehen, „du wirst es brauchen."

Gehorsam trinke ich einen kleinen Schluck und muss sofort husten. „Was ist das?!"

„Omas Magenbitter", grinst Florian und hält mir das Glas schon wieder auffordernd unter die Nase. „Trink, der tut dir gut."

Er gibt nicht eher Ruhe, bis ich das Pinnchen geleert habe. Und er hat recht. Mein Magen entkrampft sich und meine Glieder entspannen sich wohlig.

„Du hast ganz rote Wangen", Thorben mustert mich prüfend. „Ich weiß nicht, ob das so gut war, auf nüchternen Magen."

„Natürlich, mir geht es blendend", entgegne ich entrüstet, muss mich dann, nachdem ich stehe, allerdings an ihm festhalten. Meine Beine sind furchtbar wackelig.

„Ab in die Küche!", kommandiert Florian. „Wir machen dir ein Brot." Wir sind kaum unten angekommen, da klingelt das Telefon. Während Thorben mich in die Küche begleitet, nimmt Florian den Hörer hoch. Meine Schwiegermutter hat noch eins dieser altmodischen Geräte mit Schnur, deshalb kann ich nicht hören, was er sagt. Außerdem werde ich von Topsy abgelenkt, die mir, endlich befreit, um die Beine streicht.

Mein Sohn bugsiert mich zu einem Stuhl am Tisch und sie springt auf meinen Schoß.

„Wie du siehst, hat Florian alle Rollläden heruntergelassen", sagt er und holt Brot, Margarine und Käse aus dem Kühlschrank. „Keiner kann dich sehen."

„Meinst du, die kommen noch einmal wieder?" Irgendwie habe ich überhaupt keinen Appetit. Meine Kehle ist wie zugeschnürt. In meinen Kopf summt es, dass ich kaum einen klaren Gedanken fassen kann.

„Mit Sicherheit", erwidert Thorben und reicht mir das erste Brot. „Die haben von irgendjemandem einen Tipp bekommen, dass du dich hier aufhältst."

„Hatten sie einen Haftbefehl gegen mich?"

„Sie zeigten uns nur einen Durchsuchungsbeschluss für das Haus. Angeblich liegen neue Erkenntnisse vor, die sie zu diesem Schritt veranlassten. Was das ist, haben sie uns nicht mitgeteilt." Er sieht von seiner Arbeit auf und macht ein bekümmertes Gesicht: „Während der Durchsuchung wurden wir beide eindringlich nach deinem mutmaßlichen Aufenthaltsort befragt. Ich glaube, der Kommissar weiß, dass wir ihn angelogen haben."

„Das heißt, sie verdächtigen mich wirklich", murmele ich zwischen zwei Bissen. Zwar schmeckt das Brot wie Pappe, aber mein Magen registriert mit dankbarem Knurren, die ihm angebotene Nahrung.

„Sieht für uns jedenfalls so aus", Thorben beginnt, heißhungrig zu essen. „Der leitende Beamte hat uns zweimal gesagt, dass wir dir ausrichten sollen, sie müssten dringend mit dir …"

Florian kommt mit hochrotem Gesicht hereingestürmt. „Du musst weg, Mama. Onkel Herbert war es, der uns die Polizei auf den Hals geschickt hat."

„Bist du dir sicher?" Die Frage kommt von Thorben, ich bin nicht fähig zu sprechen. Dabei hätte ich mir das eigentlich denken können. Immerhin stand er Martin ziemlich nahe. Warum sollte er da mich beschützen wollen?

Florian lässt sich auf den Stuhl neben mich fallen. „Und ich Trottel habe ihn auch noch gebeten Erkundigen einzuziehen", aufstöhnend rauft er sich die Haare. „Das war er gerade am Telefon. Er wollte mir versichern, dass er uns beiden, Thorben und mir, keine Schuld an der ganzen Entwicklung gibt, immerhin wären wir deine Söhne und würden deshalb natürlich versuchen, dich zu schützen."

„Hat er etwas Neues rausgekriegt?", frage ich gespannt.

Florian greift nun ebenfalls nach einem der belegten Brote, die mittlerweile einen hohen Stapel bilden, und nickt. „Anscheinend ist am Nachmittag noch einmal die Polizei bei ihm gewesen und hat ihm ein Foto von der Schnapsflasche gezeigt." Er schweigt und sieht mich vielsagend an.

„Ich verstehe nicht. Was hat das mit mir zu tun?"

„Stimmt, das habe ich dir ja noch gar nicht erzählt", Thorben schlägt sich mit der Hand vor die Stirn. „Die Polizei hat uns eben auch ein Foto gezeigt und uns gefragt, ob wir etwas Ähnliches vorher schon einmal gesehen hätten. Es war nämlich keine normale Flasche, sondern so eine Glaskaraffe, wie wir sie mal zu Weihnachten verschenkt haben, mit selbst gemachtem Obstler, erinnerst du dich?"

„Das ist mindestens vier Jahre her!"

„Sechs", verbessert mich Florian. „Ich war achtzehn und Thorben siebzehn. Mein letztes Weihnachtsgeschenk für die ganze Bande."

Ich hatte immer darauf geachtet, dass meine Kinder allen, von denen sie beschenkt wurden, zu diesem Fest ebenfalls eine Freude machten. So kamen die Omas, meine Schwester, Onkel Herbert und Helene jedes Jahr zu einer von uns hergestellten Aufmerksamkeit. Martin und ich dagegen hatten …

„Marlies!", platze ich mit vor Wut steifen Lippen heraus. In einem plötzlichen Anfall von Atemnot ringe ich nach Luft und kann nicht weiter sprechen.

„Was hat Oma damit zu tun?"

„Sie ist die Giftmischerin", ächze ich. Noch immer bin ich kaum in der Lage die Worte herauszubringen.

„Oma?", fragt Florian stirnrunzelnd. „Warum sollte sie ihren eigenen Sohn vergiften wollen?" Mein Sohn lacht ungläubig auf.

„Außerdem war sie längst tot, als Papa starb", ergänzt Thorben und sieht mich an, als wäre ich durchgedreht. „Du …"

„Ich sollte sterben, nicht er", unterbreche ich ihn empört und dann sprudelt die ganze Geschichte aus mir heraus. Damals, an unserem letzten, gemeinsamen Weihnachtsfest war Martin krank gewesen und deshalb erst nach den Feiertagen zu seiner Mutter gefahren, wie immer in den letzten Jahren ohne mich. Davor hatte unser Treffen sich jedes Mal auf die gleiche Weise abgespielt: Die Kinder bekamen das, was ich im Voraus für sie gekauft hatte, Martin einen Umschlag mit Geld und ich irgendeine Kleinigkeit, mal eine Kerze, mal Gästehandtücher oder irgendeinen anderen Haushaltsartikel. Freute ich mich in ihren Augen nicht genug über das Geschenk, beschwerte sie sich noch bei ihrem Sohn, dass ich undankbar wäre. Meinetwegen hätte sie mir überhaupt nichts zu schenken brauchen, aber wehe ich hätte ihr das gesagt, sie wäre tödlich beleidigt gewesen.

Ich zucke bei diesem Gedankenspiel zusammen. Tod. Sie hatte meinen Tod gewollt!

„Fassen wir noch einmal zusammen!" Florian sieht mich ernst an. „Papa kam also mit dieser Karaffe zurück und sagte, sie wäre für dich."

„Nein, er drückte mir das eingewickelte Päckchen in die Hand und sagte, das wäre von seiner Mutter für mich. Ich packte es aus und es war diese Karaffe." Ich schnaube empört. „Ihr müsst euch das mal überlegen. Es war genau die, die wir ihr Jahre zuvor geschenkt hatten. Nur mit einem anderen Aufgesetzten drin."

„Na ja, sie hat dich ja immer schon geliebt", Thorben grinst, wird aber sofort wieder ernst. „Und du bist dir sicher, dass das die Flasche ist, die bei Papa gefunden wurde?"

„Es kann nicht anders sein", vor Aufregung kann ich nicht mehr still sitzen und beginne, in der Küche auf und ab zu tigern. „Ich war es doch, die die Schränke geleert hat. Daher war ich auch diejenige, die das Barfach ausräumte."

Ich sah es deutlich vor mir. Voller Wut hatte ich die Flaschen genau abgezählt, obwohl ich mir im Gegensatz zu Martin überhaupt nichts aus Alkohol machte. Aber ihm freiwillig etwas überlassen? Darüber war ich nun wirklich hinaus.

Das Geschenk seiner Mutter hatte ganz hinten in der Ecke gestanden, wo ich es direkt nach dem Auspacken hin verfrachtet hatte. Marlies hatte nicht nur die Frechheit besessen, mir dieselbe Flasche zurück zu schenken, die sie von uns erhalten hatte. Nein, sie schien ebenfalls nicht mitbekommen zu haben, dass ich mir seit über drei Jahren schon nichts mehr aus Kirschlikör machte, seitdem ich bei einer Party zuviel von diesem Zeug getrunken und die halbe Nacht die Toilette umklammernd zugebracht hatte. Da Martin normalerweise nur Bier trank, höchstens einmal einen Verdauungsschnaps, wollte ich den Inhalt eigentlich wegschütten, denn die Karaffe war wirklich hübsch und ich hatte mich schon geärgert, dass ich mir damals nicht eine für mich gekauft hatte.

Alle Beschenkten waren damals sehr angetan gewesen, außer meiner Schwiegermutter, der der Geschmack unseres selbst hergestellten Obstlers nicht fruchtig genug war. Und im Gegensatz zu allen anderen hatte sie nicht ein Wort über die schöne Flasche verloren. Das war dann auch der Zeitpunkt, ab dem ich mich weigerte, sie an Weihnachten zu besuchen. „Andauernd macht sie unsere Geschenke schlecht, ich aber muss mich über ihre geschmacklosen Kleinigkeiten freuen", hatte ich getobt, kaum dass wir wieder zu Hause waren. Martin hatte pikiert das Gesicht verzogen – und geschwiegen, wie immer, wenn es um seine Mutter ging. Jegliche Kritik an ihr war nach wie vor verboten.

Ich rächte mich, indem ich mich fortan an ihren Geburtstagen und Weihnachten entschuldigen ließ, öfter war ich in den letzten Jahren sowieso nicht mehr bei ihr zu Besuch gewesen. Wobei, wahrscheinlich gefiel ihr meine Abwesenheit sogar, dadurch hatte sie Martin an zwei weiteren Tagen im Jahr für sich allein.

Aber zurück zum Thema: Alle Flaschen aus dem Barfach waren auf zwei Kartons verteilt, nur die Karaffe stand noch da. Ich hatte sie gerade in die Hand genommen, als es klingelte, die Möbelinteressenten waren erschienen. Ohne darauf zu achten, in welche der Kisten ich sie stellte, packte ich die Karaffe weg und eilte zur Tür. In der folgenden Hektik, die Käufer wollten die erstandenen Gegenstände sofort mitnehmen, vergaß ich es, die Kartons zu kontrollieren. Das war der Grund, warum Martin überhaupt in den Besitz des Obstlers gekommen war.

Halt! Da fällt mir noch etwas Wichtiges ein. „Auf allen Flaschen müssen meine Fingerabdrücke sein", erkläre ich selbstzufrieden grinsend. „Daher kann die Polizei mir gar keinen Strick daraus drehen."

„Tja", Thorbens gedehnte Antwort lässt mich Schlimmes ahnen. „Leider war diese Karaffe das letzte Stück aus Papas Bestand. Alle anderen hatte er bereits geleert."

„Und entsorgt", ergänzt Florian. Er blickt grimmig. „Laut Christine hat er fast jeden Abend getrunken."

„Das kann ich mir …", beginne ich, aber Florian unterbricht mich. „So sind die Fakten. Und wenn du nicht das Rätsel um die Flasche gelöst hättest, sähest du jetzt im wahrsten Sinne des Wortes alt aus. Auf Oma hätte ich als Letztes getippt."

„Bist du dir wirklich sicher?" Thorben zieht unbehaglich die Schultern hoch. „Ich meine, Oma hat dich gehasst, das stimmt, doch dich gleich umbringen?"

„Nur so kann es gewesen sein", beharre ich. „Die Karaffe war eindeutig für mich bestimmt. Sie ging davon aus, dass der Kirschschnaps weiterhin mein Lieblingsgetränk sei, woher hätte sie auch wissen sollen, dass ich ihn nicht mehr trank? Euer Vater dagegen machte sich nichts aus dem Zeug. Nie und nimmer hätte er davon getrunken!", ich seufze, „früher jedenfalls."

„Armer Papa", murmelt Thorben, er ist ziemlich blass geworden. Florian dagegen findet sich einfach mit dieser neuen Lage ab. Er schnappt sich das letzte Stück Brot und springt auf: „Wir reden später weiter, Mama! Erst einmal musst du von hier verschwinden. Wenn Onkel Herbert der Polizei von dem Schrank mit der falschen Rückwand erzählt, kommen sie bestimmt noch einmal zurück."

„Weiß er denn davon?" Ich will nicht weg! Wohin soll ich denn gehen?

„Natürlich, er und Tante Hilde sind schließlich Omas engste Vertraute gewesen. Und Onkel Herbert traue ich zu, dass er die Beamten gleich anruft, um ihnen von dem Versteck zu erzählen." Florian holt tief Luft: „Er war richtig sauer auf uns. Er hat mir vorgeworfen, wir würden uns dadurch, dass wir dich zu schützen versuchen, im Nachhinein mitschuldig an dem Tod unseres Vaters machen."

So ein Ekelpaket! „Was hast du ihm erzählt?"

„Äh." Er wird rot wie eine überreife Tomate. „Ich habe gesagt, er hätte unser Gespräch heute wohl missverstanden, du wärest nicht hier und wir wüssten auch nicht, wo du dich aufhalten würdest. Daraufhin wurde er ziemlich laut. Ob ich ihn für dumm verkaufen wollte. Schließlich hätten er und Tante Hilde uns sogar Essen für dich mitgegeben. Ich habe behauptet, wir hätten gedacht, dass das ein Nachschlag für uns für abends gewesen sei."

„Das Gleiche haben wir nämlich der Polizei gesagt, die fragte, warum in der Spüle Geschirr von einer Person stehen würde." Thorben steht ebenfalls auf und blickt ungeduldig auf mich, die ich noch immer ruhig am Tisch sitze. „Nun komm! Florian hat recht, du musst hier weg."

„Wohin soll ich denn bitte gehen?" Ich bewege mich keinen Zentimeter. „Nach Hause kann ich nicht und zu Oma oder Tante Ute auch nicht. In ein Hotel kann ich genauso wenig, da muss man sich mit einem Pass anmelden, falls ihr das vergessen haben solltet."

Florian macht ein langes Gesicht. Daran hat er anscheinend nicht gedacht. Thorben dagegen geht schnurstracks zum Telefon und beginnt zu wählen. Jetzt doch gespannt folge ich ihm.

„Hallo, Georg", sagt er gerade, „ihr habt doch früher mal Zimmer vermietet."

Die Stimme am anderen Ende unterbricht ihn und beginnt einen längeren Monolog, von Thorben kommen nur gelegentliche Hms. An seiner Miene kann ich nicht ablesen, worum es geht. Mit einem kurzen Blick auf seinen Bruder schiebt Florian sich an mir vorbei und rennt die Treppe hinauf. Was hat der denn vor?

Ich setze mich auf die unterste Stufe und warte ergeben.

Endlich nach fast fünf Minuten kommt Thorben wieder zu Wort. „Das ist kein Problem", er zwinkert mir zu und grinst breit. „Sie hilft gern im Haushalt mit. Und im Prinzip schlagen wir damit zwei Fliegen mit einer Klappe. Du brauchst sie nicht anzumelden und sie spart Geld."

Sein Gesprächspartner unterbricht ihn mit einem Einwand. „Nein", sagt mein Sohn völlig überzeugend, „wenn es rauskommen sollte, sagst du einfach, sie wäre eine Freundin der Familie. Immerhin kennt sie dich schon seit deiner Kindergartenzeit."

Anscheinend kommt kein Widerspruch mehr. Mit einem befriedigten Lächeln legt Thorben auf. Hinter mir poltert Florian die Treppe hinunter, in der Hand mein Gepäck. „Dann mal los", meint er knapp und schiebt mich Richtung Haustür.

22

Erst nachdem wir zusammen mit vereinten Kräften das Eis von den Scheiben gekratzt haben und Thorben und ich gemütlich im mittlerweile warmen Auto sitzen, beantwortet er mir die Frage, die ich gleich nach Beendigung seines Telefonates gestellt hatte.

„Wer Georg ist? Du müsstest dich eigentlich an ihn erinnern. Ich war mit ihm zusammen im Kindergarten und wir haben später zusammen unseren Zivildienst geleistet."

„Keine Ahnung." Meine Kinder hatten immer einen großen Freundeskreis, der mit zunehmendem Alter und Verlagerung ihrer Interessen ständig wechselte. Wie sollte ich mich da an diesen einen Namen erinnern können?

„Der mit dem Bauernhof", hilft Thorben mir auf die Sprünge, „dessen Vater den schweren Motorradunfall hatte."

Langsam dämmert es mir und das Bild eines stämmigen jungen Mannes mit roten Wangen taucht vor meinem inneren Auge auf. Er und mein Sohn hatten zusammen studieren wollen, doch kurz vor dem Ende ihres Zivildienstes verunglückte der Vater und Georg musste die Führung des Bauernhofs übernehmen. Vorläufig, hatte es damals geheißen, aber wenn er jetzt immer noch zu Hause war, konnte das nur eines bedeuten, er hatte seinen Berufswunsch an den Nagel hängen müssen.

„Die Eltern sind im Urlaub auf Gran Canaria", informiert mich Thorben und folgt vorsichtig der zum Teil vereisten Straße. „Und normalerweise vermieten sie ihre Zimmer nur bis zum Herbst. Doch für dich macht er eine Ausnahme. – Hm, wahrscheinlich kann er das Geld auch ganz gut gebrauchen."

Nach und nach, immer wieder unterbrochen von langen Pausen, in denen er sich auf die Straße konzentrieren muss, erfahre ich die Einzelheiten. Der Vater war nicht Schuld gewesen an dem Unfall, ein Auto hatte ihm die Vorfahrt genommen. Nur hatte er blöderweise auf die Schutzkleidung verzichtet und war in kurzärmeligem Hemd und Shorts gefahren. Daher hatte die gegnerische Versicherung ihm eine Teilschuld zugewiesen, die leider auch das Gericht bestätigte. Als sich dann herausstellte, dass er nie wieder völlig gesunden würde, hatte Georg den Hof übernommen, angeblich sogar freiwillig.

Na ja, wer vor die Wahl gestellt wird: Entweder du übernimmst das Land und dein Elternhaus oder alles muss verkauft werden, handelt meiner Meinung nach unter Zwang. Was wäre ihm denn sonst übrig geblieben? Der Vater war Frühinvalide und bekam eine kleine Rente, die Mutter hatte, genau wie ich, nie einen Beruf gelernt. Er hätte seine Eltern wahrscheinlich so oder so ein ganzes Leben lang unterstützen müssen.

Trotzdem, diese Entscheidung zu treffen und den eigenen Traum aufzugeben, verlangt richtigen Mut und das sage ich auch zu Thorben.

„Ich konnte seine Entscheidung nicht verstehen", erklärt mein Sohn aufrichtig. „Ich glaube, ich hätte anders gehandelt."

„Wie war denn das Verhältnis zu seinen Eltern?"

„Super. Georg ist ein Nachkömmling. Als er geboren wurde, waren seine Schwestern schon Teenager. Sein Vater war unheimlich stolz auf ihn und hat in ihm von Anfang an den Hoferben gesehen. Er hat immer gemeint, dass Georg nach dem Studium bestimmt zur Vernunft kommen würde. - Allerdings war er auch der Erste, der seinem Sohn die Übernahme nach dem Unfall ausreden wollte. Es ist wirklich so, keiner hat Georg gedrängt, er hat es freiwillig getan."

„Und der Hof läuft gut?"

„Sieht so aus." Thorben lacht. „Sonst könnte er seine Eltern bestimmt nicht für vier Wochen nach Gran Canaria schicken."

Er blinkt und biegt in einen schmalen, verschneiten Weg ein. „Du siehst, das Gehöft liegt ziemlich abgelegen. Hier wird dich so schnell keiner finden."

Hundert Meter, zweihundert Meter, dann macht die Straße einen Knick nach links und ein großes, hell erleuchtetes Gebäude taucht vor uns auf. Thorben fährt bis an das schmale Blumenbeet, das das Haus umgibt, heran und hupt.

Wildes Gebell ertönt aus dem Inneren, es muss ein ziemlich großer Hund sein, der dort wacht.

„He!", ruft es von der Seite und eine Gestalt löst sich aus dem Dunkel der Stallmauern und läuft auf uns zu.

„Georg!" Mit ausgestreckten Armen geht mein Sohn auf den anderen zu. Dann gibt es ein ausgiebiges Hallo mit Schulterklopfen und dummen Sprüchen. Endlich, meine Füße fühlen sich langsam an, als wären sie am Boden festgefroren, fällt ihnen ein, dass ich auch da bin.

„Ich glaube, deiner Mutter ist kalt", meint Georg auch prompt, nachdem er mich begrüßt hat. Im Gegensatz zu meinen Eisfingern sind seine Hände warm und seine Wangen rosig, obwohl er außer einem dicken Pullover, einer Jeans und Gummistiefeln nichts unternommen hat, die Kälte abzuwehren.

Mit einem freundlichen Grinsen winkt er mir, ihm zu folgen.

Während Thorben meine Taschen aus dem Kofferraum holt, öffnet er bereits die Eingangstür und wird von einem kleinen, wuscheligen Etwas angesprungen. „Das ist Toby, unser Wachhund", erklärt er augenzwinkernd, als ich eine ähnliche Begrüßung über mich ergehen lassen muss. Der schwarze Mischling ist noch schmusiger als Topsy und leckt mir hingebungsvoll mein erfrorenes Gesicht. Dann folgt er uns ins warme Innere.

„Wie ich Thorben schon am Telefon sagte, stehen die Gästezimmer nicht zur Verfügung. Wir heizen dort im Winter auf niedrigster Stufe, gerade, dass die Leitungen nicht einfrieren", erklärt mir Georg. „Daher müssen Sie mit meinem ehemaligen Zimmer vorlieb nehmen."

„Das macht gar nichts", sagt mein Sohn, bevor ich den Mund öffnen kann. „Hauptsache, es ist warm." Und mit einem Seitenblick auf mich. „Bei der Oma im Haus zickt die Heizung, mal geht sie, mal nicht. Und außerdem haben wir schon fast alle Möbel abgebaut. Florian und mich stört das nicht, wir haben uns Matratzen auf den Boden gelegt. Aber meine Mutter ist da empfindlicher. Gut, dass du sie aufnehmen kannst."

„Ja, ich bin Ihnen wirklich dankbar", nicke ich artig.

Er wird rot. „Sagen Sie ruhig weiter du zu mir, so wie früher."

„Nur, wenn du mich Heike nennst", lächle ich zurück. „Und sag mir bitte, wenn ich dir etwas helfen soll. Ich will dir nicht zur Last fallen."

Er kratzt sich am Kopf. „Das Problem ist, Silke, meine Freundin, hütet zurzeit die Kinder ihrer Schwester. Die musste kurzfristig ins Krankenhaus. Sie … äh, du kannst wirklich gern hier übernachten. Nur mit dem Essen müsstest du mir helfen." Er schaut mich geradezu hoffnungsvoll an. „Ich lebe im Moment aus der Tiefkühltruhe."

„Ich übernehme die Mahlzeiten", erkläre ich erleichtert. „Soll ich dir auch das Frühstück machen?"

Er lacht. „Wenn du gern um sechs Uhr aufstehen möchtest." Er sieht mein entsetztes Gesicht und winkt ab. „Nein, das schaffe ich allein. Aber ein vernünftiges Mittagessen wäre klasse."

„Bevor du ihr die Küche zeigst, lass mich bitte die Taschen nach oben bringen", sagt Thorben und stapft wie selbstverständlich die Stufen hinauf.

„Ist das wirklich in Ordnung, dass ich hier wohnen kann?", frage ich mit schlechtem Gewissen, während ich Georg folge. Er ist richtig nett und wir belügen ihn von vorne bis hinten. „Ich will dir schließlich nicht dein Zimmer wegnehmen."

„Iwo, das Haus ist riesig", beruhigt er mich, während wir die nächste Treppe in Angriff nehmen. „Und noch ist genug Platz."

„Ist das Erste schon in Planung?", erkundigt sich Thorben neugierig und bleibt vor der Tür am Ende der Stufen stehen.

Georgs Gesicht verfärbt sich wieder. „Über diese Phase sind wir hinaus", gibt er leise zu. „In sechs Monaten ist es so weit."

„Hey, super!" Thorben klopft ihm auf den Rücken. „Warum hast du mir diese tolle Nachricht nicht geschrieben?"

„Noch weiß es keiner. Silke wollte erst die gefährlichen drei Monate hinter sich bringen, sie hatte Angst vor einer weiteren Fehlgeburt. Aber wie es aussieht, klappt es dieses Mal." Georg strahlt richtig.

„Entschuldige, ich hatte ja keine Ahnung", Thorben macht ein betretenes Gesicht.

„Wir hatten es damals nur meinen Eltern und Silkes Vater erzählt, sonst wusste es keiner." Georg, der immer noch auf der obersten Stufe steht, wedelt ungeduldig mit der Hand. „Los, geh rein! Ich will hier keine Wurzeln schlagen."

„Wow!" Ich bin überrascht. Im Gegensatz zu der bäuerlichen Einrichtung, die ich bisher im übrigen Haus sehen konnte, erwartet mich hier ein riesiges Dachzimmer, total modern eingerichtet, mit einem Futonbett und Möbeln aus Buchenholz. Sogar eine kleine Küchenzeile gibt es hier und anscheinend auch eine eigene Toilette, denn hinten in der Ecke geht eine weitere Tür ab.

„Das war mein Reich, bis Silke zu mir gezogen ist", erklärt Georg. „Jetzt bewohnen wir zusammen die erste Etage und meine Eltern haben sich in Parterre eingerichtet. Mein Vater schafft die Treppe nicht mehr."

„Und wo bringt ihr die Feriengäste unter?", frage ich.

„Die wohnen nebenan im großen Anbau", berichtet er und ich kann den Stolz in seiner Stimme hören, als er sagt: „Wir haben drei Wohnungen und sie sind mittlerweile schon lange im Voraus ausgebucht."

Also war es nicht Geldmangel, sondern reine Nettigkeit, dass er eingewilligt hat, mich aufzunehmen. Ich funkele Thorben wütend an. Der grinst breit. „Ich wusste gleich, dass du mir helfen würdest."

Die Hand schon auf der Türklinke dreht Georg sich noch einmal um. „Ist doch wohl selbstverständlich unter Freunden", gibt er zurück. „So, nun lasse ich euch mal allein, damit deine Mutter sich einrichten kann. Anschließend zeige ich ihr den Rest des Hauses."

„Du Biest", zische ich, kaum, dass er die Tür hinter sich zugezogen hat. „Wie konntest du ihm und mir das antun!"

„Er ist mein bester Freund", erwidert Thorben steif. „Ich hätte ihm sogar die Wahrheit sagen können und er hätte dich trotzdem aufgenommen. Ich wollte ihn nur nicht unbedingt da mit hineinziehen."

„Ich wusste gar nicht, dass ihr euch so nahe steht", ich bin schon wieder einigermaßen besänftigt.

„Wir sehen uns nicht oft, halten jedoch übers Internet regelmäßigen Kontakt." Thorben lässt sich in einen der beiden Ledersessel fallen. „Gott, bin ich müde. Ich muss sehen, dass ich gleich fahre."

„Und wie machen wir weiter?"

„Hm, ich denke, ich komme morgen früh mit Florian zusammen vorbei und wir überlegen gemeinsam." Er kramt in seiner Hosentasche. „Hier, nimm mein Handy! Falls uns was dazwischen kommt, können wir dir eine Nachricht schicken. Und wenn du uns etwas mitteilen willst, machst du das genauso. Okay?"

Ich nickte und fange jetzt auch an zu gähnen. Es ist zwar erst halb neun, aber die nicht abreißenden Aufregungen zollen ihr Tribut. Ich glaube, ich werde ebenfalls früh schlafen gehen.

„Ruf bitte gleich noch Tante Ute an", fällt es mir ein, „damit sie und Oma sich keine Sorgen machen. Sag ihnen, ich wäre bei einer Freundin und ihr würdet euch um alles kümmern."

„Sonst noch was?" Er ist schon halb und halb dabei, sich zu erheben.

„Nein, ich bin viel zu fertig, um vernünftig nachdenken zu können."

„Ich auch", er steht nun endgültig auf und reckt und streckt sich. „Lass uns runter gehen. Georg will dir ja die Küche zeigen!"

Er hat unser Gepolter gehört und steht in der Diele. Nachdem er Thorben verabschiedet hat, zieht er mich hinter sich her in eine große Wohnküche, die von einem riesigen Tisch dominiert wird, an dem gut und gerne fünfzehn Personen Platz haben. Die weitere Einrichtung besteht aus blitzenden, hochmodernen Küchengeräten und jeder Menge Schränke aus echtem Eichenholz. Seltsamerweise wirkt das Gesamtbild durchaus harmonisch.

„Dort ist die Treppe zum Keller", erklärt er und weist auf eine Nische neben der Spüle. „Unten sind die Tiefkühltruhen und die Regale mit dem Eingemachten. Alles, was du für das Frühstück brauchst, findest du hier oben im Kühlschrank."

Wie, das riesige Ding ist kein Kombigerät?

Er deutet meinen Gesichtsausdruck richtig. „Denk dran, du bist hier auf einem Bauernhof."

„Was habt ihr denn für Tiere?"

„Wir haben uns auf Milchwirtschaft spezialisiert, daneben betreiben wir eine kleine Rinderzucht. Außerdem haben wir Hühner und Gänse und für die Ferienkinder ein paar Ziegen und drei Ponys."

„Da hast du ganz schön viel Arbeit."

„Ach, im Winter geht das, normalerweise schaffe ich das gut mit Silke zusammen allein. Im Sommer hilft Mutter mit und Vater auch ein bisschen, ansonsten kümmert der sich um den Papierkram." Er grinst. „Du siehst, wir sind ein richtiger Familienbetrieb."

Er wirkt echt zufrieden, das ist nicht gespielt. Daher wage ich zu fragen: „Und? Bist du glücklich?"

„Ja, aus tiefstem Herzen." Er wird ernst. „Weißt du, anfangs, als das mit meinem Vater passierte, bin ich nur widerstrebend geblieben. Aber bald hatte mich der Virus infiziert. Heute bin ich mit Leib und Seele Bauer."

„Toll", sage ich und meine es auch so.

Trotzdem scheint er zu meinen, er müsse sich rechtfertigen. „Hier bin ich mein eigener Herr. Ich kann schalten und walten, wie ich will. Mein Vater unterstützt mich, ich komme gut mit ihm aus. Er hat mir freiwillig die Entscheidungsgewalt übertragen."

„Und deine Silke?"

Er lacht. „Die ist mit meiner Mutter ein Herz und eine Seele. Eher muss ich aufpassen, dass sie sich nicht gegen mich verbünden."

„Du bist wirklich zu beneiden", stelle ich fest und muss aufpassen, dass ich nicht seufze. Dabei weiß ich schließlich genau, wie schnell sich das Blatt wenden kann. Dann fange ich an zu gähnen und kann gar nicht mehr aufhören. „Entschuldige, ich glaube, ich gehe ins Bett."

Doch kaum habe ich die Augen geschlossen, beginne ich schon wieder zu grübeln. Wie sollen wir unseren Verdacht gegen Marlies beweisen? Und was wird, wenn wir nun keine Indizien finden, die auf sie als Täterin hindeuten? Wie lange kann, wie lange will ich mich denn verstecken müssen?

Um mich auf andere Gedanken zu bringen, flüchte ich mich zurück in meine Erinnerungen.

23

Ende Januar rief mich Sebastian wieder einmal an. Wir waren seit dem Tod seiner Mutter in lockerem, telefonischen Kontakt geblieben, der zuletzt aber mehr und mehr eingeschlafen war. Umso erstaunter hörte ich, was er zu berichten hatte. Mein schlechter Gesundheitszustand hatte ihm keine Ruhe gelassen und er war jedem Hinweis nachgegangen, der für mich Aussicht auf Besserung bot.

„Heike, ich bin da durch einen Artikel in der Zeitung auf einen Arzt gestoßen, der angeblich Asthma und Allergien heilen kann. Durch Vermittlung eines Bekannten habe ich mit zwei Leuten gesprochen, die wegen ihres Heuschnupfens bei ihm in Behandlung waren und ich muss sagen, es hörte sich wirklich vielversprechend an, was sie erzählten. Sie sind nach einmaliger Therapie völlig beschwerdefrei. Daraufhin habe ich mir die Broschüre des Arztes zuschicken lassen. Du wirst heute eine Kopie davon in der Post finden, zusammen mit den Telefonnummern der beiden, die er geheilt hat."

Obwohl ich, auch nachdem er mir weitere Einzelheiten erzählte, skeptisch blieb, rief ich, da sein Brief wie versprochen noch am selben Tag gekommen war, die Betroffenen an. Was sie zu berichten hatten, ließ meine Hoffnung auf Heilung geradezu aufflammen. Beide waren schon über Jahre hinweg wegen ihres starken Heuschnupfens in Behandlung gewesen, der eine hatte bereits zusätzliche Nahrungsmittelallergien. Durch eine simple Spritzentherapie mit einem lokalen Betäubungsmittel in bestimmte Akkupunkturpunkte gelang es dem Arzt anscheinend, das Immunsystem umzuprogrammieren, dass es nicht mehr auf harmlose Stoffe überschießend reagierte. Beide waren durch die Empfehlung anderer auf diese Therapie aufmerksam geworden, die wiederum Kranke kannten, die er geheilt hatte.

Obwohl mein Hausarzt mir abriet, „das widerspricht allen medizinischen Kenntnissen", entschloss ich mich zu einem Versuch. Schaden konnte es auf keinen Fall, das hatte selbst der Internist zugegeben. Was hatte ich also zu verlieren?

Schon eine Woche später brachte mich Thorben zu Sebastians Haus. „Du kannst bei uns wohnen", hatte dieser sofort gesagt, als ich ihn anrief, um ihm mitzuteilen, dass ich einen Termin gemacht hätte. „Das Gästezimmer, das wir damals für meine Mutter eingerichtet hatten, steht dir zur Verfügung."

Das kam mir sehr gelegen. Die Behandlung sollte mehrere Hundert Euro kosten, je nachdem wie viele Sitzungen der Patient bis zur völligen Genesung benötigte. Ich hatte auf meinem Sparbuch, das ich gleich zu Beginn meiner Krankheit angelegt hatte, noch etwas über tausend Euro, alles andere hatte Martin, dem ich wegen der langen Zeit der Rekonvaleszenz Kontovollmacht geben musste, damit wir nicht ganz in den Bankrott rutschten, ausgegeben. Da nun keine Hotelkosten auf mich zukamen, würde ich mit diesem Betrag sicherlich auskommen.

Mein Mann war sowieso der Ansicht gewesen, dieser von mir geplante Ausflug sei völlig überflüssig und ich würde damit das Geld nur verschwenden. Aber ich hatte mich gegen ihn durchgesetzt, immerhin war es das erste Mal, dass ich etwas für mich ganz allein tat und es war schließlich der Rest von meinem Ersparten, von meinem Verdienst.

Der Arzt wirkte auf den ersten Blick vertrauenerweckend. Ich glaube, er war Ungar, klein und etwas dicklich, mit schwarzen Haaren, braunen Augen und einem dunklen Teint. Er hatte in Deutschland studiert und eine ganz normale Praxis für praktische Medizin eröffnet, wie er mir erzählte, nachdem ich Platz genommen hatte. Auf diese spezielle Art der Behandlung von Allergikern war er durch seinen unter Asthma leidenden Sohn gekommen. Sein Frust über die Unfähigkeit der Medizin, diese Krankheit nicht heilen zu können, brachte ihn dazu, sich intensiv mit diesem Thema zu beschäftigen.

„Mein Sohn ist jetzt seid fünfzehn Jahren völlig beschwerdefrei", schloss er. „Viele weitere meiner Patienten ebenfalls. Ich bitte jeden Einzelnen um Rückmeldung, bisher ist es bei keinem der Allergiker zu einem erneuten Ausbrechen der Krankheit gekommen."

„Warum ist dann Ihre Methode nicht mittlerweile anerkannt?", wagte ich zu fragen. Gut, es konnte sein, dass ich ihn mit meinem Nachhaken verärgerte. Nur war es nicht wirklich ziemlich seltsam? Eigentlich hätte ein Aufschrei durch die Presse gehen müssen, wenn seine Methode so wirksam wäre. Eine Heilung für alle Allergiker, das würde immense Kosten in unserem Gesundheitssystem sparen. War ich vielleicht doch einem, wenn auch sympathischen Scharlatan aufgesessen?

Andererseits gab es da die Kommentare seiner ehemaligen Patienten. Mit zweien hatte ich selbst gesprochen, Sebastian sogar mit drei weiteren. Alle waren des Lobes voll gewesen.

„Nun ja", Doktor Selecz warf mir einen unergründlichen Blick zu. „Es ist sehr schwer, gegen eine skeptische Ärzteschaft anzukommen, besonders da meine Methode im Endeffekt so simpel und von jedem

Mediziner anzuwenden ist. Dazu die starke Lobby der Pharmaindustrie, die natürlich nicht auf die immensen Einnahmen, die die leidenden Allergiker bringen, verzichten will. Dabei habe ich es anfangs wirklich versucht." Er gab sich einen sichtlichen Ruck. „Es würde zu lange dauern, Ihnen all das aufzuzeigen, was ich unternommen habe, um meine Methode publik zu machen und sie anerkennen zu lassen. Ich ..."

„Nein, nein", unterbrach ich ihn schnell, denn ich wusste, was kommen würde. Wenn ich kein Zutrauen zu ihm hätte, könnte ich ja noch einmal in Ruhe darüber nachdenken, ob ich mich von ihm behandeln lassen wollte. Aber natürlich wollte ich! Dafür hatte ich schließlich diese Reise gemacht! „Ich vertraue Ihnen und möchte das Prozedere gleich heute über mich ergehen lassen. Fangen Sie bitte an."

Bevor er mit der Behandlung begann, untersuchte er mich gründlich von Kopf bis Fuß und ließ mich zusätzlich alle überstandenen Krankheiten aufzählen, die ich seit meiner Kindheit gehabt hatte, bevor er überhaupt einen Blick auf den Allergietest warf, den ich ihm mitgebracht hatte. Dann klärte er mich noch einmal selbst über das Verfahren auf, das er anwandte, und wies mich auch daraufhin, dass jeder Körper anders reagiere und er deshalb nie im Vorhinein wissen könne, wie viele Behandlungen nötig waren.

Die Spritzen waren derart schmerzhaft, dass ich mir nur wünschte, dieses eine Mal ohne loszuheulen zu überstehen. Nach dem zehnten Einstich hörte ich auf mitzuzählen und wartete nur noch völlig verkrampft auf das Ende der Pein.

Schließlich tätschelte Doktor Selecz meine Hand. „Das war die Letzte, Sie dürfen die Augen wieder aufmachen."

Mit wackeligen Knien stand ich auf und atmete tief durch, bevor ich fragte; „Und wie geht es jetzt weiter?"

„Sie können alle Medikamente sofort absetzen", er warf mir über seine Halbbrille einen ermahnenden Blick zu. „Es wäre geradezu kontraproduktiv, wenn Sie sie weiter nähmen, dann würde nämlich das Immunsystem sofort wieder gestört."

„Einfach alles weglassen?", fragte ich und konnte den Zweifel in meiner Stimme nicht verbergen. Auch wenn ich mich auf dieses Experiment eingelassen hatte und ich schon überzeugt war, dass es mir helfen würde, war mir plötzlich ziemlich mulmig zumute.

„Sie haben ja zur Sicherheit meine Handynummer", erwiderte Doktor Selecz, scheinbar ungerührt durch meine Skepsis. „Wir sehen uns dann in einer Woche wieder, sollten vorher Beschwerden auftreten natürlich eher."

Vielleicht war es nur Suggestion, wie Martin meinte. Oder meinetwegen auch nur irgendein durch die Spritzen ausgelöster Einfluss auf meine Psyche, was so ziemlich auf dasselbe hinauskam – tatsächlich war ich nach insgesamt vier dieser Behandlungen völlig geheilt und habe bis heute nie wieder unter Allergien oder Asthma gelitten.

Zuhause stürzte ich mich erst einmal in die Arbeit. So vieles war liegen geblieben, ich hatte über ein Jahr lang nur das Notwendigste getan und genoss es nun, mich richtig ausarbeiten zu können. Allerdings hatte Doktor Selecz mich gewarnt, es am Anfang nicht gleich zu übertreiben. Er war der Ansicht, dass das Immunsystem ständigen Raubbau der Kräfte genau so übel nahm wie immerwährenden psychischen Druck. „Sie müssen lernen, einen vernünftigen Ausgleich zwischen Arbeit und Erholung zu finden und das am besten ihr gesamtes weiteres Leben befolgen", hatte er mir bei der Abschlussuntersuchung empfohlen. „Zuviel Anstrengung ist genauso schädlich wie ständige Langeweile."

Ich versuchte, seinen Ratschlag zu befolgen, was nicht gerade einfach war, denn kaum hatte ich mich von den Folgen der langen Krankheit erholt, wurde meine Mutter krank, ausgerechnet zu dem Zeitpunkt, da Ute eine zweiwöchige, berufliche Weiterbildung machte.

Für mich war es selbstverständlich, dass ich ihr zu Hilfe eilte. Zum Verdruss meines Mannes packte ich Kleidung für mehrere Wochen zusammen. Ich würde bei ihr bleiben, bis es ihr wieder besser ging.

„Deine Schwester und dein Schwager können sich schließlich auch um sie kümmern", beschwerte er sich am Abend vor meiner Abreise. „Ich dachte, du wolltest nächste Woche anfangen, bei Herrn Schwarz zu arbeiten."

„Dem habe ich abgesagt", ich warf Martin einen bösen Blick zu. „Friedhelm hat zurzeit diesen ein-Euro-Job und Ute kommt nicht vor sechzehn Uhr nach Hause. Dazu haben die beiden noch drei Kinder im Haus. Du weißt genau, was da alles anliegt."

„Wenn dir deine Familie wichtiger ist als ich", gab er spitz zurück und verschanzte sich gleich hinter seiner Zeitung, um jede weitere Diskussion abzuwürgen.

Natürlich meinte er seine Worte gar nicht so, in Wirklichkeit saß ihm die Abzahlung seines Darlehens im Genick. Er hatte gehofft, dass ich mich schnell wieder in die Altenpflege stürzen und sich unser Einkommen dadurch normalisieren würde, damit er nicht zu lange auf die mittlerweile für ihn selbstverständlichen Annehmlichkeiten verzichten musste.

Das Schlimmste aber war für mich, dass es im Prinzip nichts als Gegenwert gab, das diesen neuen Kredit rechtfertigte. Meine bohrenden Fragen nach dem Verbleib der geliehenen Geldsumme beantwortete er nur äußerst vage. Schließlich gelang es mir anhand seiner Aussagen ungefähr zusammenzureimen, was passiert war. Schon zu Helenes Lebzeiten hatte er den Überziehungskredit ausgenutzt, obwohl ich damals das gesamte Pflegegeld, das ich erhielt, mit in den Haushalt steckte. Um den Zeitpunkt ihres Todes herum war der Kreditrahmen komplett ausgereizt. Ich vermutete - er wand sich jedes Mal, wenn ich ihn darauf ansprach – dass er da einfach umschuldete. Aber was hatte er mit dem restlichen Geld gemacht? Immerhin war die geliehene Summe mit fünfzehntausend Euro fast doppelt so hoch wie seine gesamten Schulden.

„Du solltest Gütertrennung vereinbaren", meinte meine Schwester, als ich ihr in einer weinseligen Stunde von diesem Rätsel erzählte. „Ich glaube, dein Martin ist einer dieser Menschen, denen das Geld zwischen den Fingern zerrinnt. Den wirst du nie ändern."

Etwas Ähnliches hatte ich von Helene zu hören bekommen, erinnerte ich mich. Vielleicht sollte ich wirklich langsam damit anfangen, mich mit dieser unschönen Eigenschaft Martins auseinanderzusetzen. Wollte ich mich mein Leben lang abarbeiten, um seine Schulden zu bezahlen?

Wie anders sah es da bei meinen Eltern aus. In der Zeit, als der Laden gut lief, hatten sie sich gemeinsame Urlaube gegönnt und einen größeren Betrag an die Seite gelegt, von dem sie in mageren Jahren zehren konnten. Selbst jetzt hatte meine Mutter, die in drei Wochen ihren neunundsechzigsten Geburtstag feierte, noch genug, um sich ihren restlichen Lebensabend vernünftig zu gestalten.

Und sie schien willens, ihn weiter zu genießen. Nach der überstandenen Krebserkrankung war die nun ausgebrochene Gürtelrose eher ein Ärgernis als ein Grund zum Verzweifeln. Kaum hatte sie das Schlimmste überstanden, schickte sie mich trotz meiner Proteste wieder heim.

„Ein bisschen was um die Hand zu haben, ist oft hilfreich – auch in meinem Alter", sagte sie zum Abschied und zwinkerte mir zu. „Du musst allerdings darauf achten, dass es nicht überhandnimmt, damit du in deinen Mußestunden nicht zu fertig bist für eine sinnvolle Freizeitgestaltung."

Komisch, fast genau dasselbe hatte ich von Dr. Selecz zu hören bekommen.

Auf der Rückfahrt dachte ich über ihre Worte nach. Seltsamerweise hatte ich früher immer gedacht, sie und Papa würden sich überarbeiten, da sie so viele Stunden in ihrem Laden verbrachten. Aber andererseits hatte Mama es dabei immer geschafft, sämtliche Bestseller zu lesen und erst uns und dann auch ihre Enkel zu bestricken, was ihr zweites Hobby war. Und ihre Lieblingssendungen im Fernsehen hatte sie auch nie verpasst.

Im Alter hatte sie Wert auf ihre Selbstständigkeit gelegt und sich nur im Notfall von Ute und Friedhelm helfen lassen. Anfangs war es eher sie gewesen, die den beiden bei den Kindern zur Seite gestanden und ziemlich oft den Babysitter gespielt hatte. Und bis heute scheute sie nicht davor zurück, die Großfamilie mindestens einmal in der Woche zu bekochen.

Irgendwie war es ihr immer gelungen, sowohl Arbeit als auch Freizeit sinnvoll zu nutzen, ohne sich dabei völlig zu verausgaben. Hm, mir schien das nicht zu gelingen. Meist arbeitete ich nacheinander das Wichtigste ab und wandte mich anschließend gleich den nicht ganz so wichtigen Dingen zu, die ebenfalls getan werden mussten und scheinbar nie weniger wurden. Meist gönnte ich mir nur mittags eine halbe Stunde zum Lesen der Tageszeitung. Richtige Freizeit gestand ich mir erst abends zu, war da jedoch bereits so erledigt, dass ich mich nur noch mit einem guten Buch auf die Couch legte. Zu etwas anderem fehlte mir die nötige Energie.

Hatte Mutter mir vielleicht sagen wollen, dass ich es übertrieb? Und hatte nicht auch Doktor Selecz mich ermahnt, es langsamer angehen zu lassen?

24

Eine ganze Woche verbrachte ich mit Grübeln. Zum ersten Mal tat ich im Haushalt nur das Wichtigste und nötigte meine Söhne, die Semesterferien hatten, sogar dazu, ihre Zimmer selbst sauber zu halten. Martin hatte mir, kaum dass ich wieder zu Hause war, zu verstehen gegeben, dass er erwartete, dass ich mir nun so schnell wie möglich wieder einen Job suchte. Aber war es auch das, was ich wollte?

„Bevor ich mich festlege, wie lange und wie oft ich arbeiten gehe, möchte ich gern mehr über unsere finanzielle Situation wissen", sagte ich am darauf folgenden Wochenende zu meinem Mann. „Zum Beispiel würde mich interessieren, warum du diesen großen Kredit aufgenommen hast."

Eine Weile stotterte Martin verlegen herum, bis er mir endlich Rede und Antwort stand. Er war mit einem seiner neuen Freunde auf einer Auktion gewesen, auf der antike Taschenuhren versteigert wurden. Weil er nicht genug Geld dabei hatte, war dieser Udo eingesprungen und hatte ihm ausgeholfen. „Es war wirklich eine einmalige Gelegenheit, Heike", seine Augen leuchteten geradezu schwärmerisch. „Ich habe drei zum Schnäppchenpreis ersteigert. So eine Gelegenheit konnte ich mir doch nicht entgehen lassen."

Das sah ich anders. Wir diskutierten nahezu zwei Stunden, ohne dass es zu einer gegenseitigen Annäherung kam. Immerhin gerieten wir uns zumindest nicht in die Haare, unser Gespräch verlief ruhig und friedlich. Erst als ich Martin mitteilte, dass ich nicht länger bereit wäre, seine Eskapaden mitzutragen und nicht daran dächte, mein sauer erarbeitetes Geld in seine diversen Hobbys zu stecken, flippte er aus.

„Ich habe bisher stets den Hauptteil unserer Ausgaben getragen!", brüllte er mich an. „Das bisschen, was du dazu verdient hast, war nur ein Tropfen auf den heißen Stein."

„Dafür hast du auch fast alles, was übrig blieb und noch mehr für deine Hobbys, deine Kleidung und deine Vorstellung von Wohnen ausgegeben", konterte ich kühl. „Meinetwegen wäre ein derart aufwändiger Lebensstil, wie du ihn bevorzugst, nicht nötig gewesen."

Wie immer, wenn wir bei unserem Streitthema Geldausgeben angekommen waren, bekam ich seinen üblichen Spruch zu hören: Ich will mein Leben hier und jetzt genießen, wer weiß, ob ich es im Alter noch kann oder ob ich nicht schon im nächsten Jahr an einer schweren

Krankheit erkranke. Dann kann ich wenigstens rückblickend sagen, ich habe nichts verpasst und mir all das gegönnt, was mir wichtig war.

„Es ist *mir* aber nicht wichtig", wagte ich einzuwerfen. Bevor er erneut losbrüllen konnte, hob ich beschwichtigend die Hand. „Lass mich bitte ausreden. Ich habe nichts dagegen, dass du dir jeden Monat einen gewissen Betrag nimmst und damit deine Hobbys finanzierst. Allerdings geht es nicht auf Dauer, dass unser Konto ständig in den Miesen ist. Ich …"

„Wieso, bisher habe ich es doch stets wieder ausgeglichen", unterbrach Martin mich.

„Ich möchte nicht andauernd ohne Ersparnisse, aber dafür mit Schulden dastehen", versuchte ich ihm zu erklären. „Schau, ich will ja gern zumindest halbtags wieder mitarbeiten. Ich habe genug Zeit, im Haushalt ist wesentlich weniger zu tun als früher und Thorben macht mittlerweile freiwillig einen Teil der Gartenarbeit. Ich möchte nur, dass wir einen vernünftigen Finanzplan aufstellen, damit wir nicht ständig irgendwelche Kredite aufnehmen müssen."

„Ach, du willst mir also nur noch ein Taschengeld zugestehen", höhnte mein Mann, dessen Gesicht hochrot angelaufen war.

„Du verstehst mich falsch", versuchte ich es erneut, im Stillen nicht bereit auch nur einen Deut nachzugeben. „Dein Gehalt ist relativ hoch und wir sind nur noch zweieinhalb Personen, die du davon ernähren musst." Das mit den zweieinhalb Personen war ein kleiner Scherz, den ich damals aufgebracht hatte, als Thorben verkündete, in den Semesterferien arbeiten zu wollen, damit er von uns unabhängig wäre. Bis auf kostenloses Wohnen und das Waschen der Wäsche, das ich weiterhin übernahm, lebte er wirklich autark, er aß meist in der Mensa und kaufte sich all das, was er benötigte von seinem Verdienst. Sogar die Studiengebühren bezahlte er.

„Wenn wir vernünftig damit umgehen und bald wieder mein Gehalt dazu kommt, haben wir viel mehr, als wir im Monat brauchen. Damit müssten wir auskommen können."

„Was du unter vernünftig verstehst, ist eben etwas völlig anderes, als ich meine", erklärte Martin bemüht ruhig, als würde er einem kleinen Kind etwas verständlich machen müssen, das völlig über dessen Horizont lag. „Ich möchte mir das, was ich sehe, sofort kaufen können. Ich will nicht erst monatelang darauf sparen müssen. Dafür gehe ich schließlich arbeiten."

Es war wirklich verlorene Liebesmüh. Er konnte meinen Standpunkt einfach nicht begreifen. Warum sollte er auch zu irgendwelchen Kompromissen bereit sein? Bisher hatte ich ihn gewähren lassen und versucht, durch mein Gehalt zumindest das Schlimmste aufzufangen. Und es war mir immer gelungen, wenn auch oft erst im letzten Moment, die drohende Pleite abzuwenden. Dass ich mich danach sehnte, endlich einmal ‚normal' zu leben, das hieß für mich, mit einem zumindest kleinen finanziellen Polster im Rücken, war für ihn unbegreiflich. Er wollte und konnte sich nicht umstellen.

„Ich bin derjenige, der sich seit Jahren abmüht, die Familie zu unterhalten", unterbrach er meine Gedanken, „und der weiterhin bis zum Rentenalter Vollzeit arbeiten muss, während du dir aussuchst, was und wie viel du tust. Also ist es nur recht und billig, dass ich über einen großen Teil unseres Einkommens frei verfügen kann und mir davon meine Wünsche erfülle."

„Gut, dann sind wir uns im Prinzip einig." Ich konnte nicht mehr an mich halten. „Jeder von uns darf über das Geld, das von seinem Verdienst übrig bleibt, allein verfügen. Sobald ich Arbeit gefunden habe, steuere ich prozentual meinen Teil zu den Unkosten bei, den Rest behalte ich für mich." Ich sah ihm fest in die Augen. „Allerdings werde ich dir ab jetzt diesen Betrag nicht mehr zur Verfügung stellen, wenn du dich finanziell übernommen hast. Dir bleibt selbst nach Abzug aller Unkosten eine große Summe Geld. Das muss für deine monatlichen Ansprüche reichen."

Ich konnte genau sehen, dass ihm meine Reaktion nicht passte, nur fiel Martin nichts Vernünftiges ein, meine Argumentation zu umgehen. Er grummelte noch eine Weile leise vor sich hin und war sichtlich erleichtert, als das Telefon klingelte. Das Gespräch mit seiner Mutter zog er endlos in die Länge, dabei war für mich die Sache eindeutig geklärt. Ich hatte nie vorgehabt, den ganzen Tag zu Hause zu bleiben, ich wollte gerne wieder arbeiten. Das Einzige, was ich verhindern wollte, war, dass all unser gemeinsames Geld in seine, in meinen Augen völlig unnötigen und völlig überteuerten Anschaffungen floss.

Nur, so einfach, wie ich mir das vorgestellt hatte, klappte es dieses Mal nicht. Entweder wurde jemand gesucht, der bei dem Pflegebedürftigen wohnte oder ein eigenes Auto war Voraussetzung oder man erwartete eine abgeschlossene Ausbildung als Pflegerin. Damals hatte ich meinen ersten Klienten durch Helene bekommen und meinen Kundenstamm dann relativ schnell durch Mund zu Mund Propaganda ausgeweitet.

Aber anscheinend gab es im Moment hier in der Nähe keinen Bedarf, zumindest meldete sich niemand bei mir, obwohl ich begann, meinerseits Annoncen in die Zeitung zu setzen.

Auch sonst gab es kaum freie Stellen, nicht einmal der Burgerladen suchte Mitarbeiter. Schließlich, nach langem Suchen, ergatterte ich einen auf drei Monate befristeten Aushilfsjob in einem Lebensmittelmarkt auf vierhundert Euro Basis. Martin verzog unzufrieden das Gesicht, als er davon erfuhr. „Da hättest du auch bei uns anfangen können."

Ich zuckte nur, der endlosen Diskussionen müde, die Schultern. Er wusste ganz genau, warum ich mich nicht bei seiner Firma beworben hatte. Erst einmal handelte es sich um eine Vollzeitstelle, von sechs Uhr morgens bis mittags um zwei, zum anderen war es schweißtreibende Plackerei, der ich mich nicht mehr gewachsen fühlte. Auf jeden Fall stand mir nicht der Sinn danach, täglich acht Stunden lang schwere Pakete im Lager hin und her zu räumen und anschließend die anfallenden Arbeiten in Haus und Garten zu erledigen, die erfahrungsgemäß ebenfalls an mir hängen blieben. Zudem fuhr der erste Bus erst um sieben, ich hätte mir also ein eigenes Auto kaufen müssen, für das zurzeit gar kein Geld da war.

Aber Martin sah wie immer nur das, was er sehen wollte und das war eine Frau, die nie seine Ideen aufnahm und immer ihren eigenen Kopf durchsetzen wollte, die seine Interessen nicht teilte und meist zufrieden damit war, sich in ihrer eigenen kleinen Welt zu bewegen. Dass ich im Gegensatz zu ihm mich zu beschäftigen wusste und versuchte, aus jeder Situation das Beste zu machen, sah er nicht.

Dreiviertel meines Verdienstes steckte ich in den Haushalt, den Rest erhielt Thorben - und zusätzlich auch noch mein Erspartes. Er war von den Eltern seiner Freundin eingeladen worden, ein Jahr bei ihnen zu leben und mit ihr gemeinsam dort vor Ort zu studieren. Mit Ann war er mittlerweile fast ein Jahr zusammen, die beiden liebten sich heiß und innig und wollten sich nicht trennen, weshalb sie hocherfreut über dieses Angebot waren.

Das Problem bestand darin, dass Ann aus Amerika, besser gesagt aus Detroit kam und hier ein Auslandsjahr verbracht hatte. Wie sollte Thorben das finanzieren?

Martin konnte und wollte nicht helfen. „Wenn er ihr unbedingt folgen muss, soll er selbst sehen, wie er das dafür benötigte Geld zusammenbekommt", war sein Kommentar.

Thorben hatte wahrscheinlich nichts anderes von ihm erwartet, denn er war gar nicht auf die Idee gekommen, seinen Vater zu bitten, ihn zu unterstützen. Umso dankbarer war er, dass ich ihm mehrere Hundert Euro in die Hand drückte. Er umarmte mich stürmisch. „Ich verspreche dir, irgendwann zahle ich dir alles mit Zinsen zurück."

Ich winkte lachend ab, schließlich wusste ich, wie sehr er an seiner Ann hing.

Nachdem die beiden zum Ende des Sommers abgeflogen waren, wurde es noch ruhiger bei uns. Da außer Putzstellen, die allerdings so weit von uns entfernt waren, dass das Busgeld den halben Verdienst aufgefressen hätte, fast nichts für ungelernte Kräfte angeboten wurde und man mich bei den wenigen, die eine Bewerbung lohnten, ablehnte, suchte ich mir karitative Betätigungsfelder. Zum einen ging ich dreimal in der Woche morgens in das Kinderkrankenhaus, um im Rahmen eines Besuchsdienstes die kleinen Patienten aufzumuntern und zu beschäftigen. Zum anderen half ich, wann immer ich Zeit erübrigen konnte, in dem kirchlichen Hospiz, das vor knapp zwei Jahren gegründet worden und immer voll belegt war.

Die Arbeit machte mir Spaß, die körperliche Belastung dabei hielt sich in Grenzen. Ich fühlte mich ausgefüllt, ohne dabei überfordert zu sein. Zum ersten Mal seit Langem war ich rundherum zufrieden.

Martin schüttelte nur den Kopf über meinen in seinen Augen übertriebenen Samariterdienst. „Wenn du die gleiche Zeit in die Arbeitssuche nach einem bezahlten Job investieren würdest, hättest du bestimmt schon längst etwas gefunden", musste ich mir mindestens einmal in der Woche anhören.

Meist gab ich gar keine Antwort mehr, es brachte sowieso nichts. Er konnte meine Einstellung nicht verstehen, ich seine ebenso wenig.

Umso erstaunter war ich über seine Reaktion, als ich ihm, ich glaube das war Ende Oktober, von dem Vorschlag einer Ärztin meines Hospizes berichtete, die gemeint hatte, ich solle doch eine Ausbildung als Schwesternhelferin machen und anschließend halbtags bei ihnen arbeiten. Wenn ich mich schnell entschied, konnte ich noch in den am Ersten des Monats begonnen Kurs einsteigen.

„Lass lieber alles, wie es ist", meinte er. „Ich kann mir nicht vorstellen, dass du diesen Job wirklich freiwillig für den Rest deines Lebens machen willst."

„Mir gefällt es dort, ich mag meine Arbeit und komme mit den Patienten gut zurecht", verteidigte ich mich. „Außerdem ist die Bezahlung nicht schlecht."

„Musst du während der Umschulung nicht ganztags arbeiten?" Er sah mich stirnrunzelnd an. „Ich dachte, das wäre dir zuviel?"

„Es wäre nur für einen überschaubaren Zeitraum, ich …"

Er hob die Hand und schüttelte den Kopf: „Lass uns diese Entscheidung nicht übers Knie brechen. Im Moment habe ich selbst viel zu viel um die Ohren. Da kannst du auf meine Unterstützung nicht rechnen", erwidert er kühl, fuhr aber fast sofort wesentlich freundlicher fort. „Schau, Heike, du weißt, wie wichtig mir diese Beförderung ist. Nur deshalb mache ich die ganzen Überstunden. Ich muss meinem Chef beweisen, dass ich der richtige für diesen Job bin. Sobald die neue Filiale eröffnet ist, kann ich bestimmt wieder kürzertreten. Danach können wir viel besser planen."

Dieses Mal musste ich ihm leider recht geben. Zu diesem Zeitpunkt musste ich hinter ihm stehen und ihn unterstützen und meine eigenen Wünsche zurückstellen. In den letzten Wochen war er fast jeden Abend erst spät nach Hause gekommen und brauchte die Wochenenden zur Erholung. Ich hatte mittlerweile sogar gelernt, kleinere Handwerksarbeiten selbst durchzuführen, da ich ihn damit nicht belasten wollte.

Nun gut, würde ich meine Ausbildung eben um ein paar Monate verschieben. Vielleicht wäre Martin dann umso bereiter, mich ebenfalls zu unterstützen.

Jetzt im Nachhinein, da ich weiß, dass er damals bereits geplant hatte, mich zu verlassen, denke ich, es ging ihm allein um seine Ruhe und Bequemlichkeit, die er bis zuletzt nicht aufgeben wollte. Und vielleicht war es ihm sogar ganz recht, mir diese Möglichkeit mich finanziell unabhängig zu machen zu nehmen, umso schlimmer würde mich die Trennung von ihm treffen. Nach allem, was er mir angetan hat, kann ich mir gut vorstellen, dass er deshalb so reagierte. Warum hätte er mir sonst diese Chance verbauen sollen?

25

Das schrille Läuten des Weckers lässt mich hochfahren. Es ist acht Uhr.

Nach der langen Nachtruhe fühle ich mich wesentlich optimistischer und springe mit Schwung aus dem Bett. Gleich kommen Florian und Thorben, wie ich aus der gerade eingegangen SMS erfahre, und bringen so viele Kartons mit Marlies' Kram, wie sie ins Auto packen können. Es müsse doch mit dem Teufel zugehen, wenn wir nicht irgendeinen Hinweis auf die Aktivitäten meiner Schwiegermutter finden können, meinen sie.

In der Küche steht schon ein Gedeck für mich auf dem Tisch, dazu frische Brötchen und ein hart gekochtes Ei. Die Warmhaltekanne mit Kaffee ist noch voll. Während ich esse, kann ich mich plötzlich wieder deutlich an meinen Verdacht erinnern. Der, der mir durch den Kopf geschossen ist, als ich das Testament seiner Mutter fand.

Vielleicht hatte Martin sich exakt zu dem Zeitpunkt von mir getrennt, an dem er erfuhr, dass Marlies nicht mehr lange leben würde. Ich weiß, dass sie an irgendeinem Krebsleiden gestorben war. Sagten einem die Ärzte da nicht, ob es unheilbar ist?

Doch halt! Dazu passte die lange Vorlaufzeit nicht, mit all den kleinen Fiesitäten, die er sich ausgedacht hatte, um mich zu ärgern. Und dann war da noch die komplett umgebaute Souterrainwohnung. Hatte er vielleicht anfangs vorgehabt, dort mit seiner Freundin einzuziehen?

Ja, das würde mehr Sinn ergeben. Bestimmt hatte er dafür diesen großen Kredit, über den ich gestolpert war, aufgenommen. Nur, dass er vor seinem geplanten Einzug von Marlies' Krankheit erfahren haben musste. Denn warum wäre er sonst erst noch bei Christine untergeschlüpft, wenn nicht aus der praktischen Erwägung heraus, nach dem Tod seiner Mutter gleich in die größere, obere Wohnung umzusiedeln?

Marlies' schlechter Gesundheitszustand war auch der Grund, weshalb mein Mann versucht hatte, mich zu einer sofortigen Scheidung zu überreden. Es war gar nicht um den Unterhalt gegangen, sondern darum, sich vor möglichen Ansprüchen meinerseits zu schützen – wenn er das Erbe erst angetreten hatte, wäre er ein reicher Mann gewesen. Und aus Rache, weil ich nicht darauf eingegangen war, hatte er versucht, mich um jeden Cent, der mir zu stand zu betrügen.

Tief in Gedanken versunken greife ich nach dem zweiten Brötchen. Mir ist gar nicht aufgefallen, dass ich das erste bereits vollständig aufgegessen habe.

Aber meine Schwiegermutter hatte mir die Karaffe mit dem Aufgesetzten schon an Weihnachten geschenkt. Das hieße ja, dass sie damals bereits wusste, dass sie todkrank war. Und in ihrer abgöttischen Liebe zu ihrem Sohn hatte sie umgehend den perfiden Plan gefasst, die überflüssige Ehefrau aus dem Weg zu schaffen. Ihr konnte schließlich nichts mehr passieren. Selbst wenn die Polizei sie überführen würde - bis es zum Prozess kam, war sie längst tot.

Ihrem Sohn hatte sie nichts davon erzählt und ihn seine eigenen Komplotte gegen mich schmieden lassen. Wahrscheinlich hatte sie sich sogar diebisch gefreut, dass ich vor meinem baldigen Ableben noch so richtig leiden musste und darauf gehofft, dass ich meinen Kummer in Alkohol ertränke.

Mittlerweile ist mir der Appetit vergangen. Abscheu und Ekel pressen meinen Magen zusammen, dass ich noch nicht einmal meinen Kaffee austrinken kann. Das, was Martin mir angetan hat, ist schon schlimm genug. Das, was seine Mutter mir hatte antun wollen, toppt das Ganze jedoch um ein Vielfaches. Dumm nur, dass es schließlich ihren eigenen Sohn getroffen hat.

Nun, ich bin zwar nicht tot, allerdings hat sie mir durch ihre Tat trotzdem im wahrsten Sinne des Wortes das Leben zur Hölle gemacht. Wie soll ich bloß diesen schlimmen Verdacht gegen mich entkräften? Mit an Sicherheit grenzender Wahrscheinlichkeit hat Marlies keinerlei Beweise zurückgelassen. Wozu auch?

„Na, um Papa zu entlasten, falls die Polizei ihn für deinen Mörder hält", meint Florian, nachdem ich ihm und Thorben meine Schlussfolgerungen vorgetragen habe. Beide sind mittlerweile von meiner Theorie überzeugt. „Sie konnte schließlich nicht wissen, wann du den Schnaps trinken würdest."

„Dagegen wusste sie ganz genau, dass sie nur noch wenige Monate zu leben hatte", ergänzt Thorben.

„Ja", Florian wird immer lebhafter. „Das ist Papa bei der Beerdigung rausgerutscht. Er sagte damals, dass sie es länger geschafft habe, als ihre Ärzte es für möglich hielten. Die hatten ihr schon kurz vor Weihnachten gesagt, dass es voraussichtlich nicht mehr lange dauern würde."

„Woran ist sie eigentlich gestorben?", will ich wissen.

„Sie hatte Bauchspeicheldrüsenkrebs, der schon ziemlich weit fortgeschritten war", antwortet Thorben. „Sie haben sie bei der Operation gleich wieder zugemacht. Da war nichts mehr zu retten."

„Trotzdem hat sie noch bis weit nach deinem Auszug durchgehalten", Florian sieht mich an und grinst. „Oma war schon immer ein zäher Brocken. Sie ist erst irgendwann Ende des Sommers ins Krankenhaus gekommen und eine, nein, ich glaube, es waren sogar zwei Wochen, später gestorben."

Wie nicht anders zu erwarten ist der Tod ihrer Oma meinen beiden Söhnen nicht sonderlich nahegegangen. Auch das hatte sie sich selbst zuzuschreiben. Außer Martin gegenüber war sie nicht imstande irgendjemandem Gefühle entgegenzubringen. „Wann habt ihr von ihrer Krankheit erfahren?"

„Ach, erst, als du und Papa schon getrennt ward. Ich glaube, er hat es mir kurz nach deinem Umzug gesagt."

„Mir auch", nickt Thorben, „und mir gleich dazu geschrieben, dass er erwartet, dass ich zu ihrer Beerdigung komme."

„Und bist du hingegangen?"

„Nee", er schüttelt wild den Kopf. „Woher hätte ich denn das Geld für den Flug nehmen sollen? Außerdem wollte ich ihn nicht sehen." Er schluckt. „Ich konnte ihm nicht verzeihen, was er dir angetan hatte."

Ich schaue betreten zu Boden. Hätte ich besser meinen Kindern nicht so viel über unser Trennungsdrama erzählt. Jetzt muss mein Sohn damit leben, dass er sich nie wieder mit seinem Vater versöhnen kann.

Thorben scheint meine Gedanken zu lesen. Er kommt auf mich zu und nimmt mich in den Arm. „Ich finde meine Reaktion heute immer noch richtig. Was er dir angetan hat, ist nicht in Ordnung, das findet Ann auch."

Dabei habe ich ihm nicht mal alles gesagt, sondern nur wahrheitsgemäß seine Fragen beantwortet. Hm, und in Ann scheine ich eine Verbündete gefunden zu haben. Das freut mich, ich fand sie echt nett, bei den seltenen Gelegenheiten, bei denen ich sie zu sehen bekommen hatte.

„Gut", fasst Florian zusammen, „ es sieht also tatsächlich so aus, als hätte Oma vorgehabt, dich aus dem Weg zu räumen, damit ihr Sohn sein Erbe allein genießen kann. Deshalb schlage ich Folgendes vor: Du und Thorben gehen die Kartons durch und ich klappere Papas Freunde ab."

„Wozu?" Sein Bruder scheint das gleiche Gefühl zu haben wie ich: Florian will sich nur vor dem langweiligen Papierkram drücken.

„Na, weil Papa eventuell irgendeinem gegenüber etwas Wichtiges erwähnt haben könnte." Florian sieht uns an, als könnten wir nicht bis drei zählen. „Ein Einziger, dem er gesagt hat, dass Oma dir diesen Schnaps zu Weihnachten geschenkt hat, würde wahrscheinlich reichen."

„Daran glaube ich zwar nicht, aber versuch ruhig dein Glück", gebe ich nach. „Vergiss dabei Onkel Herbert und Tante Hilde nicht. Dort wirst du am ehesten Informationen bekommen."

Wie nicht anders zu erwarten, zieht Florian einen Flunsch. Diese beiden aufsuchen zu müssen, passt ihm gar nicht. Doch er fügt sich widerspruchslos. Bevor er losgeht, hilft er uns noch, die Kartons nach oben in mein Zimmer zu tragen. Georg ist zum Glück bisher nicht aufgetaucht.

„Er ist erst heute Abend zurück", informiert mich Thorben, während er sich lustlos über seine erste Kiste hermacht. „Wir haben ihn unterwegs getroffen. Er verbringt den Tag zusammen mit Silke. Ich soll dir sagen, dass du dir ruhig dein Essen aus der Tiefkühltruhe nehmen kannst."

Das werde ich bestimmt nicht tun. Für ihn und mich zu kochen, das wäre okay, so aber komme ich mir vor wie ein Schmarotzer. Ich bin ihm schon dankbar genug, dass er mich aufgenommen hat. Da schicke ich lieber Thorben los, uns etwas zu essen zu holen.

Die Arbeit ist furchtbar anstrengend, denn der Inhalt dieser Kartons setzt sich aus einem bunten Sammelsurium der unterschiedlichsten Dinge zusammen. Zwar haben laut Thorben die Polizisten ebenfalls schon alle Kisten durchwühlt, aber mehr als eine oberflächliche Durchsicht kann das bei der Menge an Kram und in der relativ kurzen Zeit, die sie im Haus verbracht haben, nicht gewesen sein. Und sie wussten schließlich nicht, wonach sie suchen mussten, wir dagegen schon.

Meine Schwiegermutter scheint wie ihr Sohn keinerlei Ordnung gehalten zu haben und Martin hat den Inhalt der Fächer einfach aus den Schränken in die Kisten geräumt, ohne vorzusortieren. Deshalb müssen wir jeden noch so kleinsten Fitzel Papier lesen, damit uns nicht womöglich der entscheidende Hinweis entgeht. Es ist, als würden wir eine Nadel im Heuhaufen suchen.

Um dieselbe Mühe nicht noch einmal auf uns nehmen zu müssen, sortieren wir das Chaos vernünftig durch. Alles, was sich verkaufen lässt, wandert auf den einen Haufen – Thorben muss, wenn er Essen für uns holt, unbedingt Zeitungspapier zum Einwickeln für all die Nippesfiguren und Vasen, die sich noch verkaufen lassen, mitbringen – der übrige, überwiegende Teil zum Entsorgen in die leeren Kartons.

Nach drei Stunden legen wir eine erste Pause ein. Uns beiden brummt der Kopf, obwohl wir gerade einmal ein Viertel von Marlies' Kisten durchgeackert haben. Wir beschließen, ein wenig durch den frisch gefallenen Schnee zu laufen. Die ganze Nacht über hat es geschneit, jetzt ist die Luft klar und die Temperaturen sind gefallen, sodass der Schnee richtig schön knirscht, wenn man darüber läuft.

Langsam wandern wir den langen Feldweg, der zur Straße führt, entlang, beide eigentlich viel zu erschöpft, um ein vernünftiges Gespräch zu führen. Trotzdem, ich muss es einfach endlich wissen, frage ich: „Wie war das bei Christine? Was hat sie euch erzählt?"

Thorben wirft mir einen langen Seitenblick zu, bleibt stehen und scharrt unschlüssig im Schnee. „Das Gespräch war nicht sehr erfreulich", meint er dann zögernd.

„Kann ich mir vorstellen", nicke ich und gebe ihm einen aufmunternden Stoß in die Seite. „Los, ich werde es verkraften können!"

Thorben setzt sich wieder in Bewegung und beginnt zu berichten: „So richtig in Worte gefasst hat sie es nicht, aber es klang in ihren Worten oft genug durch, dass sie sich ihr Zusammenleben mit Papa anders vorgestellt hatte. Sie ist mindestens zehn Jahre jünger als er und ein Typ, der ständig Abwechslung haben muss. Ihre Arbeit ist wohl weder sonderlich anstrengend noch geistreich und deshalb …"

„Was macht sie denn?"

Thorben dreht verwundert den Kopf. „Sie arbeitet in dem Fitnesscenter, in das Papa immer ging, hinter der Bar, wusstest du das nicht?"

Ich kichere und schüttele den Kopf. Bisher hatte ich vermutet, dass Christine ebenfalls einen verantwortungsvollen Posten hat und Martin in ihren Ansichten und Hobbys ähnlich ist. Dass er mich verließ, konnte ich mittlerweile irgendwie nachvollziehen, doch dass er sich gleich wieder neu hatte einfangen lassen, von einer, die ihm im Prinzip nicht mehr geben konnte als ich, war nicht zu verstehen.

„Angeblich hatte er versprochen, sobald er mit ihr zusammengezogen sei, würde er mehr mit ihr unternehmen, war ihre ständige Leier. Stattdessen aber habe sie weiterhin ständig zurückstecken müssen", Thorben verdreht die Augen. „Anfangs, zu Beginn ihrer Beziehung, haben sie sich meist bei ihr getroffen, Papa wollte die Beziehung solange wie möglich geheim halten. Und ab dem Moment, als er beschlossen hatte, dich zu verlassen, waren er und sie fast die gesamte Zeit damit beschäftigt, die Souterrainwohnung umzubauen. Doch als sie endlich fertig war, ging es Oma bereits ziemlich schlecht und Papa wollte nicht mehr für die paar Monate unten einziehen. Nach ihrem Tod hat er damit begonnen, ihre Wohnung leer zu räumen. Laut Christine standen sie kurz vor dem Umzug." Er lacht auf. „Du hast das Haus ja gesehen. Ich frage mich, was er wohl dort gemacht hat. Renoviert war doch noch rein gar nichts."

„Halt! Warte!" Ich bin viel zu perplex von dem, was er zuvor gesagt hat, um darauf eingehen zu können. „Wann hat Martin sie denn kennengelernt."

Thorben wird tatsächlich rot. „Weiß ich nicht", nuschelt er leise.

„Frage ich eben Florian", trumpfe ich auf.

Er gibt klein bei. „Angeblich hatten sie vor ein paar Jahren schon mal eine Affäre und …"

„Wann genau?"

Er sagt es mir und ich werde blass vor Wut. Genau zu dem Zeitpunkt, als Helenes tödliche Krankheit diagnostiziert worden war und ich vor lauter Arbeit nicht ein noch aus wusste, hatte mein Mann ein nettes, kleines Verhältnis begonnen, das bis kurz nach Helenes Ableben anhielt. Erst mein schlechter Gesundheitszustand brachte ihn zu mir zurück, was Thorben auch besonders hervorhebt.

Stimmt, damals ist er plötzlich nicht mehr in Fitnesscenter gegangen, angeblich, weil er sich einen Muskel gezerrt und der Arzt ihm zu einigen Monaten Schonung geraten hatte. Einige Monate! Wieso war ich Esel auf diese dämliche Ausrede hereingefallen?

„Weil du niemals gedacht hattest, er könnte dich betrügen", sagt eine kleine Stimme in meinem Kopf.

„Wie ist es weitergegangen?", frage ich mit belegter Stimme.

„Nachdem du wieder ganz gesund warst, also fast eineinhalb Jahre später, sind die beiden sich zufällig über den Weg gelaufen. Laut Christine kamen sie noch am selben Tag wieder zusammen. Kurz darauf hat Papa ihr gesagt, dass er sich, sobald die Wohnung unten bei Oma fertig ist, von dir trennen will."

„Na danke, jetzt weiß ich definitiv, wofür Martin diesen Riesenkredit aufgenommen hat", murmele ich zähneknirschend, während ein eiskalter Schauer über meinen Rücken läuft. Unwillkürlich beschleunige ich meine Schritte. Dieses gemeine Biest! Wochenlang hatte er mit mir weiter gelebt, als ob nichts geschehen wäre, hatte mich sogar weiterhin unter Druck gesetzt, dass ich mir endlich eine Arbeit suchen sollte, hatte sich mit mir gestritten und wieder versöhnt und – nein, ich will nicht darüber nachdenken – hatte weiterhin mit dir geschlafen, flüstert das kleine Stimmchen in meinem Kopf.

„Es hätte nie und nimmer gehalten", sagt Thorben in meine Gedanken hinein. „Sie hat sich in unserem gestrigen Gespräch mindestens ein Dutzend Mal beschwert, dass sie die meiste Zeit wie ein langweiliges, altes Ehepaar verbracht hätten. Ich glaube, nur die Erbschaft hat sie veranlasst, bei ihm zu bleiben. Zumindest wusste sie, dass er ziemlich viel Geld bekommen würde. Und da sie unheimlich sauer war, dass er kein Testament zu ihren Gunsten gemacht hatte, ließ sie kein gutes Haar an ihm." Er räuspert sich. „Sie behauptet, dass Papa sich fast jeden Abend betrunken hätte."

„Während wir beide zusammen waren, hat er allerhöchstens am Wochenende ein, zwei Bier getrunken – und halt auf Partys", sage ich mit klappernden Zähnen. In meiner Wut habe ich gar nicht bemerkt, wie lange wir schon unterwegs sind und dass es immer kälter geworden ist. Thorben greift nach meiner eiskalten Hand und zieht mich vom Weg in den tiefen Schnee. „Komm, du musst aus der Kälte raus. Ich kenne eine Abkürzung."

Wir stapfen schweigend zurück. Bald wird mir von der Anstrengung, bei Thorbens vorgelegtem Tempo mitzuhalten, wieder warm. Selbst wenn ich wollte, könnte ich nicht sprechen, dafür muss ich viel zu sehr nach Luft schnappen.

Wir waren fast eine Stunde draußen! Kaum sind wir zurück und haben in aller Ruhe eine Tasse heißen Tee getrunken, verschwindet mein Sohn mit der Begründung unser Essen holen zu wollen, er habe einen mordsmäßigen Hunger. Dabei liegt es eher daran, dass ihm das Gesagte total peinlich ist und er Angst hat, dass ich ihn weiter verhören will.

Da er vorher noch zu Marlies' Haus fahren muss, um die alten Zeitungen zu holen, will ich die Zeit nutzen und mich noch ein bisschen den Kartons widmen. Doch bevor ich mit dem ersten angefangen habe, entdecke ich, dass die Jungen Martins restliche Kisten, die, die sie von Christine abgeholt hatten, ebenfalls mitgebracht haben. Besser, ich kümmere mich zuerst darum. Wer weiß schließlich, was sich darin noch alles findet?

Aber ich kann mich nicht aufraffen. Vor allem brodelt die Wut viel zu sehr in mir, als dass ich weitere Schläge momentan verkraften kann. Ich schiebe die entsprechenden Kartons einfach nur in die andere Ecke des

Zimmers und beschließe, sie mir heute Abend vorzunehmen, wenn Florian und Thorben gegangen sind.

Auch der Kram meiner Schwiegermutter kann mich nicht reizen. Statt weiter zu arbeiten, lege ich mich auf das Bett und will mir eine Pause gönnen. Ich habe die Nase gestrichen voll von alldem. Bloß machen sich meine Gedanken, kaum dass ich liege, selbständig und schweifen zurück zu den Tagen, als mein Mann mich gerade frisch verlassen hatte.

26

Das Gespräch mit meinem Anwalt hatte meinen Kampfgeist geweckt. Ich würde mich nicht in mein Elend ergeben, sondern alles tun, was in meiner Macht stand, um Martin Paroli zu bieten. Daher war ich in den nächsten Tagen schwer beschäftigt. Vormittags kümmerte ich mich darum, für Herrn Rehbach alle relevanten Fakten schriftlich festzuhalten, nachmittags bemühte ich mich, den Antrag der ARGE auszufüllen, was sich nicht gerade als einfach erwies und nur mit der tatkräftigen Unterstützung meines Schwagers gelang – ein geradezu endloses Unterfangen, ich musste mich durch, meinem Gefühl nach, Tausende von Fragen quälen.

Zusätzlich sollte ich unsere Kontoauszüge und Martins letzte Gehaltsabrechnungen beilegen. Als ich sie hervorholen wollte, bekam ich den nächsten Schock. Mein Mann musste in der Zwischenzeit hier gewesen sein, sämtliche Papiere waren verschwunden. Fassungslos vor Wut rief ich sofort in der Anwaltspraxis an und bat um Rat. Wer war ich, dass er kam und ging, wie es ihm passte und ich tatenlos zusehen musste, wie er alles, was ihm wichtig war, an sich raffte, ohne dass ich etwas dagegen tun konnte?

Herr Rehbach riet mir von einem Schlosswechsel ab. „Noch zahlt ihr Mann die Hälfte der Miete. Dadurch hat er genauso Anspruch darauf, in die Wohnung zu kommen, wie Sie. Das Einzige, was Sie machen könnten, ist, einen separaten Riegel anzubringen, damit er sich nicht mehr ohne Ihr Einverständnis Einlass verschaffen kann."

„Ja, geht denn das?" Ich war verwirrt. Erst sagte mir mein Anwalt, ich dürfe Martin nicht aussperren, dann empfahl er mir jedoch genau das. „Eigentlich nicht", sein Grinsen war tatsächlich durch den Hörer erkennbar. „Es funktioniert aber, wenn Sie es geschickt aufziehen. Dieser Riegel dient nämlich einzig Ihrem Schutz, da Sie sich allein in der Wohnung fürchten. Kommt Ihr Mann nicht herein, tun Sie ganz zerknirscht und behaupten, die Sicherung aus Versehen vorgelegt zu haben."

„Genial!", rief ich begeistert. „Ich danke …"

„Halt, ich bin noch nicht fertig. Zusätzlich rate ich Ihnen dringend, von allem, was sich noch in Ihrem Besitz befindet, Fotos, beziehungsweise Kopien zu machen", er seufzte leicht, „ich weiß, das, was jetzt kommt, wollen Sie bestimmt nicht hören, aber es wäre außerdem sinnvoll Ihre

Söhne einzuspannen, dass diese schriftlich festlegen, was sich nach ihrem Wissen zum Zeitpunkt des Auszugs ihres Vaters in der Wohnung befand."

Nein, die Jungen wollte ich nun wirklich nicht in diese unschöne Angelegenheit mit hineinziehen. Das Ganze würde sonst zu einer Art Parteinahme innerhalb der Familie ausufern. Das, was sich hier abspielte, war ausschließlich eine Sache zwischen Martin und mir.

Ute versprach, noch heute loszugehen und einen einigermaßen vernünftigen und trotzdem nicht zu teuren Türriegel zu kaufen. Ich sollte nicht eher das Haus verlassen, bis dieser Schutz angebracht war. Zusätzlich würde sie in das Päckchen ihre Digitalkamera legen, damit ich die Bilder auf dem Computer speichern und gleich mehrere Kopien anfertigen konnte.

In der Zwischenzeit machte ich eine gründliche Bestandsaufnahme dessen, was sich noch im Haus befand. Es war ziemlich ernüchternd, Martin hatte tatsächlich alles von Wert mitgenommen, sogar seine Enzyklopädie, die vielleicht gerade einmal fünfhundert Euro bei einem Verkauf bringen würde, war verschwunden. Dafür fand ich zwischen den Unterlagen unserer alten Haftpflichtversicherung die Rechnung seines neuesten Computers, der vor einem halben Jahr immerhin fast eintausend Euro gekostet hatte. Ha, das kam davon, wenn man keine Ordnung hielt!

Durch diesen Erfolg angespornt suchte ich bis in den späten Abend hinein weiter. Schließlich sah das Wohnzimmer aus, als hätte eine Bombe eingeschlagen, der ganze Boden war mit dem Inhalt der Schränke bedeckt. Zu müde, um das Chaos noch heute zu beseitigen, ging ich ins Bett, stellte aber zuvor einen Stuhl unter die Klinke der Haustür. Mittlerweile traute ich Martin alles zu, auch dass er nachts ins Haus geschlichen kam, um weitere wichtige Papiere zu holen. Denn die gab es immer noch. Ich hatte kunterbunt im Schrank verteilt diverse Rechnungen gefunden, unter anderem die von seiner neuen Spiegelreflexkamera, die mit sämtlichen Objektiven fast fünftausend Euro gekostet hatte und die Garantiekarte von unserem Fernseher, der erst ein Jahr alt war und für den Martin stolze zwölfhundert Euro hingeblättert hatte.

Die Euphorie über meine Funde ließ mich am nächsten Morgen früh erwachen. Statt aufzuräumen, nahm ich mir die restlichen Zimmer vor. Zuerst einmal würde ich alle Beweismittel sammeln, die ich finden konnte.

Leicht enttäuscht schlang ich gegen drei ein verspätetes Mittagessen hinunter. Bis auf zwei Kontoauszüge, die Martin übersehen haben musste und den Kaufbeleg seiner Stereoanlage hatte ich nichts Wichtiges mehr gefunden. Diese Dinge legte ich auf den kleinen Stapel meiner Beweissammlung und versteckte ihn unter meiner Matratze – sicher war sicher.

Das Aufräumen ging schneller. Ohne jegliche Ordnung packte ich alles vom Boden in Schränke und Schubladen zurück. Trotzdem war ich völlig erschöpft, als ich Stunden später ein letztes Mal durch alle Zimmer wankte, um mich zu vergewissern, dass ich nichts vergessen hatte. Das Telefon begann, wie schon so oft am heutigen Tag zu klingeln. Ein Blick auf das Display verschaffte mir Gewissheit: Nummer unterdrückt, das war bestimmt Martin.

Gestern hatte ich gleich nach meinem Gespräch mit Herrn Rehbach im Büro angerufen und seine Sekretärin gebeten ihm auszurichten, dass er mir die Kopien der Kontoauszüge und seiner Gehaltsabrechnungen zuschicken solle, die ich für meinen Antrag auf Unterstützung von der ARGE dringend bräuchte. Ich hatte gleich gemerkt, dass sie nicht informiert war, zumindest nicht über seine mangelnde geldliche Unterstützung mir gegenüber, denn in der Stille, die meiner Bitte folgte, schnappte sie vernehmlich nach Luft und es dauerte länger, bis sie sich so weit gefangen hatte, dass sie mir versicherte, ihm meinen Anruf sofort nach seiner Rückkehr – angeblich war er in einer Besprechung – mitzuteilen.

Ungefähr zwei Stunden später begannen die Anrufe, doch obwohl ich den Anrufbeantworter die ganze Zeit eingeschaltet hatte, hinterließ niemand eine Nachricht. Daher vermutete ich, dass es sich dabei um Martin handelte, der mich erbost wissen lassen wollte, dass ich nicht auch noch seine Sekretärin in unsere Angelegenheiten mit hineinziehen sollte. Dabei war er nur sauer, dass sich sowohl Thorben als auch Florian auf meine Seite gestellt und ihn mit deutlichen Worten hatten wissen lassen, dass sie die Art und Weise, wie er mit mir umging, ziemlich hässlich fanden.

Außerdem wollte ich gar nicht mit ihm persönlich sprechen, nicht jetzt, nachdem die Wut auf ihn mich immer fester im Griff hatte. Warum auch immer, er schien fest entschlossen, mir das Leben so schwer wie möglich zu machen und zusätzlich alles an sich zu raffen, was ich bisher als unseren gemeinsamen Besitz angesehen hatte. Und ich war mir ziemlich sicher, dass dieser Anruf nicht plötzliche Kooperation, sondern nur weiteren Verdruss bedeutete.

Am Ende der Woche hatte ich alle Papiere ausgefüllt und sämtliche Unterlagen, die ich für die ARGE benötigte, zusammen. Das Einzige, was fehlte, waren Martins Kontoauszüge und Gehaltsabrechnungen. Mist! Musste ich wohl oder übel in den sauren Apfel beißen und doch noch persönlich mit ihm sprechen.

„Geh zur Bank und lass dir Kopien machen", empfahl mir Ute bei ihrem abendlichen Anruf. „Hinter ihm herlaufen, würde ich an deiner Stelle nicht. Außerdem könnte ich mir vorstellen, dass er dir die nötigen Unterlagen verweigert, um dir das Leben noch schwerer zu machen. Aus den Kontoauszügen geht das Gehalt hervor, das müsste deinem Sachbearbeiter reichen."

Da ihr Päckchen zwischenzeitlich angekommen war und ich eigenhändig den Riegel an der Wohnungstür angebracht hatte, konnte ich nun wieder gefahrlos das Haus verlassen. Trotzdem ließ ich zur Sicherheit alle Rollläden herunter, als ich am kommenden Montag schon früh morgens das Haus verließ. Direkt nach der Bank wollte ich zu Herrn Rehbach gehen und ihm die DVD mit den Bildern von unserer Einrichtung und die Kopien von sämtlichen, wichtigen Unterlagen, die ich auf dem Weg zu machen gedachte, vorbeibringen. Besser, er hatte diese Dinge in seiner Kanzlei, mittlerweile traute ich Martin alles zu.

Die Bankangestellte, die mich empfing, war etwa in meinem Alter. Sehr nett und höflich teilte sie mir mit, dass sie mir selbstverständlich Duplikate von den entsprechenden Auszügen geben könne, allerdings nur bis zu dem Datum, da meine Vollmacht erloschen sei.

Das würde mir völlig reichen, erklärte ich erleichtert, wurde aber ziemlich blass, als sie eine einmalige Gebühr von zehn Euro von mir verlangte. Zu meiner und ihrer Verlegenheit brach ich in Tränen aus, während ich versuchte, ihr zu erklären, dass ich kaum noch Geld hatte und warten müsse, bis die ARGE meinen Antrag bearbeitete, da mein Mann mir nichts zahlte.

Entweder sah man mir mein Leid so deutlich an, dass ihr Mitleid überwog oder sie hatte etwas Ähnliches selbst erlebt, jedenfalls kam sie sofort hinter ihrem Tischchen hervor, nahm sanft meinen Arm und lotste mich in eines der kleinen, abgeschirmten Kämmerchen, wo sie mir zuallererst eine Tasse Kaffee und eine Packung Tempotaschentücher anbot. Während ich mich langsam erholte, tippte sie bereits auf ihrer Tastatur und kurz darauf brummte der Drucker.

„Hier, bitte schön", mit einem teilnahmsvollen Lächeln reichte sie mir kurz darauf einen Packen Papiere, „ich habe Ihnen die Unterlagen gleich zweimal kopiert, einmal für die ARGE und einmal für Ihren Anwalt. Und Kosten dafür erheben wir in diesem speziellen Fall natürlich nicht."

Bei so viel Liebenswürdigkeit kamen mir gleich wieder die Tränen.

Anschließend ging ich in den nächstgelegenen Copyshop, bevor ich mich zu Herrn Rehbach auf den Weg machte. Bei der ARGE hatte ich am Donnerstag meinen nächsten Termin, die Unterlagen einfach nur dort abzugeben, brachte nichts, deren Bearbeitung erfolgte erst, wenn ich dort selbst vorstellig wurde.

Bei Herrn Rehbach dagegen gab es damit kein Problem. „Wenn er die Papiere durchgearbeitet hat, meldet er sich bei Ihnen", erklärte mir die Dame an der Anmeldung. „Das wird wahrscheinlich heute Abend sein."

Nachdem ich endlich auch das Nötigste eingekauft hatte – ich war wegen des fehlenden Riegels nicht einmal aus dem Haus gegangen – trat ich hungrig den Rückweg an, mittlerweile war es fast drei Uhr, da ich alle Wege zu Fuß zurückgelegt hatte. Durch die ungewohnten, langen Fußmärsche schmerzten meine Muskeln. Die seit Tagen anhaltende Kälte tat ihr übriges dazu, ich fühlte mich völlig durchfroren und verkrampft. Deshalb gönnte ich mir nach dem Mittagessen, das aus einem Teller Ravioli und einer großen Portion Apfelmus, das ich im Herbst eingekocht und eingefroren hatte, ein heißes Bad.

Angesichts der Tatsache, dass ich nicht wusste, inwieweit die ARGE für Strom und Gas aufkam, hatte ich vorsichtshalber die Heizung in den meisten Räumen heruntergedreht. Nur die Küche, das Bad und mein Schlafzimmer, was angesichts der Temperaturen unumgänglich war, hielt ich einigermaßen warm. Baden war ebenfalls zum Luxus degradiert worden, normalerweise duschte ich mich in der Wanne nur ab oder nahm mit dem Waschbecken vorlieb.

Erst viel später sah ich den blinkenden Anrufbeantworter. Ahnungsvoll betätigte ich die Abspieltaste. Sofort dröhnte mir Martins Stimme entgegen. „Was fällt dir ein, mich auszusperren? Ich brauche dringend frische Kleidung. Ruf mich sofort an, wenn du wieder zu Hause bist!"

Ha! Ich hatte es geahnt. Kaum war ich weg, wollte er die Gelegenheit nutzen.

Bevor ich zurückrief, legte ich sämtliche Papiere, die ich kopiert hatte, in den Schrank zurück. Da ich nicht mehr wusste, wo ich die einzelnen

Unterlagen gefunden hatte, verteilte ich sie einfach blindlings in den Schränken und Schubladen, darauf hoffend, dass Martin in dem Durcheinander froh war, wenn er alles, was er haben wollte, fand.

Gerade als ich die letzten Seiten in seinen Schreibtisch legte, klingelte das Telefon erneut. Ich spurtete in die Diele und keuchte vernehmlich, während ich mich meldete. „Wo warst du?", seine Stimme klang noch wütender. „Ich versuche schon den ganzen Tag, dich zu erreichen."

„Da du mir das Leben so schwer machst, musste ich den ganzen Tag herumlaufen, um die Sachen für die ARGE zusammenzubekommen. Ich bin gerade erst zurückgekommen", erwiderte ich kühl.

Er ging gar nicht auf meine Antwort ein. „Und was soll das mit dem Riegel? Ich bin immer noch Mieter dieser Wohnung und habe einen Anspruch darauf sie zu betreten, wann immer ich das will."

„Ach, hatte ich ihn vorgelegt? Entschuldige, das war keine Absicht." Angesichts seiner Unverfrorenheit fiel mir die Lüge nicht schwer. „Seit ich allein lebe, bin ich etwas ängstlich geworden. Er dient mir als zusätzlicher Schutz für die Nacht."

Martin schnaubte laut, um sein Missfallen kundzutun, natürlich glaubte er mir kein Wort. Aber es war schon ein kleiner Sieg für mich, dass er nicht weiter darauf einging, sondern mit der Ankündigung, er würde gegen acht vorbeikommen, auflegte.

Ich wischte mir den Schweiß von der Stirn, der sich in Erwartung eines längeren, verbalen Gefechts dort angesammelt hatte. Meine Güte, wenn ich jetzt schon Angst hatte, wie sollte ich da den heutigen Abend überstehen?

Glücklicherweise rief Herr Rehbach bereits um sieben an, sodass ich ihm von dem Gespräch mit meinem Mann erzählen konnte. „Das haben Sie genau richtig gemacht", lobte er. „Nun werden Sie bloß nicht weich, wenn er vor Ihnen steht."

Mit klopfendem Herzen, aber dem festen Entschluss mich zu behaupten, öffnete ich die Tür, als es um Punkt acht Uhr klingelte. Sofort drängte sich Martin an mir vorbei, zwei große Koffer in den Händen. Ohne innezuhalten, steuerte er das Schlafzimmer an und begann damit Unterwäsche, Hemden, Hosen und Jacken hineinzustopfen. Ich lehnte am Türrahmen und sah ihm wortlos zu.

Bald waren die Koffer gefüllt, aber der Kleiderschrank noch nicht leer. Mit schmalen Lippen blickte Martin auf. „Wo sind unsere Koffer?", presste er mühsam hervor.

„Auf dem Dachboden."

177

„Hast du was dagegen, wenn ich mir einen davon ausleihe?" Angestrengt sah er an mir vorbei und bemühte sich sichtlich, seine Stimme flach und emotionslos zu halten.

„Du kannst den großen, schwarzen und die blaue Reisetasche haben", gab ich mich großzügig, „dann behalte ich den kleineren braunen und den Faltkoffer."

Schweigend drängte er sich an mir vorbei und kam kurz darauf mit den beiden ihm zugesprochenen Teilen zurück. Währenddessen hatte ich ihm seinen Kulturbeutel und seine alte Sporttasche aus Badezimmer und Diele geholt und auf das Bett gelegt. Mit einem kurzen Nicken nahm er es zur Kenntnis.

Mit Müh und Not konnte ich ein hysterisches Kichern unterdrücken. Diese Situation war so etwas von absurd. Keiner von uns war bereit, den Anfang zu machen und die nötigen klärenden Worte auszusprechen.

Und tatsächlich ging Martin, ohne dass wir auch nur einen vernünftigen Satz miteinander gewechselt hatten.

27

„Ja, warum hast du denn nicht das Gespräch angefangen", fragte meine Schwester verständnislos, die, als hätte sie es geahnt, direkt nach seinem Weggang anrief. „Du musst so viele Dinge mit ihm besprechen. Hast du denn wenigstens gefragt, wann ihr euren restlichen Besitz aufteilen wollt?"

„Ich habe mich nicht getraut", erwiderte ich kläglich.

„Heike!"

„Du verstehst das nicht. Wenn Martin nicht darüber sprechen will, bekommt man kein vernünftiges Wort aus ihm heraus", rechtfertigte ich mich. „Ich hätte allerhöchstens einen neuen Wutanfall ausgelöst."

„Trotzdem", ich sah meine Schwester förmlich vor mir, wie sie verständnislos den Kopf schüttelte. „Du wirst dich mit ihm auseinandersetzen müssen, und zwar bald. Diese Situation kannst du nicht einfach aussitzen."

Schlagartig erkannte ich die Wahrheit in ihren Worten. Das war genau Martins Vorgehensweise. Bekam er seinen Willen auch durch Toben und Brüllen nicht, zog er sich beleidigt zurück und wartete schweigend aber beharrlich, bis ich zu Kreuze gekrochen kam. War ich denn wirklich all die Jahre blind für seine Verhaltensweisen gewesen? Und warum fiel ich immer noch darauf herein?

„..... hörst du?"

„Ute, ich danke dir", sagte ich, ohne nachzufragen, wovon sie gerade gesprochen hatte. „Ich glaube, ich bin bisher ein Riesendummerchen gewesen."

„So kann man das auch nennen", erwiderte sie lachend, „nur musst du …"

„Ich weiß, ich weiß", fiel ich ihr ins Wort, „doch will ich zuerst mit Herrn Rehbach sprechen, wie ich vorzugehen habe. Du kennst Martin nicht. Er wird sich auf nichts einlassen, was ihm nicht entweder zum Vorteil gereicht oder rechtlich erzwungen werden kann. Im Moment ist er tödlich beleidigt, dass ich es gewagt habe, ihn auszusperren. Er wird mich das spüren lassen, auch wenn er sich damit ins eigene Fleisch schneidet."

„Das Beste und Teuerste hat er sich ja schon an Land gezogen", meinte meine Schwester lakonisch, konnte aber doch nicht umhin neugierig zu fragen. „Und er hat mit keinem Wort mehr den Zusatzriegel erwähnt?"

„Nein, wozu auch. Er kann mir schließlich nicht verbieten, für meinen eigenen Schutz zu sorgen", kicherte ich.

„Wie sieht es mit deiner Wohnungssuche aus?", wollte meine Schwester übergangslos wissen.

„Äh", ich kam ins Stottern, „bisher war dafür einfach keine Zeit."

„Hast du dir denn wenigstens überlegt, ob du hier zu uns ziehen willst? Dann könnte ich anfangen, mich darum zu kümmern."

„Zuerst einmal muss ich am Donnerstag zur ARGE", wiegelte ich ab, „und meinen Antrag abgeben. Da werde ich nachfragen, wie ich vorzugehen habe. Danach weiß ich wahrscheinlich mehr und kann mich besser entscheiden."

Wie hätte ich Ute erklären sollen, dass ich immer noch schwankte, dass mein Herz und mein Gefühl dem Verstand zum Trotz an diesem Ort und vor allem an diesem Haus hingen, in dem ich die letzten zwanzig Jahre verbracht hatte? Natürlich wusste ich, dass es sinnvoller war, in die Nähe meiner Familie zu ziehen, statt hierzubleiben, wo mich nur meine Erinnerungen hielten. Trotzdem war ich weiterhin nicht fähig, einen Entschluss zu fassen, obwohl ich wusste, dass mir die Zeit davonlief.

Mit den Ermahnungen meiner Schwester im Ohr setzte ich mich am nächsten Tag vor den Computer und begann mit der Wohnungssuche. Mir alle Optionen offen lassend hatte ich sowohl die Makler in ihrer als auch in meiner Stadt eingegeben. Das Ergebnis war niederschmetternd. Hier im Ort gab es ganze vier Angebote, die von Mietpreis und Quadratmeterzahl infrage kamen, denn natürlich hatte ich mich in der Zwischenzeit schlaugemacht, wie die Bedingungen für ARGE-Empfänger aussahen, nur hatte ich das Ute nicht auf die Nase binden wollen.

Der Reihe nach rief ich bei den angegebenen Telefonnummern an. Die erste Wohnung lag ganz am Stadtrand, da wäre ich ohne Auto aufgeschmissen, denn die Busverbindung dort funktionierte nur eingeschränkt. Der nächste Vermieter wollte keine Haustiere, der dritte hatte anscheinend etwas gegen Hilfsbedürftige im Allgemeinen - er nähme nur jemanden mit einer festen Anstellung - den vierten schien tatsächlich weder das eine noch das andere zu stören. Allerdings gab es ein kleines Problem, die Wohnung war schon so gut wie vermietet.

Warum hast du mich dann meinen ganzen Sermon erzählen lassen, dachte ich zornig, nachdem der Mann sich stotternd erklärt hatte. Dass es vielleicht doch etwas mit meinem momentanen Status zu tun hatte, wies ich weit von mir – noch, bald schon würde ich wissen, dass dieser

Spruch, die Wohnung sei leider bereits so gut wie versprochen, zu den Standartantworten all der Vermieter gehörte, die keine ARGE-Mieter wollten. Aber meine verletzten Gefühle darüber, sämtliche privaten Angelegenheiten vor wildfremden Menschen offenlegen zu müssen, für die ich anschließend jedes Mal ein viel zu unsicherer Fall war, als dass sie mich genommen hätten, konnte ich nie ablegen.

In Hamburg gab es massig Leerstände, von denen mir viele von den Bildern her sogar zusagten. Schließlich musste ich nicht direkt in der Innenstadt wohnen, das Bus- und Bahnnetz war auch in den Vororten gut. Das entspräche dann fast meinem augenblicklichen Wohnort, tröstete ich mich. Zumindest gab es dort ebenfalls viel Grün. Ich verkniff mir jedoch die teuren Anrufe und beschloss, wirklich zu warten, bis ich mit meiner Sachbearbeiterin gesprochen hatte. Soweit ich informiert war, musste die ARGE nämlich einem Umzug zustimmen. Und obwohl ich die viel zu große und für eine Person zu teure Wohnung sowieso räumen musste, war ich nicht sicher, ob es mir erlaubt würde, gleich in eine weit entfernte Stadt zu ziehen.

„Nur wenn besondere Gründe dafür vorliegen", erklärte mir die ARGE-Mitarbeiterin mit verkniffenem Gesichtsausdruck. Ich hatte sie bereits dadurch verärgert, dass ich nicht in der Lage gewesen war, Martins Gehaltsabrechnungen zu beschaffen. Mehrmals hatte ich versucht, ihr die Sachlage zu erklären, doch meine Gründe interessierten sie nicht, zumindest kam es mir so vor, da sie immer nur stereotyp wiederholte, das würde die Bearbeitung meines Antrages verzögern.

Ob sie selbst nicht vielleicht …?

Nein, das wäre nicht ihre Aufgabe.

Man könne das Gehalt eventuell auch anhand der Kontoauszüge hochrechnen, war meine nächste Idee.

Ein kategorisches Nein war die Antwort. Ich und nur ich hätte mich darum zu kümmern, dass alle Unterlagen beigebracht würden.

Mühsam bemühte ich mich darum, mir meinen Ärger nicht anmerken zu lassen. Da war man völlig unschuldig in diese Lage geraten, versuchte zu erklären, warum man gewisse Schwierigkeiten nicht selbst überwinden konnte, blieb freundlich und höflich und musste es sich gefallen lassen, dass man wie ein armer Bittsteller behandelt wurde. Ich erwartete ja gar kein Mitgefühl, ich wollte nur Hilfe.

Die bekam ich schließlich von ganz unerwarteter Seite. Als ich mich noch am selben Tag mutig in die Höhle des Löwen wagte – ich tauchte einfach ohne Voranmeldung im Vorzimmer des Büros meines Mannes auf – und um einen Termin bei Martin nachfragte, bat mich die Sekretärin mit nervösem Blick auf seine Tür, ihr mein Anliegen zu schildern. Mittlerweile fast völlig emotionslos erzählte ich ihr, warum ich ihn belästigen müsse. Hastig, allzu hastig schüttelte sie den Kopf und erklärte mit lauter Stimme, dass ihr Chef sich in einer wichtigen Konferenz befände und nicht gestört werden wolle. Gleichzeitig kritzelte sie etwas auf ein Stück Papier und schob es mir zu. Dann drängte sie mich mit sanfter Gewalt zur Tür hinaus.

Völlig perplex schaute ich auf den Zettel in meiner Hand. Die benötigten Gehaltsabrechnungen gehen Ihnen morgen zu, stand darauf. Mir fiel ein Stein vom Herzen. Ich musste mich weder mit Martin noch mit der Zicke von der Arbeitsagentur auseinandersetzen.

Vor Samstag konnte der Brief nicht eintreffen, daher blieb mir nichts anderes übrig, als bis Montag zu warten. Gleich früh morgens stellte ich mich vor die noch geschlossene Tür und gehörte mit zu den Ersten, die zur Öffnung hinein gehen durften. Artig wartete ich vor dem entsprechenden Zimmer, bis endlich die Mitarbeiterin erscheinen würde, um den ersten Klienten aufzurufen. Doch es war ein Mann, der heraustrat. Einen Moment aus dem Konzept gebracht zögerte ich, aber er hatte mich sehr wohl bemerkt und wandte sich mir nun fragend zu, nachdem er den ersten seiner Kunden gebeten hatte, Platz zu nehmen.

„Ich …, ich wollte …", stotterte ich mit hochrotem Kopf. „Eigentlich möchte ich das hier nur abgeben. Es fehlte bisher noch in meinen Unterlagen."

Mein Gegenüber runzelte die Stirn und musterte mich nachdenklich. „Es tut mir leid, ich habe Ihren Namen vergessen. Bin ich für Sie zuständig?"

„Äh, bisher hatte ich mit einer Frau Krause zu tun." Langsam wurde ich immer unsicherer. War ich vielleicht in der falschen Etage aus dem Fahrstuhl gestiegen?

„Nein, Sie sind hier richtig." Jetzt lächelte er. Er hatte ein richtig nettes Lächeln, das seine Augen mit lauter Fältchen umgab. „Sie sind bestimmt neu bei uns. Mein Name ist Hartmann", er hielt mir tatsächlich die Hand hin.

„Kilian, ich wollte diese Papiere nachreichen, die für meinen Antrag fehlen."

„Warten Sie!" Er ließ mich im Türeingang stehen, ohne mir den Umschlag abzunehmen, ging zu seinem Schreibtisch und blätterte in einem

Kalender. „Morgen um elf kann ich Sie dazwischen schieben", rief er mir über die Schulter zu und zückte schon seinen Stift.

Also machte ich mich am nächsten Tag noch einmal auf den Weg. Zum ersten Mal war der Wartebereich leer und die Tür öffnete sich, bevor ich mich setzen konnte.

„Frau Krause hat mich während meiner Urlaubszeit vertreten", erklärte Herr Hartmann mir, kaum dass ich Platz genommen hatte. Er warf einen kurzen Blick auf die Gehaltsabrechnungen, gab einige kurze Worte in das bereits aufgerufene Computerprogramm ein und nickte dann zufrieden: „Ihre Unterlagen sind nun vollständig, ich leite sie gleich heute an die Rechnungsstelle weiter, Sie können in circa zwei Wochen mit dem ersten Geld rechnen."

„Gut, so lange werde ich gerade eben noch hinkommen", sagte ich erleichtert aufatmend.

„Hat Frau Krause Sie denn nicht an das Sozialamt verwiesen?" Herr Hartmann, der seinen Blick bisher ausschließlich auf den Monitor vor sich gerichtet hatte, sah mich an.

„Sozialamt? Wieso? Ich dachte …"

„Hier steht, Sie wären völlig mittellos, ist das richtig?"

„Ja, ich musste mir von meiner Mutter Geld leihen, um über die Runden zu kommen. Nur hat diese selbst nicht viel. Sie konnte mir gerade genug geben, dass ich die dringendsten Rechnungen bezahlen konnte, die halbe Miete plus Gas und Strom und dazu noch die Kosten für das Telefon, ich bin kurz vor der Pleite."

„Warum hat Frau Krause Ihnen nicht gesagt, dass in solchen Fällen, wie dem Ihren, das Sozialamt einspringt und Ihnen das Geld, das Sie von uns bekommen werden, vorlegt." Er blickte mich kopfschüttelnd über seine Halbbrille hinweg an. „In Ihrer Situation steht Ihnen sofortige staatliche Unterstützung zu, das ist keine Frage."

Weil sie eine blöde Kuh ist, dachte ich bei mir, hütete mich allerdings, irgendwelche Kritik an ihr laut zu äußern. Stattdessen fragte ich: „Wegen meines Umzugs. Ich überlege, in die Nähe von meiner Familie nach Hamburg zu ziehen. Erstens gibt es dort wesentlich mehr Arbeitsangebote und zweitens kann ich mich um meine kranke Mutter kümmern." Das war Utes Idee gewesen. Der Arzt würde bestimmt eine dementsprechende Bescheinigung ausstellen, falls ich nur daraufhin die Erlaubnis zum Umzug bekam.

Wieder blickte Herr Hartmann auf seinen Monitor. „Das können Sie halten, wie Sie wollen", erklärte er kurz darauf. „Allerdings würde ich persönlich Ihnen dazu raten. Hier sind Ihre Chancen, bald Arbeit zu bekommen gleich null. In einer großen Stadt hingegen kann ich mir schon vorstellen, dass es auch etwas Passendes für Sie gibt."

‚Na prima‘, dachte ich erleichtert, ‚endlich einmal eine gute Nachricht.‘

„Nur", er musterte mich mit gerunzelter Stirn, „denken Sie bitte daran, dass Sie kein Umzugsunternehmen beauftragen", er lachte auf. „Das heißt, wenn Sie wollen, können Sie das natürlich schon machen. Das Einzige, was Sie beachten müssen, ist, dass diese Rechnung von uns nicht erstattet wird. "

„Was?" So weit hatte ich noch gar nicht gedacht.

„Sie haben nicht gewartet, bis Sie aufgefordert worden sind, Ihre Wohnung zu kündigen", erklärte er mir geduldig. „Deshalb haben Sie keinen Anspruch auf Übernahme der Umzugskosten."

„Moment." Ich verstand gar nichts mehr. „Ich musste doch kündigen, weil ich sie allein gar nicht hätte halten können."

„Tja, hätten Sie gewartet, bis wir sie dazu aufgefordert hätten, wäre der Umzug von uns finanziert worden", wiederholte er.

„Aber die hohe Miete …, und die hohen Nebenkosten …", stotterte ich.

„Es tut mir leid", ich sah ihm an, dass er es ehrlich meinte, „aber so sind die Gesetze nun einmal."

„Wovon soll ich denn den Umzug finanzieren?"

„Haben Sie Freunde oder Angehörige, die Ihnen tragen helfen können?" Auf mein Nicken fuhr er fort. „Das Amt übernimmt die Kosten für einen Mietlastwagen und das Benzin und gibt Ihnen außerdem noch dreißig Euro Beihilfe für zwei Helfer. Sie holen bitte drei Angebote ein, wir entscheiden dann, welche Firma Sie nehmen."

Damit konnte ich leben. „Rechnen Sie mit dem entsprechenden Betrieb ab?"

„Nein, das Geld müssen Sie vorlegen oder das Sozialamt springt ein."

„Ich glaube, das schaffe ich schon irgendwie", gab ich mich optimistisch und so fühlte ich mich auch. Immerhin stand einer Wohnungssuche in der Nähe meiner Familie nichts mehr im Wege. Das war es nämlich, was mir nach langen Überlegungen als sinnvoll erschienen war.

„Dann kann ich ja loslegen", sagte ich im Aufstehen.

„Moment!" Mit erhobener Hand forderte er mich auf, mich wieder zu setzen. „Wissen Sie über die Kriterien, die Sie zu beachten haben, Bescheid?"

„Ja, ich habe mich im Internet informiert. Die Wohnung darf nicht zu groß sein, die Miete einschließlich Nebenkosten eine bestimmte Summe nicht überschreiten. Ich habe mir die entsprechenden Zahlen bereits herausgeschrieben."

Herr Hartmann schmunzelte. „Sie nehmen mir die Worte aus dem Mund."

Da er wirklich umgänglich zu sein schien, wagte ich die Frage zu stellen: „Was ist mit Bewerbungen, ich meine, muss ich mich hier noch weiter bewerben?" Und dachte mit Grausen an mein letztes Gespräch mit seiner Vorgängerin.

28

Frau Krause hatte mir ziemlich eingeheizt. Ich hätte die Pflicht, mich sofort um Arbeit zu bemühen, hatte sie mich ermahnt, das hieße, ich müsse nachweisen, dass ich mich regelmäßig bewürbe.

Wie ich das denn ohne Geld anstellen solle, hatte ich gefragt, die Bewerbungsmappen und das Porto könne ich mir zurzeit nicht leisten. „Dann müssen Sie eben im Umkreis ihres Wohnortes suchen", war die lapidare Antwort gewesen. „Gehen Sie in alle Geschäfte, die Sie zu Fuß erreichen können, und erkundigen sich nach Arbeitsangeboten."

Ehrlich, ich hatte es versucht. Zuerst hielt ich nur nach Schildern Ausschau, die auf freie Stellen hinwiesen. Als ich keine fand, betrat ich mutig den erstbesten Supermarkt und fragte mit hochrotem Kopf nach Arbeit. Ich wurde an einen anderen Verkäufer und anschließend an den stellvertretenden Filialleiter weitergereicht, der mir unfreundlich mitteilte, dass im Moment kein Bedarf bestünde. Wenn sie jemanden einstellen wollten, hätte er längst einen entsprechenden Anschlag an der Tür angebracht.

Danach wagte ich nicht mehr zu fragen, ob er mir meine Anfrage auf meinem extra dafür angefertigten Blatt Papier bestätigen könne, sondern trat umgehend den Rückzug an.

Trotz dieser Erfahrung unternahm ich noch einen zweiten Versuch, der zwar wesentlich freundlicher, aber dennoch abgewiesen wurde. Wieder kam ich mir zu blöd vor, mir diese Aussage schriftlich bestätigen zu lassen und verließ das Geschäft ohne einen Beweis meiner Bemühungen.

Mittlerweile war ich mehr als drei Stunden unterwegs, ich fror in der kalten Winterluft, dazu meldete sich ein immer stärker werdendes Hungergefühl. Ich beschloss, in einem weiten Bogen zurück nach Hause zu laufen und mich aufzuwärmen und zu stärken. Der eisige, böige Wind nahm noch mehr zu, sodass ich bald in einen leichten Laufschritt verfiel und nur noch einen Wunsch hatte: Endlich ins Warme zu kommen.

Dabei hätte ich beinahe das Schild an dem kleinen Getränkemarkt übersehen. Aushilfe für freitagnachmittags und samstags gesucht, stand darauf und etwas kleiner darunter, gerne auch Schüler.

Hoffnungsfroh trat ich ein, hier wurde tatsächlich ein Job angeboten und ich würde alles dafür tun, ihn zu bekommen. Die Angestellte hielt mich erst für eine Kundin, ihr Lächeln verschwand schlagartig, als ihr klar wurde, dass ich mich um die ausgeschriebene Stelle bewarb. „Wir suchen einen männlichen Mitarbeiter", meinte sie und musterte mich von oben bis unten, „da dieser hauptsächlich damit beschäftigt ist, Kisten zu schleppen. Das ist keine Arbeit für eine Frau."

„Oh ich bin stärker, als ich aussehe", erwiderte ich und gab mich nach außen hin zuversichtlich, obwohl ich selbst meine Bedenken hatte.

„Nein", mit einer endgültigen Bewegung schüttelte sie den Kopf. Und überhaupt hätte der Chef an jemand Junges gedacht, einen Studenten oder Schüler, der sich sein Taschengeld aufbessern wolle.

Dann möge sie mir bitte bescheinigen, dass ich mich zumindest um die Stelle beworben habe, bat ich in einem Anflug von Resignation – man verliert seinen Stolz schneller, als man denkt.

Glücklicherweise tat sie mir ohne langes Hin und Her den Gefallen und ich hatte zumindest meinen ersten Beweis, dass ich mich um Arbeit bemühte.

Nach einem hastig eingenommenen Mittagessen machte ich mich erneut auf den Weg. Dieses Mal wollte ich mein Glück bei den Restaurants und Imbissstuben versuchen. Zusätzlich würde ich bei jedem Kiosk, der auf meinem Weg lag, nachfragen, um meine Liste zu füllen. Und wer weiß, vielleicht bekam ich gleich bei der ersten Erkundigung schon ein Angebot, sprach ich mir selbst Mut zu.

Naja, nach den ersten zwei Absagen musste ich mich regelrecht zwingen weiterzumachen. Es ist aber auch echt peinlich, zwischen zahlenden Gästen zu stehen und um Arbeit zu bitten. Die Blicke, die mir zugeworfen wurden, reichten von mitleidig bis verdrossen, über meine Unverfrorenheit, einfach hier hereinzuschneien und die Umstehenden zu belästigen. In der Pizzeria tat der Chef sogar so, als würde er mich nicht verstehen können. Da kam es mir natürlich gar nicht in den Sinn, auch noch meinen Zettel zu zücken.

Gott sei Dank gab es nur fünf Objekte in zumutbarer fußläufiger Nähe, dazu drei Kioske. Trotzdem war ich fast vier weitere Stunden in der Eiseskälte unterwegs und völlig verfroren und bitter enttäuscht, als ich mit klammen Fingern meine Eingangstür aufschloss. Ein einziger weiterer Name prangte auf meiner Liste – bei den meisten hatte ich mich nach der unfreundlichen Abfuhr gar nicht mehr getraut, um einen Eintrag zu bitten, zwei hatten sich schlichtweg geweigert.

Zu meiner Schande muss ich gestehen, dass ich mich nach diesen Erlebnissen nicht mehr in der Lage fühlte, es weiter zu versuchen. Stattdessen fragte ich vorsichtig bei meinem Hausarzt an, ob er mir ebenfalls eine Unterschrift geben könne. Nachdem ich ihm meine Erfahrungen geschildert hatte, telefonierte er sogar zusätzlich noch mit drei weiteren Kollegen, die ihre Namen ohne weitere Nachfragen ebenfalls auf mein Blatt setzten.

„Herr Hartmann war ganz erstaunt, dass ich mir die Mühe gemacht habe, in meiner Nachbarschaft nach Arbeit zu fragen", erzählte ich Ute bei unserem abendlichen Telefongespräch. „Er wollte die Liste nicht einmal behalten. Und bewerben muss ich mich vorerst auch nicht mehr, da ich ja voraussichtlich nach Hamburg ziehen werde. Er meint, ich hätte schließlich kein Geld, um jedes Mal mit dem Zug zu fahren, wenn ich um ein persönliches Gespräch gebeten würde. Da mache es gar keinen Sinn, die Unkosten für die Bewerbungsmappen und die notwendigen Kopien in die Höhe zu treiben."

„Der scheint ja richtig nett zu sein", meinte meine Schwester.

„Zumindest besser als seine Vertretung", pflichtete ich ihr bei.

„Hast du ihn gefragt, ob du dieses Bewerbungstraining machen musst?"

„Nein natürlich nicht, warum schlafende Hunde wecken?" Frau Krause hatte mir bei unserer letzten Begegnung angedroht, sie würde mich in das nächste, neu beginnende Bewerbertraining stecken. Dabei bin ich durchaus in der Lage mich adäquat darzustellen, immerhin habe ich nicht nur für Martin, sondern auch für viele Freunde meiner Kinder entsprechende Schreiben aufgesetzt, die alle zumindest zu einer Einladung zum Gespräch oder Test führten.

Das sagte ich Frau Krause und bot an, ihr ein von mir erstelltes Bewerbungsschreiben vorzulegen, doch davon wollte sie nichts wissen. Sie wiederholte nur gebetsmühlenartig, dass ich viel zu lange aus dem Berufsleben heraus sei, um die nötigen Fähigkeiten zu besitzen. Wusste sie wirklich nicht, dass man sich auch über das Internet weiterbilden kann? Ich blieb genauso hartnäckig. Warum sollte ich ein für mich unnützes Seminar besuchen, das dazu wahrscheinlich noch ziemlich teuer war. Ich könnte, bot ich stattdessen an, solange ich nicht vermittelt sei, gemeinnützige Arbeit übernehmen.

Anfangs dachte Frau Krause wohl, ich wolle Scherze mit ihr treiben und wurde richtig sauer und ich musste ziemlich viel Überzeugungsarbeit leisten, um ihr klarzumachen, dass es mir Ernst mit diesem Angebot war. Ich finde nämlich, es ist nicht mehr als recht und billig, wenn ich meine Arbeitskraft demjenigen zur Verfügung stelle, der mich unterstützt und damit vor der Obdachlosigkeit bewahrt.

Leider, leider seien alle ein-Euro-Jobs zurzeit besetzt, erklärte mir die Sachbearbeiterin von oben herab. Anscheinend vermutete sie jetzt, es ginge mir nur um das Geld. Wenn ich wirklich dazu bereit sei, könnte ich mich bei den diversen Sozialdiensten erkundigen. Diese wären immer froh, Freiwillige zu bekommen. Nur müsse ich natürlich für die Maßnahmen der ARGE jederzeit zur Verfügung stehen. Wichtigstes Ziel sei es, mich für den Arbeitsmarkt fit zu machen. Und dazu gehöre zuerst einmal eine vernünftige Bewerbung.

Wir drehten uns im Kreis, ich verstand sie nicht und sie mich nicht. Natürlich konnte ich meine ehrenamtliche Tätigkeit, die ich in den letzten hektischen Wochen auf Eis gelegt hatte, wieder aufnehmen. Aber ehrlich gesagt wollte ich meine Arbeitskraft lieber demjenigen zur Verfügung stellen, der mir Geld gab. Zum Almosenempfänger degradiert zu sein, verursachte mir Unbehagen, ich wollte nichts umsonst.

„So was wie dich hatte sie bestimmt noch nie“, lachte meine Schwester, als ich ihr bei unserem abendlichen Telefonat davon erzählte. „Vielleicht ist diese Frau Krause gerade erst frisch aus der Schulung und hat noch keine große Erfahrung sammeln können. Du hast sie mit deinem Ansinnen wahrscheinlich völlig überfordert.“

„Die ist bestimmt schon Ende dreißig!“, protestierte ich.

„Ja und? Arbeitsberater ist ein Anlernberuf“, konterte sie. „Die Ausbildung besteht nur aus einer mehrmonatigen Schulung.“

„Das ist alles? Das kann nicht sein!“

„Doch, zumindest gibt es mittlerweile viele dieser Quereinsteiger“, Ute wusste es anscheinend ganz genau. „Viele Arbeitslose mit Abitur und abgeschlossener Berufsausbildung sind dort untergekommen.“

Und diese dumme Kuh spielte sich jedes Mal vor mir auf, als sei sie etwas Besseres. Bei unserem letzten Gespräch hatte sie ganz deutlich durchblicken lassen, dass ich in ihren Augen so gut wie keine Chance auf dem Arbeitsmarkt hätte und froh und dankbar sein dürfte, überhaupt irgendeinen Job zu finden.

Herr Hartmann dagegen war freundlich und zuvorkommend und damit eine hundertprozentige Verbesserung gegenüber seiner Kollegin. Obwohl er mir bei meinem Problem mit den hohen Nebenkosten auch nicht weiter helfen konnte. „Für die Heizkosten gibt es eine vorgeschriebene Pauschale, die sich an dem Bedarf einer Person in einer Wohnung, die nicht größer ist, als fünfundvierzig Quadratmeter, orientiert“, erklärte er mir. „In Ihrem Fall würde das Sozialamt einspringen und die überschüssigen Kosten vorab übernehmen. Sie können das Geld dann in Raten abstottern.“

„Aber was kann ich dafür, dass ich gezwungen bin, dort zumindest so lange wohnen zu bleiben, bis der Mietvertrag ausläuft?“

„Gar nichts“, bestätigte er. „Das ist aber im Grunde genommen Ihr Pech. Sie müssen versuchen, so gut es geht, an der Heizung zu sparen.“

„Das ist ein altes Fachwerkhaus“, protestierte ich, „und bei der herrschenden Kälte bin ich gezwungen alle Heizungen wenigstens auf kleiner Stufe mitlaufen zu lassen, um ein Einfrieren der Rohre zu verhindern.“

„Hallo! Bist du noch dran?“

„Ja, ich musste nur gerade an Herrn Hartmanns Argumentation meine Nebenkosten betreffend denkend. Ich empfinde das Ganze immer noch als ungerecht. Martin zieht aus und ich muss da ausharren, weil ich sonst zwei Mieten am Hals hätte und die eine nicht erstattet bekäme. Was machen denn wohl Menschen, denen es ähnlich geht wie mir, die aber keine netten Verwandten haben, die einspringen. Überleg einmal, was da an Beträgen zusammenkommt. Und das soll man dann von dem bisschen, was man an Unterhalt erhält, abstottern. Das zieht sich über Jahre.“

„Ich kann mir nicht vorstellen, dass das rechtens ist“, pflichtete mir Ute bei. „Wenn du Zeit hast, recherchiere im Internet, ob es dazu nicht relevante Stellungnahmen gibt. Vielleicht hast du mehr Ansprüche, als man dir gesagt hat.“

„Das müssten die bei der ARGE wissen“, wehrte ich ab.

„Nicht unbedingt, die kennen auch nicht jedes Gerichtsurteil“, Heike lachte. „Oder sie wollen dem Staat Geld sparen.“

„Ich werde es nachrecherchieren.“ Das hieße, endlich wieder etwas Sinnvolles zu tun. Nachdem, was alles auf mich eingestürzt war und mich in Atem gehalten hatte, fühlte ich mich jetzt, da außer der Suche nach einer Wohnung, kaum noch etwas zu tun war, zunehmend depressiv. Wahrscheinlich, weil mir zum ersten Mal richtig bewusst wurde, wie sehr mein Leben sich nun änderte. Und trotz meiner Wut und Enttäuschung fehlte mir Martin, ich konnte meine Gefühle für ihn nicht von einem Moment auf den anderen abschalten. Selbst tagsüber, obwohl er da nie zu Hause gewesen war, kam mir die Wohnung viel leerer vor.

Aber am Schlimmsten waren die Abende. Gut, dass ich wenigstens die täglich abwechselnden Telefonate mit meiner Mutter und meiner

Schwester hatte. Und dass mir Topsy und Mirko geblieben waren. Mittlerweile eiferten beide gleichermaßen um meine Zuneigung, wobei die Perserin die verschmustere von beiden blieb. Kaum hatte ich mich auf die Couch gesetzt, um zu lesen, sprang sie auf meinen Schoß und verteidigte ihren Platz fauchend gegen den Kater, der neuerdings, als hätte er ein Gespür für die Situation, auf seine nächtlichen Ausflüge verzichtete und mit seiner Gefährtin zusammen an mich geschmiegt in meinem Bett schlief.

Im Prinzip konnte ich mich wirklich nicht beschweren, Florian rief jedes Wochenende an und Thorben schickte regelmäßig lange Briefe, selbst Sebastian hatte mir seine Hilfe angeboten. Bei so viel Unterstützung hätte ich die Trennung eigentlich gut verwinden müssen. Nur, mein blödes Herz hielt sich nicht an die Vernunft, sondern trauerte weiter.

29

Ich schrecke hoch, als unten ein Auto laut hupt. Thorben ist zurück. Ich renne die Stufen hinunter und öffne ihm die Tür. Der Duft nach Hähnchen erfüllt die Diele und ich merke, wie hungrig ich bin. Gemeinsam machen wir uns über das Essen her.

Danach gehen wir wieder an die Arbeit. Die Pause hat uns gut getan, das Durchsortieren geht uns flott von der Hand. Als Florian gegen fünf vorbeikommt, haben wir weit über die Hälfte geschafft. Der Müllhaufen ist auf mittlerweile sieben volle Kartons angewachsen, etwas Wichtiges aufgetaucht, ist bisher leider nicht.

Umso gespannter bin ich, was Florian zu berichten hat.

„Also", beginnt er und setzt sich umständlich hin, „Unsere schöne Theorie ist im Eimer. Onkel Herbert hat mich netterweise über die gesetzlichen Bestimmungen im Erbfall aufgeklärt: Alles, was Oma …"

„Hast du ihm etwa gesagt, dass wir sie verdächtigen?"

„Hältst du mich für so blöd?" Florian wirft Thorben, dem die Frage herausgerutscht ist, einen vernichtenden Blick zu. „Natürlich nicht", fährt er fort, ohne ihm die Möglichkeit zur Antwort zu geben. „Ich habe gesagt, dass ich, um mir ein Bild von Papas letzten Monaten zu machen, mit vielen seiner Freunde und auch mit Christine gesprochen hätte. Dabei wäre ich auf mehrere Merkwürdigkeiten gestoßen, wie zum Beispiel, dass Oma schon lange Zeit vor ihrem Tod von ihrem Ableben gewusst und dass Papa sich erst die Wohnung im Souterrain renoviert hätte und dann anschließend doch nicht eingezogen wäre. Und einer seiner Freunde habe mir erzählt, dass Omas Krankheit der Grund gewesen sei, dass Papa sich von dir getrennt hätte."

„Das stimmt doch gar nicht!", kann ich mir nicht verkneifen einzuwerfen.

„Ja und?", der Blick, den Florian mir zuwirft, ist ziemlich herablassend. „Woher soll Onkel Herbert denn wissen, was wir alles schon herausgefunden haben? In dieser Familie mit ihren Geheimniskrämereien fällt das bestimmt nicht auf."

„Aber statt dir Antworten zu geben, ist er wütend geworden", mutmaße ich.

„Er hält es für pietätlos, in den Leben der beiden herumzuwühlen", nickt Florian. „Er hat sich furchtbar aufgeregt und schließlich den Raum verlassen."

„Da erregtest du Tante Hildes mitleidiges Herz", wirft Thorben ein.

„Spotte du nur", gibt sein Bruder ungerührt zurück. „Immerhin hat sie mir erzählt, was ich wissen wollte."

Wirklich bemerkenswert, denn sie ist die jüngere Schwester von Marlies und hat sich mit ihr immer gut verstanden. Na ja, soweit ich weiß. Viel Kontakt hatte ich mit ihr all die Jahre nicht, wir sahen uns in der Regel nur auf Familienfeiern und da kümmerte sie sich meist mehr um die Jungen, sodass ich kaum ein Wort mit ihr wechselte. Ich vermute, Marlies hatte sie gehörig geimpft, was meine Wenigkeit betraf. Das würde ihre Zurückhaltung erklären, denn eigentlich kam sie mir selbst damals warmherzig und mitfühlend vor, stets bereit, sich auf ihr Gegenüber einzulassen.

„Oma war kurz vor dem letzten Weihnachtsfest zusammen mit ihr zu einem zweiwöchigen Urlaub in die Schweiz aufgebrochen", erzählt Florian. „Gleich am ersten Abend bekam sie heftige Bauchschmerzen, die sich in der Nacht derart steigerten, dass sie einen Notarzt rufen mussten. Der wies Oma sofort ins Krankenhaus ein. Tante Hilde sagte Onkel Herbert Bescheid, aber Oma wollte nicht, dass Papa davon erfuhr. Selbst als die Ärzte schließlich, nachdem die Entzündung abgeklungen war, eine Operation ansetzten, durfte Onkel Herbert ihm nichts sagen. Sie schrieb ihm einen Brief, dass es ihr und ihrer Schwester in der Schweiz gut gefalle und sie deshalb ihren Urlaub bis direkt zu den Feiertagen verlängern würde."

„Stimmt", fällt es mir ein, „und Onkel Herbert ist einen Tag vor Heiligabend hingefahren und hat die beiden abgeholt."

„Da kannte sie bereits die Diagnose", nickt Florian.

„Sie hat es Martin also erzählt, als er direkt nach den Festtagen zu ihr gefahren ist, denn vorher war er ja krank", ich werfe meinem Sohn einen Blick zu. „Zumindest hatte er das behauptet, erinnerst du dich?"

„Klar, er hat schließlich genug rumgestöhnt."

„Wirft das nicht unsere Theorien über den Haufen?", platzt Thorben heraus. „Ich meine, wie konnte Oma Planung und Durchführung ihres Attentats auf dich dermaßen schnell durchführen? Du hast doch die Karaffe mit dem Schnaps schon zu Weihnachten bekommen."

„Dass Papa sich von Mama trennen wollte, hatte er ihr bestimmt längst gesagt", wirft Florian ein. „Angeblich ist mit den Umbauarbeiten kurz nach den Sommerferien begonnen worden."

„Woher hast du das denn?", frage ich verblüfft.

„Hat mir Tante Hilde ebenfalls erzählt. Sie wusste nur nicht, dass Papa dort einziehen wollte. Erst im Februar, als sie in ein Gespräch zwischen Oma und Onkel Herbert reingeplatzt ist, hat sie erfahren, dass der Umbau eigentlich für ihn gemacht worden war, er jedoch nun nach ihrem Tod in die obere Wohnung ziehen wollte. Ich vermute, dass sie zu diesem Zeitpunkt auch das erste Mal von eurer Trennung gehört hat."

„Sie rief an und wollte wissen, wie es mir geht", nicke ich. „Ich war nicht gerade sehr freundlich zu ihr."

„Sie erwähnte etwas Ähnliches", grinst Florian. „Nein!", fährt er schnell fort. „Sie hat dir längst verziehen. Sie sagt, sie kann deine Reaktion verstehen, vor allem, nachdem sie nun durch mich weiß, was Papa dir alles angetan hat. Sie hat mir versprochen, Onkel Herbert eingehend zu befragen."

„Das heißt, er war von Anfang an in alles eingeweiht?" Ich mochte ihn nie sonderlich, aber dass er an diesen gemeinen Intrigen beteiligt war, hätte ich ihm nicht zugetraut.

„Tante Hilde scheint das zu glauben", nickt Florian. „Sie war ziemlich außer sich und ist jetzt wild entschlossen, die ganze Wahrheit aus ihm herauszubringen. Damals, nachdem sie durch Zufall von eurer Trennung erfahren hatte, war sie schon ziemlich sauer auf ihn. Onkel Herbert hat sich damit herausgeredet, dass Oma und Papa ihn gebeten hätten, Stillschweigen zu bewahren."

„Und das hat sie ihm abgenommen?", fragt Thorben ungläubig.

„Du weißt, wie er ist", verteidigt Florian seine Tante. „Ich kann mir schon vorstellen, dass er dieses Drama so gut wie möglich von ihr fernhalten wollte."

Langsam fügen sich die Informationen aneinander. „Trotzdem, Thorben hat Recht, Marlies fehlte die Zeit. Es sei denn, dass sie, von dem Moment an, da sie wusste, dass Martin sich von mir trennen wollte, mit dem Gedanken spielte, mich zu töten. Wobei …", ich halte inne, um über meine Worte nachzudenken. „Das ist Quatsch, da wusste sie ja noch gar nicht, dass sie bald stirbt."

„Ich glaube, unsere Theorie ist völlig falsch", Florian rutscht unbehaglich auf seinem Platz hin und her. „Bevor Onkel Herbert das Zimmer verließ, klärte er mich über die geltenden testamentarischen Bestimmungen auf. Oma hatte kein Motiv. Alles, was sie hinterließ, ging ausschließlich an Papa. Mama hätte sowieso keinerlei Anspruch auf das Erbe gehabt."

„Das kann nicht sein!", Thorben starrt ihn ungläubig an.

„Ich habe anschließend sofort im Internet recherchiert, er sagt die Wahrheit." Florian zuckt die Schultern, aber die Geste gespielter Gleichgültigkeit wirkt unglaubwürdig bei seinem unglücklichen Gesichtsausdruck. „Die Erbschaft wird nicht dem gemeinsamen Vermögen hinzugerechnet. Und du, Mama, hast dadurch, dass Papa die Scheidung bereits eingereicht hatte, als er starb, wohl auch keinerlei Ansprüche auf das, was er hinterlässt, zumindest, wenn es kein Testament zu deinen Gunsten gibt."

„Oh", ich schwanke noch, soll ich sie aufklären?

„Ganz klar ging das allerdings nicht aus dem, was ich da gelesen habe, hervor", schwächt er seine Aussage ab. „Du musst unbedingt deinen Anwalt fragen!"

„Ist doch egal", wirft Thorben ein. „Da wir beide anscheinend alles erben werden, geben wir Mama eben einfach freiwillig …"

„War Oma das bekannt? Das mit den gesetzlichen Bestimmungen", unterbreche ich ihn. Natürlich ist diese Idee von ihm total lieb gedacht, aber wir schweifen viel zu sehr vom Thema ab. „Wir haben es schließlich auch nicht gewusst."

„Sie hatte sich extra von Onkel Herbert aufklären lassen", macht Florian meine Hoffnung zunichte, „direkt, nachdem sie wieder zu Hause war."

Thorben und ich sehen wohl gleichermaßen enttäuscht aus. „Scheiße!", sagt mein Sohn und ich kann ihm nur aus vollem Herzen zustimmen. Es hatte alles so schön gepasst. Und wer außer ihr hatte sonst ein Motiv mich umzubringen?

Genau das fragt jetzt auch Florian. „Ich wüsste niemanden", ergänzt er und sieht uns auffordernd an.

„Vielleicht galt der Anschlag doch gezielt Papa", meint Thorben.

„Dann wäre das Gift nicht im Kirschschnaps gewesen", ich schüttle vehement den Kopf. „Den mag er normalerweise überhaupt nicht."

„Es sei denn, dem Täter war bekannt, dass Papa mittlerweile alles trank, was Alkohol enthielt", sagt Florian langsam. „Bevor ich zu Onkel Herbert und Tante Hilde gefahren bin, habe ich alle Freunde von Papa abgeklappert. Jedem Einzelnen war bekannt, dass es mit ihm und Christine nicht mehr sonderlich geklappt hat. - Und dass er in letzter Zeit zu viel trank", fügt er nach einer Pause bedeutungsvoll hinzu.

Nein, dass es einer von ihnen war, kann ich mir beim besten Willen nicht vorstellen. Keiner hätte von seinem Tod irgendwie profitiert.

„Aber Christine! Die hatte ein glasklares Motiv!', schreit meine innere Stimme. Tja, wenn sie denn gewusst hätte, was ich weiß, halte ich dagegen. Ich kann mir nämlich nicht vorstellen, dass Martin so blöd war, ihr seine Absichten mitzuteilen, bevor er alles geklärt hatte.

„Mama?"

Ich schrecke hoch. Genau in dem Moment kommt mir die Erleuchtung. „Nein, es kann nur Marlies gewesen sein."

„Ich sehe keinen Grund, warum sie dich hätte umbringen sollen." Florian schüttelt nachdrücklich den Kopf. „Papa war bereits dabei, sich von dir zu trennen, ihr Erbe würde sowieso ihm allein zufallen – es hatte sich doch alles zu ihrer Zufriedenheit entwickelt."

Ich hole tief Luft. „Vielleicht kannte sie ihren Sohn besser als wir", sage ich dann. „Vielleicht ahnte sie, dass er die Scheidung nicht durchziehen würde." So, die Bombe ist geplatzt, ziemlich nervös warte ich auf die Reaktionen meiner Söhne.

„Was willst du damit sagen?"

„Na ja, bevor ich zu euch gefahren bin, habe ich ein zweites Mal mit meinem Anwalt gesprochen. Da hatte der gerade telefonisch Bescheid bekommen, dass Papa sein Scheidungsbegehren zurückgezogen hat."

Thorben wird leichenblass, er versucht zu sprechen, aber nur ein Krächzen kommt aus seiner Kehle.

Florian, der zunächst ebenfalls sprachlos ist, fasst sich schneller. „Und das hast du uns bis jetzt verschwiegen?!" Er ist hochrot im Gesicht und sieht aus, als wolle er gleich explodieren.

„Ich … ich dachte bisher, es wäre nicht so wichtig", versuche ich mich zu rechtfertigen. „Und ich …"

„Halt!" Thorben hat endlich seine Stimme wiedergefunden. „Wann hat Papa die Scheidung zurückgezogen?"

„Kurz vor seinem Tod, am Donnerstag, um genau zu sein."

„Also hatte er sich direkt danach mit dir verabredet?"

„Ich wusste nichts von seinen Absichten", beteuere ich. „Euer Vater hat am Telefon nur angedeutet, er wäre zu einer gütlichen Vermögenstrennung bereit und wolle sich deshalb mit mir treffen."

„Sollte er zu dir in die Wohnung kommen?"

Für wie blöd hielt mein Ältester mich? „Nein, ich hatte mich in der Stadt mit ihm verabredet." Und als er nicht gekommen war, natürlich gedacht, dass er mich wieder einmal habe striezen wollen und mir zornesbebend geschworen, von nun an nur noch über die Anwälte mit ihm zu verhandeln.

„Das ist ein starkes Stück, dass du uns diese Tatsache verschwiegen hast." Auch Thorben scheint ziemlich sauer zu sein.

„Ich wollte euch damit nicht belasten." Diese meine Sicht können sie natürlich nicht verstehen. Ich persönlich finde Martins Kehrtwendung eher erschreckend. In meinen Augen steht er dadurch noch schlechter da als vorher. Hatte er wirklich gedacht, er könne einfach so das Vorgefallene beiseiteschieben und ich würde ihn wieder zurücknehmen wollen?

So langsam fange ich an zu begreifen, warum Martin die Renovierungsarbeiten nicht in Angriff genommen hat. Anscheinend glaubte er tatsächlich, ich würde zu ihm zurückkehren und hatte daher vor, das Haus zu verkaufen. Er wusste, dass ich dort niemals einziehen würde.

30

Fast eine halbe Stunde hat es gedauert, bis meine Söhne sich wieder beruhigt haben.

„Also könnte es sehr wohl auch Christine gewesen sein", kommt Thorben schließlich zum Thema zurück, „die Papa aus Verzweiflung umbringen wollte."

„Nein, ich glaube nicht, dass sie von Martins Entschluss wusste", bin ich mir sicher. „Überleg mal, mich hat er ebenfalls vor vollendete Tatsachen gestellt. Er wird es bei ihr ähnlich gehandhabt haben."

„Du meinst, er wollte erst das Terrain bei dir sondieren, bevor er sie verließ?" Florian schüttelt ungläubig den Kopf. „Obwohl - laut Christine hatten sie für die Feiertage noch eine gemeinsame Reise geplant."

„Hast du irgendwelche Unterlagen darüber gefunden?"

„Vielleicht hat Christine ..."

„Ruf sie an, frag nach!"

Florian zückt tatsächlich sein Handy. „Du hattest Recht, Mama. Offensichtlich wusste sie von nichts. Papa habe die Reise kurz vor seinem Tod gebucht. Die Unterlagen müssten sich im Haus befinden, sagt sie."

Er schüttelt wieder den Kopf. „So ein Mistkerl! Die gibt es nicht. Wir hätten sie gefunden."

„Was erzählen denn Martins Freunde? Wusste keiner Näheres von seinen Absichten?"

„Zumindest hat niemand etwas davon erwähnt", Florian seufzt, „ich schätze, ich hätte mir die ganze Tour schenken können."

„Gut", komme ich zum Thema zurück. „Streichen wir also Christine von der Verdächtigenliste. Nun bleibt wohl doch nur Marlies."

„Es waren ausschließlich deine und Papas Fingerabdrücke auf der Flasche", erinnert uns Thorben.

„Oma hat bestimmt Handschuhe angezogen", Florian wirft seinem Bruder einen mitleidigen Blick zu. „So doof war sie nun auch nicht."

„Aber wie soll sie an das Gift gekommen sein?", überlege ich laut. „Gibt es das überhaupt zu kaufen?"

„Hä?" beide sehen mich an, als sei ich jetzt völlig übergeschnappt.

„Na, das Gift der Tollkirsche." Sind sie so schwer von Begriff oder tun sie nur so?

Thorben runzelt die Stirn. „Uns hat niemand gesagt, womit Papa vergiftet wurde."

„Der Kriminalbeamte in Hamburg fragte mich bei unserem letzten Gespräch, ob wir einen Tollkirschenbaum im Garten hatten oder ob ich wüsste, wo hier einer steht. Daher vermute ich …"

„Ich werde gleich im Internet recherchieren", sagt Florian und springt auf. „Gut, dass wir jetzt wissen, um welches Gift es sich handelt. Es wundert mich nur, dass die Polizei mit dieser Information rausgerückt ist."

„Wahrscheinlich hatten sie mich da schon in Verdacht und hofften darauf, dass ich mich verplappere. Halt!" Im letzten Moment erwische ich meinen Sohn am Ärmel und halte ihn zurück. „Warte, bitte! Lass uns das Ganze noch einmal durchgehen.

Widerstrebend setzt er sich hin und schaut mich erwartungsvoll an.

„Irgendwann nach den Sommerferien hat Marlies erfahren, dass Martin sich von mir trennen will", rekapituliere ich. „Sie bietet ihm die Souterrainwohnung in ihrem Haus an und er beginnt damit, sie nach seinen Vorstellungen umzubauen."

„Ein paar Monate später erfährt sie, dass sie bald sterben wird", nimmt Florian den Faden auf, „und sieht endlich die Möglichkeit gekommen, dich gefahrlos um die Ecke zu bringen."

„Selbst wenn sie geschnappt werden sollte, wäre sie vor der Gerichtsverhandlung bereits tot gewesen", nicke ich. „Ihr konnte nichts mehr passieren."

„Nehmen wir mal an, sie hatte eine Flasche Kirschschnaps zu Hause und ebenso die Karaffe, die wir ihr fünf Jahre zuvor geschenkt hatten", sinniert Florian. „Dann hätte sie nur noch das Gift besorgen müssen."

„Und wann?", fragt Thorben skeptisch, „und wo? Denk dran, es war Weihnachten."

„Sie hatte Zeit einen Plan zu machen", bleibt Florian hartnäckig. „Sie lag lange genug im Krankenhaus, um alles genau zu durchdenken."

„Und kaum ist sie wieder zu Hause, rennt sie los und besorgt das Gift?", gibt Thorben zurück. „Das ist höchst unwahrscheinlich."

Ich muss ihm leider zustimmen: „Marlies wird viel zu geschwächt gewesen sein. Und außerdem kann man das Zeug bestimmt nicht einfach so kaufen."

„Darum kümmern wir uns als Erstes. Vielleicht ist es ja einfacher, als wir denken, an das Gift heranzukommen." Florian erhebt sich endgültig und winkt seinem Bruder, es ihm nachzutun. „Heute Abend werden Thorben und ich im Internet surfen und versuchen, alles über diese Tollkirsche herauszubekommen. Morgen bringe ich ihn dir wieder vorbei, allerdings behalte ich dann das Auto für weitere Nachforschungen."

Ich frage lieber nicht nach, was er machen will, ich bin schließlich froh, dass er diese Untersuchung in die Hand genommen hat. Thorben dagegen sieht ziemlich unglücklich aus, er hat keine Lust morgen schon wieder mit mir den alten Kram zu sortieren.

„Ich habe eine andere, wichtige Aufgabe für dich", sage ich zu ihm und er blickt sofort wesentlich freundlicher drein. „Du kontrollierst Omas sämtliche Schränke, ob sich nicht doch noch etwas Wichtiges darin befindet."

„Das hat die Polizei doch schon gemacht", wehrt er ab.

„Die wussten nicht, wonach sie suchen mussten. Vielleicht findest du ja irgendwelche Notizen, wie man das Gift zubereitet, zum Beispiel. Vielleicht hat sie es selbst hergestellt."

Diese Vorstellung bringt meine Söhne zum Lachen. „Oma als Giftmischerin", japst Florian mit Tränen in den Augen.

Thorben dagegen beruhigt sich ziemlich schnell, nachdem ich ihm klar mache, dass er die gesamte Küche durchsuchen soll.

„Muss ich alles rausräumen?", stöhnt er.

Ich bleibe hart, schließlich ist gerade dieser Ort für ein Behältnis mit verdächtigen Substanzen bestens geeignet. Und soweit ich gesehen habe, sind die Schränke noch voll.

Wir verabreden, dass einer von beiden zur Mittagszeit vorbei kommt und mir Essen bringt, da ich vermute, dass Georg morgen ebenfalls bei seiner Silke bleibt und ich mich nicht an seinen Vorräten bedienen will.

Ich begleite meine Söhne hinunter, öffne die Tür und da steht mein Gastgeber vor mir. „Du bist schon zurück?" Toll, Heike, eine wirklich nette Begrüßung!

„Die Kühe warten nicht gern", lacht er und schiebt sich an uns vorbei. „Ich bin gleich wieder weg."

„So war das nicht gemeint." Ich könnte mich ohrfeigen für meinen blöden Spruch. „Ich hatte nur gedacht, du kämst erst am späten Abend."

„Ich war in Versuchung anzurufen, ob du die Kühe für mich melken könntest", er zwinkert mir zu, „wollte dich jedoch nicht gleich an deinem ersten Tag damit überfallen. Es reicht, wenn du morgen einspringst."

Meine beiden Söhne lachen, bis sie eingestiegen sind. „Ha, ha", mache ich lahm und Georg grinst auf mich herunter. Er ist mindestens dreißig

Zentimeter größer als ich und sieht gar nicht schlecht aus, wie mir erst jetzt auffällt. Er hat braune Haare, ebensolche Augen und eine süße Stupsnase, die gut zu seinem etwas rundlichen Gesicht passt. Nicht, dass er dick wäre, nein, er ist schlank und hat gut ausgebildete Muskeln an den richtigen Stellen, wie ich sehen kann, da er seine dicke Jacke auszieht und eine Latzhose und ein T-Shirt darunter hervor kommen. „Im Stall ist es warm", irgendwie kommt er heute aus dem Grinsen gar nicht mehr heraus. Natürlich hat er gemerkt, dass ich ihn einer gründlichen Musterung unterzogen habe, „Inspektion beendet?", fragt er nun.

„Deine Silke kann froh sein, dass ich keine Tochter habe", sage ich ganz ehrlich. „Du wärst der ideale Schwiegersohn."

„Ich räume das Feld", gibt er sich geschlagen. „Ich ziehe mich eben um, dann bin ich verschwunden." Zwei Stufen auf einmal nehmend stürmt er die Treppe hinauf.

Ich zögere, eigentlich habe ich tatsächlich schon wieder Hunger. Ach, was soll's. Muss ich eben etwas mehr bezahlen, ich … Was hat Thorben eigentlich mit ihm ausgemacht? Er wird doch wohl einen vernünftigen Preis ausgehandelt haben?

Ich warte und warte. Es vergeht fast eine Viertelstunde bis Georg auftaucht. „Was möchtest du für das Zimmer und das Essen pro Tag haben", platze ich heraus, kaum dass ich ihn sehe.

„Hä?" Er sieht mich an, als spräche ich chinesisch.

„Ich will für deine Gastfreundschaft vernünftig bezahlen, also, was nimmst du?"

Er bleibt vor mir stehen und kratzt sich am Kopf. „Meine Güte, das habe ich mir noch gar nicht überlegt. Wir kommen schon übereinander."

„Ich werde eine Liste anlegen, was ich hier in deinem Haus verzehre", verkünde ich, „dann können wir jeden Posten abrechnen."

„Tu, was du nicht lassen kannst", meint er augenzwinkernd, „Hauptsache, du hungerst nicht, um zu sparen. So, ich bin spät dran. Mein Schwager will ausgehen, Silke und ich hüten gemeinsam die Kinder."

„Viel Spaß!", rufe ich hinter ihm her.

„Den werden wir haben", er ist bereits halb aus der Tür. „Der Polizeiball geht bestimmt bis spät in die Nacht, wundere dich daher nicht, wenn ich erst morgen früh zurück bin."

Schlagartig wird mir speiübel. Mein Magen krampft und meine Kehle ist wie zugeschnürt. Ich merke, wie mir der Schweiß ausbricht.

Zum Glück scheint Georg keine Antwort erwartet zu haben. Er zieht die Tür hinter sich zu, kurz darauf fährt er davon. Ich setzte mich auf die unterste Treppenstufe und versuche tief durchzuatmen. Ich muss hier umgehend verschwinden. Wenn er seinem Schwager von mir erzählt und das wird er irgendwann bestimmt tun, braucht der nur zwei und zwei zusammenzuzählen. So ein Mist aber auch!

Die Gedanken wirbeln in meinem Kopf durcheinander, es dauert ziemlich lange, bis ich mich wieder beruhigt habe. Heute kann ich mir keine neue Unterkunft mehr suchen, ich muss bis morgen warten und darauf hoffen, dass Georg andere Dinge wichtiger sind, als über seinen unverhofften Gast zu sprechen. Bisher scheint er geschwiegen zu haben, sonst wären die Beamten längst da gewesen.

Ich kann nur hoffen, dass Thorben in Marlies' Küche fündig wird. Ach, wäre das schön, wenn sie das Fläschchen, am besten noch mit einem Rest Gift darin, aufbewahrt hätte.

Aber eigentlich glaube ich nicht daran. Überhaupt steht unser Verdacht auf absolut tönernen Füßen. Ich kann mir nicht vorstellen, dass sie sich in ihrem geschwächten Zustand am Heiligen Abend auf den Weg gemacht hat, um irgendwie diese Substanz an sich zu bringen. – Und dass sie rein zufällig Gift im Haus hatte, glaube ich, ehrlich gesagt, auch nicht. Ach, es ist zum Verzweifeln!

Trotzdem halte ich sie nach wie vor für die Täterin. In meinen Augen gibt es keine andere Möglichkeit. Nur sie hat mich derart gehasst, dass sie diesen Weg wählen konnte.

Dass jemand es auf Martin abgesehen hatte, schließe ich aus. Nein, es muss genau so gewesen sein, wie ich denke, dass es abgelaufen ist: Marlies hatte Angst, dass es ihr Sohn nicht schaffen würde, sich von mir zu lösen. Und da sie selbst bald keinen Einfluss mehr auf ihn nehmen konnte, blieb in ihren Augen mein Tod der einzige Ausweg. Zusätzlich wird sie ihn gegen mich aufgestachelt haben, denn dieses Verhalten, das Martin an den Tag legte, war für ihn völlig untypisch. Damit meine ich nicht seinen von langer Hand vorbereiteten Auszug – er ist schon immer offenen Konflikten aus dem Weg gegangen. Aber diese ganzen Hässlichkeiten, die unsere Trennung begleiteten - ich denke, die hat sich die Mama ausgedacht.

So, ich habe mich genug beruhigt, dass ich aufstehen kann, der Hunger ist mir jedoch vergangen. Ich werde den restlichen Abend nutzen und Martins Kartons zu Ende durchsehen. Dann komme ich wenigstens nicht ins Grübeln.

Aber sofort als Erstes fällt mir eine Liste in die Hand, auf der er akribisch den gesamten Inhalt unserer Wohnung aufgelistet hat. Dahinter stehen die Preise der verkauften Möbel und seine Schätzungen über den Wert der verbliebenen. Unten auf der Seite gibt es eine Zusammenfassung: Demnach habe ich bei der Aufteilung einen Gewinn von knapp achttausend Euro gemacht!

Ich schäume vor Wut. Die Sachen, die er vorab mitgenommen hat, tauchen nirgendwo auf.

31

Damals, kurz nach unserer Trennung siegte immer wieder die Trauer über meinen aufkommenden Zorn. Um mich abzulenken – und weil es langsam wirklich Zeit wurde – hatte ich mit meiner Schwester ausgemacht, dass ich täglich das Internet nach Wohnungsangeboten durchforsten sollte. Die infrage kommenden Annoncen schickte ich ihr zu, da sie mir angeboten hatte, die telefonischen Nachfragen zu übernehmen, damit meine Rechnung nicht ins Unermessliche stieg. Mit dieser Arbeit konnte ich anfangs mehrere Stunden totschlagen, dann musste ich allerdings wieder warten, bis Ute sich mit den Maklern und Eigentümern in Verbindung gesetzt hatte.

Aus lauter Verzweiflung begann ich, den Wohnzimmerschrank auszuräumen und die darin enthaltenen Dinge in zwei Häufchen zu teilen, einen für Martin und einen für mich, wobei ich nicht einmal sicher sein konnte, dass mein Mann sich mit dieser Aufteilung zufriedengeben würde. Trotzdem nahm ich mir als Nächstes das Bücherregal vor, anschließend die Anrichte und schließlich sogar die Schublade des Fernsehschränkchens, bis es im Raum aussah wie auf einem Flohmarkt.

„Du kannst schon einmal anfangen, Kartons für deinen Umzug zu sammeln", schlug mir Ute bei ihrem nächsten Anruf vor. „Am besten fragst du nach Bananenkisten, die sind stabil und haben hervorragende Tragegriffe."

Auf die Idee wäre ich gar nicht gekommen. Der Vorschlag war genial, so konnte ich das Chaos im Wohnzimmer schnell beseitigen und hatte meinen Teil für den Umzug schon verpackt. Gleich am nächsten Tag machte ich mich auf den Weg. Die Ausbeute war überraschend, fast alle Supermärkte, die ich nach und nach anlief, gaben mir mindestens zwei bis drei Kartons, der am weitesten entfernte sogar gleich acht. Zum Glück ließen sie sich, wenn auch mit Mühe ineinander stapeln, sodass ich nicht mehrmals diesen Weg machen musste. Andere waren sperriger, sodass ich immer nur zwei auf einmal transportieren konnte. Deshalb vergingen viele Stunden, bis ich mit meiner Ausbeute zufrieden war.

Obwohl es mittlerweile Anfang März war, hatte meine Schwester noch nichts Positives zu berichten. Es schien, als wäre die Kombination aus Katzenbesitzer und Hartz IV-Empfänger zumindest für die privaten Vermieter ein zu großes Risiko, keiner ließ es bis zu einem persönlichen

Vorstellungsgespräch kommen. Die bisherigen Besichtigungstermine bei den von Immobilienfirmen angebotenen Objekten, die Ute netterweise für mich übernommen hatte, waren ebenfalls nicht vielversprechend verlaufen. Zu dem ersten waren gleich vier Mann gleichzeitig bestellt worden, nur der Makler ließ sich zum vereinbarten Zeitpunkt nicht blicken. Die telefonische Nachfrage ergab schließlich, dass die Wohnung bereits vermietet war.

Die nächsten waren meiner Schwester vom Wohnumfeld her zu schlecht, „Du musst daran denken, dass du jetzt eine alleinstehende Frau ohne Auto bist, die auch mal im Dunkeln unterwegs ist", oder waren in einem so desolaten Zustand, dass sie von sich aus ablehnte. Die, die in die engere Wahl gekommen wären, waren teilweise schon am Besichtigungstermin weg, bei zweien wurde sie zumindest auf eine Warteliste gesetzt.

„Bitte, wenn nötig, nimm die erstbeste Wohnung, die du bekommen kannst", flehte ich. „Hauptsache, ich stehe nicht am ersten Mai ohne Dach über dem Kopf da."

„Du brauchst keine Angst zu haben", war sie zuversichtlich. „Ich wette, wir haben bald das Richtige gefunden."

Meiner Meinung nach ging sie mit viel zu hohen Erwartungen an diese Aufgabe heran. Sicher, eigentlich hätte ich ihr dankbar sein müssen, sie investierte viel Zeit für mich, nur hätte ich mir gewünscht, sie würde nicht nach der perfekten Wohnung Ausschau halten. Ein einigermaßen vernünftiger Unterschlupf würde es für den Anfang auch tun. Sie dagegen nahm meine Panik nicht ernst, sondern hielt mich für überängstlich.

Florian war es, der mich vorübergehend auf andere Gedanken brachte. Nachdem mir die Scheidungsklage des gegnerischen Anwalts zugestellt worden war, Martin sich aber seit der Abholung seiner Kleidung nicht mehr bei mir gemeldet hatte, regte unser Sohn ein gemeinsames Treffen an, bei dem wir die Aufteilung unseres Wohnungseigentums besprechen sollten.

„Ihr beiden verhaltet euch wie kleine Kinder", hatte Florian mich gerügt, nachdem ich mich geweigert hatte, Martin selbst anzurufen.

Zu meinem Erstaunen erklärte sich mein Mann sofort bereit, zusammen mit unserem Sohn die Sache in Angriff zu nehmen und wir vereinbarten einen Termin für das folgende Wochenende.

„Du hast fünf Tage Zeit, dir zu überlegen, was du haben willst", mahnte Florian. „Sieh zu, dass du dich informierst, was die einzelnen Möbelstücke wert sind und erstelle am besten Listen mit dem ungefähren Wert aller anderen Sachen, die ihr besitzt. Euer Eigentum soll ganz genau zwischen euch aufgeteilt werden."

„Ich werde die meisten Möbel nicht unterbringen können", wandte ich ein.

„Ja und?" Er klang fast so genervt wie sein Vater, wenn ich wieder einmal nicht auf Anhieb seine Gedankengänge verstand. „Du kannst deinen Anteil in einem Onlineverkaufsmarkt oder bei eBay anbieten. Das Geld willst du doch wohl nicht verschmähen?"

„Nein, das könnte ich wirklich gut gebrauchen", erwiderte ich dankbar.

Bevor ich mich an die Arbeit machte, im Internet nach Vergleichspreisen zu suchen – weitere Rechnungen waren mir bei meiner Ausräumaktion leider nicht in die Hände gefallen – rief ich meinen Anwalt an.

„Meinen Sie, ich darf meinem Mann all die Dinge, die er bereits mitgenommen hat, von der Gesamtsumme im Vorhinein abziehen?"

„Versuchen können Sie es", war die kryptische Antwort, „aber ich glaube nicht, dass er sich darauf einlässt."

„Das verstehe ich nicht."

„Ich kann mir vorstellen, dass er dieses Vorgehen als Grund ansehen könnte, sofort wieder zu gehen. Damit hätten Sie nichts gewonnen. Was ich an Ihrer Stelle machen würde, ist, alles, was weder er noch Sie haben wollen, zu verkaufen und den Verkaufserlös mit dem, was er an Wertgegenständen bereits mitgenommen hat, zu verrechnen."

Diesen Rat befolgte ich gern, da ich auf einen neuerlichen Streit mit Martin keinen Wert legte. Mit Florian an unserer Seite nahmen wir uns Zimmer für Zimmer vor. Zuerst suchten wir die Gegenstände heraus, die keiner von uns behalten wollte. Anschließend kamen die Dinge an die Reihe, die das geringste Streitpotential boten, wie Lampen, Gardinen und Bilder. Dabei brauchte unser Sohn nur einmal einzugreifen, als wir uns über ein Gemälde nicht einigen konnten, das uns beiden gefiel. Sonst verlief der Vormittag in ungewohnter Harmonie.

Nach dem Mittagessen, Martin hatte uns eine Pizza spendiert, versuchten wir die restliche Einrichtung aufzuteilen. Im Prinzip wollte mein Mann nur Kleinigkeiten behalten und mir großzügig den Rest überlassen. Damit ich nicht völlig mit leeren Händen dastand, wie er sagte.

Ich konnte meinen Ärger nicht mehr unterdrücken. Seine Aufteilung sah vor, dass er unsere Gläserserie, das Silberbesteck und das Meißener Porzellan erhielt, das ich von meiner Oma teilweise geschenkt und schließlich vererbt bekommen hatte und ich im Ausgleich das gesamte

Küchengeschirr nebst Töpfen, Pfannen und anderem Zubehör bekommen sollte. Er wollte die Sammelteller, die eine Wand im Wohnzimmer schmückten und die Pendeluhr, die unser Geschenk an uns selbst zum zwanzigsten Hochzeitstag gewesen war, im Gegenzug verzichtete er auf Bettwäsche, Handtücher und all die Kleinelektrogeräte, die zu unserem Haushalt gehörten. Die beiden wertvollen Holzarbeiten in Form von Tieren, die aus einem Baumstamm heraus geschnitzt worden waren, würde er großzügigerweise mir überlassen, wenn ich dafür auf den Wohnzimmerschrank und die dazugehörige Anrichte verzichtete.

Florian, der mir meine Wut ansah, packte mich, bevor ich antworten konnte, am Ellenbogen und zog mich hinaus in den Garten. „Wir sind gleich wieder da", rief er dem verdutzten Martin zu. „Ich muss Mama kurz beraten, wie sie sich entscheiden soll."

„Er will nur die besten und teuersten Sachen", tobte ich los, kaum dass sich die Verandatür hinter uns geschlossen hatte. „Das werde ich mir nicht bieten lassen."

„Musst du auch nicht", beruhigte mich mein Sohn, „deshalb bin ich ja da. Nur solltest du versuchen ruhig und sachlich zu bleiben. Wo sind die Listen, die du erstellt hast? Jetzt wird es Zeit, sie ins Spiel zu bringen."

Die kalte Luft und seine Worte hatten mich gleichermaßen zur Vernunft gebracht. Ich würde mich wehren, dabei aber kühl und geschäftsmäßig bleiben und mein Ziel nicht aus dem Auge verlieren. Martin sollte mich nicht unterschätzen.

Mit den zähen Verhandlungen, die nun folgten, hatte Martin anscheinend nicht gerechnet. Missmutig betrachtete er meine Tabellen mit den Preisangaben, die ich mit den entsprechenden Links versehen, vor ihm ausbreitete. Anfangs bestand er stur darauf, jeden einzelnen Gegenstand noch einmal zu kontrollieren und seine Stimmung sank mit jeder Übereinstimmung weiter. Abends hatten wir erst ein Drittel der zu verteilenden Gegenstände bearbeitet.

„Gut, dass ich den Sonntag mit eingeplant habe", meinte Florian grinsend, nachdem Martin mit dem Versprechen, morgen um elf Uhr erneut zu erscheinen, gegangen war. „Genauso hatte ich mir das Ganze vorgestellt - genauso schwierig, wie es nun ist."

„Du warst es, der mir draußen den Kopf gewaschen hat, sich nicht unterkriegen zu lassen", konterte ich.

„Meine Worte waren ausschließlich auf Papa gemünzt", versicherte er mir. „Irgendwie hatte ich wohl doch gehofft, er wäre etwas kompatibler."

Ich verkniff mir jeden weiteren Kommentar dazu, immerhin war Martin Florians Vater und er von unserer Scheidung nur indirekt betroffen. Ich wollte nicht, dass er mir zuliebe den Kontakt zu ihm verlor, die beiden mussten selbst sehen, wie sich ihr weiteres Verhältnis entwickelte.

Am nächsten Tag sollte er erleben, dass das, was er als schwierig bezeichnet hatte, für seinen Vater wohl eher äußerst entgegenkommend gewesen war. Schon als Martin mit verkniffener Miene zur Tür hereinkam, begannen bei mir die Alarmleuchten zu blinken. „Ich habe nicht viel Zeit", erklärte er schroff. „Lass uns zusehen, dass wir uns schnell einigen."

Klar, das wäre mir auch lieber gewesen. Nur beharrter er mit äußerster Verbissenheit auf seinen Vorstellungen und wurde schließlich ausfallend. „Ich bin derjenige, der alles hier bezahlt hat", zischte er. „Du hast dich die meiste Zeit durchschmarotzt."

Florian stand mit offenem Mund daneben. „Aber Papa", begann er zögernd.

„Von meinem Gehalt sind sämtliche Anschaffungen möglich geworden", wenn Martin in Fahrt war, ließ er sich nicht unterbrechen. „Tag für Tag habe ich mich krummgelegt, während du vergnügt in den Tag leben konntest. Deshalb steht mir nun zumindest die Wahl zu, was ich von den von mir bezahlten Gegenständen haben möchte."

Mir zitterten die Knie, trotzdem antwortete ich: „Das siehst du leider falsch. Laut meinem Anwalt steht mir ohne irgendwelche Einschränkungen genau die Hälfte unseres Vermögens zu. Und ich werde nicht darauf verzichten."

Weiß vor Wut drehte sich Martin Richtung Haustür. „Dann hat sich jede weitere Diskussion erübrigt."

„Das würde ich mir an deiner Stelle noch einmal überlegen!", rief ich hinter ihm her. „Gehst du jetzt, hast du gleich morgen einen Brief von meinem Anwalt auf dem Tisch, in dem er dir eine Frist zur Einigung mit mir setzt. Du weißt, dass ich bald ausziehen muss. Haben wir die Aufteilung bis dahin nicht einvernehmlich geregelt, nehme ich meinen Anteil mit und werde dann die Dinge auswählen, die ich haben möchte."

Mit dem Rücken zu mir verhielt er kurz. „Ich komme in einer Stunde wieder", verkündete er mit gepresster Stimme.

Danach war er wie ausgewechselt. Ich weiß nicht, was diesen Stimmungsumschwung ausgelöst hatte, vielleicht hatte er mit seinem Anwalt gesprochen oder sich von einem Freund beraten lassen, der ihm klar gemacht hatte, dass ich im Recht war. Jedenfalls einigten wir uns ziemlich rasch. Mein Mann verzichtete auf fast alle seine Forderungen, mit Ausnahme der Wandteller, auf deren Besitz er nach wie vor bestand. Ich überließ sie ihm großzügig und machte darüber hinaus eine genaue Aufstellung all dessen, was ich behalten wollte.

Wieder überraschte er mich, indem er meine Liste anstandslos annahm. Langsam bekam ich wirklich ein schlechtes Gewissen. Mittlerweile hatte sich auf meiner Seite viel mehr angesammelt als auf seiner. Daher bot ich ihm von mir aus die beiden Holzschnitzereien an – ich hätte sowieso nicht gewusst, wo ich sie unterbringen sollte – und die drei Skulpturen, die wir ehrlich gesagt nur gekauft hatten, weil sie ihm so gut gefielen.

Mein Sohn schüttelte leicht genervt den Kopf. Immerhin hätten sich diese gut verkaufen lassen, wie er mir später erklärte. Doch ich fühlte mich allen Fiesitäten von Martins Seite zum Trotz unbehaglich bei der bisherigen Aufteilung. Ich bekam alles, was ich wollte und er nahm fast gar nichts. Das war auch nicht gerecht!

„Was machen wir mit dem Rest?", fragte Florian.

„Den werde ich versuchen zu verkaufen", erklärte ich. „Vielleicht findet sich jemand, der an den Möbelstücken gefallen findet."

„Meinetwegen", verkündete Martin und erhob sich gleichzeitig. „Ich kann dir dabei allerdings nicht helfen, ich habe momentan zu viele andere Verpflichtungen."

„Das ist auch nicht nötig", erwiderte Florian und folgte seinem Vater hinaus in den Flur. „Ich werde mich darum kümmern."

Kaum war Martin gegangen, machten wir uns an die Arbeit. Mein Sohn fotografierte sämtliche Gegenstände, die ich nicht behalten wollte, und half mir anschließend, die passenden Texte zusammenzustellen. Dadurch wurde es Abend, bis er heimfahren konnte.

Zum Abschied nahm er mich fest in die Arme. „Das Schlimmste ist überstanden. Von jetzt an geht es wieder aufwärts, du wirst sehen."

32

Wieder klingelt der Wecker um acht. Heute Morgen bin ich ziemlich deprimiert. Die ganze Arbeit erscheint mir völlig sinnlos. Ich kann mir nicht vorstellen, dass unsere Nachforschungen irgendeinen Erfolg bringen werden. Selbst wenn die Polizei bei ihrer Suche ziemlich oberflächlich gewesen ist, ein Fläschchen mit Gift hätten sie bestimmt nicht übersehen.

Trotzdem mache ich nach einem schnellen Frühstück weiter. Immerhin muss der ganze Kram sowieso gesichtet werden und auf diese Weise helfe ich zumindest meinen Söhnen. Die restlichen Kartons von Martin habe ich gestern noch zu Ende sortiert, ohne dabei etwas Interessantes zu finden, daher kann ich mich nun auf die Kisten von Marlies konzentrieren.

Bis zum Mittag habe ich vier durchgearbeitet, fünf sind noch übrig. Da werde ich vielleicht sogar heute noch fertig. Mittlerweile ist es halb zwei und keiner meiner Söhne hat sich blicken lassen. Mein Magen knurrt, ich habe keine Lust mehr weiter zu arbeiten und lechze nach einer Unterhaltung. Obwohl ich eigentlich gut allein sein kann, bin ich nicht der Typ, der völlig abgeschottet leben will, ich brauche ab und zu ein paar nette Leute um mich oder wenigstens meine regelmäßigen Telefongespräche mit meiner Schwester. In letzter Zeit sind wir uns wieder ziemlich nahe gekommen und verstehen uns prima. Wir sind fast so was wie beste Freundinnen geworden.

Um zwei höre ich endlich das Auto vorfahren und eile zum Fenster. Es ist Florian, der ein kleines Päckchen auf seinen Händen balanciert. Bis ich die Treppe hinunter geeilt bin, hat er schon zweimal geklingelt. „Hier, einmal Hamburger und Pommes", er drückt mir die Tüte in die Hand und folgt mir ins Haus. „Puh, ist das wieder kalt."

„Tatsächlich?" Auf das Wetter habe ich überhaupt nicht geachtet, die verschneiten Wege sind für mich nach den wenigen Tagen schon ein vertrauter Anblick.

„Zehn Grad minus", berichtet Florian. „Die Türen vom Auto waren eingefroren, ich habe fast eine halbe Stunde gebraucht, sie aufzutauen."

Ich gieße uns beiden eine Tasse Kaffee aus der Warmhaltekanne ein und stürze mich ausgehungert auf mein Essen. „Du sollst doch nicht immer so viel Geld ausgeben!" Es soll vorwurfsvoll klingen, aber mit vollem Mund hört es sich eher lustig an.

„Thorben hat in der Küche zweihundert Euro gefunden", erklärt Florian mit zufriedenem Grinsen. „Ich soll dir sagen, er braucht noch mindestens einen weiteren halben Tag, um alles durchzuschauen. Den ersten Erfolg hat er schon zu vermelden. Papas Uhrensammlung und die alten Fotoapparate sind aufgetaucht. Er hatte sie in Omas Büro im Schreibtisch aufbewahrt."

Ich muss mich anstrengen, kein zu enttäuschtes Gesicht zu machen. Natürlich ist es schön, dass sie nicht unwiederbringlich verloren sind – ich hatte fest damit gerechnet, dass diese Christine sie unterschlagen hatte, um sie zu Geld zu machen. Allerdings wäre ich wesentlich glücklicher, wenn Thorben irgendeinen Hinweis auf das Gift gefunden hätte.

„Die Stereoanlage, der Computer und der Fernseher sind definitiv weg", fährt Florian fort, der gar nicht mitbekommen hat, dass ich mich nicht richtig freue. „Wir haben noch einmal überall nachgeschaut. Also bleibt wirklich nur Papas Freundin als Verdächtige übrig."

„Was hast du bisher rausbekommen?", lenke ich ab. Das Thema Christine ist für mich gestorben, ich bin froh, wenn ich nichts mehr über sie hören muss.

„Also erstens die Fingerabdrücke. Ich habe gestern stundenlang im Internet nachgeforscht. Wie lange sie nachweisbar sind, ist von mehreren Faktoren abhängig. Auf Glas, stand da, können sie sich länger halten. Hast du vielleicht besonders fettige Finger gehabt?"

Ich denke nach. Wann habe ich die Bar ausgeräumt? Klar, das war direkt, nachdem ich den Wohnzimmerschrank mit Politur bearbeitet hatte. Da ich ja anfangs die Anbauwand auch verkaufen wollte, hatte ich mir ziemlich viel Mühe gegeben und sogar die Türen und Fächer von innen poliert. Dabei waren mir dann die Flaschen aufgefallen, die ich als Einziges noch nicht ausgeräumt hatte. Hatte ich mir vor dem Ausräumen die Hände gewaschen?

„Ich glaube, ich hatte noch Schrankpolitur an den Fingern", je länger ich darüber nachdenke, umso klarer sehe ich das Bild vor mir. Die Kartons mit Martins und meinen Sachen – natürlich hatte mich mein Ordnungssinn irgendwann dazu getrieben, auch seinen Teil zu verpacken - standen aufgestapelt an der Wand, mehrere leere Kisten thronten oben darauf. Stimmt, ich hatte sofort angefangen, unsere Alkoholbestände aufzuteilen.

„Siehst du", sagt mein Sohn triumphierend, nachdem ich ihm mein Vorgehen geschildert habe, „deshalb waren sie so gut erhalten. Sonst wären sie vielleicht gar nicht mehr zu erkennen gewesen."

Na toll! War ich auch noch selber schuld! „Und was ist mit dem Gift?"
„Das ist so eine Sache", erwidert er gedehnt und kramt einen Zettel aus seiner Hosentasche. „Warte, ich habe mir das Wichtigste aufgeschrieben." Er überfliegt noch einmal seine Notizen, bevor er fortfährt: „Bei der schwarzen Tollkirsche kann bereits die Aufnahme von zehn Beeren innerhalb von vierzehn Stunden zum Tod durch Atemlähmung führen. Auch die Blätter sind giftig, hier ist die Konzentration sogar wesentlich höher. In der Steinzeit tauchten die Männer ihre Pfeilspitzen in das Gift, habe ich gelesen, und später, im Mittelalter wurde der Saft der Früchte unter Wein oder Branntwein gemischt, was die Wirkung angeblich noch verstärkte. Die Beeren sind süß und wohlschmeckend, also ist es möglich, sie jemandem unbemerkt unterzuschieben."
„Wo wächst diese Pflanze?"
„Vor allem im Wald", er wirft mir einen bedeutungsvollen Blick zu. „Das passt hervorragend. Wir sind hier von Wäldern umgeben."
„Klar, und Oma Marlies ist ja auch so gerne gewandert", höhne ich.
Florian lässt sich nicht beirren. „Du weißt, dass sie ihre Urlaubstage immer mit Reisen verbracht hat. Und alles, was mit dem Mittelalter zusammenhing, hat sie besonders fasziniert. Ich denke, dass sie entweder bei einer ihrer Reisen oder bei einem dieser Vorträge, die sie besuchte, von der Tollkirsche gehört und sich dieses Wissen in Erinnerung gerufen hat, als sie nach einer Möglichkeit suchte, dich aus dem Weg zu räumen."
„Das Ganze hat nur einen Fehler", beginne ich und verbessere mich sofort, „nein, eigentlich zwei. Erstens hast du gerade gesagt, dass es sich um ein langsam wirkendes Gift handelt. Dein Vater war aber wohl relativ schnell tot. Zweitens kann man im Winter keine Früchte ernten. Deine Oma hat aber erst im Dezember erfahren, dass sie stirbt und mir schon vier Tage nach ihrer Rückkehr aus dem Krankenhaus den Schnaps verehrt."
„Darüber haben Thorben und ich uns den ganzen Morgen den Kopf zerbrochen", gesteht Florian. „Den ersten Punkt haben wir relativ schnell klären können. Wir denken, sie hat einfach eine sehr hohe Konzentration verwendet und dadurch ist Papa fast sofort gestorben."
Er sieht mich Beifalls heischend an und ich nicke. Das könnte hinkommen.
„Der zweite Punkt ist komplizierter. Entweder hat sie die Beeren schon eher geerntet, vielleicht schon im Sommer, als sie erfahren hat, dass Papa sich von dir trennen will oder sie hatte das Gift viel früher aus

einem ganz anderen Grund zubereitet." Mein Sohn wirft mir einen kurzen Blick zu, ob ich ihm folgen kann.

„Du meinst für sich selbst?"

„Mehr als einmal hat sie gesagt, sie will und wird nicht so enden wie ihr Mann, erinnerst du dich?"

Mit mir hat sie nie darüber gesprochen, aber Martin hat mir des Öfteren davon erzählt. Sein Vater hatte mehrere Schlaganfälle und war das letzte Jahr vor seinem Tod auf Rundumpflege angewiesen. Marlies musste ihn waschen, wickeln und füttern und nach dem letzten Schlaganfall hat er sie nicht einmal mehr erkannt. Es muss eine sehr schwere Zeit für sie gewesen sein. Vor allem der geistige Verfall hat ihr zugesetzt. Seitdem hatte sie immer Angst davor, auf diese Weise sterben zu müssen.

„Das wäre eine Möglichkeit", stimme ich ihm zu. Man kann gegen meine Schwiegermutter sagen, was man will, feige war sie gewiss nicht gewesen. Diese Theorie würde auch erklären, warum sie ihrem Leben nicht wie angekündigt vorzeitig ein Ende gemacht hatte. Das Gift war für einen anderen, ihr wichtigeren Zweck benötigt worden.

„Nur, sie hätte damit rechnen müssen, dass dein Vater unter Verdacht gerät", gebe ich zu bedenken.

„Genau aus diesem Grund durchsuchen wir schließlich ihren ganzen Kram", meint Florian grimmig. „Sie wusste, dass sie bald stirbt, konnte aber nicht wissen, wann du dieses Zeug trinken würdest. Sie muss irgendetwas hinterlassen haben, das Papa von jedem Verdacht freispricht. Denn dein Tod hätte sicherlich die gleichen Untersuchungen nach sich gezogen, wie jetzt seiner."

„Damit sind wir wieder am Ausgangspunkt angekommen", seufze ich resigniert.

„Nein", widerspricht er mir. „Ich bin mir sicher, dass wir bald Erfolg haben werden. Außer der Küche gibt es keinen Ort mehr, den wir noch nicht durchsucht haben. Oder du wirst zwischen ihren Papieren fündig." Er sieht mich hoffnungsvoll an.

„Ich habe wirklich jedes einzelne Zettelchen gelesen, bisher gibt es keine Spur eines Bekennerschreibens."

Er lacht etwas zu laut über meinen kleinen Witz und wirft ostentativ einen Blick auf seine Armbanduhr. „Ich will mich um vier mit Tante Hilde treffen. Vielleicht kann sie uns weiterhelfen."

„Wirst du ihr von unserem Verdacht erzählen?"

„Ich denke schon, wir haben nichts zu verlieren, aber viel zu gewinnen."

„Hat eigentlich einer von euch mit Tante Ute gesprochen?"

„Ja, ich, vorgestern schon", er grinst, „fast genauso lange, wie Thorben mit seiner Ann telefoniert hat. Sie ruft ihn jeden Abend an. Beide lassen dich herzlich grüßen."

„Hast du ihr meine Lage erklärt?"

„Ich habe ihr gesagt, dass die Polizei dich wohl verdächtigt, etwas mit dem Tod von Papa zu tun zu haben. Das wusste sie bereits, die Polizei ist noch einmal bei ihr gewesen und hat sie ebenfalls nach dieser Karaffe gefragt und wann sie ihre bekommen hat." Er grinst. „Sie haben sogar gefragt, ob sie davon getrunken hat."

„Hat sie?"

„Hör mal, es ist sechs Jahre her, dass wir sie ihr geschenkt haben. Natürlich ist sie längst leer. Die von deiner Mutter übrigens auch. Beiden hat unser Gebräu sehr gut geschmeckt. Und beide haben die Karaffe aufgehoben, weil sie ihnen so gut gefiel."

Tja, da hat die Polizei wohl eine ganz schöne Nuss zu knacken. „Was hast du ihr gesagt, wo ich bin?"

„Nichts anderes, als das, was ich allen anderen erzählt habe. Du bist bei einer Freundin, deren Namen ich nicht kenne, und hast dein Handy ausgeschaltet, sodass ich dich nicht erreichen kann."

„Und das hat sie geglaubt?"

Wieder grinst Florian. „Nee, ich denke, sie weiß Bescheid. Allerdings hat sie dann das Thema auf andere Dinge gelenkt. Ob wir mit dem Aussortieren gut vorankommen und ob wir schon ein Testament gefunden haben, zum Beispiel."

„Anscheinend hatte Papa bisher kein neues gemacht", fällt mir ein. „Ich bin mit der Durchsicht seiner Kartons fertig, da war keins."

„Bist du denn wirklich sicher, dass ihr euer altes vernichtet habt?"

„Ruf Tante Ute an und bitte sie, in dem Holzkästchen hinter meinen Pullovern nachzuschauen. Wenn es noch existiert, muss es dort sein. Ich habe gestern Abend noch einmal darüber nachgedacht und denke, dass ich es unter Umständen doch aufgehoben haben könnte", hangele ich mich an der Wahrheit entlang. Tatsache ist, ich habe mich nach der erfolglosen Suche für dieses Nachgeben meinerseits entschieden. Ich kenne mich mit den Gesetzen über Vermächtnisse nicht aus und kann aus bekannten Gründen meinen Rechtsanwalt zurzeit nicht befragen. Ich denke aber, dass es, wenn ein Testament vorhanden ist, für die

Erben einfacher und schneller möglich sein wird, über den Nachlass verfügen zu können. Eigentlich hatte ich vorgehabt, Florian die Existenz dieses Schreibens sofort mitzuteilen, nur stehe ich heute irgendwie neben mir.

Dass in diesem Testament ich als einzige Erbin eingesetzt bin, braucht er erst einmal nicht zu erfahren. Das ist sowieso nicht relevant. Ich habe ja wohl keinen Anspruch mehr. Oder jetzt etwa doch wieder? Egal, mir geht es in erster Linie um meine Söhne, sie sollen schnellstmöglich an ihr Erbe kommen.

Da war noch was! Irgendetwas Wichtiges! Ich denke so angestrengt nach, dass ich gar nicht mitbekomme, dass mein Sohn mich angesprochen hat. Erst, als er laut ‚Mama‘ ruft, werde ich aufmerksam.

„Ich habe dich gerade gefragt, ob du Georg heute Morgen gesehen hast. Ich wollte mit …“

Mist! Wie konnte ich das vergessen? Leide ich etwas an Alzheimer?

„Wusstest du, dass Silkes Schwager Polizist ist? Georg verbringt unheimlich viel Zeit dort. Was, wenn er erzählt, dass ich hier bei ihm wohne?“, sprudele ich in einem Atemzug heraus.

Florian wird blass. „Langsam und noch mal von vorn“, bittet er.

„Ich habe gestern noch einmal mit Georg gesprochen, eigentlich wollte ich in Erfahrung bringen, was mich Zimmer und Essen kosten und ob ich jedes einzelne Getränk und jede Mahlzeit auflisten soll oder ob er mit Thorben einen Pauschalbetrag ausgemacht hat. Er war ziemlich in Eile, weil er und Silke auf die Kinder aufpassen sollten, der Schwager wollte zu einer Weihnachtsfeier. Dabei hat er erzählt, dass dieser Polizist ist.“ Ich sehe meinen Sohn angstvoll an. „Wenn Georg nun erwähnt, dass ich vorübergehend bei ihm wohne …“

Ich lasse den Satz unvollendet, Florian wird bestimmt verstehen, was ich nicht auszusprechen wage.

„Verdammt!“, fluchend springt er auf und beginnt in der Küche auf und ab zu laufen. „Klappt denn überhaupt nichts mehr?“

„Vielleicht ist es besser, wenn ich mich stelle“, sage ich mit dünner Stimme. Ich weiß nicht, wo ich mich sonst verstecken könnte und ich will nicht warten, bis die Polizei hier auftaucht.

„Nein.“ Florian hat einen Entschluss gefasst. Ich sehe es daran, wie sein Körper sich strafft und sein Kopf sich hebt. „Ich spreche mit Thorben. Er soll Georg anrufen und mit ihm reden. Dann wissen wir Bescheid. Hat er noch nichts gesagt, wird er ihn vergattern, nicht über dich zu sprechen, ein Grund fällt uns beiden bestimmt ein.“

„Und wenn doch?"

„Ich melde mich später bei dir!", ruft er, ohne meinen Einwand zu beachten, über die Schulter zurück, denn er ist schon auf dem Weg nach draußen.

Ich trete an die Haustür und schaue stumm zu, wie er in das Auto steigt und den Motor startet. Die Scheiben sind schon wieder zugefroren und er muss sie erst freikratzen.

„Vor meinem Gespräch mit Tante Hilde schaffe ich es auf keinen Fall hierher zurück", er hält inne und sieht mich bittend an. „Warte, bis ich da bin, hörst du? Denn ich glaube nicht, dass Georg über dich gesprochen hat, sonst wäre die Polizei längst hier. Oder der Schwager sitzt an einer anderen Stelle und weiß gar nichts von dem Fall."

Das habe ich mir vor dem Einschlafen auch mindestens hundert Mal gesagt, es ändert aber nichts an der Situation. Ich sitze wie auf einem Pulverfass, das jeden Moment hochgehen kann.

„Ich werde nichts unternehmen, bis ich von dir höre", versichere ich ihm. ‚Oder du von mir oder der Polizei', füge ich in Gedanken hinzu, lasse mir jedoch nichts anmerken. Er ist sowieso schon beunruhigt genug.

Kaum ist er verschwunden, gehe ich wieder hinauf. Es wird Zeit die nächsten Kisten in Angriff zu nehmen. Das ist das einzig Sinnvolle, das ich tun kann. Während ich damit beginne, den ersten Karton auszuräumen, schweifen meine Gedanken wieder in die Vergangenheit.

33

Florians Auto fuhr um die Ecke und das Telefon klingelte.

„Wie ist es gelaufen?", fragte meine Schwester.

„Weit besser, als ich erwartet hatte", erwiderte ich. Langsam begann die restliche Anspannung, von mir abzufallen. „Ich denke, das habe ich hauptsächlich Herrn Rehbach zu verdanken. Gut, dass ich ihn gefragt habe, wie ich vorgehen soll."

„Wann schaltest du die Anzeigen?", wollte Ute wissen, nachdem ich ihr alles haarklein erzählt hatte. „Du musst dich beeilen, damit du einen großen Teil relativ schnell loswirst. Erstens kannst du das Geld gut gebrauchen und zweitens wird dadurch der Möbelwagen, den wir mieten müssen, kleiner."

„Florian setzt die Annoncen noch heute ins Internet, sobald er zu Hause angekommen ist."

„Fein." Sie schwieg einen Moment. „Sitzt du?", fragte sie mit einem so breiten Grinsen, dass ich es fast durch den Telefonhörer sehen konnte.

„Ja." Ich hatte es mir mit einer Tasse Tee in der Küche gemütlich gemacht. Die Couchgarnitur sollte ebenfalls verkauft werden, da wollte ich nicht noch Flecken riskieren.

„Ich habe eine Wohnung für dich!"

„Was? Und das sagst du erst jetzt?" Vor Erregung war ich aufgesprungen und hätte beinahe die Tasse umgestoßen. „Wo ist sie, wie ist die Zimmeraufteilung und was soll sie kosten", sprudelte ich in einem einzigen Atemzug hervor, „Und kann ich die Katzen wirklich mitbringen?"

„Die Vermieterin hat weder etwas gegen Tiere noch gegen ARGE-Empfänger", lachte meine Schwester. „Das Einzige, was du beibringen musst, ist die Bestätigung der Agentur, dass sie deine Miete übernimmt. Ich habe die Papiere heute Mittag in den Briefkasten an der Hauptpost gesteckt, du müsstest sie morgen erhalten. Los schalte deinen Rechner ein! Wir haben Fotos gemacht, damit du selbst sehen kannst, ob es dir gefällt. Denn den Mietvertrag habe ich nicht unterschrieben, das ist deine Sache."

„Aber die Wohnung wird mir freigehalten?", fragte ich, während ich bereits den Rechner hochfuhr.

„Klar, sonst hätte ich mich gar nicht darauf eingelassen", sagte Ute. „Allerdings solltest du dich mit der Rücksendung beeilen. Ich habe versprochen, dass die Maklerin die Papiere bis spätestens Freitag zurückbekommt. Wirst du das schaffen?"

„Jaja", murmelte ich leicht abgelenkt, da ich mich gerade durch die Programme arbeitete.

„Was machst du?"

„Ich versuche, deine Mail zu öffnen." Natürlich! Immer wenn es darauf ankam, klappte es nicht. Ich hätte heulen können.

„Heike?" Plötzlich war mein Schwager am Telefon und geleitete mich mit ruhiger Stimme durch das verflixte Prozedere. Ich verklickte mich kein einziges Mal und hatte im Nu Zugriff auf die Bilder.

„Und?" Anscheinend hatte Friedhelm den Hörer sofort wieder an meine Schwester zurückgegeben. „Was sagst du?"

Im ersten Moment konnte ich nicht antworten vor Enttäuschung. So klein hatte ich mir mein zukünftiges Zuhause nicht vorgestellt. Es bestand aus zwei Räumen, einer schmalen Diele und einem winzigen Duschbad. Durch die Dachschrägen und die Tatsache, dass die Wohnung mit Möbeln geradezu vollgestopft war, wirkten die Zimmer noch kleiner.

„Es ist also eine Dachgeschosswohnung", war alles, was ich hervorbrachte.

„Ja, das ist aber der einzige Nachteil", meine Schwester schien meine Enttäuschung zu spüren. „Du musst sie in natura sehen", fuhr sie eifrig fort. „Die Zimmer sind geräumiger, als es auf dem Foto wirkt. Das Haus ist sehr gepflegt und befindet sich am Rande der Innenstadt, Supermärkte, Sparkasse und Ärzte sind in einem Zentrum nur fünf Gehminuten entfernt, Straßenbahn- und Buslinie befinden sich praktisch direkt vor der Tür."

„Wie viele Quadratmeter sind es denn?" Richtige Begeisterung kam bei mir immer noch nicht auf.

„Ungefähr vierzig; für zweihundertzwanzig Euro. Ach, und ein großer Keller gehört ebenfalls dazu, da kannst du auch noch einen Teil deiner Sachen unterbringen."

„Hm", ich fühlte mich überfahren.

„Du, wir haben den Tipp mit der freiwerdenden Wohnung von einem Bekannten, der mit der Maklerin befreundet ist. Nur deshalb hat sie sich bereit erklärt, sich an einem Sonntag mit uns zu treffen und nur deshalb hat sie anschließend sofort bei dem Vermieter nachgefragt, ob du als Mieterin infrage kommst. Du weißt, dass ich mich seit Wochen bemühe und bisher nichts erreicht habe, langsam wird die Zeit knapp.

Ich denke, wenn du das alles berücksichtigst, ist diese Wohnung ein ausgezeichnetes Angebot."

„Du hast ja recht", erwiderte ich seufzend. „Aber der Unterschied zu unserer alten Unterkunft hat mich im ersten Moment fast erschlagen. Ich werde mich gewaltig umstellen müssen." Und die Katzen auch, dachte ich niedergeschlagen. Da gab es kein Toben mehr von Raum zu Raum, wie es unser Kater gern tat. Und die Perserin würde auf ihre liebste Gewohnheit, das Beobachten des Geschehens auf der Straße verzichten müssen, in dieser Dachgeschosswohnung gab es keine Fensterbänke, auf die sie sich legen konnte.

Verdammt, stell dich nicht so an, schimpfte ich mit mir selbst, stellst du eben einen Kratzbaum ans Fenster und beschäftigst Mirko öfter mit seinem Spielzeug, das muss reichen. Sei lieber froh, dass deine Schwester sich dermaßen für dich einsetzt und dass du endlich eine neue Bleibe sicher hast.

„Ich kann der Maklerin morgen früh absagen, wenn du das möchtest", sagte Ute leicht verschnupft.

„Nein", beeilte ich mich zu versichern. „Ich nehme die Wohnung."

„Halleluja, da muss ich mich endlich nicht länger mit Maklern und Vermietern herumschlagen."

Prompt hatte ich ein schlechtes Gewissen. Da saß ich hier und jammerte über meine Situation und übersah dabei völlig, dass meine Schwester, die wirklich genug eigene Probleme hatte, sich seit Wochen ein Bein ausriss, um mir zu helfen.

„Entschuldige, ich bin ein undankbares Ekel, dabei bin ich mir vollkommen darüber im Klaren, was du alles für mich tust. Ich hoffe, dass ich dir dein Engagement irgendwann zurückgeben kann."

„Das ist überhaupt nicht nötig", Ute war nicht nachtragend, „dafür sind Geschwister da."

Ich versicherte ihr, dass ich mich gleich am Dienstag zur ARGE aufmachen würde, um die Bestätigung, dass ich die Wohnung anmieten durfte, zu bekommen und mich sofort per Mail bei ihr meldete, wenn ich die erforderlichen Unterlagen abgeschickt hatte.

Montagmorgen kam mir eine bessere Idee, die ich sofort nach dem Frühstück in die Tat umsetzte. Ich wollte den Briefträger, der bei uns immer erst zur Mittagszeit eintraf, abfangen und gleich heute zu meinem Sachbearbeiter gehen. Vielleicht würde er mir die Bescheinigung umgehend ausfüllen, sonst konnte ich sie sicherlich spätestens am Dienstag abholen.

Kurz nach zehn traf ich beim Arbeitsamt ein und stellte erfreut fest, dass vor der entsprechenden Tür niemand saß. Dann erst fiel mir der Zettel an der Tür ins Auge, der darauf hinwies, dass Herr Hartmann heute nicht anwesend war und sich seine Klienten in wichtigen Angelegenheiten drei Zimmer weiter bei Herrn Klein melden sollten.

Gott sei Dank vertritt ihn nicht diese Ziege, dachte ich frohgemut, setzte mich auf den letzten, freien Stuhl und stellte mich auf eine längere Wartezeit ein. Etwa eine halbe Stunde später trat ein kleines, schmächtiges Männchen mit Nickelbrille und Ziegenbart heraus und winkte den neben mir Sitzenden zu sich herein. Ein leises Aufatmen ging durch die Menge. „Endlich!", flüsterte jemand hinter mir.

Kaum hatte sich die Tür wieder geschlossen, wandte ich mich zu dem Sprecher um. „Dauert das bei jedem Klienten so lange?", fragte ich ihn leise.

„Klienten?", er blinzelte mich verständnislos an.

„Na ja, Antragsteller, Arbeitslosen, oder wie auch immer das heißt", ich merkte, wie ich rot anlief.

„Der Klein hatte niemanden im Zimmer", mischte sich die Frau neben ihm in das Gespräch und warf einen nervösen Blick zur Tür. „Unsereins wird in fünf Minuten abgefertigt und trotzdem dauert es ewig, bis er den Nächsten aufruft."

Tatsächlich ging, bevor ich etwas erwidern konnte, die Tür auf und der gerade erst Aufgerufene kam heraus.

„Sehen Sie?", zischelte die Frau mir zu. „Und jetzt bleibt er wieder ewig da drin sitzen."

Nur gut, dass ich nicht bis morgen gewartet hatte. Heute war das Arbeitsamt bis vier Uhr geöffnet, da bestand zumindest eine gute Chance, dass ich wenigstens mein Anliegen vorbringen konnte.

Obwohl ich mir ein Buch mitgenommen hatte, verrann die Zeit nur langsam. In den nächsten zwei Stunden änderte sich an dem Prozedere nichts. Der Aufgerufene blieb nur kurz im Zimmer, danach tat sich lange Minuten nichts. Erst um zwölf, als sich mittlerweile, der Anteil der Neuankömmlinge gegenüber denen, die abgefertigt worden waren, so drastisch erhöht hatte, dass einige stehen mussten, änderte sich der Arbeitsrhythmus des Sachbearbeiters und er schaffte es tatsächlich, in der nächsten Stunde den Anteil der Wartenden um acht zu verringern. Noch zwei und ich hatte es geschafft.

Davor lag allerdings seine Mittagspause. Auch mein Magen begann zu knurren und ich durchwühlte meine Tasche nach einem vergessenen

Keks oder einem kleinen Stückchen Schokolade, mein vorsorglich mitgebrachtes Brot hatte ich bereits um elf Uhr gegessen. Mein neuer Sitznachbar bot mir aus einer Tüte Chips an, aber ich schüttelte dankend den Kopf. Danach würde ich nur umso mehr Durst bekommen.

Endlich war ich an der Reihe. Als Herr Klein die Tür öffnete, schoss ich hoch, doch er beachtete mich gar nicht, sondern winkte einer Frau links von mir einzutreten. Enttäuscht sank ich zurück auf meinen Stuhl. „Wohl keinen Termin?", fragte mein Nebenmann und versprühte dabei kleine Krümel. „Die lässt er gerne schmoren!", verkündete er auf mein Nicken strahlend. „Da sitzen Sie in zwei Stunden noch hier."

Nein, nicht mit mir. Entschlossen stand ich auf und stellte mich neben dem Türrahmen in Positur. Nach den üblichen fünf Minuten trat er heraus und winkte, ohne mich zu beachten, seinen nächsten Termin heran, während die Frau im Zimmer noch dabei war, ihre Unterlagen zurück in die Tasche zu stopfen.

„Entschuldigen Sie bitte", sagte ich laut und deutlich und hielt ihm gleichzeitig die entsprechenden Papiere hin. „Ich bin normalerweise bei Herrn Hartmann, brauche aber dringend eine Genehmigung zur Wohnungsanmietung, sonst geht das Objekt an jemand anderen."

„Da müssen Sie morgen wiederkommen, wenn der Kollege wieder da ist", nuschelte er, beachtete mich nicht weiter und schloss hinter seinem neuen Klienten die Tür.

So leicht gab ich nicht auf. Sobald er das nächste Mal erschien, hielt ich ihm wieder meine Unterlagen unter die Nase. „Bitte, ich könnte sie morgen abholen."

Dieses Mal hatte ich seine Aufmerksamkeit. „Ich habe Ihre Akte nicht und kann deshalb Ihren Antrag nicht bearbeiten", erklärte er mir.

„Aber Sie brauchen doch nur im Computer …"

„Ich sagte Nein, kommen Sie morgen wieder."

Erneut schloss sich die Tür vor mir.

„Hören Sie", mein Chips essender Nachbar hatte anscheinend das Gespräch genauestens mitbekommen. „Geben Sie besser auf. Gegen den kommen Sie nicht an."

Zu der Überzeugung war ich leider auch gekommen. Also machte ich mich am nächsten Tag noch einmal auf den Weg. An Herrn Hartmanns Tür klebte derselbe Zettel wie gestern. Fest entschlossen mich nicht erneut abwimmeln zu lassen, ging ich hinunter zur Anmeldung und erklärte dort einer freundlichen Angestellten mein Problem.

„Ihr Sachbearbeiter ist krank", erklärte sie mir achselzuckend. „Es ist aber nichts Ernstes, wir erwarten ihn morgen zurück."

„Ich muss die Bescheinigung, dass ich die Wohnung anmieten kann, spätestens Donnerstag abschicken", wiederholte ich und legte so viel Verzweiflung wie möglich in meine Stimme.

„Ich kann Ihnen leider nicht helfen. Sie müssen es morgen noch einmal versuchen. Kommen Sie am besten vor acht, damit Sie eine der Ersten sind."

„Und wenn Herr Hartmann immer noch krank ist?"

„Gehen Sie gleich weiter zu Herrn Klein. Anhören muss er Sie."

Bildete ich mir das nur ein oder musterte die Angestellte mich wirklich mitfühlend? „Wird er dann auch meinen Antrag bearbeiten?"

„Das wisse sie angeblich nicht", erzählte ich meiner Schwester am Abend. „Und eine Idee, wie ich das herausbekommen könnte, hatte sie auch nicht."

„Du lässt dir von ihm den Namen seines Vorgesetzten geben. Entweder reicht diese Drohung aus oder du musst eben eine Stufe höher ansetzen", kam ohne Zögern die Antwort.

Klar, das hätte mir eigentlich auch allein einfallen können.

Zu allem bereit, stand ich am Mittwoch um halb acht vor der Tür der ARGE und war damit die Zweite, die eintrat. Mit langen Sätzen jagte ich die Treppe in den zweiten Stock hinauf und trat keuchend auf den noch menschenleeren Flur. Fast schon an Herrn Hartmanns Zimmer vorbei entdeckte ich im letzten Moment, dass der Zettel fehlte, und stoppte abrupt. Unsicher blieb ich stehen. Hatte ich tatsächlich so viel Glück?

Vorsichtshalber klopfte ich leise und wartete. Es hätte ja auch sein können, dass irgendjemand das Papier unachtsam entfernt hatte. Dann saß ich ahnungslos davor und vertat wertvolle Wartezeit.

Die Tür öffnete sich und ein sehr blasser, spitznasiger Herr Hartmann forderte mich mit einer Handbewegung auf, hereinzukommen. „Was führt Sie so früh am Morgen zu mir?", fragte er, kaum dass ich Platz genommen hatte.

Während ich ihm die Sachlage erklärte, schob ich ihm den Mietvertrag bereits über den Tisch zu. „Das Problem ist, dass ich die Bescheinigung spätestens morgen abschicken muss. Könnten Sie sie mir vielleicht sofort schreiben?" Mit bittendem Augenaufschlag sah ich ihn an.

Ächzend zog er das Papier näher zu sich heran. „Wieso kommen Sie erst heute, wenn es so eilig ist?"

„Ich bin sofort am Montag hier gewesen", entgegnete ich empört, „und am Dienstag ebenfalls. Ihr Kollege sagte, ich müsse warten, bis sie zurück seien. Er hätte meine Akte nicht."

Herr Hartmann holte tief Luft, schluckte und erwiderte nichts. Mit zusammengekniffenen Augen wandte er den Blick ab und studierte den Mietvertrag. „Hat Herr Klein auch einen Blick darauf geworfen?", fragte er und gab ihn mir zurück.

„Äh, nein. Ich erklärte ihm kurz an der Tür, worum es ging, da hat er mich schon abgewiesen."

„Tja", er seufzte. „Wir können Ihnen nämlich die gewünschte Bescheinigung gar nicht geben. Zuständig dafür ist die Agentur in der Stadt, in die Sie ziehen wollen."

„Aber noch wohne ich hier", völlig verwirrt starrte ich ihn an.

„Es ist ein Paradoxon, aber leider ist es nun einmal so." Geduldig begann er, mir die Sachlage zu erklären.

34

„Das heißt", sagte meine Schwester, die auf meinen Notruf hin, umgehend zurückrief, „deine alte Heimatstadt ist nicht mehr, deine neue noch nicht zuständig, habe ich das richtig verstanden?"

„Genauso ist es", bestätigte ich ihr. „Das Einzige, was ich vorweisen kann, ist eine Bestätigung, dass ich die Erlaubnis zum Umzug habe und eine Bescheinigung, dass ich ARGE-Geld beziehe."

„Das wird uns nicht weiterhelfen."

„Sehe ich genauso. Kannst du nicht bei eurem Amt anrufen und nachfragen, was es sonst noch für Möglichkeiten gibt?"

„Gute Idee. Ich versuche es gleich jetzt."

Fast eine Stunde tigerte ich unruhig in der Küche hin und her. All meine Ängste plötzlich obdachlos dazustehen, waren wieder da. Vor allem hatte ich ja mittlerweile gesehen, wie schwer es war, als Hartz IV-Empfänger eine Unterkunft zu bekommen. Ich wollte diese Wohnung unbedingt und konnte mir gar nicht mehr vorstellen, dass ich am Anfang derartige Vorbehalte gehabt hatte.

Endlich klingelte das Telefon. „Du müsstest dich zu uns ummelden, dann könnten sie deinen Antrag bearbeiten", sagte Friedhelm, nachdem ich mich gemeldet hatte. „Davon würde ich dir allerdings abraten, weil du ab dem Zeitpunkt kein Geld mehr für deine alte Wohnung bekommst und mehr Unkosten hättest, als es die Sache wert ist."

Entmutigt sank ich auf den nächstbesten Stuhl. „Und was soll ich deiner Meinung nach tun?"

„Es ist eine total verzwickte Lage."

Ha, das wusste ich auch schon!

„Dass die Ämter sich dermaßen anstellen, hätte selbst ich, der ich mittlerweile oft genug mit der ARGE zu tun hatte, nicht gedacht."

„Es muss doch aber irgendeinen Ausweg geben", sagte ich der Verzweiflung nah. „Schließlich bin ich bestimmt kein Einzelfall."

„Die meisten Menschen ziehen wohl nur in eine andere Stadt um, wenn sie dort einen Job gefunden haben", entgegnete Friedhelm und ich konnte ihn geradezu vor mir sehen, wie er hilflos die Achseln zuckte.

„Und was soll ich nun machen?", fragte ich erneut.

„Ute spricht gerade mit der Maklerin und schildert ihr dein Problem. Vielleicht lassen sie sich auf einen Kompromiss ein. Deine Mutter stellt für dich die Kaution und bürgt für die erste Miete, ich gehe morgen

direkt zur ARGE und lasse mir schriftlich die hier geltenden Höchst-
grenzen für Miete und Nebenkosten geben, sodass die zukünftige Vermieterin sehen kann, dass du im vorgeschriebenen Rahmen bist, wenn
du ihre Wohnung anmietest. Damit ist für sie eigentlich jedes Risiko
ausgeschlossen. Ich wüsste nicht, warum sie dir den Vertrag nicht
trotzdem geben sollte."

Mir schossen die Tränen in die Augen. Womit hatte ich all diese Hilfe
eigentlich verdient?

„Heike?" Meine Schwester hatte Friedhelm anscheinend den Hörer aus
der Hand genommen. „Ganz sicher ist es noch nicht, aber die Maklerin
ist guter Dinge, dass du die Wohnung trotzdem bekommst. Sie muss
natürlich erst mit der Vermieterin sprechen, bevor sie dir endgültig
zusagen kann, es hörte sich aber für mich an, als wäre das eine reine
Formsache."

Am liebsten wäre ich durch den Hörer gesprungen und hätte die beiden
umarmt. „Ihr seid die tollsten Verwandten, die man sich wünschen
kann", brachte ich mit Mühe hervor. „Ich persönlich hätte wahrscheinlich schon längst aufgegeben."

„Du kannst dich hinsetzen und Mama einen langen Dankesbrief
schreiben", wehrte meine Schwester ab. „Ohne ihre Unterstützung
wären wir bestimmt gescheitert."

„Das werde ich sofort machen."

„Davor kontrollierst du erst deine Mails, ob sich schon jemand auf
deine Annoncen gemeldet hat", befahl sie lachend. „Das hast du bei all
der Aufregung bestimmt vergessen."

Sie hatte recht, an die geschalteten Verkaufsanzeigen hatte ich seit
Sonntag nicht einmal mehr gedacht. Folgsam loggte ich mich auf meinem E-Mail-Account ein und erlebte die nächste Überraschung, ich
hatte nicht eine, sondern gleich zwei Anfragen bekommen. Die Interessenten baten um Rückruf, einer hatte eine Handynummer, der andere
die von seinem Festnetzanschluss angegeben.

Um Kosten zu sparen – beide Nachrichten bezogen sich auf das
Schlafzimmer – wählte ich als Erstes die günstigere Nummer und wir
trafen tatsächlich eine Verabredung für den späten Nachmittag. Da
hatte ich gleich eine gute Neuigkeit, die ich meiner Mutter mitteilen
konnte. Bisher hatte sie nicht gewollt, dass ich ihr das geliehene Geld
zurückzahle. Zwar hatte die ARGE die rückständigen Summen in der
Zwischenzeit überwiesen, aber dadurch, dass sie nur einen Bruchteil
meiner Heizkosten übernahmen, hatte ich von vornherein weniger

Geld zur Verfügung. Dazu würde ich einen Transporter für den Umzug anmieten und das eine oder andere für die neue Wohnung anschaffen müssen. Daher hatte sie angeboten, das Darlehen zu verlängern, bis ich in der Lage war, die Summe ohne unnötige Einschränkungen aufzubringen.

Klar, ich hatte bereits mit dem Gedanken gespielt, alles an Wert, was mir gehörte, zu verkaufen. Nur wollte ich, nein musste ich, eine gewisse Reserve behalten. Noch wusste ich nicht, inwieweit ich für den Kredit, den Martin aufgenommen hatte, würde ebenfalls aufkommen müssen. Mein Anwalt war der Meinung, dass viel von dem, unseren Fall verhandelnden Richter abhinge und von den Beweisen, die wir vorlegen konnten. Ließe sich belegen, dass Martin das Geld für sich und seine Hobbys ausgegeben hatte, waren die Chancen groß, dass ihm allein der Kredit angerechnet wurde. Gelang es mir dagegen nicht, entsprechende Beweise zu finden, musste ich wohl oder übel die Hälfte abzahlen. Und leider war mir nach wie vor schleierhaft, wofür er diese Riesensumme verwendet hatte. Deshalb freute ich mich riesig, dass der Verkauf der überzähligen Möbel gut anlief.

Da Martin in die anscheinend komplett eingerichtete Wohnung seiner Freundin gezogen war, konnte er das Schlafzimmer ebenso wenig wie ich unterbringen. Das hatte ich am Sonntag nach seinem Ausbruch durch Zufall erfahren, als ich bei meiner Rückkehr von der Toilette das Ende seines Gespräches mit Florian mitbekam. Auf Zureden unseres Sohnes verzichtete er deshalb schließlich auch auf die Essgruppe und die dazu passende Anrichte, die er laut Florian, in einem ungenutzten Zimmer seiner Mutter hatte abstellen wollen. ‚Nur, damit ich sie nicht bekomme‘, hatte ich damals gehässig gedacht, mich aber wohlweislich jeglichen Kommentars enthalten, immerhin war es Florian zu diesem Zeitpunkt schon fast gelungen, die Trennung unseres Eigentums an einem einzigen Wochenende durchzuziehen.

Die Couchgarnitur sollte ebenfalls verkauft werden, ebenso der große Berber, der darunter lag, dazu einige der Küchenschränke und die Gefriertruhe, die im Keller stand. Den Dielenschrank konnte ich eventuell als Kleiderschrank verwenden, die Spüle und den Kieferntisch in der Küche nebst zwei Stühlen wollte ich ebenfalls mitnehmen. Waschmaschine, Herd, Gefrierkombination und der restliche Haushaltskram waren mir von Florian zugesprochen worden, weil Martin, damals völlig unverständlich für mich, vehement darauf bestanden hatte, sämtliche

Gartengeräte, den Grill und die komplette Sitzgarnitur für sich zu beanspruchen. Bettwäsche und Handtücher wurden redlich geteilt.

Das Schlafzimmer wechselte noch am selben Tag für tausend Euro den Besitzer und wurde am Samstag abgebaut und abtransportiert. Sonntagmorgens kamen Interessenten für die Couchgarnitur, die auch gleich den Berber dazu nahmen, abends verkaufte ich die Gefriertruhe und zwei Küchenschränke. Dafür hatte ich aber auch in jeder freien Minute geputzt, gesaugt und reichlich Möbelpolitur verbraucht, um die angebotenen Dinge in ein möglichst günstiges Licht zu setzen.

So, jetzt hatte ich Geld – nur keine Wohnung. Mittlerweile war fast eine Woche vergangen und die Maklerin hatte sich immer noch nicht gemeldet. Ich wurde immer nervöser. Ute war am Samstag vorsichtshalber sämtliche Wohnungsanzeigen durchgegangen, leider ohne Erfolg. Heute wollte sie es wieder versuchen und ich wartete gespannt auf ihren Anruf.

Donnerstagmittag meldete sie sich ganz aufgeregt. „Du, die Maklerin hat sich endlich gemeldet. Leider wollte die Vermieterin sich nicht auf unseren Vorschlag einlassen. Dein Schicksal ist ihr allerdings so nahe gegangen, dass sie sich unter ihren anderen Immobilien umgesehen hat."

„Wer, die Maklerin?"

„Natürlich, wer sonst!", fauchte meine Schwester, die meinen kleinen Scherz, den ich vor lauter Anspannung gemacht hatte, gar nicht witzig fand. „Und sie hat eine entsprechende Wohnung für dich gefunden. Ich komme gerade von der Besichtigung. Sie liegt im Erdgeschoss, hat genau fünfundvierzig Quadratmeter und ist von der Aufteilung her ideal. Ein Wannenbad, ein kleiner Balkon und ein großer Keller gehören dazu."

„Und was ist der Nachteil?", fragte ich, als sie nicht weitersprach.

„Die Gegend ist nicht unbedingt die tollste", gab sie ohne Umschweife zu. „Es ist nicht gerade das, was ich mir für dich gewünscht hätte."

„Was meinst du damit?" Ich sah mich schon in einer ausgesprochen hässlichen, verkommen Sozialsiedlung sitzen und mich vor lauter Angst nicht vor die Tür trauen.

„Nun, es ist ein Vorort mit einem hohen Ausländeranteil", sie zögerte. „Nicht, dass ich etwas gegen Ausländer habe … Ach, ich kann es dir nicht richtig erklären. Ruf mal deine Mails ab, die Fotos vermitteln dir bestimmt ein besseres Bild."

Zuerst hatte sie das Haus aufgenommen. Es war ziemlich alt und anscheinend länger nicht renoviert worden, doch die Fenster hatten Doppelverglasung und Rollläden. Die Wohnung selbst war wunderschön. Dadurch, dass die Räume mindestens drei Meter hoch waren, wirkten sie lichtdurchflutet und wesentlich geräumiger, als die der Dachgeschosswohnung. Eine winzige Diele führte in ein neu gekacheltes Wannenbad mit Fenster, der kleine Balkon mit Blick auf den grünen Innenhof lag auf der Südseite. Beide Räume waren mit Laminat ausgelegt und die Wände wirkten wie frisch gestrichen.

„Wow." Ich war begeistert. „Ist dort frisch renoviert worden?"

„Hm, nein. Die letzte Mieterin ist nach einem knappen Jahr verstorben. Aber du hast recht. Das Einzige, was hier getan werden müsste, ist, einmal gründlich sauber zu machen."

Jetzt folgten die Außenaufnahmen. Gut, die Umgebung wirkte ziemlich düster, was aber hauptsächlich an den hohen Häusern und engen Straßen lag. Die meisten Fassaden waren mit Graffitis verschmiert, Bäume schien es in der näheren Umgebung nicht zu geben. Dafür hatte ich schließlich den grünen Innenhof.

„Direkt um die Ecke liegt eine Bushaltestelle", ließ sich meine Schwester vernehmen. „Zur Straßenbahn musst du fünf Minuten laufen."

Ich klickte mich durch die nächsten Bilder. Da gab es einen Lebensmittelladen, einen Bäcker und eine Sparkasse, auf dem nächsten Foto entdeckte ich neben einem Getränkemarkt ein Ärztehaus.

„Ich weiß immer noch nicht, was du für Vorbehalte hast", sagte ich ehrlich, „das sieht alles ziemlich normal aus."

„Für fast alle Häuser in dieser Gegend braucht man einen Wohnberechtigungsschein", rückte sie endlich heraus. „Und du weißt ja selbst, was das heißt."

„Ja, dass dort Menschen mit ähnlichem Hintergrund wie ich leben", entgegnete ich scharf. Wie kam sie bloß zu diesen dämlichen Vorurteilen? Sie und Friedhelm hatten oft genug Unterstützung vom Arbeitsamt bekommen, nur konnten sie sich dank ihrer Mitarbeit eine teurere Unterkunft leisten.

„Wenn du willst, kannst du gleich den Mietvertrag unterschreiben, es ist deine Entscheidung", erwiderte sie leicht verschnupft und ich kam mir richtig biestig vor. Unzählige Stunden hatte sie geopfert, mir zu helfen und ich konnte es nicht lassen, sie zu kritisieren. Dabei meinte sie es nur gut mit mir!

„Wollen die denn keine Bescheinigung von der ARGE?"

„Nee, die hatten schon ähnliche Fälle und wissen, wie das läuft. Das Einzige, was du mit dem unterschriebenen Mietvertrag zurückschicken musst, ist die Kopie von deiner Bewilligung des Antrages auf Arbeitslosengeld zwei."

„Aber die wissen, dass ich die Wohnung erst zum ersten Mai anmieten will? Und wie hoch ist eigentlich die Miete? Und was ist mit der Kaution?"

„Habe ich alles abgeklärt. Die Miete beträgt zweihundertdreißig Euro, du musst allerdings vierhundertsechzig Euro Kaution zahlen. Schaffst du das?"

„Ha, ich habe bisher schon zweitausend Euro eingenommen!", prahlte ich. „Und die richtig teuren Möbel sind noch nicht einmal verkauft."

„Super!" Ute ist nie neidisch, das ist das tolle an ihr. „Ein Extrabonbon habe ich mir bis zum Schluss aufgehoben. Du kannst völlig kostenfrei bis zu zehn Tage eher einziehen. Na, was sagst du?"

„Ich bin begeistert, du kannst dir gar nicht vorstellen wie sehr." Ich fühlte mich, als wären alle Sorgen von mir abgefallen. Ich hatte endlich eine Wohnung und dazu genug Geld, um ohne Schulden neu anzufangen. Plötzlich stand ich wieder mitten im Leben.

Ute machte sich sogleich daran, einen günstigen Umzugswagen zu finden. Herr Hartmann hatte mir gesagt, dass ich drei Angebote einreichen müsse und er dann entscheiden würde, welches ich nehmen dürfe, wobei für mich von vornherein klar war, dass er das kostengünstigste auswählte. Ich hatte mich bereits vor Ort kundig gemacht, doch waren die Preise ziemlich hoch und meine Schwester war der Ansicht, dass sie diese bei gründlicher Suche bestimmt unterbieten könne.

Wir hatten Glück. Mein Neffe Dennis war Mitglied beim ADAC und bekam von diesem ein Superangebot, das hieß für mich, es war auch für mein knapp bemessenes Portemonnaie erschwinglich.

Natürlich würde ich die Kosten für Miete und Benzin zurück erhalten, aber die ARGE war in diesen Bereichen relativ langsam. Und da ich Wohnungsmiete und Kaution für mindestens einen Monat auch vorlegen musste – ich konnte mir nicht vorstellen, dass es in Hamburg mit der Bearbeitung des neuen Antrags wesentlich schneller als hier gehen würde – kamen erhebliche Ausgaben auf mich zu. Der Witz war – ich hatte es kaum glauben können – dass ich nach meinem Umzug wieder ganz von vorn anfangen musste. Sämtliche Unterlagen würden neu geprüft und bearbeitet. Und das im Zeitalter der Computer!

Frohgemut ging ich am Montag erneut zur ARGE und bekam einen Termin für den nächsten Tag.

Herr Hartmann musterte die Computerausdrucke, die Ute mir geschickt hatte, und verzog das Gesicht. „Das reicht leider nicht. Wir benötigen drei schriftliche Angebote."

Ich holte tief Luft, um mich zu beruhigen. „Sie wissen selbst, dass der Preis des ADACs viel günstiger ist, als der aller anderen Anbieter. Muss ich wirklich von meiner Schwester, die schon all die Arbeit mit der Wohnungssuche auf sich genommen hat, verlangen, dass sie dorthin geht und sich dasselbe noch einmal schriftlich abgezeichnet geben lässt?"

Er musterte mich mit gerunzelter Stirn, vielleicht war mein Ton doch noch etwas zu angriffslustig gewesen. Nur, sah er nicht selbst, wie lachhaft die ganze Geschichte war? Erstens war dieses Angebot um mehr als hundert Euro günstiger, als das des zweitbilligsten – eigentlich musste er sich mit den Vergleichspreisen aufgrund seiner Tätigkeit auskennen und wissen, dass es billiger nicht ging - und zweitens würden die Firmen einfach eine Kopie aus dem Internet ziehen und diese unterschreiben. Und dafür der ganze Aufwand?

Schließlich nickte er. „Ich denke in diesem speziellen Fall kann ich auf die Vorgaben verzichten. Ich genehmige Ihnen die Anmietung."

Hurra! Es ging wirklich vorwärts!

35

Puh, schon wieder drei Kisten geschafft. Mittlerweile ist es dämmerig geworden und ich kann kaum noch etwas erkennen. Wo die Jungen bloß bleiben? Wie lange kann das Gespräch mit Tante Hilde denn dauern?

Meine Armbanduhr zeigt mir, dass es gerade erst fünf Uhr ist. Ich werde mich gedulden müssen. Seufzend recke und strecke ich mich und wende mich, nachdem ich das Licht eingeschaltet habe, dem nächsten Karton zu. Wie die vorhergehenden enthält er hauptsächlich Bücher, die ich einzeln ausschüttele, um nur ja keinen Zettel zu übersehen.

Die Arbeit ist ziemlich eintönig – und staubig, bisher hatte ich immer gedacht meine Schwiegermutter wäre ein Sauberkeitsfanatiker gewesen. Na gut, wahrscheinlich hatte während der letzten Monate ihrer Krankheit und nach ihrem Tod niemand mehr Staub geputzt. Ich sollte wirklich nicht immer versuchen, nur das Schlechteste von ihr anzunehmen!

Andererseits, ihre positiven Seiten hatte sie mir nie gezeigt, von Anfang an war sie äußerst zurückhaltend, wenn nicht gar unhöflich zu mir. Sah man sie dagegen im Umgang mit ihrem Sohn, hätte niemand gedacht, dass sie so biestig sein konnte.

Wenn ich an unsere erste Begegnung denke, muss ich zugeben, dass ich damals ziemlich eingeschüchtert von ihr war, was ebenso an ihrer Haltung wie an ihrem Aussehen lag. Sie wirkte sehr distinguiert, sowohl in ihren Bewegungen als auch in ihrer Wortwahl. Ihre kurzen, blonden, erstklassig geschnittenen Haare, die jeden Tag wie direkt vom Frisör gelegt aussahen, die Schminke, ohne die sie nie aus dem Haus ging und die ihre hohen Wangenknochen perfekt betonte und die etwas tief liegenden, blauen Augen strahlender wirken ließ, ihre Kleidung, die dezent und gleichzeitig teuer aussah, dazu ihre herablassende, hochmütige Art: Als wäre sie eine Königin, die Hof hielt. Ich kam mir in ihrem Beisein bis zuletzt unzulänglich vor, was sie nicht davon abhielt, mich mit immer neuen Spitzen zu beglücken.

Thorben und Florian hatten ebenfalls kein besonders enges Verhältnis zu ihr. Sie, die Helene ihre Liebe mit oft ungestümen Umarmungen bewiesen, waren in ihrer Gegenwart gehemmt und schüchtern. Ein vorsichtiger Kuss auf die dargebotene Wange – das war das höchste der Gefühle. Allerdings hatte meine Schwiegermutter anscheinend auch nicht das Bedürfnis nach Nähe, noch nicht einmal bei ihrem Sohn.

Obwohl sie ihn für alle ersichtlich heiß und innig liebte, reichte es ihr, ihn um sich zu haben, Umarmungen gab es allerhöchstens zum Geburtstag und dann auch nur ganz kurz.

Nun, viele Freunde hatte sie mit ihrer Art nicht gehabt. Ich glaube, außer mit ihrer Schwester und ihrem Schwager und mit Martin selbstverständlich hatte sie keinerlei Kontakte.

Ich lege die Bücher zur Seite und widme mich der letzten Kiste. Auch hier besteht der Inhalt hauptsächlich aus Lektüren und Fachzeitschriften ihres Mannes. Ich kann diese Familie wirklich nicht verstehen. Warum war sie nicht in der Lage, sich von überflüssigen Dingen zu trennen? Ich wette, mein Exmann wollte die Kartons, so wie sie waren, auf den Dachboden schaffen. Bloß nichts wegwerfen!

Türenschlagen und laute Stimmen lenken mich ab. Ich springe auf und haste zum Fenster. Da sind mehrere Personen gekommen! Und es sind nicht Florian und Thorben.

Vorsichtig luge ich hinter der Gardine hervor und habe Glück, dass die beiden Autos weiter vom Haus weg geparkt haben, sonst hätte ich sie von meiner Dachschräge aus nicht sehen können. Da stehen Georg und eine junge Frau direkt vor dem Scheinwerferlicht des zweiten Wagens. Wer darin sitzt, kann ich nicht erkennen.

Jetzt läuft die Frau auf das Haus zu und Georg geht zur Fahrerseite des Autos und beugt sich zum Fenster hinab. Auf Zehenspitzen schleiche ich zur Tür und horche. Lautes Gepolter, das schnell wieder endet, ist zu hören, dann rennende Schritte unter mir. Fehlalarm! Erleichtert rutsche ich an der Wand zu Boden. Anscheinend ist das Silke und diese holt ein paar Kleidungsstücke oder ähnliches. Georg will wohl hierbleiben, wegen der Kühe und dem anderen Viehzeug – müssen die eigentlich alle abends noch einmal gefüttert werden? Seine Freundin wird anscheinend von dem Fahrer des anderen Autos mitgenommen.

Trotzdem verhalte ich mich mucksmäuschenstill, bis ich höre, dass Silke erneut die Treppe hinunterläuft und die Autotüren zuknallen. Während ich wieder zum Fenster eile, höre ich, wie sich ein weiteres Fahrzeug nähert. Dieses Mal schalte ich schnell das Licht aus und öffne den Fensterflügel einen Spalt, damit ich hören kann, wer gekommen ist. Gott sei Dank ist der andere Wagen schon abgefahren, denn es sind Florian und Thorben. Sie werden von Georg mit einem freudigen Zuruf begrüßt. Sie haben näher am Haus geparkt, daher kann ich sie nicht sehen, aber ich vernehme ihre Stimmen ganz deutlich.

Leider dringen mehr als halblautes Gemurmel und einzelne Satzfetzen nicht zu mir herauf, trotzdem ahne ich, dass sie gerade dabei sind, ihn über meine prekäre Lage aufzuklären. Doch warum bleiben sie in dieser Kälte stehen?

Ich warte und warte, bis selbst hier im Zimmer die Temperatur um mindestens zehn Grad gesunken ist. Wie lange dauert das denn noch?

In dem Moment, da ich das Fenster schließen will, gehen sie hinein. Bangen Herzens laufe ich zur Tür. Anscheinend sind sie endlich zu einem Ergebnis gekommen. Entweder muss ich sofort gehen oder ich darf bleiben.

Doch die Stimmen werden, kaum dass die Drei eingetreten sind, wieder leiser. Die Unterredung ist nur an einen wärmeren Ort verlagert worden.

Unfähig mich auf etwas anderes zu konzentrieren, verweile ich mit gespitzten Ohren an der Tür.

Hinuntergehen will ich nicht. Ich weiß, ich bin feige, aber ich möchte meinem Gastgeber erst wieder begegnen, wenn ich erfahren habe, was die Jungen ihm erzählt haben und wie er zu der ganzen Geschichte steht.

Fast eine halbe Stunde vergeht, bis die beiden endlich die Treppen hinaufkommen. „Wir haben noch einen heißen Kaffee getrunken", erklärt Thorben und gibt mir die Tasse, die er für mich gefüllt hat. „Wir waren total durchgefroren."

„Und?", erwartungsvoll blicke ich vom einen zum anderen. „Was habt ihr ihm gesagt?"

„Ich bin völlig fertig!" Florian lässt sich aufseufzend in einen der Sessel fallen und reibt sich müde die Augen. „War das ein Tag heute!"

„Nun spann sie nicht länger auf die Folter", meint Thorben tadelnd und wendet sich an mich: „Georg hat bisher nur Silke erzählt, dass du hier bist. Allerdings weiß sie keine Einzelheiten, er hat ihr bloß mitgeteilt, dass die Mutter eines Freundes vorübergehend bei ihm wohnt, als zahlender Gast."

„Ja", Florian lacht, „die beiden haben viel interessantere Themen zu besprechen."

„Natürlich war er jetzt neugierig, warum er nicht über dich reden sollte", ergänzt Thorben. „Ich hatte ihm bei unserem Telefongespräch heute Mittag nicht viel gesagt, sondern ihn nur gebeten, deinen Aufenthalt hier nicht zu erwähnen. Deshalb musste ich ihm nun Rede und Antwort stehen."

„Was hast du denn nun gesagt?", frage ich noch einmal.

„Die Wahrheit", Thorben blickt mich trotzig an. „Das bin ich ihm schuldig. Immerhin soll er weiter schweigen."

„Und was meinte er?"

„Nun ja", er zögert.

„Erst war er ziemlich sauer auf Thorben", meint Florian. „Deshalb haben wir ihm die Situation lang und breit erklärt. Zuletzt hat er wohl verstanden, worum es uns geht. Ich habe ihm auch gesagt, dass du, falls wir keinerlei Hinweise, die unseren Verdacht erhärten, finden, dich stellen willst, dass wir aber noch etwas Zeit brauchen."

„Übrigens hat Georg gar nicht gewusst, dass Papa ermordet wurde", ergänzt Thorben. „Zuerst hat er natürlich versucht, uns zu überzeugen, dass die Polizei es schon richten wird und wir auf ihre Arbeit vertrauen sollen. Sein Schwager ist übrigens wirklich bei der Kripo. Er hat uns angeboten, einmal mit ihm zu sprechen. Bisher hat dieser nämlich nichts über den Fall verlauten lassen. Ich ..."

„Georg sagt auch, das wäre normal", unterbricht ihn Florian. „Er redet nie mit Außenstehenden über seine Arbeit."

„Wir haben auf ihn eingeredet, wie auf einen Kranken, der einer lebensnotwendigen Operation nicht zustimmen will", fährt Thorben fort, ohne auf den Einwand seines Bruders einzugehen. „Schließlich hat er uns versprochen, nichts zu unternehmen und uns weitermachen zu lassen. Das Einzige, was er verlangt hat, ist, dass wir ihn bitte aus allem heraushalten sollen, falls die Polizei deinen Aufenthaltsort irgendwie erfährt."

„Selbstverständlich." Ich bin total erleichtert, wieder ein kleiner Aufschub.

„Ich war auch ziemlich erfolgreich", Florian strahlt mich geradezu an. „Tante Hilde hat gestern noch mit Onkel Herbert gesprochen. Ich denke, er wird ihr nicht alles erzählt haben, was in eurem Scheidungskrieg vorgefallen ist, aber genug, dass sie ein wahnsinnig schlechtes Gewissen dir gegenüber hat. Nun will sie uns helfen, die Wahrheit herauszufinden."

Ich fahre alarmiert hoch. „Du hast sie komplett eingeweiht?"

„Natürlich nicht", er hebt abwehrend die Hand. „Ich habe weiterhin so getan, als wärest du nicht hier und sie hat diese Aussage akzeptiert, obwohl ihr bestimmt klar ist, dass du dich zumindest vor der Durchsuchung in Omas Haus aufgehalten hast. Es ging bei unserem Gespräch hauptsächlich um unseren Verdacht Papas Tod betreffend. Dabei habe ich die ganze Geschichte so aufgezogen, als wären Thorben und ich ganz allein darauf gekommen, kurz nachdem die Polizei angefangen hat, dich ins Visier zu nehmen."

„Wie steht sie dazu?" Ich kann mir nicht vorstellen, dass sie ihre Schwester für fähig hält, einen Mord zu verüben.

„Eigentlich war sie anfangs eher verblüfft als geschockt, dass wir auf eine derartige Idee verfallen sind. Je mehr ich ihr an Fakten gab, die unsere Vermutung untermauern, desto weniger abwegig erschien es ihr. Zum Schluss war sie zumindest bereit, in Erwägung zu ziehen, dass wir recht haben könnten. Sie will nun Onkel Herbert noch einmal befragen. Sie glaubt zwar nicht, dass Oma ihn in irgendeiner Form eingeweiht hat, vermutet aber, dass diese ihm, falls wir richtig liegen, Papiere anvertraut hat, die unseren Verdacht bestätigen könnten. Denn sie ist auch der Meinung, dass, wenn Oma es wirklich war, sie ihren Sohn um jeden Preis schützen würde."

„Und diese wichtigen Unterlagen würde sie natürlich niemand anderem als Onkel Herbert anvertrauen", ergänze ich. Langsam scheinen wir vorwärtszukommen. Wer weiß, vielleicht haben wir den Fall morgen schon endgültig geklärt.

„Andererseits müsste er dann Bescheid wissen", wirft Thorben ein. „Immerhin ist Oma seit fast zwei Monaten tot. Er hat ihre Hinterlassenschaften also längst geordnet."

„Es muss irgendwo Anhaltspunkte geben", Florian bleibt zuversichtlich. „Und wir werden sie finden."

„Apropos finden", Thorben seufzt. „Du kannst dir bestimmt vorstellen, wie viel Arbeit es war, die gesamte Küche auf den Kopf zu stellen. Und ich habe noch nicht einmal den kleinsten Hinweis entdeckt. Morgen werde ich mir die restlichen Kartons vornehmen, du weißt schon, die mit dem guten Geschirr."

„Wir haben den Dachboden ganz vergessen", fällt mir ein. „Oder seid ihr schon oben gewesen?"

Die beiden ziehen lange Gesichter. „Nein", stöhnt Florian, „natürlich nicht. Werden wir ihn wohl oder übel morgen inspizieren müssen."

„Ach, was soll's. Dafür ist später noch genug Zeit." Langsam denke ich, dass diese ganze Sucherei eine völlig blöde Idee war. Wenn Marlies wirklich einen Hinweis hinterlassen hat – und das musste sie, um Martin zu schützen – wird sie ihn bestimmt nicht so versteckt haben, dass er kaum zu finden ist.

Schweigend sitzen wir da, jeder ist mit seinen eigenen Gedanken beschäftigt. Bei mir will schon wieder die Hoffnungslosigkeit Oberhand gewinnen. Es kostet mich viel Mühe, es meinen Söhnen nicht zu zeigen.

Schließlich sieht Thorben auf die Uhr. „Wir müssen los, gleich ruft Ann an."

„Bestell ihr einen schönen Gruß", sage ich automatisch.

„Lieber nicht", Florian schüttelt den Kopf, „wo wir doch angeblich gar nicht wissen, wo du dich aufhältst und keinen Kontakt mit dir haben."

„Meinst du, die Polizei hört Omas Telefon ab?" Der Unglaube steht mir ins Gesicht geschrieben.

Er zuckt die Schultern. „Vermutlich nicht, aber wir müssen unser Glück nicht versuchen."

„Ich berichte ihr jeden Tag, was wir unternommen haben", erklärt Thorben, „sie leidet mit dir."

Ann ist wirklich die ideale Schwiegertochter, ich hoffe nur, dass ich an dem Glück der beiden teilhaben kann. „Was ist mit deiner Miriam?", frage ich Florian. „Will sie dich nicht besuchen kommen?"

„Wir haben uns getrennt", erwidert er.

Das ist wieder typisch! Im Gegensatz zu seinem Bruder spricht er kaum über seine Herzensangelegenheiten. Während Thorben jedes Mal ins Schwärmen gerät, wenn das Gespräch auf Ann kommt, und er mir oft und ausdauernd von ihr erzählt, erfahre ich von meinem Ältesten nur das Nötigste aus seinem Leben und auch nur dann, wenn ich gezielt nachfrage.

„Schon lange?"

Prompt verzieht er unwillig das Gesicht. „Kurz vor Papas Tod"; erklärt er knapp.

Thorben hat Mitleid mit mir. „Sie hat ihm die Pistole auf die Brust gesetzt: Entweder sie würden eine richtige Beziehung führen und zusammenziehen oder sie würde ihn verlassen, hat sie gedroht. Nun, du kennst Florian. Daraufhin hat er sich von ihr getrennt."

„Sie war nicht die Richtige." Und das ist alles, was ich von ihm je erfahren werde. Seltsam nur, dass Thorben anscheinend immer im Bilde ist. Die früher oft rivalisierende Geschwisterliebe hat sich wohl endlich zu einer beständigen Freundschaft gewandelt. Ich bin erleichtert und froh, dass sie sich gegenseitig haben. Ute und ich sind ein schönes Beispiel, wie es sein kann. Ich weiß wirklich nicht, was ich ohne meine Schwester gemacht hätte und bin fest entschlossen, ihr all das Gute, was sie mir hat angedeihen lassen, zurückzuzahlen.

Florian hat sich erhoben und klimpert ungeduldig mit den Autoschlüsseln. „Nun komm endlich!", fordert er seinen Bruder auf. „Wir müssen, bevor wir losfahren, die Sachen für Mama aus dem Auto holen."

„Ach ja", Thorben springt auf. „Wir haben dir für heute Abend ein paar Brote gemacht, damit du Georg aus dem Weg gehen kannst. Wir dachten, dass du ihm nicht unbedingt direkt nach unserem Gespräch unter die Augen treten willst." Er lacht. „Hoffentlich sind die Brote nicht mittlerweile tiefgefroren."

Ach meine Jungs!

„Ich rufe gleich Tante Ute wieder an", japst Florian vom schnellen Lauf die Treppe hinunter und wieder hinauf völlig außer Atem und drückt mir ein kleines Päckchen in die Hand. „Onkel Herbert hat mir über Tante Hilde ausrichten lassen, dass er das alte Testament für uns einreichen würde, bin mal gespannt, ob sie fündig geworden ist."

‚Nun, sie brauchte ja nicht großartig zu suchen', denke ich, behalte diesen Kommentar aber wohlweislich für mich. Stattdessen umarme ich ihn zum Abschied kurz. „Ich bin wirklich froh, dass ich euch habe."

Er gibt mir tatsächlich einen Kuss auf die Wange. „Ist doch selbstverständlich, dass wir dir helfen", murmelt er, „du tust dasselbe schließlich auch für uns."

Ich kann nichts dafür, kaum ist die Tür hinter ihm ins Schloss gefallen, kommen mir die Tränen. Womit habe ich so viel Liebe nur verdient!

Es dauert lange, bis ich mich beruhige. Bevor ich mich wieder der letzten Kiste widme - eigentlich sollte ich sie mir besser für morgen lassen, sonst sitze ich ohne Beschäftigung hier – wickele ich die mitgebrachte Verpflegung aus. Meine Söhne haben es wirklich gut gemeint. Schon wieder den Tränen nahe, beiße ich in das erste von drei Nutellabroten.

Nach dieser Mahlzeit habe ich die Lust an meiner Arbeit völlig verloren. Ohne den Karton eines Blickes zu würdigen, kringele ich mich auf dem Bett zusammen. Ich könnte ein bisschen lesen, an Büchern mangelt es mir dank Marlies nicht.

Obwohl die Story ziemlich spannend ist, kann ich mich nicht richtig darauf konzentrieren. Immer wieder ertappe ich mich dabei, wie meine Gedanken abschweifen. Die gepackten Kisten erinnern mich an die letzte Zeit in unserer alten Wohnung, als ich sehnsüchtig darauf wartete, mein bisheriges Leben endlich hinter mir zu lassen.

36

Die nächsten Wochen zogen sich quälend langsam hin. Mit Feuereifer hatte ich mich in die Arbeit gestürzt und war innerhalb von zehn Tagen bereit zum Umzug. Alles, was ich entbehren konnte, war verpackt, jetzt konnte ich nur noch warten.

Martin hatte sich in der Zwischenzeit nur einmal telefonisch gemeldet, dass er demnächst mit einem Freund vorbeikommen wolle, um die ihm zugesprochenen Möbel zu holen. Das war vor zwei Wochen gewesen, bisher war er jedoch nicht aufgetaucht. Aber meine Schwester hatte in der Zwischenzeit die Räume meiner neuen Wohnung vermessen und mir den Plan zugeschickt, damit ich mir über die Aufteilung meines Hab und Guts Gedanken machen konnte.

Also hatte ich damit begonnen, Maßstab getreue Papierstückchen zurechtzuschneiden und sie auf dem Papier hin und her zu schieben, bis ich die bestmöglichste Ausnutzung des verfügbaren Raumes erreichte. Die Küche war schnell eingerichtet: Die mir gebliebenen Schränke und die Elektrogeräte passten perfekt hinein, den Kieferntisch und die zwei Stühle konnte ich auch stellen. Den Wohn-, Schlafbereich zu gestalten war wesentlich komplizierter. Ich besaß das Bett, das wir nach Florians Auszug in sein ehemaliges Zimmer gestellt hatten, damit er, wenn er uns besuchte, darauf schlafen konnte. Dazu kamen der Dielenschrank, den ich als Kleiderschrank benutzen wollte, und das eine der beiden Bücherregale.

Das Bett konnte ich tagsüber als Couch benutzen, Martin hatte damals extra eine passende Schublade dazu gekauft, in die die Bettwäsche passte. Wenn ich eine hübsche Decke über die Matratze legte und zwei dicke Kissen darauf platzierte, ergab das eine bequeme Sitzgelegenheit. Einen dazu passenden kleinen Tisch hatte ich bei eBay entdeckt und Friedhelm gebeten, für mich mitzubieten. Desweiteren war Florian auf die Idee gekommen, an der Uni einen Aushang zu machen, auf dem er einen günstigen Computertisch und einen Bürostuhl suchte. Daraufhin konnte er sich sogar unter mehreren Angeboten das Beste für mich aussuchen. Er würde seine Errungenschaften mitbringen, wenn er kam, um beim Umzug zu helfen.

Alles, was ich noch benötigte, war ein einigermaßen geräumiger Wohnzimmerschrank, in dem ich die restliche Kleidung und Wäsche, meine Papiere, Gläser und Vasen und sonstigen Kleinkram unterbringen konnte. Das Problem war nur, dass ich zwar immer noch vier Wochen Zeit hatte, aber keine Möglichkeit, meinen Kauf persönlich abzuholen. Schließlich nach mehrmaligem Messen und Rücken meiner Papiermöbel entschied ich mich, unsere alte Anbauwand zu behalten. Sie verfügte über so viel Stauraum, dass sich mein gesamtes Habe mühelos darin unterbringen ließ. Bisher war niemand bereit gewesen, den stolzen Preis, den ich dafür verlangte, zu bezahlen. Der Schrank war massiv, erst wenige Jahre alt und hatte damals eine exorbitante Summe gekostet, daher war ich nicht willens, ihn weit unter Wert zu verkaufen. Außerdem passte er mit seiner schlichten, zeitlosen Eleganz in fast jede Wohnung, sodass es in Hamburg wahrscheinlich ein Leichtes sein würde, einen Interessenten zu finden.

Seltsamerweise hatte ich mehrere Angebote nur die Essgruppe samt Anrichte betreffend erhalten. Eines davon würde ich annehmen und wäre damit immerhin um tausend Euro reicher. Gesagt getan. Ich machte mit den potentiellen Käufern einen Termin. Schon die ersten akzeptierten meinen Preis auf Anhieb. Ich klopfte mir in Gedanken selbst auf die Schulter. Langsam wurde ich immer besser in diesen Verkaufsgesprächen. Hatte ich anfangs noch große Schwierigkeiten gehabt, fremden Leuten meine Möbel vorzuführen und mich nicht zu weit herunterhandeln zu lassen, stand ich dem Ganzen nun mit einem Gleichmut gegenüber, der sich anscheinend positiv auswirkte.

Dabei war es nicht so, dass ich die Sachen nicht loswerden wollte. Allerdings gab mir das Geld, das ich mittlerweile durch die Verkäufe im Rücken hatte, genügend Selbstvertrauen, nicht mehr jedes Angebot akzeptieren zu müssen. Und noch hatte ich etwas Zeit bis zu meinem Umzug. Ich musste nichts übers Knie brechen.

Genau zu dem Zeitpunkt, als die Möbel abgeholt wurden, traf Martin mit seinem Freund ein. Ich stand in der Haustür und hielt sie auf, während die Käufer den großen Tisch hinausbugsierten, da stand er unvermittelt hinter mir.

„Aha, ich komme anscheinend genau richtig", sagte er aufgeräumt, zwängte sich an mir vorbei und ging weiter in die Wohnung. „Du kannst mir gleich die Hälfte des Erlöses geben."

Bevor ich antworten konnte, lief er bereits von Zimmer zu Zimmer und kontrollierte, was mittlerweile alles verschwunden war.

Tim, sein Freund, stand verlegen im Vorgarten und wartete schweigend, bis die Käufer den letzten Stuhl hinausgetragen hatten.

„Wir wollten eigentlich nur die Gartenmöbel und -geräte abholen, Martin wusste nämlich nicht, ob du überhaupt zu Hause sein würdest", sagte er und wippte nervös auf den Ballen. „Ich fange dann schon mal an, alles einzuladen."

„Halt! Die meisten Sachen sind im Keller!" rief ich hinter ihm her.

Mit hochrotem Gesicht folgte er mir die Treppe hinunter. Die ganze Angelegenheit war ihm sichtlich peinlich.

„Heike! Wo bleibst du denn?", kam Martins Stimme von oben.

Ich stieg langsam die Stufen hinauf, fest entschlossen, mich von ihm nicht unter Druck setzen zu lassen.

„Prima, dass wir dich angetroffen haben. Bleibst du den ganzen Tag hier oder willst du noch weg? Sonst könnte ich gleich als Nächstes anfangen, meine Möbel abzuholen und vielleicht auch Thorbens Zimmer ausräumen. Tim hat den Transporter von der Arbeit ausgeliehen, daher könnte ich das meiste heute mitnehmen."

Eigentlich war ich auf dem Sprung gewesen. Das Katzenfutter reichte nur bis morgen und ich selbst benötigte dringend Waschpulver. Aber meinen Mann hier allein in der Wohnung lassen, wollte ich bestimmt nicht.

„Nein, du kannst dir Zeit lassen, ich bin zu Hause", sagte ich deshalb.

Kaum war er ebenfalls im Keller verschwunden, begann ich gleich damit, seine Kartons - natürlich hatte ich mittlerweile auch all seinen Kram fein säuberlich in Kisten verstaut, obwohl ich dafür noch dreimal in diversen Geschäften Nachschub holen musste – aus den einzelnen Zimmern in die Diele zu schleppen. Er sollte gar nicht erst auf die Idee kommen, in meinen Paketen nachzuschauen, ob ich nicht das ein oder andere unredlich an die Seite gebracht hatte. Was ich tatsächlich auch nicht getan hatte, ich war beim Einpacken genau nach unserer Liste gegangen. Nur wusste ich bei Martin nicht mehr, inwieweit ich mit ihm klarkommen würde. Ein falsches Wort und er rastete vielleicht erneut aus. Das wollte ich mir ersparen.

Die beiden Männer waren den ganzen Tag beschäftigt, räumten erst den kompletten Keller und das Gartenhäuschen leer und brachten anschließend den Inhalt von Thorbens Zimmer in das Haus von Martins Mutter. Sie hatte sich bereit erklärt, seine Möbel unterzustellen, bis er aus Amerika zurück war. Wie es dann weitergehen sollte, musste er selbst entscheiden.

Danach begann mein Mann, die Lampen abzunehmen, während Tim das Arbeitszimmer bis auf das Bett ausräumte und die von mir gefüllten

Kartons im Auto verstaute. Zuletzt erinnerte ich ihn noch an das Bücherregal im Wohnzimmer, das ihm zu stand.

„Das war's dann wohl", meinte ich, als er anschließend noch einmal zurückkam. „Oder legst du doch Wert auf die Gardinen oder einige der Blumen?"

„Nee, die kannst du behalten", gab er sich großzügig. „Ich wollte nur wissen, wann du umziehst."

„Nächsten Samstag."

„Gibst du mir deine neue Adresse?"

„Wozu?"

„Na ja", er wirkte tatsächlich beleidigt. „Falls ich dich wegen irgendetwas Wichtigem erreichen muss."

„Du kannst dich an meinen Anwalt oder die Kinder wenden." Ich machte Anstalten die Tür zu schließen. Was erwartete er eigentlich? Etwas eine rührselige Abschiedsszene?

„Was ist mit meinem Geld?"

„Wie bitte?" Mist, ich dachte, er hätte es vergessen. „Welches Geld?"

„Wie ich gesehen habe, hast du das Schlafzimmer, die Couch, den Berber, die Essecke und die Anrichte verkauft", zählte er auf.

‚Und diverse Küchenschränke und die Gefriertruhe' ergänzte ich in Gedanken, hütete mich aber, es laut auszusprechen. Warum ihn noch zusätzlich anstacheln?

„Also zahle mir bitte meinen Anteil daran aus."

„Nein, Martin", sagte ich so ruhig wie möglich. „Dadurch, dass du den Fernseher, die Stereoanlage und deine Sammlungen mitgenommen hast, bin ich diejenige, die von dir Geld zu fordern hat. Diese Dinge haben einen viel höheren Wert, als das, was ich verkauft habe. Das heißt, du schuldest mir meinen Anteil daran, abzüglich der dreitausend Euro, die ich eingenommen habe."

Augenblicklich ging er hoch. „Du weißt ganz genau, dass ich nicht gewillt bin, mich von diesen Dingen zu trennen!", brüllte er mich an, dass Tim, der draußen neben dem Transporter stand, unbehaglich zwei Schritte zur Seite trat.

„Keiner zwingt dich dazu." Ich bemühte mich, nicht vor ihm zurückzuschrecken, obwohl sich das übliche mulmige Gefühl in meiner Magengegend ausbreitete, wie immer, wenn er dermaßen außer sich geriet. Früher hatte ich normalerweise kurzerhand das Zimmer verlassen und mich unauffindbar gemacht, bis er sich wieder beruhigt hatte. Aber dieses Mal musste ich den Kampf durchstehen.

„Niemand verlangt von dir, dass du deine Sachen verkaufst", erklärte ich so ruhig wie möglich. „Allerdings musst du sie dir als deinen Anteil an unserem gemeinsamen Vermögen anrechnen lassen."

„Die Uhren und die Stereoanlage habe ich von dem, was mir monatlich an eigenem Geld zusteht, bezahlt", zischte er hochrot im Gesicht. „Sie gehören mir bereits."

Wenn ich nicht soviel Angst gehabt hätte, dass er mir gleich an die Gurgel springt, hätte ich lauthals gelacht. „Das wird besser vor Gericht entschieden", sagte ich deshalb nur. „Bis dahin halte ich es wie du", bei diesen Worten trat ich vorsichtshalber einen Schritt zurück, dass ich die Tür sofort schließen konnte, wenn er Anstalten machte, sich auf mich zu stürzen. „Ich behalte das, von dem ich überzeugt bin, das es mir zusteht."

Er rang nach Luft. „Du Miststück", brachte er endlich hervor. „Was bin ich froh, wenn ich dich nicht mehr zu sehen brauche!" Mit vor Wut verzerrtem Gesicht drehte er sich auf dem Absatz um und stürmte zu dem wartenden Transporter, ohne sich auch nur die Mühe zu machen, den Keil aus der offen stehenden Haustür zu nehmen.

Mit wackeligen Knien und jagendem Puls lehnte ich mich an den Türrahmen und wartete, bis das Auto aus meiner Sicht verschwunden war. Erst dann traute ich mich aus dem sicheren Schutz meiner Wohnung, um sie zu schließen.

Da es bereits dunkelte und ich nur noch im Wohnzimmer die Stehlampe zur Verfügung hatte – trotz meiner Bitte sie noch hängen zu lassen, war unbemerkt von mir sogar die Deckenleuchte in der Küche verschwunden - dauerte es bis zum nächsten Morgen, bis ich entdeckte, dass sich die Bilder nach wie vor an den Wänden befanden. Nach all der Arbeit unseren Haushalt allein aufzulösen, hatte ich nicht eingesehen, dass ich sie ihm abholbereit verpacken sollte. Gestern war Tim extra noch einmal losgefahren, um Luftpolsterfolie zu holen, die ich säuberlich aufgestapelt im Arbeitszimmer fand. Hoffentlich kam Martin nicht auf die Idee, heute erneut vorbeizukommen. Meine Kraftreserven waren verbraucht, ich scheute vor einem weiteren Streit zurück.

„Du kannst die Bilder erst am Samstag holen", log ich ihm deshalb vor, als er zwei Stunden später anrief. „Ich werde gleich abgeholt, da ich die neue Wohnung renovieren will, und weiß noch nicht, wann ich zurück bin."

Er war sofort damit einverstanden, wie es schien, hatte er auch keine Lust, mir so schnell wieder zu begegnen.

So verbrachte ich die letzte Woche in meinem alten Zuhause ruhig und ohne Aufregung, das heißt, mir war todlangweilig und der Abschiedsschmerz nagte an mir. Mir war, als hätte ich meine letzte Zuflucht aufgegeben. Das Haus, der Garten, ja selbst die Kleinstadtatmosphäre, die mich früher oft gestört hatte – all das würde ich schmerzlich vermissen. Und meine armen Katzen! Konnte meine Gegenwart sie über den Verlust dieser Umgebung und – vor allem für Mirko – den fehlenden Freilauf hinwegtrösten?

Ich glaube, hätte ich nicht die abendlichen Gespräche mit meiner Schwester gehabt, ich wäre echt verzweifelt. Sie tröstete mich und richtete meine Augen auf die Zukunft. Ihr Spruch, ,es ist, wie es ist, damit musst du dich abfinden' wurde zu meinem Mantra. Trotzdem weinte ich mich jeden Abend in den Schlaf und bekam jedes Mal feuchte Augen, wenn ich Mirko morgens die Tür öffnete und er mir mauzend von seinen Abenteuern erzählte. Es war so verdammt schwer, alles aufzugeben!

Das Einzige, was mich tagsüber weiterhin auf Trab hielt, war das Telefon. Anscheinend wussten sämtliche unserer Bekannten, dass ich zum Wochenende ausziehen würde, und nutzten die Gelegenheit, sich von mir zu verabschieden, was im Prinzip schon mehr war, als ich überhaupt erwartet hatte. Allerdings kam mir ihre mitfühlende Freundlichkeit reichlich gespielt vor und ich vermutete, dass sie nur darauf aus waren, von mir pikante Einzelheiten unserer Trennung zu erfahren. Seit Martins Auszug hatten sie sich nicht einmal mehr bei mir gemeldet. Deshalb reagierte ich auf diese Anrufe ziemlich kühl und fertigte die ehemaligen Freunde kurz und knapp ab.

Viel schwerer dagegen gestaltete sich der Abschied von meinen Stationen in der Kinderklinik und im Hospiz. Zwar war ich in den letzten Monaten nur noch selten dort aufgetaucht - mir ging es einfach zu schlecht, als dass ich Anteilnahme und Zuversicht hätte verbreiten können – trotzdem war es nicht leicht, etwas, das man mit Freude und Engagement getan hatte, aufzugeben. Vor allem jedoch trauerte ich im Nachhinein dieser verpassten Gelegenheit nach. Warum hatte ich mir bloß nicht zugetraut, die eigentlich nur verschobene Ausbildung doch durchzuziehen? Irgendwie wäre es mir gelungen, davon war ich jetzt auf einmal felsenfest überzeugt. Aber ich Idiot war natürlich der Meinung gewesen, allein nicht klarkommen zu können und hatte noch nicht einmal versucht, diesen Weg zu gehen! Jetzt war es leider zu spät.

37

Ich habe mich entschieden, am nächsten Morgen wie gewohnt in die Küche zu gehen. Noch länger kann ich das Gespräch mit Georg nicht aufschieben. Gerade als ich mir die erste Tasse Kaffee eingieße, höre ich die Dielentür klappen.

„Guten Morgen!", rufe ich, damit er auch ja hereinkommt. Jetzt, da ich diesen Entschluss gefasst habe, möchte ich es rasch hinter mich bringen.

Ohne mich direkt anzuschauen, setzt er sich mir gegenüber an den Tisch. Er ist sichtlich nervös und weiß nicht, wie er beginnen soll.

Mir geht es nicht viel besser, aber ich will diese Aussprache. Deshalb beginne ich, einfach drauflos zu reden. „Du hast gestern ja schon mit Thorben und Florian gesprochen und ich bin sicher, dass sie dir alles Relevante erzählt haben. Trotzdem möchte ich eins klarstellen; ich verstecke mich nur so lange, wie die Möglichkeit besteht, dass wir in den Hinterlassenschaften meines Mannes oder meiner Schwiegermutter einen Hinweis finden können. Haben wir alles durchsucht und das Geheimnis trotzdem nicht gelüftet, werde ich mich stellen."

Er rutscht unbehaglich auf seinem Stuhl hin und her und kann mir immer noch nicht in die Augen schauen. Ich darf nicht vergessen, wie jung er ist, er ist mit dieser Situation überfordert. „Wenn du möchtest, verlasse ich gleich dein Haus", sage ich leise.

„Nein!" endlich schaut er hoch. „Wohin solltest du denn gehen?"

„Ich werde in irgendeiner Pension unterkommen", ich versuche, meinen Tonfall leicht und unverbindlich zu halten. „Ich bin ja wohl bisher nicht zur Fahndung ausgeschrieben."

Er lacht unbehaglich auf. „Bist du denn sicher, dass sie dich wirklich verdächtigen?"

„Keine Ahnung." Na ja, immerhin hatten die Beamten einen Durchsuchungsbeschluss, den bekommt man bestimmt nicht auf blauen Dunst.

„Vielleicht habt ihr die Polizisten falsch verstanden", er wird lebhafter. „Ich musste, seitdem

Thorben mir alles erzählt hat, immer wieder daran denken. Ist es nicht wahrscheinlicher, dass sie von dir Informationen wollten, deine Schwiegermutter und deinen Mann betreffend? Schließlich haben sie ihr Haus durchsucht und nicht deine Wohnung."

Hm, aus der Sicht habe ich das Ganze noch gar nicht durchdacht. Ich lasse mir seine Argumente durch den Kopf gehen. Nein, dann hätten die Beamten zumindest Thorben, Florian und Onkel Herbert zielgerichteter befragt. Stattdessen ging es nur um mich. Und schließlich wurden auch Ute und selbst meine Mutter vernommen und meine Nachbarin ebenfalls. Sie sehen in mir den Täter, hundertprozentig.

„Ich glaube, sie haben viel zu wenig Hintergrundinformationen gesammelt, um einen Verdacht gegen meine Schwiegermutter zu haben", sage ich ehrlich. „Es mag sein, dass sie mich als Zeugen vernehmen und nicht verhaften wollten, aber ich bin mir nicht sicher. Und da ich wirklich nichts getan habe, will ich das Risiko nicht eingehen, verstehst du?" Bei meinen letzten Worten habe ich mich vorgebeugt und sehe ihn eindringlich an. „Es ist kein Spiel, ich fühle mich zu Unrecht beschuldigt."

„Trotzdem fände ich es besser, wenn du mit meinem Schwager sprechen würdest. Ihr drei könntet ihm von eurem Verdacht berichten."

Er ist schon fast auf meiner Seite, ich kann es spüren. Zumindest glaubt er mir. „Was wir bisher haben, sind Vermutungen, keine Fakten. Es hört sich logisch an und ich denke auch, dass wir richtig liegen – nur beweisen können wir es nicht."

„Gerade deshalb solltet ihr zu Polizei gehen. Sie hat viel mehr Möglichkeiten, die Wahrheit herauszubekommen."

„Ich habe Angst, dass sie sich auf mich als Täter versteift haben", bekenne ich. „Und ich habe Angst, dass sie mich bis zur endgültigen Klärung des Falles ins Untersuchungsgefängnis stecken." Dass ich genauso viel Angst davor habe, dass sie, die mich in meinen Augen als Täter betrachten, ihre Ermittlungen einstellen, beziehungsweise nur noch auf mich gerichtet ablaufen lassen, wenn sie mich erst einmal verhaftet haben, behalte ich lieber für mich.

„Ich kann mir nicht vorstellen, dass die Polizei dich gleich einsperrt."

„Bist du sicher?"

Er zögert mit der Antwort. „Genaues weiß ich nicht, ich müsste meinen Schwager fragen", gibt er schließlich zu.

„Siehst du, und da beißt sich die Katze selbst in den Schwanz", gebe ich zurück. „Wir haben oft genug darüber geredet, Thorben, Florian und ich. Wir sehen keinen anderen Weg."

„Wie lange braucht ihr noch, bis ihr alles gesichtet habt?", fragt er.

Er hat kapituliert. Eigentlich hätte ich jubeln können, aber in meinem Mund bildet sich eher ein schaler Nachgeschmack. Ich will ihn nicht

ausnutzen und ihm genauso wenig schaden. Entschlossen stehe ich auf.
„Ich glaube, ich ziehe lieber doch aus. Ich rufe gleich Florian an, dass er
mich abholt."

Er springt ebenfalls hoch. „Nein, so war das nicht gemeint."

„Ich will dich nicht in Schwierigkeiten bringen. Es ist schon schlimm
genug, dass ich meine Söhne da mit reingezogen habe." Ich entziehe
mich ihm, als er Anstalten macht, mich festzuhalten.

„Mist! Du hast mich völlig falsch verstanden." Flink, wie ich es ihm
niemals zugetraut hätte, ist er an mir vorbei und versperrt die Küchentür. „Ich bin überzeugt, dass du nichts mit dem Tod deines Mannes zu
tun hast, ich will dir bloß helfen."

„Und ich möchte nicht, dass du in Schwierigkeiten gerätst." Es ist mein
voller Ernst. Ich habe ihn ausgenutzt, mir, ohne über die Konsequen-
zen nachzudenken, einen sicheren Hafen geschaffen. Ich kann ihn
nicht länger mit meiner Gegenwart belasten.

„Werde ich nicht", er weicht keinen Zentimeter. „Wenn sie dich wirklich hier finden sollten – was ich mir kaum vorstellen kann – bleiben
wir einfach bei der Geschichte, die Thorben mir aufgetischt hat: Das
Haus deiner Schwiegermutter ist fast leer geräumt und die Heizung
funktioniert nicht richtig. Deshalb habe ich der Mutter meines Freundes Obdach gewährt." Er grinst verschmitzt: „In der hiesigen Zeitung
läuft keine Fahndung nach dir. Wie hätte ich denn da auf die Idee
kommen sollen, dass du eines Mordes verdächtigt wirst?"

Er setzt eine wahre Unschuldsmiene auf und ich muss lachen. „Na
gut", gebe ich mich geschlagen, „ich bleibe. Es kann sich eh nur noch
um ein, zwei Tage handeln."

„Gut, Silke kommt erst zum Wochenende zurück, bis dahin bin ich
anständig versorgt."

Er ist wirklich ein lieber Kerl. „Soll ich heute für dich kochen?", nehme
ich den Themenwechsel dankbar auf.

„Nichts anderes habe ich erwartet", erklärt er sich selbstzufrieden ge-
bend und kommt wieder in die Küche hinein. „Komm! Ich zeige dir,
was wir zur Auswahl haben."

Der Keller ist riesig, genauso wie die vier Gefriertruhen, die nebeneinander an der längsten Wand stehen.

„Wir schlachten auch", sagt Georg, als er mein erstauntes Gesicht sieht.
„Anscheinend vergisst du immer wieder, dass du dich auf einem Bau-
ernhof befindest. Hier", er deutet auf die ganz linke Truhe, „findest du
Gemüse, in den drei anderen ist Fleisch. Meine Mutter hat alles be-

schriftet, such dir aus, was du magst. Und hier", er zieht mich hinter sich her zu einer weiteren Tür, „lagern die Kartoffeln."

Wahnsinn! Noch nie habe ich eine derartige Menge auf einem Haufen gesehen. Ich stehe vor einem riesigen Berg von Kartoffeln.

Statt mich meinem Schicksal zu überlassen, hilft mir Georg dann doch, etwas für ein passendes Mittagessen auszusuchen. Wir entscheiden uns für Möhren und Kalbsschnitzel. Ich kann nur hoffen, dass er mit meinen Kochkünsten zufrieden ist.

Der restliche Vormittag vergeht wie im Flug. Nachdem Georg seinen Papierkram erledigt hat und ich mich mit der Küche vertraut gemacht und alles für das Mittagessen vorbereitet habe, zeigt er mir das Haus und die Stallungen.

Unten befinden sich das Wohn- und Schlafzimmer seiner Eltern und ein kleiner separater Raum, der als Büro genutzt wird und erstaunlich aufgeräumt ist. Darüber haben er und Silke ihr Reich. Wie schon an seinem ehemaligen Zimmer erkennbar, steht er im Gegensatz zu seinen Eltern, die im Landhausstil eingerichtet sind, auf Moderneres. Das Wohnzimmer mit seinen hellen Buchenholzmöbeln, die apricotfarbene Mikrofasergarnitur und die Essgruppe aus Chrom und Glas fügen sich zu einem harmonischen Ganzen zusammen. Dazu ist die ordnende Hand einer Frau deutlich zu spüren. Die Vorhänge an den Fenstern sind farblich genau mit den beiden Teppichen und den Sofakissen abgestimmt, überall stehen kleine Vasen mit Trockenblumen.

„Silke ist Floristin", erklärt Georg stolz, nachdem ich die perfekten, kleinen Gebinde bewundert habe. „Sie will, wenn unsere Kinder einmal aus dem Gröbsten heraus sind, einen kleinen Laden hier auf dem Hof aufmachen." Er ist rot geworden.

„An wie viele hattet ihr denn gedacht?"

Seine Röte vertieft sich. „Mindestens zwei, aber eigentlich lieber das Doppelte."

„Da habt ihr euch ja einiges vorgenommen." Ich tätschle seinen Arm und komme mir plötzlich uralt vor. „Aber genug Platz habt ihr ja."

Nach dieser Aussage fühlt er sich bemüßigt, mir die drei kleinen Zimmer zu zeigen, die den späteren Nachwuchs beherbergen sollen. Zwei sind mit allerlei Gerümpel vollgestellt, das letzte ist komplett leer und mit einer Plane ausgelegt. Farbeimer stehen auf dem Boden und an der Wand lehnen Tapeten mit lustigem Bärchenmuster.

„Silke wollte nicht, dass ich ohne sie anfange", ein verklärtes Lächeln liegt auf seinem Gesicht. „Dabei darf sie allerhöchstens zugucken. Ich lasse sie nicht mehr auf die Leiter."

„Wann ist es denn so weit?"

„Im Mai erst", er seufzt, „das dauert noch ewig."

Ich verkneife mir jeden weiteren Kommentar. Bis jetzt kenne ich Silke nur aus seinen Erzählungen, trotzdem kann ich mir nicht vorstellen, dass sie sich von ihm großartig einschränken lässt. „Und im Moment hilft sie ihrer Schwester?"

„Bei Hannah musste die Gallenblase entfernt werden und Silke hat sich in der Zeit um die beiden Kleinen gekümmert, mein Schwager ist nämlich nicht gerade der ideale Hausmann." Er seufzt erneut. „Heute kommt sie aus dem Krankenhaus, muss sich aber noch ein paar Tage schonen. Deshalb bleibt Silke bis mindestens Donnerstag bei ihr."

Tja, was soll ich darauf sagen? Der arme Mann, endlich hat er einmal sturmfreie Bude und dann so etwas. „Und wie lange bleiben deine Eltern?", erkundige ich mich mitfühlend.

„Es ist nicht, wie du denkst!"

Komisch, ich hatte gedacht noch röter könne er nicht werden. Ich merke, dass ich selbst rot anlaufe.

„Silke kommt mit meinen Eltern gut zurecht und wir führen unser eigenes Leben."

Trotzdem ist echte Zweisamkeit auch nicht schlecht, denke ich, sage aber lieber nichts mehr. Georg zeigt mir noch schnell das geräumige Badezimmer mit Dusche und Badewanne, dann geht es weiter zu den Ställen.

Ich bin im wahrsten Sinne des Wortes geplättet, nachdem wir unseren Rundgang beendet haben und wieder in der Küche sind. Der Viehbestand ist wesentlich größer, als ich mir das vorgestellt hatte und der Fuhrpark an landwirtschaftlichen Maschinen beachtlich.

„Ihr seid ja richtige Großbauern", stelle ich fest, während ich für uns die Kartoffeln schäle. Georg hat, kaum dass wir zurück waren, meine beiden Söhne angerufen und zum Essen eingeladen. Sie wollen in ungefähr einer Stunde hier sein, daher muss ich mich sputen.

„Wir kommen gut zurecht, besonders seitdem wir die Feriengäste haben."

Ich kann den Stolz in seiner Stimme hören und der ist auch berechtigt. Der ganze Hof macht einen sauberen, gepflegten Eindruck, die Gästewohnungen sind relativ groß und sehr behaglich eingerichtet, die Tiere wirken gesund und zufrieden. Besonders die beiden kleineren Ponys Max und Moritz haben es mir angetan. Sie durften für eine Weile auf die Koppel und ich habe sie zusammen mit Georg hinausgebracht. Das dritte Pony ist zurzeit erkältet und macht ihm ziemliche Sorgen, sodass er heute nicht zu Silke fährt. Dafür hat er ihr am Wochenende Toby dagelassen. Der Mischling ist eigentlich Silkes Hund und die beiden hatten sich gegenseitig vermisst. Ich kann das aus tiefstem Herzen nachvollziehen, besonders Topsy fehlt mir.

Daher ist meine Freude riesig, als Thorben mit dem Katzenkörbchen in der Hand auftaucht. „Sie mauzt die ganze Zeit so kläglich, ich dachte mir, dass sie bei dir besser aufgehoben ist."

Sie streicht mir um die Beine und ich nehme sie hoch und presse mein Gesicht in ihr weiches Fell. Woran liegt es nur, dass Tiere so gut Trost spenden können?

„Mirko geht es gut", berichtet Florian. Er hat sich schon niedergelassen und beäugt heißhungrig die Töpfe. „Wir bekommen ihn kaum zu Gesicht. Entweder tobt er draußen herum oder er schläft erschöpft von seinen Abenteuern in deinem Bett."

„Und sonst?" Mit Topsy auf dem Schoß versuche ich, das Essen zu verteilen.

„Lass, ich nehme mir selbst", wehrt Florian ab und wirft seinem Bruder einen aufmunternden Blick zu.

„Wir haben nichts gefunden", berichtet dieser und sieht dabei nicht von seinem Teller auf. „Mit der kompletten Wohnung sind wir jetzt fertig, wir haben sogar schon mit dem Dachboden angefangen."

„Morgen ist die Beerdigung", erklärt Florian mit vollem Mund kauend, „da werden wir nicht viel schaffen. Deshalb haben wir dir wieder Kartons mitgebracht, die du durchsehen kannst."

Ich spüre, wie alles in mir zusammenfällt. Die Verzweiflung ist wieder da. Ich glaube nicht mehr, dass wir irgendetwas finden werden.

„Lass uns abwarten, was sich bei Onkel Herbert und Tante Hilde ergeben hat", versucht Thorben mich aufzumuntern. „Sie haben sich noch nicht gemeldet, das heißt, sie sind wohl noch nicht dazu gekommen, die Unterlagen durchzusehen."

„Wenn Onkel Herbert sich wirklich aufgerafft hat, uns zu helfen", brummt Florian, legt mir dann aber tröstend die Hand auf den Arm, „So schnell geben wir nicht auf."

Ich schon. In meinem momentanen Zustand würde ich am liebsten direkt nach dem Hörer greifen und die Polizei anrufen. Einzig die auf meinem Schoß zusammengerollt daliegende Topsy gibt mir durch ihre Anwesenheit zu verstehen, was ich damit riskieren würde.

Also nicke ich resignierend und ziehe mich nach dem Essen mit einer großen Menge an Kisten und Kartons in mein Zimmer zurück, aufgeben kann ich später immer noch.

Während ich krame, sichte und sortiere, wird mir bewusst, dass ich mittlerweile an dem neuen Leben, das ich mir aufgebaut habe, hänge. Es ist nicht einfach und mit Sicherheit in vielen Dingen verbesserungswürdig, aber ich liebe es trotzdem. Und es ist, zumindest was die letzten Jahre anbelangt, eine eindeutige Verbesserung gegenüber dem, das ich mit Martin führte, auch wenn es ein langer Weg gewesen war. Durch die Trennung habe ich eine gehörige Portion Selbstständigkeit erlangt, die ich nicht mehr bereit bin aufzugeben.

Unwillkürlich wandern meine Gedanken zurück zu dem Tag, an dem das neue Leben richtig begonnen hatte.

38

Um neun Uhr fuhr Florian vor, eine halbe Stunde später trafen Friedhelm und meine beiden Neffen Nils und Dennis im Lastwagen ein. Sie hatten ihn bereits gestern Abend abgeholt und waren am Morgen früh losgefahren, deshalb empfing ich sie mit einer Kanne Kaffee und einem Berg belegter Brötchen.

Um elf, mitten im größten Chaos, tauchte Martin auf. Der Einzige, mit dem er ein paar Worte wechselte, war unser Sohn, uns anderen nickte er nur kühl zu und machte sich an die Arbeit, wobei er sich möglichst immer dort aufhielt, wo wir gerade nichts zu tun hatten.

Ich wusste, warum er so sauer war. Gestern musste ihm das Schreiben meines Anwalts zugegangen sein, in dem dieser das sofortige Scheidungsbegehren Martins zurückwies. Herr Rehbach hatte akribisch alle meine Indizien einer aufrechterhaltenen Ehe aufgelistet – nach einigem Nachdenken hatte ich doch noch eine ganze Menge zusammenbekommen. Diese Beweise konnte mein Nochehemann nicht entkräften. Damit war die sofortige Scheidung vom Tisch. Kein Wunder also, dass er vor Wut beinahe platzte.

Dank der Mithilfe der vier Männer – die im Prinzip den Hauptteil der Schlepperei erledigten – war die Wohnung um halb eins leer und besenrein sauber. Nach einer weiteren Stärkung mit Kartoffelsalat und Würstchen verließ ich mit einem Kloß im Hals das Haus, in dem ich die letzten zwanzig Jahre gelebt hatte. Von meiner fröhlichen Erwartung, die mich am Morgen nach dem Aufstehen gepackt hatte, war nichts geblieben, am liebsten hätte ich mich hingesetzt und erst einmal eine Stunde nur geweint.

„Los, Mama!", mahnte Florian, der die Katzenkörbe in seinem Auto verstaute. „Die anderen sind schon losgefahren, wir sollten sehen, dass wir an ihnen dranbleiben."

Während er in halsbrecherischer Fahrt versuchte, Anschluss an seinen Onkel zu bekommen, saß ich niedergeschlagen und mit Tränen in den Augen neben ihm, unfähig zu sprechen oder mich auch nur für die Umgebung zu interessieren.

Auf der Autobahn, wir hielten uns direkt hinter dem Lastwagen, lachte Florian plötzlich auf. „Wunderst du dich nicht, dass Papa so gar keine Anstalten gemacht hat, eine der Miezen für sich zu behalten?"

„Wahrscheinlich weil ihm klar war, dass ich das nicht zulassen würde", antworte ich, nachdem ich mich ausgiebig geräuspert hatte, um den Kloß hinunterschlucken zu können. Es war vorbei, damit musste ich mich abfinden. Ich sollte mich lieber auf all das gute Neue einstellen, das nun auf mich zukam. „Außerdem sind ihm die Katzen in letzter Zeit nur noch aus dem Weg gegangen, wenn er da war. Topsy ist immer gleich unter dem Bett verschwunden und hat sogar gefaucht, als er versucht hat, sich ihr zu nähern."

„Ich denke, es liegt eher daran, dass seine neue Freundin eine Katzenhaarallergie hat", verkündete er kichernd. „Angeblich wollen die beiden sich einen Hund anschaffen."

„Was?" Im Nu war ich wieder auf hundertachtzig. „Hat er das gesagt?" Er warf mir einen schnellen Seitenblick zu. „Versuche es von der komischen Seite zu sehen, Mama. Ich glaube, er steht bei der ziemlich unter dem Pantoffel."

„Das geschieht ihm Recht", pflichtete ich ihm aus tiefster Seele bei.

„Hauptsache ist doch, dass du beide Miezen behalten kannst."

Dem war nichts hinzuzufügen. Martin war für immer aus meinem Leben verschwunden, jeder von uns beiden musste sehen, wie er allein zurechtkam.

Vor der neuen Wohnung wartete bereits meine Schwester auf uns. Kaum standen wir, riss sie die Beifahrertür auf und zerrte mich heraus. „Hier!", sie reichte mir einen Schlüsselbund. „Dem Besitzer gebührt das Recht, als Erster einzutreten."

Der Schlüssel mit dem blauen Ring war für die Haustür, der mit dem roten für die Wohnungstür. Zögernd trat ich ein und – war begeistert. Das Ganze war noch viel schöner, als auf den Fotos, die sie mir geschickt hatte. Hohe, luftige Räume, mindestens drei Meter hoch, dazu dem angepasste, besonders große Fenster mit breiten Marmorbänken, auf denen Topsy sogar alle viere von sich strecken konnte. Wände und Decken waren mit weißer Raufaser beklebt, die Böden mit hellem Laminat ausgelegt. Die Kacheln in der Küche glänzten und auch das Bad, ganz in beige-braun gehalten, wirkte wie frisch renoviert. Was machte es da, dass der Hausflur mit ausgetretenem Linoleum und verkratzen Wänden nicht gerade zum Hereinkommen einlud.

„Wohin damit?", erklang die ungeduldige Stimme meines Schwagers in meinem Rücken. Er und Dennis bugsierten gerade das erste Teil der Schrankwand durch den kleinen Korridor und hatten Mühe, um die Ecke zu kommen.

„An diese Wand", erklärte ich und zeigte auf die circa fünf Meter lange Seitenwand des Wohnzimmers. Ja, hier würde sie gut zur Geltung kommen. Direkt gegenüber auf die rechte Wand würde ich den Dielenschrank platzieren, daneben kam der kleine Computertisch, den Florian mir mitgebracht hatte, daran anschließend folgte das Bücherregal. Die Wand an der Tür wäre der ideale Platz für meine Bettcouch, da hatte ich einen tollen Ausblick in den Innenhof.

Ein leichter Stoß riss mich aus meinen Träumen. „Hopp, hopp, wir müssen den Wagen leer räumen. Ich muss ihn bis acht Uhr zurückbringen."

Abends wankte ich zum ersten Mal seit langer Zeit wieder todmüde ins Bett. Trotzdem lag ich noch lange wach, die unbekannten Geräusche auf der Straße und im Haus ließen mich jedes Mal wieder auffahren. Dafür schlief ich dann wie ein Stein und erst das schrille Geräusch der Klingel weckte mich.

„Ich bin die Vorhut", grinste Dennis, als er mein verquollenes Gesicht und die zerzausten Haare hinter dem schmalen Spalt der geöffneten Tür entdeckte. „Hier", er schwenkte eine große Tasche. „Darin ist dein Frühstück."

Meine Schwester hatte mir eine große Thermoskanne voll Kaffee und zwei fertig belegte Brötchen geschickt. Heißhungrig machte ich mich darüber her. Währenddessen nahm mein Neffe sich die erste Lampe, um sie anzuschließen. „Den Herd verkabele ich später, wenn Papa mit der Spüle fertig ist", verkündete er. „Die anderen kommen in einer halben Stunde nach."

Also musste ich mich beeilen. Nur, wo war der Karton mit den Handtüchern? Mit schmerzenden Muskeln machte ich mich daran, einen nach dem anderen von dem Stapel, den die Männer gebaut hatten, herunterzunehmen und zu durchsuchen.

Ich saß noch mitten im Chaos, als es erneut klingelte.

„Du bist schon fleißig", kommentierte meine Schwester amüsiert das Durcheinander. „Reiß dich bitte einen Moment los, ich kann leider nicht lange bleiben."

Das war mir im Prinzip mehr als Recht, Schränke einräumen ist eine Sache, die ich lieber allein machen wollte. Natürlich versuchte ich, es mir nicht anmerken zu lassen und bekam wohl auch ein einigermaßen betrübtes Gesicht zustande, denn Ute legte mir besänftigend die Hand auf den Arm. „Sonst hätte ich Oma mitbringen müssen, sie ist ganz scharf darauf, dir zu helfen."

Mein entsetzter Aufschrei ging im Gelächter der Familie unter.

„Genau das dachten wir auch", prustete Nils. „Deshalb hat Mama sich geopfert. Sie fährt mit ihr und Anna in den Zoo."

„Vorher wollte ich dir aber dein Geburtstagsgeschenk geben", Ute zwinkerte mir zu. „Es war etwas zu schwer, um es dir zu schicken."

Mein Wiegenfest lag fast drei Wochen zurück. Den Tag hatte ich in melancholischer Einsamkeit verbracht, nur unterbrochen von Utes, Mamas und Florians Anrufen. Von Thorben und Sebastian waren Karten gekommen, das war alles. Bisher hatten wir uns zumindest immer kleine Geschenke gemacht, doch dachte ich, dass sie mich durch ihr Unterlassen nicht in Schwierigkeiten bringen wollten, da alle wussten, dass ich selbst mir diese Geldausgaben im Moment nicht leisten konnte.

Umso gerührter war ich jetzt, als Florian mir lächelnd und mit großer Geste einen kleinen, eingepackten Gegenstand überreichte. Unter dem Papier kam ein weiterer Schlüssel zum Vorschein, dieses Mal mit einem grünen Ring. Verständnislos starrte ich darauf.

„Das ist dein Kellerschlüssel", erklärte er grinsend. „Möchtest du nicht nachsehen, was sich hinter dieser Tür verbirgt?"

Von Ute gefolgt, schritt ich die Treppe hinunter. Was hatten sie sich bloß einfallen lassen? Völlig perplex starrte ich im aufflackernden Licht der Lampe auf den Wohnzimmertisch, den ich laut Friedhelm bei eBay, leider nicht ersteigert hatte – „das ist das Geschenk von Oma", einen wunderschönen Fernsehschrank – „Das ist von Friedhelm und mir", und einen Fernseher samt Satellitenantenne und Receiver – „von deinen Söhnen."

Ich war so gerührt, dass ich gar nicht wusste, was ich sagen sollte. „Ihr seid verrückt", brachte ich schließlich nach einer ganzen Weile hervor. „das ist viel zu viel."

„Ach, es sind alles gebrauchte Dinge", wehrte meine Schwester ab, dabei leuchtete ihr Gesicht vor Freude darüber, dass ihr die Überraschung gelungen war. „Hier", sie drückte mir einen kleinen Karton in die Hand, „das hast du übersehen."

Mit zittrigen Händen brachte ich ein kleines Radio mit CD-Player und eingebauten Boxen hervor.

„Mit herzlichen Glückwünschen von Dennis, Nils, Anna und Sarah."

Selbst meine Nichten und Neffen hatten an mich gedacht. „Es ist viel zu viel", wiederholte ich.

254

„Das ist gleichzeitig zum Geburtstag und zum Einzug", meine Schwester grinste, „du hast also nichts weiter zu erwarten."
Ich fiel ihr um den Hals und drückte sie, bis sie aufquiekte.
„Dürfen wir bitte mal durch?" Florians Stimme trieb uns auseinander.
Bevor sie Hand anlegen konnten, drückte ich meinen Sohn und Nils, der hinter ihm stand. „Danke, vielen, vielen Dank."
Mehr brachte ich auch bei meinem Schwager und meinem anderen Neffen nicht heraus, ich kam mir mehr als albern vor, dass ich nicht in der Lage war, all das, was sie für mich getan hatten, besser zu würdigen. Irgendwann und irgendwie vergelte ich es ihnen, schwor ich mir, jedem Einzelnen.
Als Florian am frühen Nachmittag aufbrach, war die meiste Arbeit getan. Die Schrankwand war aufgebaut, die Möbel an Ort und Stelle gerückt und meine Geschenke aus dem Keller geholt und dazu gestellt worden. Dennis hatte die Lampen, die ich im Baumarkt gekauft hatte, aufgehängt und verkabelt und mein Schwager die Spüle angeschlossen. Die Hälfte der Kartons war geleert und fein säuberlich eingeräumt. Ich hatte sogar schon die Gardinen an die von meiner Superschwester im Vorfeld geputzten Fenster gehängt. Jetzt bastelten Nils und Dennis am Herd herum, der einfach nicht funktionieren wollte und Friedhelm stand daneben und gab gute Ratschläge.
„Tschüss, Mama", mein Sohn nahm mich zum Abschied fest in den Arm. „Der Computer läuft, wenn du irgendwelche Probleme hast, melde dich."
„Werde ich", versprach ich und war wieder einmal den Tränen nah. Dabei freute ich mich mittlerweile auf diesen neuen Abschnitt und war fest entschlossen, den alten Ballast hinter mir zurückzulassen. Mit dem heutigen Tag hatte ein ganz anderes Leben begonnen und ich war mehr als willens, es nach meinen Vorstellungen zu gestalten.
Ich lebte mich schnell ein. Nach zwei Tagen hatte ich die Wohnung komplett eingerichtet und begann damit, die nähere Umgebung zu erforschen. Diese war geradezu ideal für mich, denn es gab genug Geschäfte, die ich fußläufig erreichen konnte. Selbst ein Tierfutterladen befand sich darunter, sodass ich, dank meiner Nachbarin, die mir ihren alten Einkaufsrollwagen geschenkt hatte, sogar die günstigen, großen Katzenstreusäcke allein transportieren konnte.
Die alte Dame hatte mich kurz nach meinem Einzug mit einem kleinen Kuchen begrüßt und zwischen uns entwickelte sich innerhalb kürzester Zeit ein ausgesprochen gutes Verhältnis. Die anderen Hausbewohner,

insgesamt gab es sechs weitere Wohnungen, bekam ich kaum zu Gesicht, genauso wenig wie die restliche Nachbarschaft. Vielleicht lag es an der Wohngegend, vielleicht ist es aber auch ein Phänomen der Großstadt, dass es dort diese Mensch-zu-Mensch-Beziehung, wie sie auf dem Lande üblich ist, wo jeder jeden kennt, nicht gibt. Jedenfalls war ich froh, dass ich meine Schwester und meine Mutter hatte, die sich jederzeit über einen Besuch von mir freuten.

Dank meines rührigen ARGE-Mitarbeiters konnte ich mich über Langeweile nicht beklagen. Kaum war die Anmeldung erfolgreich abgeschlossen, wurde ich als ein-Euro-fünfzig-Kraft an ein Altenheim vermittelt. Selbst Friedhelm staunte, wie schnell das ging. Mir kam die Arbeit entgegen, dadurch hatte ich kaum Zeit zum Grübeln. Denn wenn ich ganz ehrlich war, litt ich fürchterlich unter Heimweh.

Auch Mirko fiel es schwer, sich einzugewöhnen. Jeden Abend verlangte er lautstark, hinausgelassen zu werden, was mir aber hier in der Großstadt als viel zu gefährlich erschien. Ich versuchte, vermehrt mit ihm zu spielen, aber das war für ihn nur ein kümmerlicher Ersatz seiner vorher so grenzenlosen Freiheit. Topsy dagegen war durch den regen Betrieb vor unserem Fenster mit der fremden Umgebung schnell versöhnt. Das, genug zu fressen und ein Platz in meinem Bett reichten, sie zufriedenzustellen.

Von Martin sah und hörte ich nichts, meine Söhne dagegen meldeten sich regelmäßig. Florian bot sogar mehrmals an, am Wochenende vorbeizukommen, das lehnte ich jedoch genauso regelmäßig ab. Er hatte sein eigenes Leben, ich musste sehen, wie ich allein klarkam. Jedes dritte Wochenende musste ich arbeiten, die anderen beiden verbrachte ich abwechselnd mit meiner Familie und zwei Arbeitskolleginnen, die wie ich alleinstehend waren. Meine restliche freie Zeit war mit den Katzen, meinem Haushalt und gelegentlichen Besuchen bei meiner Nachbarin Frau Schöller ziemlich ausgefüllt.

Im Prinzip ging es mir so gut wie schon lange nicht mehr. Das Einzige, was mir zu meinem Glück noch fehlte, war ein vernünftiger, einigermaßen gut bezahlter Job. Von Männern hatte ich erst einmal die Nase gestrichen voll, ich genoss mein Alleinsein in vollen Zügen.

Einzig die Scheidung und die auf mich zu kommenden Streitigkeiten um das liebe Geld hingen nach wie vor wie ein Damoklesschwert über mir. Ich wusste, dass Martin um jeden Cent erbittert kämpfen und dabei auch vor Niederträchtigkeiten nicht zurückschrecken würde. Nur gut, dass ich einen so guten Anwalt gefunden hatte, Herr Rehbach war eine wertvolle Unterstützung.

39

Den gesamten Dienstagmorgen habe ich damit verbracht, mich durch die Hinterlassenschaften meiner Schwiegermutter zu kämpfen. Das einzig Interessante, was ich gefunden habe, ist ein ganzer Karton voll mit Tagebüchern. Fast eine Stunde habe ich damit vertan, sie zu lesen. Trotzdem war es sehr interessant. Vor meinen Augen entwickelte sich Marlies von einer netten, jungen Frau zu dem Drachen, den ich dann kennengelernt habe. Ich muss ihr wirklich Abbitte leisten, ihr Leben neben Martins Vater war die reinste Hölle. Sie hatte nichts anderes als den Haushalt und das Kind, denn er war ein Patriarch reinsten Wassers. Er hatte das alleinige Sagen, sie musste sich ihm in allem unterordnen.

Dabei hatte alles ziemlich verheißungsvoll begonnen. Sie war seine Studentin gewesen - und eine gute dazu. Er, ihr Dozent hatte sie gefördert und viel Zeit mit ihr verbracht. Aus ihrer anfänglichen Schwärmerei war bald Liebe geworden und sie hatte sich wie im siebten Himmel gefühlt, als er begann, ihre Gefühle zu erwidern.

Direkt, nachdem sie ihr Studium beendet hatte, heirateten sie. Da war Martin schon unterwegs. Für sie muss es von Anfang an die Hölle gewesen sein. Das Baby war ein friedliches Kind, das viel schlief und wenig Aufmerksamkeit brauchte, der Haushalt füllte sie nicht aus, da das meiste von ihrer Schwiegermutter, die sich das Heft nicht aus der Hand nehmen lassen wollte, gemacht wurde. Ihr blieb nicht viel mehr, als auf ihren Mann zu warten und ihm ein angenehmes Leben zu bereiten.

Dass sie arbeitete, kam für ihn nicht infrage und sie fügte sich seinen Wünschen, anfangs aus Liebe, später aus reiner Resignation, wie es aus ihrem Tagebuch hervorgeht. Sie hatte sogar ernsthaft erwogen, ihren Mann zu verlassen, war dann aber vor der Lebenssituation als Alleinerziehende mit Kind zurückgeschreckt und hatte sich in ihr Schicksal gefügt.

Auch wenn ich sie gehasst habe und ich mir sicher bin, dass sie mich umbringen wollte, spüre ich, wie ich Mitleid mit ihr bekomme. Sicher, auch damals gab es schon geschiedene Frauen, doch ihr Leben war weitaus schwieriger als es heutzutage ist. Wir sind wesentlich freier erzogen worden und haben die Gleichberechtigung von Anfang an mitbekommen, ihr Elternhaus und ihre Erziehung waren wohl in etwa mit dem gleichzusetzen, was sie bei ihrem Mann erlebte.

Und sie hatte niemandem, dem sie sich mitteilen konnte, ihre Eltern, ihre Schwiegereltern und ihr Mann haben ihr Elend weder gesehen noch verstanden, ihrer Schwester gegenüber wollte sie sich keine Blöße geben und ihre Freundinnen, die sie an der Universität tatsächlich zuhauf hatte, zogen sich nach und nach zurück, da sie keine gemeinsame Basis mehr fanden und Marlies sowieso keine Zeit hatte, sich mit ihnen zu treffen. Ihr Leben war vollkommen auf Mann und Kind fixiert.

Dass sie es schwer hatte und sie in ihrer Ehe unterdrückt wurde, kann ich sehen und dafür hat sie auch mein Mitgefühl. Allerdings kann ich nicht verstehen, dass sie sich, nachdem ihr Mann gestorben war, nun auf Martin stürzte und ihn zum Mittelpunkt ihres Lebens machte. Sie war noch ziemlich jung, sie hätte so viele Möglichkeiten der Selbstverwirklichung gehabt.

„Wahrscheinlich war sie in ihren Bahnen schon zu festgefahren", meint Georg, dem ich in groben Zügen von dem, was ich herausgefunden habe, berichte. „Überleg mal, wenn du jahrelang so gelebt hast, ist es schwer, noch einmal neu anzufangen."

„Du meinst, weil sie mittlerweile völlig unselbständig war?" Langsam beginne ich zu begreifen. Marlies hatte sich in ihre Rolle eingefügt, sie hatte sie nicht mehr gespielt, sondern gelebt. „Immerhin musste sie arbeiten gehen", wende ich nicht ganz überzeugt ein. „Und ihre Reisen hat sie auch allein organisiert."

Georg kaut erst zu Ende und schluckt, bevor er antwortet. Wir essen nämlich gerade gemeinsam zu Mittag. „Bist du dir da sicher?", fragt er mit hochgezogenen Augenbrauen. „Ich denke vielmehr, dass euer Onkel Herbert sich um sie gekümmert hat und alles Nötige für sie erledigte. Genau wie dein Exmann übrigens. Musste er nicht einmal in der Woche bei ihr nach dem Rechten sehen?"

„Stimmt, und war mal was defekt, hat er sich auch wochentags gekümmert." Was ich bisher als ihre Art, um die Aufmerksamkeit ihres Sohnes zu buhlen, ausgelegt hatte, war anscheinend eher auf ihre eigene Hilflosigkeit zurückzuführen. „Gut, ich habe mich geirrt, sie war nicht so selbstständig, wie ich gedacht hatte. Aber trotzdem", ich kann nicht aus meiner Haut. „Warum musste sie unbedingt so biestig zu mir sein?"

„Vielleicht wurde sie von ihrer Schwiegermutter ähnlich behandelt." Georg packt seinen Teller zum zweiten Mal mit Nudeln voll, es gibt heute Gulasch, den scheint er zu mögen. „Vielleicht sah sie in dir eine unliebsame Konkurrentin." Er zuckt die Schultern. „Oder sie mochte dich ganz einfach nicht."

„Obwohl sie mein Mitleid hat, kann ich sie immer noch nicht ausstehen", gebe ich zu.

„Das hat sie auch nachdem, wie sie dich behandelt hat und nachdem, was sie dir antun wollte, nicht anders verdient", brummt Georg. „Nicht jeder, der ein hartes Los hat, ist deshalb unbedingt ein netter, sympathischer Mensch."

„Andererseits liebte sie ihren Sohn heiß und innig", beharre ich. „Deshalb kann ich mir nicht vorstellen, dass sie ihn dem Verdacht aussetzen wollte, mich getötet zu haben. Überleg mal, sie wusste, sie hat nicht mehr lange zu leben, sie dachte, ich würde diesen Kirschschnaps gern trinken, sie konnte aber nicht wissen, wann ich ihr Gift zu mir nehmen würde. Sie muss Martin irgendwie abgesichert und die ganze Schuld auf sich genommen haben." Mittlerweile bin ich völlig von dieser Theorie überzeugt. Oder klammere ich mich da an einen Strohhalm? Nur um nicht aufgeben zu müssen?

Georg jedoch nickt. Er kann meine Überlegungen nachvollziehen. „Hat sie dich nach eurer Trennung eigentlich nie angerufen?" Er hält im Essen inne und sieht mich aufmerksam an. „Ich denke da an …"

„… Kontrollanrufe, ob ich noch lebe", nicke ich. Seine Worte wecken eine vergessene Erinnerung. „Die anonymen Anrufe", sage ich langsam. „Ich hatte vermutet, sie kämen von Martin, der herausfinden wollte, ob ich zu Hause wäre."

„Wie oft war das?"

„So ein-, zweimal in der Woche, manchmal auch öfter. Die Nummer des Anrufers war unterdrückt und wenn ich mich meldete, wurde sofort aufgelegt." Ich werde immer aufgeregter. „Klar, das war sie. Sie hat ja noch einen analogen Anschluss, deshalb wurde die Telefonnummer nicht angezeigt."

„Wann kam der letzte?"

„An dem Tag, als ich auszog." Ich strahle ihn an. „Georg, du bist super. Wir haben ein neues Indiz gefunden, die Polizei kann doch bestimmt die Anrufe zurückverfolgen, nicht wahr?"

Er zuckt die Achseln. „Das weiß ich leider nicht, ich müsste meinen Schwager fragen."

„Tja und genau da liegt das Problem", ich bin hin und her gerissen. Einerseits sehe ich, dass wir allein nicht weiter kommen. Andererseits habe ich immer noch Schiss, dass die Polizei mich verhaftet.

„Sag mal", er legt aufseufzend die Gabel auf den Teller und reibt sich den Bauch, „wieso seid ihr euch eigentlich so sicher, dass sie dich für die Mörderin halten. Hat irgendeiner der Beamten etwas in der Richtung verlauten lassen?"

„Äh, nein." Worauf will er hinaus, das haben wir doch alles schon durchgekaut? Er kennt die Fakten.

„Hatten die Beamten bei der Hausdurchsuchung einen Haftbefehl gegen dich dabei?"

„Nein, aber …"

„Sind Thorben und Florian später noch einmal nach deinem Verbleib gefragt worden?"

„Nein."

„Gibt es andere Anhaltspunkte, dass die Polizei dich sucht?"

„Nein." Langsam beginne ich zu verstehen, worauf er hinaus will. „Du meinst, sie wollten mich gar nicht verhaften?"

„Könnte doch sein, dass ihr von ganz falschen Voraussetzungen ausgegangen seid", Georg zuckt die Schultern. „Vielleicht wollten die Beamten ja einfach nur dringend weitere Auskünfte von dir – als Zeugin, nicht als Verdächtige."

Uff, das wäre ja ein Ding. „Und die Hausdurchsuchung?"

Jetzt habe ich ihn aus dem Konzept gebracht. Er kneift die Augen zusammen und denkt angestrengt nach. „Die könnte auch aus dem Grund erfolgt sein, dass die Polizei zu diesem Zeitpunkt bereits deine Schwiegermutter verdächtigte. Mein Schwager und seine Kollegen sind nämlich nicht auf den Kopf gefallen."

„Wie sollen sie denn an all die Informationen gekommen sein? Florian und Thorben wurden nicht einmal konkret auf Marlies und ihr Verhältnis zu mir angesprochen."

„Die Freunde deines Mannes vielleicht." Georg ist immer noch von seiner Theorie überzeugt. „Vielleicht reichten ihre Informationen aus, die Beamten in die richtige Richtung zu stoßen."

„Ohne dass die nähere Verwandtschaft anschließend gezielt befragt wurde?" Ich bin skeptisch. „Tante Hilde hätte es Florian gesagt, wenn die Polizei erneut bei ihnen gewesen wäre."

„Trotzdem könntest du ruhig einen deiner Söhne zum Revier schicken, damit er versucht, in einem persönlichen Gespräch mit dem leitenden Beamten zu erfahren, wie der derzeitige Ermittlungsstand ist", lässt er nicht locker.

„Glaubst du, er gibt Thorben und Florian Auskunft?" Das ist die Idee! Warum sind wir nicht selbst darauf gekommen!

„Alles wird er deinen Söhnen vermutlich nicht mitteilen, aber ihr wüsstet bestimmt mehr als jetzt. Ich an eurer Stelle würde es zumindest versuchen."

Ich werde ganz hibbelig vor Aufregung. Am liebsten würde ich sie auf der Stelle ins Präsidium schicken.

Hm, es ist kurz nach zwei. Um elf war die Beerdigung, im Anschluss daran gab es ein gemeinsames Mittagessen mit den Nachbarn und Freunden. Organisiert hat das Ganze Onkel Herbert, aber Florian und Thorben müssen bis zum Ende bleiben. Das kann noch dauern.

„Nun, sie kommen vorbei, wenn die Trauerfeier zu Ende ist, also wird das heute nicht mehr klappen."

Georg hört meine Enttäuschung. „Ein Tag mehr oder weniger schadet nichts", tröstet er mich. „Vielleicht bleibt ihnen dieser Weg sogar erspart. Vielleicht ist Onkel Herbert längst auf ein Bekennerschreiben deiner Schwiegermutter gestoßen."

Ich schüttle den Kopf: „Nach Marlies' Tod ist er bestimmt alle Unterlagen mit Martin durchgegangen. Wenn er damals nichts gefunden hat, wird er auch jetzt nichts finden."

„Vielleicht gab sie ihm das Schreiben mit dem Zusatz, es nur unter ganz bestimmten Bedingungen zu öffnen", versucht er es erneut.

Er benutzt mir definitiv zu viele Vielleichts. „Dann hätte er es spätestens nach Martins Tod gelesen", gebe ich zu bedenken. „Deine Mutmaßungen sind reines Wunschdenken. Und mal ganz ehrlich: Wenn wir schon nichts finden, wie sollte es da erst der Polizei gelungen sein, relevante Indizien zu sammeln?"

Während ich mich erhebe, um den Abwasch zu machen, muss ich mich anstrengen, die Tränen der Enttäuschung zurückzuhalten. Wir drehen uns ständig nur im Kreis – nichts haben wir erreicht.

Georg spürt, dass er nicht mehr zu mir durchdringen kann, und lässt mich in Ruhe. Wir trennen uns schweigend, er verschwindet im Arbeitszimmer und ich gehe nach oben, zurück an meine Arbeit.

Aber ich kann mich kaum darauf konzentrieren, meine Gedanken kreisen ständig um diesen Brief, den Marlies hinterlassen haben muss, um ihren Sohn zu schützen. Bestimmt hatte Onkel Herbert ihn nach ihrem Tod ungelesen vernichtet, sonst wäre er doch längst aufgetaucht.

Dass sie ihn geschrieben hat, ist für mich mittlerweile sonnenklar, anders kann es gar nicht sein. Und dass sie ihn Onkel Herbert zur Aufbewahrung gegeben hat, macht als Einziges Sinn. Wer wäre denn schon auf die Idee gekommen, all ihren privaten Kram zu durchforsten. Sie hatte mit Sicherheit nichts dem Zufall überlassen!

Nein, ich muss mich damit abfinden, dass dieses Schreiben nicht mehr existiert und mir damit die letzte Möglichkeit genommen ist, meine Unschuld zu beweisen. Ich muss mich nun endlich den Tatsachen stellen und mich bei der Polizei melden – egal was danach mit mir passiert. In sechs Tagen ist Heiligabend. Ich kann meine Familie nicht länger mit meiner Situation belasten. Wenigstens sie sollen ein relativ ruhiges Fest ohne die Heimlichkeiten, die durch meine Flucht entstanden sind, feiern. Bald kommt Ann und ich denke, Florian will auch zurück und mit seiner Freundin … Aber nein, die beiden haben sich ja getrennt. Er wollte dieses Jahr mit mir und Ute und ihrer Familie und Oma feiern.

Ich beiße mir auf die Lippe, um die Tränen, die sich langsam ihren Weg bahnen, zurückzuhalten. Hoffentlich können meine Katzen bei Ute unterkommen. Thorben wird zurück nach Amerika gehen und Florian führt ein zu unruhiges Leben, besonders für Topsy. Sie braucht ihre Ruhe und ein gewisses Gleichmaß in ihren letzten Lebensjahren.

Die Katze, die auf dem Bett geschlafen hat, scheint meine Stimmung zu fühlen. Sie öffnet die Augen, reckt und streckt sich und springt mir dann mit einem eleganten Satz direkt auf den Schoß. Ich lasse die Papiere, die ich noch in der Hand halte, achtlos zu Boden fallen und beuge mich tief zu ihr hinab, bis mein Gesicht das weiche Fell berührt. Ich kann die Tränen nicht länger zurückhalten, Topsys Fell wird ganz nass, aber sie stört sich nicht daran, im Gegenteil, sie räkelt sich auf meinem Schoß und schmiegt ihr Köpfchen in meine Hand.

Lange sitzen wir so. Ich merke, wie ich langsam ruhiger werde. Der Entschluss, den ich gefasst habe, ist der einzig richtige. Ich muss diese Sache durchziehen und endlich zu einem Ende bringen – so oder so.

Ich mache mich wieder an die Arbeit. Ich will so viel wie möglich schaffen, damit die Jungen sich nicht auch noch damit abgeben müssen. Langsam wächst der Stapel, der zu entsorgenden Sachen immer höher. Was meine Schwiegermutter da aufgehoben hat, ist fast alles Müll. Niemand legt Wert auf die altmodischen Kleidungsstücke, die sich über Jahrzehnte angesammelt haben, kein Kind interessiert sich für die ausrangierten Spiele längst vergangener Zeiten. Die alten Fotoalben von Martins Großeltern wandern auf diesen Haufen, genauso wie sämtliche Schriftstücke aus dieser Zeit.

In einem kleinen Karton stoße ich auf mehrere Briefmarkenalben und einige alte Münzen. Das und die Comicsammlung meines Exmannes stellen die gesamte Ausbeute dar. Doch habe ich immerhin den Ballast um einiges reduziert.

Draußen fährt ein Auto vor, zwei Türen schlagen, dann höre ich Stimmen. Florian und Thorben sind gekommen.

40

„Na, wie war es?", frage ich, nachdem wir alle in der Küche Platz genommen haben. Georg ist selbstverständlich auch dabei, er brennt darauf, ihnen seine Theorie darzulegen.

Doch zuerst einmal erzählen die Jungen, sie können ihren Frust keinen Moment länger zurückhalten. „Onkel Herbert hat sich unmöglich benommen", platzt Florian heraus, kaum dass wir alle sitzen. „Nicht nur, dass er uns ganz offensichtlich geschnitten hat, nein, er konnte sich diverse unfreundliche Bemerkungen ebenso wenig verkneifen."

„Zum Glück hatte uns Tante Hilde telefonisch vorgewarnt", sagt Thorben und verzieht mitfühlend das Gesicht. „Sie hat, seitdem sie versucht, mit ihm über unseren Verdacht zu sprechen, nichts als Ärger."

„Trotzdem hätte er sich nicht derart aufführen müssen", beharrt Florian, sein Gesicht ist ganz rot vor Empörung. „Bei der Trauerfeier saß er ostentativ zwei Reihen hinter uns, am Grab hat er uns nicht kondoliert und bei dem anschließenden Abschiedsessen wurde er mit der Zeit zunehmend ausfallend."

„Das lag am Alkohol", meint Thorben begütigend. „Er hatte zum Schluss deutlich zu viel getrunken."

„Er ist der gleiche Despot wie Oma es war", Florian kann sich immer noch nicht beruhigen. „Sein Wort ist Gesetz und wehe jemand muckt auf."

„Ich glaube dieser Vergleich hinkt gewaltig", kann ich mich nicht abhalten einzuwerfen. „Marlies war eher das hilflose Weibchen, das nichts allein fertigbrachte, was über die Haushaltsführung hinausging. Onkel Herbert dagegen ist …"

„Da irrst du gewaltig, liebe Mama", Florian lacht laut auf und sein Bruder nickt zustimmend. „Du hast sie wahrscheinlich nie richtig kennengelernt. Wenn Papa mal nicht gleich sprang oder es anders machen wollte als angeordnet, wurde sie gleich richtig böse."

„Und genau das erleben wir im Moment bei Onkel Herbert", bestätigt Thorben. „Wir drei haben einen ungeheuren Verdacht ausgesprochen und damit sein komplettes Weltbild erschüttert. Statt auch nur einen Gedanken daran zu verschwenden, ob wir nicht vielleicht richtig liegen könnten, beharrt er auf seinem Standpunkt. Was nicht sein darf, gibt es demnach auch nicht."

„Arme Tante Hilde." Ich habe ein schlechtes Gewissen. Wenn er sich schon zu meinen Söhnen derart bösartig verhält, was muss seine Frau da erst auszuhalten haben?

„Sie will nicht locker lassen, trotz allem, was er ihr an den Kopf wirft, hat sie gesagt", bestätigt Thorben meinen Verdacht und wirft seinem Bruder einen bedeutungsvollen Blick zu. „Mit ihr hast du uns eine tolle Verbündete geschaffen. Sie wird nicht eher ruhen, bis sie die Wahrheit herausgefunden hat."

„Bevor wir gegangen sind, hat sie uns zugeflüstert, dass sie vermutet, Onkel Herbert habe sämtliche Papiere von Oma und Papa im Büro aufbewahrt." Florian grinst endlich wieder. „Er scheint ebenfalls von der Sammelwut betroffen zu sein. Er wirft nichts weg. Alle Unterlagen, die er nicht mehr benötigt, werden im Keller gelagert, fein säuberlich mit Namen und Datum beschriftet. Tante Hilde meint, dort gibt es noch sämtliche Akten aus der Gründungszeit seiner Firma."

„Ha, das hört sich doch ziemlich positiv an!" Ich kann mein Glück kaum fassen. „Vielleicht wird ja doch noch alles gut."

Florian und Thorben schauen ziemlich verständnislos und Georg benutzt den Moment, um sie über seine Schlussfolgerungen aufzuklären.

„Wie dämlich muss man sein!", fährt Florian auf, nachdem er geendet hat. „Warum sind *wir* nicht darauf gekommen?"

„Ja, es wäre ein Leichtes gewesen, mit den Polizisten zu sprechen", fällt Thorben ein. „Bestimmt wüssten wir längst Genaueres."

„Ich kann mir immer noch nicht vorstellen, dass die ihre Ermittlungen mittlerweile auf eure Oma konzentrieren", wende ich ein. „Es gibt keine Hinweise, die in ihre Richtung deuten."

„Egal, was wir glauben, wir werden uns einfach Gewissheit verschaffen. Gleich morgen früh rufe ich den zuständigen Beamten an und bitte um einen Termin", verkündet Florian.

„Nein", ich schüttele energisch den Kopf. „Wir werden zusammen gehen. Ich will mich nicht länger verstecken."

„Mama!" Beide fallen gleichzeitig über mich her und versuchen mich umzustimmen.

Wir diskutieren und diskutieren und können uns nicht einigen. Thorben ist schließlich der Erste, der nachgibt und mich diesen Weg gehen lassen will. Aber er beharrt darauf, zunächst einen guten Rechtsanwalt für mich ausfindig machen zu wollen. Ute hat das alte Testament bereits geschickt und er hat es heute an Tante Hilde weitergegeben. Es wird also nicht mehr lange dauern, bis wir über das Erbe verfügen können.

„Es ist sinnvoll, gleich einen guten Strafverteidiger an der Hand zu haben", verteidigt er seinen Entschluss, „und du hast das Geld, ihn dir leisten zu können."

‚Nein!', protestiert meine Krämerseele. ‚Keine unnötigen Geldausgaben!'

„Wozu?", stößt zu meinem Glück Florian in dasselbe Horn. „Lass mich zunächst die Lage sondieren. Je nachdem, wie es dann aussieht, können wir weitere Schritte unternehmen."

Das ist natürlich nicht in meinem Sinne, ich will jetzt Klarheit haben – so schnell wie möglich!

Also geht die Diskussion wieder los, bis es Georg, der sich weitestgehend aus diesem Gespräch herausgehalten hat, zu bunt wird. „Ich rufe jetzt meinen Schwager an und frage ihn, ob er etwas über den Fall weiß", sagt er und erhebt sich.

„Oh nein!" In Sekundenschnelle bilden meine Söhne, die sich gerade noch über unser Vorgehen in den Haaren gelegen haben, eine Einheit. Während Florian die Tür blockiert, hält Thorben seinen Freund am Ärmel fest. Obwohl er sich mühelos befreien könnte – er ist viel stärker als mein Sohn – hält dieser still und sieht mich an. Er will mir die Entscheidung überlassen.

„Ich möchte dich da nicht noch weiter mit hineinziehen", beginne ich, zögernd zuerst, denn natürlich ist sein Vorschlag äußerst verlockend für mich. Dadurch wüsste ich noch heute ganz verbindlich, woran ich wirklich bin.

„Es bleibt dabei, ich gehe morgen früh zur Polizei", fahre ich schon etwas fester fort und hebe gebieterisch die Hand, als Florian mich unterbrechen will. „Lass mich bitte ausreden!"

Ich deute auffordernd auf die Stühle und alle setzen sich wieder hin.

„Wir haben getan, was wir tun konnten", beginne ich und sehe sie dabei der Reihe nach an. Florian hat die Arme verschränkt und die Lippen fest aufeinander gepresst, ihm passt diese Entwicklung überhaupt nicht. Thorben ist etwas zugänglicher, zumindest wirkt er entspannter. Georg dagegen lächelt mir aufmunternd zu. Er scheint mit meiner Entscheidung einverstanden.

„Es wird Zeit, dass die Polizei übernimmt. Ich will und kann nicht länger warten, ich möchte endlich klare Verhältnisse. Alles, was ihr vorhabt, ist nur ein weiterer Aufschub, der nichts Neues bringt. Und selbst Onkel Herbert", wende ich mich an meinen älteren Sohn, der gerade noch damit gedroht hatte, er würde morgen Tacheles mit diesem reden, „wird den Beamten ohne irgendwelche weiteren Verzögerungen Marlies' Papiere übergeben müssen. Bei der Polizei kann er sich nicht stur stellen. – Ihr seht also, wir haben gar keine andere Wahl."

„Doch", erwidert Georg schnell, bevor meine Söhne etwas sagen können, „wir können immer noch meinen Schwager anrufen. Und zwar heute noch. Warum bis morgen warten, wenn du Klarheit haben willst?"

„Weil ich nicht möchte, dass du noch tiefer in diese Geschichte mit hineingezogen wirst", wiederhole ich.

Aber Georg grinst nur und zuckt die Achseln.

„Wir könnten es ja so drehen, dass es nicht ganz so offensichtlich ist", springt Thorben ihm bei. „Ihn versuchen auszufragen, ohne dass er weiß, dass du dich hier aufhältst, zum Beispiel. – Wenn er denn überhaupt über diesen Fall informiert ist", schwächt er seine Aussage gleich wieder ab.

„Das werden wir nie erfahren, wenn wir nicht endlich handeln!" Florian springt auf. „Georg kann ihn anrufen und nachfragen."

„Und wenn er informiert ist, bitte ich ihn zu kommen, um mit dem Sohn des Opfers zu sprechen", Georg nickt zustimmend.

„Worauf warten wir noch." Auffordernd wedelt Florian mit den Armen. „Ruf ihn an!"

Nach einem letzten prüfenden Blick in meine Richtung erhebt sich Georg und geht zum Telefon. Ich schaue hinüber zur Küchenuhr, es ist erst kurz vor acht, es könnte klappen.

Thorben greift über den Tisch nach meiner Hand. „Mach dir keine Sorgen, Mama. Wir sondieren zuerst, inwieweit wir ihm vertrauen können. Du wartest oben, bis wir dich rufen!"

„Pscht!" Florian lauscht angestrengt, aber außer leisem Stimmengemurmel ist nichts zu hören. Und das Telefongespräch dauert und dauert. Thorben springt auf und beginnt, in der Küche auf und ab zu wandern, dadurch werde ich noch nervöser. Nun, da die Entscheidung gefallen ist, fühle ich, wie sich ein hohles Gefühl in meinem Magen breitmacht und meine Kehle sich zuschnürt. Es ist etwas ganz anderes, einen Entschluss zu fassen, als diesen dann umzusetzen.

Florian dagegen sitzt völlig entspannt auf seinem Stuhl und harrt der Dinge, die da kommen werden. Ich ertappe ihn dabei, wie er hoffnungsvoll zum Herd hinüber schielt, auf dem eine Schüssel mit den Resten unseres Mittagmahles steht. Wie kann man in dieser Situation nur ans Essen denken!

Endlich kommt Georg zurück. „Er fährt gleich los", sagt er, unsere erwartungsvollen Blicke richtig deutend. „Ich musste ihn allerdings ziemlich beschwindeln, weil er anfangs keine Lust hatte, sich heute Abend noch auf den Weg zu machen. Draußen friert es, die Straßen sind glatt, da wollte er nicht mehr ins Auto steigen."

„Also weiß er über den Fall Bescheid?"

„Was hast du ihm erzählt?"

Florian und ich haben gleichzeitig gesprochen.

„Na ja", er kratzt sich verlegen am Kopf, „nachdem er zugegeben hatte, in den Fall involviert zu sein, habe ich behauptet, dringend seine Hilfe zu benötigen. Ihr beide wäret zu mir gekommen und hättet mir anvertraut, dass ihr vermutet, ein naher Verwandter von euch hätte das Verbrechen begangen, ein anderer aber würde der Tat verdächtigt."

„Ja und", meint Florian achselzuckend. „So ähnlich ist es doch auch."

„Daraufhin meinte mein Schwager, er würde sich morgen früh mit euch auf der Wache treffen. Das wäre kein Grund sofort reagieren zu müssen", fährt Georg fort und wirft mir einen unbehaglichen Blick zu.

„Deshalb habe ich behauptet, meine Freunde hätten Angst, dass es zu einer weiteren Straftat kommen könnte, eventuell sogar zu einem Mord."

„Oh nein!" In was hat er uns da nur rein manövriert?

„Mir ist auf die Schnelle nichts anderes eingefallen", Georg zuckt hilflos mit den Schultern.

„Hoffentlich kommt er nicht gleich mit einem großen Polizeiaufgebot", Florian ist sichtlich sauer.

„Das würde er mir nicht antun", erklärt Georg überzeugt. „Ich habe ihm gesagt, ich wende mich an ihn, weil ich seiner Diskretion sicher sein könnte. Noch wäre alles, was ihr vorgebracht hättet, reine Spekulation und ich sei schließlich nicht erfahren genug, um beurteilen zu können, ob euer Verdacht wirklich gerechtfertigt ist. Das sei der hauptsächliche Grund, warum ich ihn bitte, zu einem Gespräch zu kommen."

„Und wie stellst du dir dieses Gespräch vor?" Florian hat sich immer noch nicht beruhigt. „Ich dachte, wir wollten die Lage sondieren, inwieweit Mama wirklich verdächtigt wird."

„Ich hatte gehofft, ihr hättet eine Idee." Georg sieht von einem zum anderen. „Was hätte ich denn machen sollen? Ich habe mir fast den Mund fusselig geredet, um ihn hierher zu locken."

Ich glaube, wenn diese Sache ausgestanden ist, sollte ich ernsthaft überlegen, einen eigenen Krimi zu schreiben. Erfahrungen mit diesem

Thema habe ich in der Zwischenzeit genug sammeln können. In den Filmen, die ich bisher gesehen habe, dachte ich oft, das wären unmögliche Wendungen, die die Macher uns da zumuten, mittlerweile habe ich eingesehen, dass im wirklichen Leben oft noch viel verzwicktere und unglaublichere Dinge geschehen.

„Wir versuchen es am Besten mit der Wahrheit", sage ich fest. „Du, Georg, gibst von Anfang an zu, dass du ihn unter Vorspiegelung falscher Tatsachen hierher gelockt hast, weil du uns helfen wolltest. Dann übernehme ich und …"

„Nein!", fällt mir Thorben ins Wort. „Du wartest oben, bis wir genau wissen, was die Polizei mit dir machen will."

„Dem stimme ich zu", nickt Florian. „Ich möchte nicht, dass er dich vielleicht auf der Stelle verhaftet. Wir drei führen zuerst ein klärendes Gespräch mit ihm."

Innerlich seufzend gebe ich mein Einverständnis. Meiner Meinung nach verkomplizieren meine Söhne die Sache nur und schieben das, was geschehen wird, unnötig hinaus. Aber ich will mich nicht mit ihnen streiten. Sie meinen es nur gut.

Also schnappe ich mir Topsy, die dösend vor der Heizung liegt, und steige die Treppe hinauf.

41

Es dauert über eine Stunde, bis Georg mich herunterruft. Ich bin völlig gelassen - ich habe tatsächlich die Wartezeit damit verbracht, ein Buch zu lesen. Egal was passiert, es ist an der Zeit, sich dem zu stellen, was mich erwartet.

Er steht unten in der Diele und hat hektische, rote Flecken im Gesicht, aber sein strahlendes Lächeln signalisiert mir, dass es so schlimm nicht sein kann, was auf mich zukommt. „Sie wollen dich gar nicht verhaften", murmelt er und schiebt mich schon Richtung Küche. „Der Mord an deinem Mann ist fast geklärt."

Jetzt bin ich doch ziemlich platt. So einfach hatte ich mir das Ganze nicht vorgestellt.

Meine Söhne und der besagte Schwager sitzen einträchtig mit Bierflaschen in der Hand am Küchentisch, weitere leere Flaschen stehen vor ihnen. Was ist das? Ein trautes Besäufnis? Thorben, der nicht viel verträgt, sieht ähnlich aus wie Georg, es ist nicht die Aufregung, sondern der Alkohol, der sie so glühen lässt.

„Das ist Willi, das ist Heike", stellt Georg lässig vor.

Der Mann vor mir erhebt sich und reicht mir die Hand. „Nett, Sie endlich kennenzulernen." Im Gegensatz zu den anderen Dreien scheint er nüchtern zu sein, seine Augen, die sich zu einem flüchtigen Begrüßungslächeln verziehen, blicken klar.

Ich mustere ihn ausgiebig, genauso wie er mich. Mein erster Eindruck von ihm ist eher zwiespältig. Seine blonden Haare werden an den Schläfen schon grau und er hat viele Fältchen um Augen und Mund. Mit den kurzen, ordentlich gescheitelten Haaren und der Nickelbrille im schmalen Gesicht sieht er eher wie ein Buchhalter aus, als wie ein Kripobeamter. Dieser Eindruck wird noch verstärkt durch seine Kleidung. Obwohl er Jeans und ein kariertes Flanellhemd trägt, wirkt es an ihm gepflegt und ordentlich. Nur wenn man direkt in seine Augen blickt, ahnt man, dass hinter diesem ersten Bild mehr steckt, als man denkt. Ich weiß nicht, wie ich es ausdrücken soll, aber ich erkenne auf Anhieb, dass er sich nichts vormachen lässt.

„Da haben Sie wirklich ausgezeichnete Ritter an Ihrer Seite", er salutiert spöttisch in Richtung der Männer, „bereit, Sie bis zum Letzten zu verteidigen." Er wirft einen mitleidigen Blick in die Runde: „Dabei wäre das gar nicht nötig gewesen."

„Das konnten wir schließlich nicht wissen", rechtfertigt sich Florian für seine Verhältnisse reichlich zahm. „Hättest du uns bei der Hausdurchsuchung erzählt, worum es euch geht, hätten wir dieses Theater nicht abziehen müssen."

„Und hättet ihr mehr Vertrauen in die Polizeiarbeit, wäre die ganze Geschichte längst abgeschlossen", kontert Willi. „Das mit Onkel Herbert zum Beispiel. Niemand hat uns gesagt, dass er der engste Vertraute eurer Oma war. Und er selbst hat so getan, als wäre er lediglich ihr Arbeitgeber und Schwager gewesen. Keiner von euch hat uns die näheren Zusammenhänge erklärt, wir mussten uns Stück für Stück vortasten."

„Wir haben selbst ziemlich lange gebraucht, diese Zusammenhänge zu entdecken", versuche ich mich an einer Erklärung, aber Georg winkt lachend ab. „Er will uns nur ärgern, diese Einzelheiten haben wir längst geklärt." Er drückt mich auf den nächststehenden Stuhl hinunter. „Nun setz dich erst einmal, damit wir dir alles erzählen können!"

„Willi war der leitende Beamte der Hausdurchsuchung", beginnt Thorben. „Als er hereinkam, rutschte uns das Herz in die Hose. Wir dachten schon, jetzt hätten wir alles vermurkst."

„Eigentlich hätte er ziemlich sauer auf uns sein müssen, dass wir ihn unter Vorspiegelung falscher Tatsachen aus dem Haus gelockt hatten", wirft Florian ein.

„Das ist nicht Willis Art", verteidigt Georg seinen Schwager. „Mag sein, dass er im Dienst ziemlich ernst und streng rüberkommt, tatsächlich ist er der netteste Mensch, den ihr euch vorstellen könnt."

„War sie es?" Ich will endlich wissen, ob wir richtig gelegen haben. Über alles andere können wir uns gern später noch unterhalten.

„Ja, natürlich", nickt Willi. „Wir hatten schon länger den Verdacht, nur fehlten uns, genau wie euch, die Beweise. Was meinen Sie wohl, warum wir die Hausdurchsuchung gemacht haben?"

„Ich dachte, weil Sie nach mir suchen", gestehe ich kleinlaut.

„Ihr habt euch da wirklich total verrannt", tadelnd blickt er uns der Reihe nach an. „Warum sind Sie nicht einfach zu uns auf die Wache gekommen und haben nachgefragt, wie die Ermittlungen stehen?"

„Ich hatte den, in meinen Augen begründeten Verdacht, dass ich sofort verhaftet würde", erkläre ich und spüre, wie ich rot werde. „Meine Fingerabdrücke befanden sich auf der Flasche, die Polizei erkundigte sich überall nach mir – was sollte ich denn sonst davon halten?"

„Na zum Beispiel, dass wir uns wirklich bemühen, den Fall zu lösen", kontert Willi und grinst.

„Lass es gut sein, bitte." Georg spürt, dass ich dabei bin, vollends die Fassung zu verlieren. Er greift hinter sich und stellt mir einen Becher heißen Tee vor die Nase. „Hier, trink! Florian meinte, das sei dein Allheilmittel."

Der Rumgeruch steigt mir verführerisch in die Nase. Mein Gastgeber hat es anscheinend sehr gut mit mir gemeint. Vorsichtig genehmige ich mir einen kleinen Schluck. Fast sofort spüre ich, wie sich mein Magen entspannt und sich angenehme Wärme in meinen ganzen Körper ausbreitet. Nach drei weiteren Schlucken bin ich in der Lage mich der Geschichte zu stellen. „Erzählen Sie bitte alles, was Sie können", fordere ich Willi auf. „Oder soll es einer der anderen übernehmen? Kennen sie bereits die volle Wahrheit?"

„Nein, nur die Kurzversion", versichert mir Thorben. „Nachdem Willi uns gesagt hat, dass du gar nicht mehr unter Verdacht stehst, habe ich Ann angerufen und die Drei sind Bier holen gegangen. Georg meinte, Willi solle heute den weiten Weg nicht mehr zurückfahren und hier übernachten. Wir könnten uns zusammen einen gemütlichen Abend machen."

Und mich haben sie so lange da oben schmoren lassen! Männer!!!

„Bei einem Mord im häuslichen Umfeld ohne Einbruchs- oder anderen Gewaltspuren geraten meist als Erstes die näheren Verwandten und Freunde in Verdacht", beginnt Willi, bevor ich meinen Unmut in Worte gefasst habe. Na, ist auch egal, viel wichtiger ist es, dass ich mich nun völlig entspannt zurücklehnen und seiner Erzählung folgen kann. Aller Druck ist von mir genommen.

„Demzufolge konzentrierten wir uns zunächst auf die Freundin, bei der Ihr Mann wohnte."

„Verlorene Liebesmüh", konnte ich mir nicht verkneifen einzuwerfen. „Die war doch viel zu froh, dass sie ihn sich eingefangen hatte."

„Deshalb wäre sie entsetzt gewesen, wenn sie erfahren hätte, dass er drauf und dran war, sich von ihr zu trennen", nickt Willi, „und vielleicht sogar zu allem bereit."

Klar, sie hatten mit den Anwälten gesprochen – hätte ich mir eigentlich denken können!

„Zumindest hatte er dies mehreren seiner Freunde berichtet", fährt Willi fort. „Es wurde uns erzählt, dass er versuchen wollte, Sie zu sich zurückzuholen."

„Seinen Freunden?", echo ich verwirrt.

„Ja, laut seinem besten Freund Tim Niefers fühlte er sich als Opfer der Hetzkampagne seiner Mutter und den falschen Versprechungen seiner Freundin. Letztere hätte ihm einen wahren Traum von einem Leben vorgegaukelt und er wäre schlicht und ergreifend darauf hereingefallen. Die böse Wirklichkeit hätte ihn jedoch schnell wieder auf den Boden der Tatsachen zurückgeholt. Schon bald musste er erkennen, dass er vom Regen in die Traufe gekommen war." Willi verzieht sein Gesicht. „Das sollen seine eigenen Worte gewesen sein. Ich habe es, wie gesagt, nicht nur von einem, sondern von mehreren gehört."

Dann wussten also alle außer Christine und der Familie bereits Bescheid! Aber damit kann und will ich mich im Moment nicht auseinandersetzen. „Wie passt seine Mutter da hinein?"

„Sie hat es wohl damals geradezu begeistert aufgenommen, dass er Sie, Heike, verlassen wollte. Natürlich tat sie sich schwer damit, gleich eine Nachfolgerin akzeptieren zu müssen. Diese, sie hat sie nur zweimal gesehen, schien ihr aber wesentlich besser für ihren Sohn geeignet."

„Wahrscheinlich hat sie ihr jede Menge Honig um den Mund geschmiert", bemerke ich. So, wie sie es bei Florian gemacht hatte; füge ich im Stillen hinzu. Immerhin war er anfangs ebenfalls von ihr ganz begeistert gewesen.

„Genau das vermuten die Freunde Ihres Mannes", Willi hat Mühe ernst zu bleiben. „Ich muss sagen, ich fand Christine Eilers äußerst nett und zuvorkommend. Sie war sehr bemüht, uns zu helfen."

„Aber sie wusste nichts von Martins Entschluss, sie zu verlassen", lenke ich unser Gespräch wieder auf das eigentliche Thema zurück.

„Nein, laut diesem Herrn Niefers hatte Ihr Mann reichlich Bammel vor ihrer Reaktion. Deshalb plante er, sie vor vollendete Tatsachen zu stellen, sobald er mit Ihnen wieder im Reinen war."

„Und das war der Grund, warum Sie sie nicht als verdächtig einstuften?"

„Einer der Gründe", verbesserte er mich. „Zuerst einmal war sie wirklich zutiefst getroffen von seinem Tod, das war nicht gespielt."

„Ha", murmelt Thorben, „dafür hat sie sich aber schnell getröstet."

„Pscht", ich will nicht, dass schon wieder vom Hauptthema abgelenkt wird. „Und was noch?"

„Sie hatte unseres Erachtens keine Möglichkeit, sich dieses Gift zu besorgen." Willi sieht mich an. „So einfach kommt man da nicht heran."

Das hatten wir selbst bereits herausgefunden. „Gut, aber wie sind Sie dann auf meine Schwiegermutter gekommen?"

„Nun", er zieht eine Grimasse, „zunächst gerieten Sie ins Visier der Ermittlungen, besonders nachdem sich die Fingerabdrücke auf der Karaffe als die Ihren herausstellten. Während die Kollegen in Hamburg noch versuchten, Sie zu erreichen, befragten wir hier vor Ort erneut die Freunde Ihres Mannes. Dabei tauchten nach und nach einige Widersprüche auf, sodass ich relativ schnell zu dem Verdacht kam, dass eigentlich Sie das Opfer hatten werden sollen. Nur vernünftige Beweise fand ich bis vor Kurzem nicht."

„Moment, Moment." Diese Aussage muss ich erst einmal verdauen. „Was für Widersprüche?"

„Bei unseren Fragen legten wir natürlich viel Wert auf die genaue Art Ihrer Trennung, um ein mögliches Motiv zu finden. Herr Niefers wusste über das Drama genau Bescheid und unterließ es auch nicht uns mitzuteilen, dass seiner Meinung nach Ihr Mann die Alleinschuld daran trug. Andererseits war er der Erste, der vehement auf Ihrer Unschuld beharrte. Sie wären unter keinen Umständen zu so einer hinterhältigen und scheußlichen Tat fähig, waren seine Worte."

Wow, das hätte ich Tim gar nicht zugetraut. Ich dachte eigentlich, er würde mich nicht besonders mögen. Meist hatte er mich kaum beachtet und war lieber mit Martin irgendwohin verschwunden, als bei uns zu hocken.

„Die anderen Freunde Ihres Mannes bestätigten diese Meinung ausnahmslos, zudem gab jeder von ihnen zu Protokoll, dass Herr Kilian normalerweise nie Kirschschnaps trank, Sie dagegen eine besondere Vorliebe für dieses Getränk hatten. Das gab mir zu denken. Natürlich hatten Sie die Möglichkeit das Gift in die Flasche zu füllen, doch warum sollten Sie ausgerechnet den Kirschschnaps wählen?"

„Äußerst unsinnig", gebe ich ihm recht. „Martin trank, bis wir uns getrennt haben, nur ab und zu ein Bier und auf Partys auch mal einen Whisky. Um das süße Zeug machte er, solange wie ich ihn kannte, stets einen großen Bogen."

„Ja, warum hat er ihn überhaupt getrunken?", fragt Florian.

„Es war nichts anderes mehr da." Willi zuckt mit den Schultern. „Wir können nur mutmaßen, aber es sieht so aus, als habe euer Vater in der letzten Zeit dem Alkohol regelmäßig zugesprochen."

„Das heißt?" Thorben und ich haben gleichzeitig gefragt.

„Fast jeden Abend", präzisiert Willi, „deshalb hatte die Freundin schon länger nichts Eigenes mehr im Haus. Sie ist Antialkoholikerin und strikt gegen seine in ihren Augen Sauferei gewesen. So leerte er eben die Vorräte, die er sich aus der alten Wohnung mitgebracht hatte."

Martin ein heimlicher Trinker? Das wäre das Letzte gewesen, was ich vermutet hätte.

„Laut Herrn Niefers waren es nur zwei, drei Gläschen pro Abend", fährt Willi fort. „Damit er das Elend besser erträgt."

So was von blöd! Warum ist er nicht einfach in das halbfertige Haus seiner Mutter gezogen. Er musste sich dem doch gar nicht unbedingt aussetzen.

„Ihr solltet mit Herrn Niefers sprechen", antwortet Willi auf eine ähnliche Frage meines Sohnes. „Ich kann im Prinzip nur seine Worte wiedergeben. Demnach war euer Vater jemand, der nicht allein leben konnte und wollte. Er hatte sich in den Kopf gesetzt, eure Mutter zurückzuerobern. Deshalb wurde das Haus auch nicht weiter renoviert. Er wollte erst mit ihr darüber sprechen, ob sie sich vorstellen konnte, dort einzuziehen. Ein erstes Treffen war geplant, seiner Meinung nach", er hüstelt und wird rot, „würde sie ihn mit Freuden zurücknehmen."

„Typisch Papa!" Thorben kann seine Wut nicht verhehlen. Bevor er sich weiter auslassen kann, greife ich ein. „Ich verstehe immer noch nicht, wie Sie auf meine Schwiegermutter gekommen sind." Natürlich finde ich Martins Verhalten ebenso ungeheuerlich. Nur müssen wir uns nicht jetzt damit auseinandersetzen.

„Wieder war es Herr Niefers, der den Stein ins Rollen brachte", Willi grinst mich an. „Ohne ihn wäre ich wahrscheinlich nie auf die Idee gekommen. Er scheint kein besonders großer Fan von ihr gewesen zu sein."

„Das ist eher die Regel als die Ausnahme", kann sich Florian nicht verkneifen zu sagen.

„Nun komm endlich zur Sache", selbst Georg wird langsam ungeduldig.

„Er hat mir erzählt, dass Herr Kilians Vorgehen gegen seine Frau von seiner Mutter forciert worden sei, beziehungsweise, dass sie diejenige war, die ihren Sohn derart gegen sie aufgestachelt hätte und auf immer neue Ideen gekommen sei, sie zu striezen."

„Diese Niggeligkeiten und ein Mord sind aber zwei verschiedene Paar Schuhe." Florian zieht die Augenbrauen hoch.

„Er sagte außerdem, dass die alte Frau Kilian ihre Schwiegertochter bis aufs Blut gehasst habe und ..." Willi macht eine kurze Pause und sieht in die Runde. „Und er wunderte sich darüber, dass sie nach der Trennung andauernd nach ihr gefragt hat. Das wäre mehr als Neugier gewesen, wie sie mit dieser Situation umgeht."

„Das war alles?" Ich kann es nicht fassen. Daraus ergab sich für ihn ein Motiv, mich umzubringen?

„Es waren die ersten Mosaiksteinchen", sagt Willi und hebt die Hände. „Wenn man erst weiß, wonach man suchen muss, findet man schnell weitere Indizien."

„Woher hatte Sie das Gift?" Georg spricht mir aus der Seele. Vor allem, wie hatte Willi davon erfahren?

„Wo fragt man wohl als Erstes nach?"

„Bei Ärzten und Apothekern", antwortet Thorben wie aus der Pistole geschossen.

„Und bei Omas Freunden und Bekannten", ergänzt Florian.

„Und ihren Verwandten", fällt es mir wie Schuppen von den Augen. „Ihre Schwester hat Sie auf die richtige Spur geführt."

42

Obwohl ich zwei Tassen Tee mit Rum getrunken habe und es ziemlich spät geworden ist, kann ich nicht einschlafen. Meine Gedanken kommen einfach nicht zur Ruhe. Immer und immer wieder muss ich an dieses Biest von Schwiegermutter denken. Es zu vermuten ist das eine, es wirklich zu wissen etwas ganz anderes. Statt sich zu freuen, dass sie endlich gegen mich gesiegt und ihr Sohn mich verlassen hatte, wollte sie mich ermorden, um auf Nummer sicher zu gehen, dass er keine Möglichkeit hatte, doch noch zu mir zurückzukehren.

Ach was, ich sollte lieber froh sein, dass sich nun alles geklärt hat, sage ich mir selbst, während ich mich tiefer unter die Decke kuschele. Immerhin bin ich jetzt frei, alles zu tun, was ich möchte. Mein Leben gehört wieder mir. Und es gibt noch so viel, was ich tun will.

Gleich am nächsten Tag setze ich meine guten Vorsätze in die Tat um. Nach einem gemütlichen Frühstück mit den Männern packe ich meine Sachen und verabschiede mich von Georg. Dann geht es zurück in Marlies' Haus. Thorben und Florian schleppen die durchsortierten Kartons zu den anderen in die Diele und ich setze mich in die Küche und rufe meine Schwester an. Bevor ich mich um alles andere kümmern kann, muss ich sie auf den neuesten Stand der Dinge bringen.

Nachdem sie sich beruhigt hat – sie hat vor Freude so laut gejubelt, dass mir fast der Hörer aus der Hand gefallen ist – will sie alles ganz genau wissen. „Wie ist sie denn nun an das Gift gekommen?", unterbricht sie mich ungeduldig mitten in meiner Erzählung.

„Sie hat auf einer ihrer Reisen die Bekanntschaft eines Botanikers gemacht", beginne ich zu erklären. „Dieser Kontakt vertiefte sich nach und nach und …"

„Sie hatte einen Freund?", unterbricht Ute mich schon wieder.

„Nicht in dem Sinne, der dir vorschwebt." Ich werde langsam ungeduldig. „Lass mich einfach ausreden, bitte! Also die beiden haben oft miteinander telefoniert und sich auch ab und zu getroffen. Sie hatten dieselben Hobbys und ähnliche Vorlieben, deshalb kamen sie anscheinend gut miteinander aus. Allerdings war diese Beziehung rein platonisch, weder er noch sie wollten mehr."

„Aha", macht meine Schwester nur, aber dieses eine Wort reicht aus, mir ihre Skepsis deutlich zu zeigen.

„Kannst du dir Marlies in Liebe erglüht vorstellen?", frage ich lachend.

„Na ja, immerhin gibt es Martin", meint sie zweifelnd.

„Kurz nach seiner Geburt müssen ihre Hormone wohl begonnen haben einzutrocknen", kann ich mir nicht verkneifen zu antworten. „Tante Hilde war sich jedenfalls sicher, dass diese Beziehung eine reine Freundschaft von beiden Seiten aus war. Dieser Mann, er heißt Paul, hatte wohl erst kurz vor dieser bewussten Reise seine Frau nach langer Krankheit verloren. Die Fahrt war ein Geschenk seiner Kinder und …" Ich merke, dass ich mich viel zu sehr in Einzelheiten verliere. „Zurück zum Thema! Irgendwann erkannten die beiden, dass sie nicht nur ihre Hobbys gemeinsam hatten. Ihre Ehepartner waren erst nach einem langen, schrecklichen Siechtum gestorben und Paul und Marlies waren sich darin einig, dass sie selbst nicht auf diese Weise enden wollten. Daher begannen sie gemeinsam nach einem Mittel zu suchen, das ihnen im Falle eines Falles einen schnellen Tod bescheren sollte."

„Und sie kamen zu dem Schluss, dass das Gift der Tollkirsche das für sie Geeignetste war?", fragte Ute ungläubig.

„Wenn es stark genug ist, geht es wohl ziemlich schnell. Das hat dieser Paul den ermittelnden Beamten zumindest gesagt."

„Hat er auch ein Fläschchen?"

„Ute bitte, danach konnte ich Willi schließlich nicht fragen. Das war ja auch nicht wichtig für mich. Auf jeden Fall hat er bestätigt, dass Marlies genug von dem Gift besaß, um ihr Leben zu beenden."

„Was sie aber nicht tat, sondern es für dich benutzte", ergänzt Ute.

„Das nenne ich wahre Mutterliebe."

„Haha", kann ich mir nicht verkneifen zu antworten.

„Wie sind sie denn auf diesen Freund gekommen?", fragt meine Schwester schnell weiter.

Ich schlucke die Beschimpfungen, die mir schon auf der Zunge lagen, hinunter. „Er war der einzige Fremde auf Marlies' Beerdigung. Dadurch wurde Tante Hilde neugierig und hat sich mit ihm bekannt gemacht."

„Wie? Willst du mir etwa damit sagen, dass vorher niemand von ihm wusste?"

Ich muss lachen. „Es sieht tatsächlich so aus. Selbst Martin soll ziemlich überrascht gewesen sein."

„Echt stark." Ute macht eine kleine Pause und ich kann fast hören, wie ihre Gehirnzellen arbeiten. „Was ich immer noch nicht verstehe, ist, wie es diesem Willi gelang, das Ganze aufzudröseln."

„Ich denke, er ist so ähnlich wie wir vorgegangen", rufe ich ihr ins Gedächtnis, dass die Jungen und ich den Fall ebenfalls fast geklärt hatten.

„Wenn ich ihn gestern Abend richtig verstanden habe, hat er sich mit den Aussagen, die er gesammelt hatte, hingesetzt und versucht, ein System zu finden. Und nachdem sein Verdacht erst einmal in die richtige Richtung ging, hat er begonnen, weitere Fakten zu sammeln. Wenn du weißt, wonach du zu suchen hast, ist das nicht sonderlich schwer."

Ute schnaubte unwillig. „Dann bin ich vielleicht minderbemittelt, ich verstehe nur Bahnhof."

Grinsend lehne ich mich zurück. Das Gespräch wird wohl noch einige Zeit dauern. „Zuerst hatte er Martins Freundin in Verdacht", beginne ich und berichte ausführlich, wie Willi vorgegangen ist.

„Dass er mich so zügig als Täterin ausschloss, habe ich Martins Freund Tim zu verdanken. Er wusste, dass Marlies mir die besagte Karaffe zu Weihnachten geschenkt hatte, er machte Willi darauf aufmerksam, dass sie kurz vor Weihnachten von ihrer tödlichen Krankheit erfahren hatte und er war der Erste, der von ihrem Hass auf mich sprach."

„Langsam, ganz langsam", ich kann mir genau vorstellen, wie meine Schwester die Hand hebt, um mich zu bremsen. „Dieser Willi hatte dich doch in Verdacht, richtig? Und schwups, kaum hat er mit Martins Freund gesprochen, ist er ganz anderer Meinung?"

„Ne, es hat wohl schon etwas länger gedauert." Ute tut immer nur so, als ob sie nicht denken könnte, dabei ist sie meistens – wenn sie sich nicht gerade von ihren Gefühlen leiten lässt - von bestechender Logik. Auf jeden Fall ist sie ziemlich schnell auf die Schwachstelle in Willis Bericht gestoßen. Vernünftig erklären, wie er auf seinen Verdacht gekommen ist, konnte er nämlich nicht, er erklärte es mit Instinkt und seiner langen, polizeilichen Erfahrung.

„Hat Martins Freund denn Mutmaßungen in diese Richtung geäußert?", fragt Ute hartnäckig nach. Sie will wirklich immer alles ganz genau wissen.

„Es waren mehrere Vernehmungen", erinnere ich sie. „Bei seiner ersten Aussage erwähnte er nur, dass er hundertprozentig wisse, dass Marlies eigentlich mir die Karaffe mit dem Kirschschnaps geschenkt hatte, weil Martin sich bei ihm noch darüber beschwert hat, dass ich das liebe Geschenk seiner Mutter wieder einmal nicht zu würdigen wisse. Dieser Satz ist Willi bei der Durchsicht der Akte aufgefallen und er hat sich selbst mit Tim getroffen. Das erste Mal ist dieser nämlich von einem anderen Polizeibeamten vernommen worden."

„Wie im Fernsehen", kommentiert meine Schwester, „da ist auch immer einer schlauer als die anderen."

Ich muss lachen, Thorben hat gestern fast die gleichen Worte benutzt. „Nein, dieser Eindruck täuscht", erwidere ich eingedenk der Antwort Willis. „Du musst dir das so vorstellen, dass ganz viele die einzelnen Puzzleteilchen einsammeln und einer dann versucht, sie zusammenzubringen. Am Anfang wird in alle Richtungen ermittelt, erst nach und nach kristallisiert sich die richtige Spur heraus."

„Trotzdem hast du echt Glück gehabt, an jemanden wie diesen Willi geraten zu sein", meint sie, von meiner Erklärung ziemlich unbeeindruckt. „Wie leicht hätte die Wichtigkeit dieser Aussage übersehen werden können."

Etwas Ähnliches hatten meine Söhne mir heute Morgen gleichfalls gesagt und ich nehme mir fest vor, mich nicht nur bei Georg, sondern auch bei seinem netten Schwager irgendwie erkenntlich zu zeigen.

„Nun mal weiter!", fordert Ute. „Was hat Martins Freund bei seiner zweiten Vernehmung von sich gegeben, um den Verdacht zu erhärten?"

„Nein, es war ganz anders", wenn schon, dann erzähle ich es richtig. „Zuerst hat Willi ihn gefragt, warum er sich nicht vorstellen könne, dass ich die Mörderin sei. Diese Ansicht hatte Tim im ersten Gespräch ziemlich vehement vertreten. Auch beim zweiten Mal blieb er bei seiner Meinung. Wenn, so seine Vermutung, hätte ich viel eher etwas gegen Martin unternommen, zum Beispiel direkt nach seinem Auszug oder spätestens nach den folgenden Querelen. Einen Angriff im Affekt hätte er sich durchaus vorstellen können, nach allem, was mein Ehemann mir angetan hatte. Aber niemals wäre ich zu einer derartig hinterlistigen, feigen Tat fähig."

„Wow. Da hast du ja einen echten Fan."

„Er hat nur das ausgesprochen, was alle in Martins Bekanntenkreis dachten. Keiner fand die Art und Weise, wie er mich abserviert hatte, richtig. Und alle vermuteten, dass seine Mutter dahinter steckte. Willi hat sich natürlich nicht auf Tims Aussage verlassen, sondern den gesamten Freundeskreis von Martin noch einmal befragt. Glücklicherweise blieben sie bei ihrer Meinung und jeder kannte wieder einzelne Details von Marlies' Machenschaften gegen mich. Deshalb …"

„Halt, warte!" Deutliche Skepsis klingt in der Stimme meiner Schwester mit. „Florian gegenüber waren diese Freunde aber merklich zurückhaltender. Er hat mir erzählt, er wäre bei jedem Einzelnen gewesen und keiner hätte irgendwelche relevanten Informationen für ihn gehabt. Wie passt das zusammen?"

„Er ist Martins Sohn", liefere ich ihr die gleiche Erklärung, die ich bereits Florian und Thorben gegeben habe, die sich ebenfalls an diesem Punkt gestoßen hatten. „Sie wollten das Ansehen seines Vaters nicht in den Schmutz ziehen. Dass es ihm bei seinem Besuch darum ging, entlastende Beweise für mich zu finden, wussten sie schließlich nicht. Florian hat überall sein übliches Sprüchlein aufgesagt, er wolle für sich und seinen Bruder die letzten Monate seines Vaters nachvollziehen."

„Klingt logisch", pflichtet mir Ute bei. „Ich glaube, ich an ihrer Stelle hätte genauso reagiert."

„Bei Willi sah es natürlich ganz anders aus", fahre ich fort. „Da hielten sich zu meinem Glück alle an die Wahrheit. Es war ihnen nämlich schon seit dem Herbst bekannt, dass Martin eine Freundin hatte und deshalb die Wohnung im Haus seiner Mutter renovierte. Und Tim wusste auch, dass er dort nur deshalb noch nicht eingezogen war, weil Martin, nachdem er von Marlies' Krankheit erfahren hatte, beschloss zu warten."

„Moment mal! Warum ist er dann nicht an deiner Seite geblieben, bis sie starb? Ich meine, er betrog dich seit Längerem, da hätten ihn die paar Monate auch nicht mehr stören können."

„Christine und Marlies drängten gemeinsam auf eine baldige Scheidung. Seine Freundin hatte das ewige Versteckspiel satt, sie wollte ihn so schnell wie möglich ganz für sich. Meine Schwiegermutter dagegen sah es wohl als Möglichkeit, mich, solange ich noch lebte, bis zur Weißglut zu ärgern."

„Das heißt im Klartext, kaum ist sie aus dem Krankenhaus zurück, setzt sie Martin unter Druck, sofort die Scheidung einzureichen."

„Genau, nur hat Marlies es ihm erst einige Tage nach Weihnachten gesagt, deshalb wurde es Ende Januar, bis er alles in die Wege geleitet hatte."

„War das mit dem teuren Telefonanbieterwechsel nicht bereits im November?"

„Habe ich irgendwann behauptet, Martin hätte vorgehabt, sich auf gütliche Weise von mir zu trennen?", frage ich zurück. „Er wollte mich leiden lassen, so oder so. Durch den bevorstehenden Tod seiner Mutter ist der Druck gegen mich vielleicht etwas heftiger ausgefallen, da er mich ja zwingen wollte, in eine sofortige Scheidung einzuwilligen. Aber leiden lassen, wollte er mich von Anfang an."

„So ein Arschloch", wiederholt meine Schwester. „Ich kann nicht verstehen …", Sie stutzt. „Du hast den Schnaps schon zu Weihnachten bekommen", erinnert sie mich.

„Ich weiß", obwohl ich dachte, mit dieser verdammten Geschichte abgeschlossen zu haben, kann ich ein bitteres Auflachen nicht verhindern. „Wie es aussieht, ging Marlies davon aus, mich umzubringen wäre der einfachere Weg. Keine nervenaufreibende Scheidung, kein Krieg um unser gemeinsames Hab und Gut – für ihren Sohn wollte sie schon immer nur das Beste. Und ich denke, da war auch ihre Angst, dass Martin es vielleicht doch nicht schaffen würde, sich auf Dauer von mir zu trennen."

„Gut, dass du Kirschschnaps nicht mehr ausstehen kannst", seufzt Ute.

„Gut, dass Marlies es nie erfahren hat", kontere ich. Nach einem gemeinsamen, tiefen Aufatmen komme ich wieder zur Sache: „Nachdem ich nun nicht eines schnellen Todes gestorben war, begann sie ständig bei Martin nachzufragen, ob er was von mir gehört hatte, angeblich, um einzuschätzen, wie bald ich wohl klein beigeben würde, in Wirklichkeit natürlich, weil sie mein Ableben kaum noch abwarten konnte. Sie hat sogar mehrmals anonym bei mir angerufen, angeblich um auszuspionieren, ob ich zu Hause bin."

„Daher wusste dein Mann also, wann er kommen konnte, ohne dir zu begegnen." Ute schnalzt anerkennend mit der Zunge. „Da hat sie gleich zwei Fliegen mit einer Klappe geschlagen."

„Allerdings fühlte sich Martin eher von ihr unter Druck gesetzt. Das hat er zumindest Tim gegenüber behauptet. Und zusätzlich stand diese Christine voll hinter den Machenschaften von Marlies und drängte ihn, die Sache wie besprochen durchzuziehen."

„Der arme Mann", spottet Ute. „All diese Anstrengungen zu unternehmen, nur um schließlich vom Regen in die Traufe zu landen, das hat er nun bestimmt nicht verdient."

„Auf jeden Fall reichten Willi diese Angaben, um weiter nachzuforschen", fahre ich fort, ohne auf diese Spitze einzugehen. Inwieweit Martin tatsächlich gelitten hat, werde ich wohl bald genauestens von Tim erfahren. Aber dass er sich derart schnell wieder von Christine trennen wollte, spricht für sich. „Durch Tante Hilde stieß er auf Marlies' Bekannten, der, nachdem er von dem Verdacht der Polizei erfahren hatte, die gesamte Geschichte von der Herstellung des Giftes freimütig erzählte und …"

„Und das hat Willi alles bis zu dieser ominösen Hausdurchsuchung herausgefunden?", in Utes Stimme klingt ihr Zweifel mit.

„Nein, da hatte er gerade mal den ersten Verdacht gefasst." Ich weiß, was sie meint. Obwohl er es bestritten hat, galt diese Durchsuchung wohl doch in erster Linie mir. Ob da nicht eine gewisse Eitelkeit hilft, die Fakten im Nachhinein anders erscheinen zu lassen?

Schwamm drüber, ich bin ihm unendlich dankbar für seine Hartnäckigkeit und akribische Ermittlung und genau das sage ich auch meiner Schwester.

„Sehe ich genauso", versichert sie. „Wir sind alle unheimlich froh, dass dieser Alptraum für dich vorbei ist. Wie geht es denn nun weiter?"

„Willi wollte gleich heute Morgen zu Onkel Herbert und Marlies' Unterlagen durchgehen. Er sieht es wie wir, ja, darauf waren wir tatsächlich selbst schon gekommen: Sie muss irgendein Schriftstück hinterlassen haben, in dem sie die Schuld für meinen Tod auf sich nimmt. Sie hätte niemals zugelassen, dass ihr Sohn für dieses Verbrechen büßen muss."

„Ah, er denkt, sie hat irgendwann Angst bekommen, dass du den vergifteten Schnaps erst später trinkst und sie dann nicht mehr in der Lage ist, sich zu ihrer Tat zu bekennen?" Meine Schwester scheint es nicht der Mühe wert, unseren kriminalistischen Spürsinn zu loben. Oder sie ist so von der Geschichte gefangengenommen, dass sie diese unbedingt weiterhören will.

„Genau. Immerhin hatten die Ärzte ihr höchstens noch drei bis vier Monate gegeben. Sie musste Martin absichern, denn er wäre der Erste gewesen, der unter Verdacht gestanden hätte, wenn ich während unseres Scheidungsverfahrens gestorben wäre. Es muss also einen Brief oder etwas Ähnliches geben."

„Wäre der nicht nach ihrem Tod geöffnet worden?"

„Nicht, wenn sie das Ganze wohlüberlegt angegangen ist", gebe ich wieder, was ich von Thorben erfahren habe. „Man kann das so verklausulieren, dass der Erblasser an bestimmte Bedingungen gebunden ist."

„Ich hoffe, Willi wird fündig", wünscht Ute mir inbrünstig. „Damit diese Geschichte ohne jeglichen Zweifel ein für alle Mal aus der Welt geräumt ist."

43

Ich habe gerade den Hörer zurückgelegt und bin auf dem Weg in die Küche, als das Telefon erneut zu klingeln beginnt. Dieses Mal ist Florian schneller und nimmt das Gespräch entgegen.

„Hallo, Willi", begrüßt er den Anrufer und zwinkert mir zu.

Kribblig vor Aufregung halte ich mich neben ihm und versuche, der Unterhaltung zu folgen. Doch außer einigen ‚Hms‘ und ‚Ahas‘ und einem ‚Tatsächlich‘ sagt er nichts. Nun gut, sein Lächeln und sein wiederholtes Augenzukneifen sollen mir anscheinend signalisieren, dass es gute Nachrichten sind, die er gerade erhält. Trotzdem werde ich immer zappeliger vor Ungeduld.

Endlich kommen sie zum Ende. „Oma hat tatsächlich einen Brief an Papa hinterlassen", beginnt er und wird vom schrillen Läuten des Telefons unterbrochen. Dieses Mal ist es Onkel Herbert. Wieder dauert es geraume Zeit, bis er auflegen kann. Mittlerweile hat sich Thorben zu uns gesellt. Er ist genauso gespannt wie ich, was es Neues gibt. „Nun erzähl schon!", fordert er Florian auf, der, den Hörer noch in der Hand, mit breitem Grinsen vor uns steht.

„Der Fall ist endgültig geklärt, Oma hat in ihrem Schreiben den Mordversuch an dir gestanden und ihr Vorgehen ausführlich erklärt, damit kein Verdacht auf ihren Sohn fallen konnte, wenn du erst einmal gestorben warst. Onkel Herbert wusste nicht, was sich in dem zugeklebten Umschlag befand. Er hatte den Auftrag, Papa den Brief zukommen zu lassen, wenn dieser aus irgendeinem Grund in Schwierigkeiten steckte."

„Das war aber reichlich vage ausgedrückt. Darauf hat sich Onkel Herbert eingelassen?"

„Oma war an dem Tag ziemlich neben der Spur und er wollte sie nicht aufregen, indem er weiter nachfragte." Florian lacht. „Auf die Idee, dass sie darin einen Mord gesteht, ist er natürlich nicht gekommen. Nach Papas Tod wollte er das Schreiben eigentlich vernichten, aber du kennst ja Onkel Herbert, der muss alles aufheben."

„In diesem Falle Gott sei Dank", stoße ich inbrünstig hervor und Florian lacht und nimmt mich in den Arm. „Du bist hundertprozentig rehabilitiert."

„Ich wusste, dass Oma Papa irgendwie abgesichert haben musste", trotz seiner Worte ist Thorben sichtlich heilfroh, dass sich alles geklärt hat. „Was wollte denn Onkel Herbert?"

„Er hat sich tausendmal bei mir entschuldigt, dass er sich derart abweisend benommen habe. Niemals wäre er auf die Idee gekommen, dass seine Schwägerin derart kalt und berechnend hätte vorgehen können", Florian grinst breit. „Er war sichtlich erschüttert und hat mir angeboten, sich darum zu kümmern, dass Papas Testament zügig bearbeitet wird. Du bist übrigens seiner Meinung nach genauso erbberechtigt wie wir, da Papa ja die Scheidung zurückgezogen hat. Ach, und ein kostenloses Darlehen will er uns auch geben, als Wiedergutmachung sozusagen."

„Nein, danke, ich komme so zurecht", erwidere ich spontan.

Thorben dagegen nickt. „Erstens wird ihn sich das weniger schuldig fühlen lassen und zweitens können wir das Geld gut gebrauchen. Es wird trotz seiner Bemühungen eine Weile dauern, bis wir über das Erbe verfügen können."

„Ich brauche nichts von ihm", erkläre ich trotzig. „Ich bekomme ab dem nächsten Ersten meine Rente. Und bis dahin …"

„Gutes Stichwort, Mama", unterbricht mich Florian und zieht mich in die Küche. „Es wird Zeit darüber zu reden, wie wir das Erbe aufteilen."

„Ich will nichts von Marlies, weder das Haus noch ihr Geld." Widerstrebend lasse ich mich auf den nächstbesten Stuhl fallen. Es gibt noch genug für uns zu tun. Ich will endlich loslegen.

„Und wovon willst du leben?" Thorben hat sich mir gegenübergesetzt und schaut mich ernst an. „Wie hoch ist dein Rentenanspruch? Mehr als fünf- bis sechshundert Euro kannst du bestimmt nicht erwarten. Dafür ist Papa zu jung gestorben."

„Die ersten drei Monate bekomme ich mehr." Kampflustig funkele ich ihn an. „Danach stehe ich wieder auf eigenen Füßen." Ich halte inne und atme ein paar Mal tief durch. Eigentlich will ich mit meinen Kindern gar nicht streiten, sondern ihnen meinen Standpunkt vernünftig darlegen. „Es ist ja nicht so, dass ich völlig auf Martins Erbe verzichten will", fahre ich wesentlich ruhiger fort. „Ich dachte mir, ich bekomme seine Sammlungen und ihr dafür als Ausgleich alles, was er von seiner Mutter geerbt hat."

„Da schneidest du aber viel zu schlecht ab." Florian schüttelt energisch den Kopf. „Darauf können wir uns nicht einlassen."

„Ich bekomme viel mehr, als ich je gedacht hätte", beharre ich auf meinem Standpunkt. „Hätte euer Vater die Scheidung durchgezogen, bekäme ich gar nichts, da mein Vermögensausgleich direkt mit der mir vom Amt gewährten Unterstützung gegengerechnet würde. Ich müsste weiter von Hartz IV leben. So dagegen habe ich durch den Erlös aus dem Verkauf seiner Uhren und seiner Fotoapparate genug Geld, um mich auf eigene Füße zu stellen."

„Was willst du machen?", fragt Thorben. „Du hast doch bereits einen Plan, stimmt's?"

„Ich dachte mir, ich könnte ein kleines, privates Altenheim aufmachen", erkläre ich und spüre, wie meine Wangen heiß werden. „Die Idee ist mir heute Nacht gekommen", füge ich schnell hinzu. Denn sonst vermuten die beiden bestimmt, ich hätte die ganze Zeit schon Pläne gemacht. Dabei hatte ich viel zu viel Angst, dass ich verhaftet werden könnte, als dass ich daran auch nur einen Gedanken hätte verschwenden können. „Nichts Großes, versteht mich bitte nicht falsch. Ich hatte an eine geräumige Wohnung mit drei bis vier Zimmern zum Vermieten gedacht."

„An eine Art betreutes Wohnen?", fragt Thorben interessiert nach.

„Genau", es scheint, als beginne er zu verstehen. „Ich sehe es bei meiner Nachbarin und ich habe genug Fälle im Altenheim erlebt", erkläre ich und merke, dass meine Stimme immer lebhafter wird. „Es gibt viele alte Leutchen, die im Prinzip nicht groß pflegebedürftig sind, sondern nur nicht mehr in der Lage, die Dinge des täglichen Bedarfs alleine zu regeln. Damit meine ich, sie können vielleicht nicht mehr weit laufen oder sich selbst verpflegen oder ihre Wohnung allein in Ordnung halten. Das heißt, ich will mich um die kümmern, die keine professionelle Pflege brauchen. Schließlich bin ich keine ausgebildete Altenpflegerin."

„Glaubst du, du würdest genug Interessenten finden?" Florian klingt weiterhin skeptisch.

„Mehr als genug, das habe ich bei meiner Arbeit im Altenheim schon festgestellt. Und meine Nachbarin wäre die Erste, die mit Freuden bei mir einziehen würde."

Thorben habe ich schon überzeugt und auch mein Ältester wirkt nicht mehr ganz so skeptisch. Die nächste Stunde reden wir ausführlich über mein Projekt, stellen Finanzierungspläne auf, besprechen, an was ich alles denken und auf was ich alles achten muss. Am Ende sind meine Söhne fast ebenso begeistert von meiner Idee wie ich. Nur dass ich völlig auf Marlies' Erbe verzichten will, ist ihnen weiterhin ein Dorn im

Auge. Sie können einfach nicht verstehen, wie ich mich fühlen würde, wenn ich dieses Geld für mich nutze.

Tante Hilde dagegen, die unerwartet pünktlich um eins mit einem warmen Mittagessen für uns auf der Türschwelle steht, kann meine Gefühle nachvollziehen. Trotzdem ist sie, genauso wie meine Söhne der Meinung, ich solle über meinen Schatten springen und das Erbe annehmen. „Ein vernünftiges Polster im Rücken ist sehr nützlich", mahnt sie. „Du musst das Geld ja nicht ausgeben. Wenn du es nicht benötigst, kannst du es an Thorben und Florian weitervererben. Sieh es nur als Notgroschen."

Ich lasse mich nicht überzeugen. Ich werde meinen Weg gehen, wie ich es mir vorgestellt habe. Von dem, was ich mit meinen Alten verdiene, kann ich bestimmt gut leben, sodass ich die zusätzliche kleine Rente gar nicht in Anspruch nehmen muss. Diesen Betrag will ich sparen, damit ich später ebenfalls mein Auskommen habe. Außerdem werde ich von meinem Gehalt in die Rentenkasse einzahlen, da kommt bestimmt auch noch eine hübsche Summe zusammen.

Schließlich nach langem Hin und Her einigen wir uns auf einen Kompromiss. Meine Kinder bekommen das Haus zu gleichen Teilen überschrieben und erhalten Marlies' gesamtes Barvermögen. Der Erlös aus dem Verkauf ihrer Wertgegenstände wird durch uns drei geteilt. Thorben und Florian sind der Meinung, dass ich den Hauptteil des Aussortierens alleine erledigt und deshalb einen gleichwertigen Anspruch darauf habe.

Mit dieser Lösung bin ich einverstanden, vor allem, da mir der Gedanke gekommen ist, dass ich einige ihrer Möbel ganz gut für meine Altenwohnung gebrauchen kann. Ich weiß ja nicht, ob meine Pfleglinge genügend eigene Einrichtungsgegenstände mitbringen werden.

„Wo willst du dein kleines Heim eigentlich gründen?", fragt Tante Hilde neugierig.

„Äh …", ich gerate ins Stottern. Genau das ist mein Problem. Ich weiß es selbst noch nicht. Seitdem ich zurück bin, merke ich erst, wie sehr ich diesen kleinen Ort vermisst habe. Ich bin keine Großstadtpflanze mehr, sondern fühle mich auf dem Land viel wohler. Aber kann ich hier eine Wohnung finden, die auf meine Ansprüche zugeschnitten ist? Ein Park müsste in der Nähe sein und zumindest ein, zwei Geschäfte, die fußläufig erreichbar sind. Und Ärzte und eine Apotheke dürfen auch nicht zu weit entfernt sein.

„Am allerliebsten würde ich hierher zurückkehren", gestehe ich.

„Na prima", Thorben lacht fröhlich, „dann können wir unser Haus an dich vermieten."

Daran habe ich überhaupt nicht gedacht. Das wäre wirklich eine hervorragende Idee. Na ja, zumindest die zweitbeste. Das, was ich am liebsten hätte, wird sowieso nicht in Erfüllung gehen.

„Genial", freut sich auch Florian. „Das ist viel besser, als es zu verkaufen."

Keiner der Jungen will nämlich hier wohnen. Deshalb hatten sie kurz zuvor beschlossen, es lieber zu veräußern. Außerdem meint Tante Hilde, dass sie es bestimmt zu einem guten Preis loswerden könne.

„Es müsste renoviert und umgebaut werden", werfe ich zögernd ein. „Und um einen Treppenlift kommen wir bestimmt auch nicht herum."

„Na und?" Thorben macht eine wegwerfende Handbewegung. „Dafür können wir die untere Wohnung zusätzlich vermieten. Das Geld haben wir ganz schnell wieder eingenommen."

Ich sehe das nicht ganz so rosig. Andererseits bin ich schon halb und halb entschlossen, ihr Angebot anzunehmen. Obwohl das Haus fast am Ortsausgang liegt, gibt es direkt in der Nähe ein kleines Lebensmittelgeschäft, einen Bäcker und eine Apotheke. Marlies' Hausarzt praktiziert zwei Straßen weiter, die Bushaltestelle ist etwa fünf Minuten entfernt. Vielleicht, wenn ich von dem Erlös aus Martins Sammlungen den Umbau bezahle …?

„Überleg dir diese Entscheidung in aller Ruhe." Tante Hilde holt uns auf den Boden der Tatsachen zurück. „Du musst dich nicht von heute auf morgen entscheiden." Sie steht auf und nimmt mich in den Arm. „Egal, was du letztendlich beschließt, auf meine Hilfe kannst du auf jeden Fall zählen."

Ich bin echt gerührt. Sie scheint es wirklich ehrlich zu meinen.

„Ich habe mich bisher viel zu sehr von Marlies beeinflussen lassen", erklärt sie leise und wird doch tatsächlich rot. „Ich hoffe, dass wir noch Freunde werden können."

„Natürlich", versichere ich ihr und meine es auch so. Vielleicht habe ich mich in ihr und Onkel Herbert ebenfalls getäuscht. Zumindest kann ich ihnen eine zweite Chance geben.

Es ist später Nachmittag, als sie uns endlich verlässt. Ich bin frustriert. Eigentlich hatte ich morgen wieder nach Hause fahren wollen. Es sind nur noch fünf Tage bis Heiligabend und ich wollte noch so viel erledigen. Am vierundzwanzigsten habe ich bis achtzehn Uhr Dienst und an den beiden Weihnachtstagen muss ich von acht bis zwei arbeiten. Da bleibt keine Zeit für besondere Vorbereitungen.

„Ich an deiner Stelle würde gar nicht mehr hingehen", sagt Florian, nachdem ich meinem Unmut Luft gemacht habe. „Was können die dir denn tun? Allerhöchstens das Unterstützungsgeld für diese letzte Woche streichen."

Nein, das wäre Unrecht, das kann ich nicht machen. Besonders, da die Leiterin mir so entgegengekommen ist und mir ohne großes Theater die ganzen freien Tage genehmigt hat, damit ich nach Waldbröl fahren konnte. „Ich werde wie versprochen bis Ende Dezember arbeiten", beharre ich.

Thorben nickt begütigend. „Es ist hier kaum noch etwas zu tun. Lass uns eben noch einmal die Kartons durchsortieren. Wir stapeln die, die auf den Müll kommen in der Diele und die, deren Inhalt wir verkaufen wollen, im Wohnzimmer. Mehr ist im Prinzip nicht nötig. Um den Verkauf der Möbel können wir uns erst kümmern, wenn wir als Erben eingetragen sind. Bis dahin hast du Zeit, dir zu überlegen, welche du behalten möchtest."

„Ich mache dir von allen Fotos und bringe sie dir mit", schlägt Florian vor, „einverstanden?"

Erstaunlich, da hatte ich gedacht, es gäbe noch so viel zu erledigen und nun sind wir in einer knappen Stunde fertig. Ich schaffe es sogar, anschließend mit Thorben ins Einkaufszentrum zu fahren, um für Georg und Willi eine Kleinigkeit als Dankeschön zu besorgen. Die Jungen werden am nächsten Tag bei ihnen vorbeifahren und es ihnen bringen.

Am Abend sitzen wir zum ersten Mal seit Langem wieder in aller Ruhe zusammen. Florian überlegt laut, was er mit seinem Anteil am Erbe anfangen will, während Thorben mit einem verträumten Lächeln aus dem Fenster auf die stetig fallenden Schneeflocken schaut. Ihn muss man nicht fragen, welche Pläne er hat. Er ist völlig damit zufrieden, dass er und Ann nun finanziell unabhängig sind und ihr Zusammensein ohne Geldsorgen genießen können.

Eigentlich wollte auch ich heute noch weiter über mein Vorhaben nachdenken, doch grenzenlose Müdigkeit überkommt mich und ich bin nicht mehr in der Lage, klar zu denken. Die hektischen Tage fordern ihr Tribut, ich fühle mich völlig ausgelaugt. Noch nicht einmal mehr Freude über den guten Ausgang der Geschichte kann ich empfinden.

Morgens um zehn geht mein Zug. Zusammen mit Topsy im Katzenkörbchen trete ich die Rückreise an. Den Kater und mein Köfferchen werden die Kinder mitbringen. Während die Perserin ohne mich total unglücklich wäre, soll Mirko ruhig seine Freiheit bis zum letzten Augenblick genießen können.

Bis auf einen Musik hörenden jungen Mann habe ich das Abteil für mich allein. Ich lehne mich zurück und schließe die Augen. Zum ersten Mal fällt die Anspannung der letzten Tage so richtig von mir ab. Ganz langsam erkenne ich, wie sehr sich für mich alles zum Besseren gewandt hat. Es geht wahrhaftig aufwärts.

44

Den heiligen Abend habe ich mit Topsy und meiner Nachbarin verbracht. Dabei sind wir auch gleich handelseinig geworden. Frau Schöller wird mein erster Pflegling und ist sogar begeistert bei dem Gedanken, aufs Land zu ziehen. Als ich ihr erzählte, dass zu dem Grundstück auch ein großer Garten gehört, war ihr Entschluss sofort besiegelt. Sie kommt auf jeden Fall mit.

Zwei weitere Kandidaten habe ich im Altenheim gefunden. Sie sind dort mehr als unglücklich und wären froh, diesen Ort verlassen zu können. Ihnen gegenüber habe ich allerdings nur Andeutungen fallen lassen. Zuerst einmal muss ich ein vernünftiges Konzept erstellen und die Wohnung herrichten.

Dass es Marlies' Haus sein wird, ist für mich mittlerweile ziemlich klar. Hier in der Großstadt will ich nicht bleiben und eine bessere Alternative werde ich wohl kaum finden. Obwohl – eine neue Hoffnung regt sich in mir. Gestern Abend, als ich von der Weihnachtsfeier meiner Schwester nach Hause gekommen bin, fand ich eine Nachricht von Helenes Sohn auf dem Anrufbeantworter. Er würde gern in den nächsten Tagen kurz bei mir vorbeikommen. Vielleicht … nein, das wäre wahrscheinlich zuviel des Guten. Ich sollte eigentlich froh und dankbar sein, dass ich heil aus dieser verdammten Geschichte herausgekommen bin und sich im Endeffekt alles so positiv für mich entwickelt hat. Warum nur hänge ich dermaßen an dem alten Haus?

Statt mich blöden Wunschträumen hinzugeben, sollte ich lieber anfangen, das Essen vorzubereiten. Heute kommen Florian, Thorben und Ann zu Besuch. Sie haben den vierundzwanzigsten und den fünfundzwanzigsten in Marlies' Haus verbracht. Jetzt wollen sie ein paar Tage bei mir bleiben, bevor die beiden Jüngeren zurück nach Amerika fliegen.

„Und Onkel Herbert wird sich um alles kümmern", sagt Florian mit vollem Mund. Er kaut und schluckt und seufzt vernehmlich. „Das war das Beste, was ich seit Langem gegessen habe." Er zieht die Schüssel mit dem Nachtisch zu sich herüber und häuft sich eine große Portion in sein Dessertschälchen. „Sobald das mit dem Nachlass geregelt ist, wird er sich wieder bei uns melden. Bis dahin musst du dir überlegt haben, was du behalten willst, Mama."

„Ja, Tante Hilde hat bereits Kontakt zu zwei Antiquitätenhändlern aufgenommen. Wenn es dir Recht ist, übernimmt sie den Verkauf von allem, was du nicht brauchen kannst", ergänzt Thorben.

„Die beiden sind sehr nett", verkündet Ann. „Sie umsorgen die Männer, als wären es noch Kinder."

„Lass gut sein", nimmt Thorben die Verwandten in Schutz. „Tante Hilde und Onkel Herbert haben halt das Gefühl, sie hätten an uns Einiges gut zu machen. Und wenn sie uns deshalb die ganze Arbeit abnehmen wollen, kommt uns das nur entgegen. Sonst müsste ich viel länger in Deutschland bleiben."

„Ich habe das nicht negativ gemeint", Ann blickt ihn strafend an. „Ich fand es echt süß."

Bevor die Diskussion ausarten kann, unterbricht uns ein Klingeln an der Tür. Wer kann das jetzt noch sein? Es ist mittlerweile acht Uhr abends.

Verlegen lächelnd steht Sebastian vor meiner Tür. „Entschuldige, ich will nicht stören", sagt er, während er ungeachtet seiner Worte bereits eintritt. „Ich komme gerade von einer Familienfeier", er grinst kläglich. „Nein, ich habe dich als Entschuldigung benutzt, um früher zu gehen." Er sieht die Kinder neugierig in der Küchentür stehen und verzieht das Gesicht. „Oh, anscheinend komme ich ungelegen."

„Nein, ich freue mich, dich zu sehen!" Ich schließe die Eingangstür und schiebe ihn in die Küche. Florian bietet ihm seinen Stuhl an und schwingt sich auf den Küchenunterschrank. Leicht widerstrebend setzt Sebastian sich, wobei sein Blick über die Köstlichkeiten, die den Tisch bedecken, gleitet.

Er betont zwar, nicht hungrig zu sein, greift aber auf meine Einladung hin trotzdem tüchtig zu. „Superlecker", lobt er, nachdem er dem restlichen Nachtisch den Garaus gemacht hat, und reibt sich seinen Bauch. Dann verzieht er schuldbewusst das Gesicht. „Da störe ich dich bei der Weihnachtsfeier mit deinen Kindern und statt dir die Neuigkeiten zu berichten, wegen denen ich gekommen bin, esse ich dir deine Vorräte weg."

„Irgendwie gehörst du immer noch zur Familie", lache ich und denke daran, wie oft er, wenn er seine Mutter besuchte, bei mir in der Küche gesessen und an unseren Mahlzeiten teilgenommen hat. In Anbetracht seiner Verfressenheit ist er immer noch ziemlich schlank.

293

„Genauso hat sich Helene auf dich bezogen ausgedrückt", nickt er und wird plötzlich ernst. „Heike, sei nicht böse auf sie. Sie meinte es nur gut mit dir." Er macht eine kurze Pause und holt tief Luft.

Eine böse Vorahnung beschleicht mich. Helene ist seit fast zwei Jahren tot. Was hat er mir die ganze Zeit verschwiegen?

„Du weißt, dass Helene dich immer als ihr zweites Kind betrachtet hat."

Ich nicke schweigend, immer noch unsicher, was nun auf mich zukommt.

„Du warst für sie die Tochter, die ihr versagt geblieben war", wiederholt er und sieht mich bedeutungsvoll an.

Was will er eigentlich von mir? Ist er etwa obdachlos und will bei mir einziehen und sich von mir verköstigen lassen?

Schon kurz darauf bereue ich meine bösen Gedanken und bin froh, sie nicht laut ausgesprochen zu haben, denn was Sebastian mir jetzt eröffnet, ist wirklich der Hammer. Helene hat mir ihr Haus vermacht.

Ihr sei schon Jahre vor ihrem Tod klar geworden, dass unsere Ehe nicht halten würde, hatte sie ihrem Sohn anvertraut. Um mich abzusichern und mir ein Heim zu geben, hatte sie schriftlich verfügt, dass ich im Falle einer Scheidung das Haus bekomme.

„Und was wäre gewesen, wenn Mama und Papa sich nicht getrennt hätten?", fragt Florian in die Stille, die nach Sebastians Worten entstanden ist.

„Dann hätte es deine Mutter fünf Jahre nach Helenes Tod überschrieben bekommen", erwidert Sebastian ruhig. Er wendet sich wieder an mich. „Ich war sozusagen nur der Treuhänder. Nachdem ihr ausgezogen ward, habe ich die Mieteinnahmen, die nach Mutters Tod aufgelaufen sind, dazu benutzt, die Wohnung gründlich zu renovieren. Das Dach ist ebenfalls neu gedeckt worden. Dir bleibt nur noch die Wärmedämmung von außen, zu der ich dir dringend raten würde. Ich kann dir das Geld, das du benötigen wirst, leihen."

Mir schwirrt der Kopf. Alles hätte ich erwartet, nur das nicht. „Nein, das geht doch nicht, du bist ihr Kind, ich will nicht … Ich kann nicht …", stammle ich schließlich.

„Doch, sie hat es so gewollt." Sebastian beugt sich vor und greift nach meinen Händen. „Heike, du hast ihr sehr viel bedeutet und sie dir auch, das konnte ich bei meinen Besuchen deutlich sehen. Dir hat sie es zu verdanken, dass ihre letzten Lebensjahre nicht zu trostlos verlaufen

294

sind. Du hast ihr den Heimaufenthalt erspart. Es war ihr Wille, sich mit diesem Geschenk bei dir zu bedanken."

„Ich kann dir nicht dein Erbe nehmen", protestiere ich, obwohl alles in mir danach schreit, sein Angebot anzunehmen. Dieses Haus geht mir, seitdem ich dort ausgezogen bin, nicht mehr aus dem Kopf. Ich vermisse es mehr als alles andere. Mit ihm verbinde ich all die glücklichen Erinnerungen meines Lebens. Es mag sentimental klingen, aber ich habe in erster Linie nicht den Ort, sondern diese Stätte vermisst.

„Helene hat uns und den Kindern ihr restliches Vermögen hinterlassen, wir haben im Endeffekt mehr bekommen als du", er lächelt schief. „Sie war eine vermögende Frau, wusstest du das nicht?"

Nein, über Geld hatten wir nie gesprochen. Ich hatte gedacht, dass sie außer einer relativ guten Rente und dem Haus nicht viel besäße. Sie war nämlich in den ganzen Jahren unserer Bekanntschaft ziemlich sparsam und gab für sich nur das Notwendigste aus.

„Trotzdem, ich …" Wie soll ich es ihm nur erklären? Dass sie mich einmal bei ihrem Tod bedenken könnte, war nicht der Grund, warum ich mich um Helene gekümmert hatte. Ich habe niemals im Traum daran gedacht, dass sie auf diese Idee kommen würde. Deshalb fühle ich mich wie ein Erbschleicher.

„Sie hat dich geliebt", da ist sein schiefes Lächeln wieder, „zuletzt wahrscheinlich sogar mehr als mich. Ich war der Sohn, der ab und zu auf Stippvisite kam, in dein Leben dagegen war sie voll integriert. Weißt du eigentlich, wie selten das ist, was ihr widerfahren ist?"

„Ich habe von ihr genauso profitiert", protestiere ich. Ich will so gerne, aber es ist falsch.

„Mensch, Mama, freu dich doch einfach und nimm dieses Geschenk an", Florian wird es langsam zu bunt. „Ich finde, Helenes Gedankengänge, was dich und Papa angeht, zwar ziemlich herbe, aber es ist toll, dass ihr dein Wohl derart am Herzen lag. Du solltest ihren Letzten Willen achten."

„Sie hat gewusst, dass wir uns trennen werden?" Diese Aussage wird mir erst jetzt richtig bewusst.

„Nun ja", Sebastian windet sich. „Sicher war sie sich natürlich nicht, deshalb auch diese fünf-Jahres-Klausel. Sie vermutete, dass du es mit ihm nicht mehr lange aushalten würdest, sobald deine Kinder aus dem Haus wären. Dann hättest du endlich genug Zeit, um zu erkennen, was dich und ihn eigentlich noch verbindet. Sie sah in ihm nicht den Mann, der dich auf ewig glücklich machen kann."

Ich muss innerlich grinsen. Sehr vorsichtig gewählt diese Worte. Helene hatte sich bestimmt ganz anders ausgedrückt. Wenn es um Martin ging, hat sie selbst bei mir zuletzt kein Blatt mehr vor den Mund genommen. Wie oft hatte sie mir gesagt, dass er meiner nicht Wert sei und dass ich mir von ihm nicht immer alles gefallen lassen solle.

„Deshalb wollte sie für dich vorsorgen", murmelt Thorben. Hat er feuchte Augen oder warum glänzen sie so?

„Du musst ihr Geschenk annehmen", wiederholt Florian.

Selbst Ann nickt. „Sonst wäre es …", sie sucht nach dem richtigen Wort.

„Eine Zurückweisung ihrer Liebe und Fürsorge", beendet Sebastian den Satz.

Alle sehen mich erwartungsvoll an. Da kann ich nicht anders, als meinem drängendsten Wunsch nachzugeben. Ich nicke und breche prompt in Tränen aus. Ach Helene!

45

Ein Jahr ist seitdem vergangen, ein aufregendes und ereignisreiches Jahr.

Aus meiner Idee mit dem kleinen Altenheim ist letztendlich eine einfache Wohngemeinschaft geworden. Ich habe unsere Wohnung so umbauen lassen, dass vier kleine Zimmer und ein großer Wohnbereich entstanden sind. Hier lebe ich nun zusammen mit meiner ehemaligen Nachbarin Frau Schöller und zwei weiteren Mitbewohnerinnen. Sie zahlen ihren Anteil an der Miete und den Unterhaltskosten und einen kleinen Betrag für den jeweiligen Service, den ich biete. Denn jeder kann bei mir all das selbst machen, wozu er noch in der Lage ist. Den Rest übernehme ich.

Die obere Wohnung habe ich weiter vermietet gelassen. Dort wohnt ein ruhiges, älteres Ehepaar, das in einigen Jahren gern meine Dienste ebenfalls in Anspruch nehmen möchte. Im Moment erledige ich schon ab und zu kleinere Fahrten für sie, denn sie haben ihr Auto vor Kurzem verkauft.

Ausfahrten sind auch bei meinen drei Damen sehr beliebt. Ich bin froh, dass meine erste Anschaffung aus dem Erlös von Martins Sammlungen ein vernünftiger PKW geworden ist. Florians Rat war genau richtig, ohne den Wagen wäre ich wirklich aufgeschmissen. Und wir sparen uns dadurch das Geld fürs Taxi.

Topsy und Mirko haben es gleich zweifach gut getroffen. Zum einen sind sie die vielgeliebten Schmusetiere der gesamten Wohngemeinschaft geworden und erhalten viel mehr Beachtung und Streicheleinheiten, als es ihnen guttut, zum anderen genießen sie sichtlich ihr wiedergewonnenes Zuhause und, vor allem Mirko, die altbekannte Umgebung. Während die alte Perserin gemächlich von einem Zimmer zum nächsten wandert und alle Bewohner gleichermaßen mit ihrer Anwesenheit beglückt, streift der Kartäuser wieder fast jede Nacht durch die Straßen und erholt sich anschließend auf dem Schoß meiner Damen von seinen anstrengenden Abenteuern.

Tante Hilde und Onkel Herbert haben Wort gehalten. Sie sind den Jungen bei dem Verkauf der Wertgegenstände und des Hauses zur Hand gegangen und haben auch danach den Kontakt nicht abreißen lassen. Mindestens einmal in der Woche melden sie sich telefonisch und kommen genauso regelmäßig bei mir vorbei. Jetzt, nachdem ich sie näher kenne, finde ich die beiden ganz sympathisch. Onkel Herbert hat etwas von seiner herrischen Art verloren und ist wesentlich umgänglicher geworden und Tante Hilde setzt sich nun auf sanfte, liebevolle Weise öfter durch.

Genauso gern gesehene Gäste sind Georg und seine Familie. Wir haben ein tolles Agreement getroffen. Einmal in der Woche passe ich zum Entzücken meiner Damen auf Georg Junior auf, dafür erledigt sein Vater die am Haus anfallenden Reparaturen. Momentan gibt es zwar kaum etwas zu tun – der Erlös aus Martins Sammlungen hat tatsächlich gereicht, das gesamte Haus Wärmedämmen zu lassen – aber Kleinigkeiten, die meine Fähigkeiten übersteigen, finden sich immer.

Die restliche Zeit verbringen wir mit den verschiedensten Aktivitäten. Montags und donnerstags nehmen meine Seniorinnen an den öffentlichen Nachmittagen bei Kaffee und Kuchen im Altenheim teil. Dann nutze ich diese Zeit für diverse Einkäufe. Einen Tag in der Woche gehe ich reihum mit einer von ihnen shoppen, einen weiteren Nachmittag arbeiten wir alle zusammen im Garten, dazu gibt es natürlich noch diverse Arzttermine, die anstehen. Es gibt also immer genug zu tun.

Mit Ute spreche ich weiterhin ziemlich regelmäßig und auch meine Mutter vergesse ich nicht. Durch das, was ich im letzten Jahr durchgemacht habe, bin ich ihnen wieder näher gekommen und habe zum ersten Mal richtig verstanden, wie viel der Zusammenhalt in der Familie wert ist. Dieses Gefühl will ich nicht wieder verlieren. Deshalb bemühe ich mich, genauso für sie da zu sein, wie sie es für mich gewesen sind.

Ich wäre geradezu aufgeblüht, sagen meine Kinder. Florian besucht mich ziemlich unregelmäßig, aber anscheinend trotzdem gern. Er hat endlich auch eine feste Freundin gefunden, mit der ich mich super verstehe. Sie studiert wie er Informatik und spornt ihn an, sein Bestes zu geben. Er wird wohl nächstes Jahr seinen Abschluss machen.

Thorben hat das Erbe geholfen, in Amerika bleiben zu können. Sein Schwiegervater in spe war anfangs nicht begeistert, dass der Junge sich nicht mehr von ihm finanziell unterstützen lassen wollte, der Beziehung von Ann und Thorben hat es meiner Meinung nach jedoch gut getan. Mein Sohn ist wesentlich selbstbewusster geworden, was ihrem Zusammenleben wohl bekommt. Ann jedenfalls ist verliebter in ihn als zuvor.

Ich bin immer noch damit beschäftigt, meinen wahr gewordenen Traum zu genießen. Das Haus, der Garten, meine Katzen und meine drei alten Damen – es ist schon fast zuviel des Guten. Natürlich weiß ich, dass das Schicksal wieder zuschlagen kann, aber gerade deshalb freue ich mich über die guten Tage umso mehr.